L'HOMME NOIR

Du même auteur
aux Éditions J'ai lu

L'assassin royal :
1 – L'apprenti assassin, *J'ai lu* 5632
2 – L'assassin du roi, *J'ai lu* 6036
3 – La nef du crépuscule, *J'ai lu* 6117
4 – Le poison de la vengeance, *J'ai lu* 6268
5 – La voie magique, *J'ai lu* 6363
6 – La reine solitaire, *J'ai lu* 6489
7 – Le prophète blanc, *J'ai lu* 7361
8 – La secte maudite, *J'ai lu* 7513
9 – Les secrets de Castelcerf, *J'ai lu* 7629
10 – Serments et deuils, *J'ai lu* 7875
11 – Le dragon des glaces, *J'ai lu* 8173

Les aventuriers de la mer :
1 – Le vaisseau magique, *J'ai lu* 6736
2 – Le navire aux esclaves, *J'ai lu* 6863
3 – La conquête de la liberté, *J'ai lu* 6975
4 – Brumes et tempêtes, *J'ai lu* 7749
5 – Prisons d'eau et de bois, *J'ai lu* 8090
6 – L'éveil des eaux dormantes, *J'ai lu* 8334

ROBIN HOBB

L'HOMME NOIR

L'ASSASSIN ROYAL - 12

TRADUIT DE L'ANGLAIS PAR
A. MOUSNIER-LOMPRÉ

J'AI LU

Titre original :
FOOL'S FATE
(Deuxième partie)
The Tawny Man - Livre III

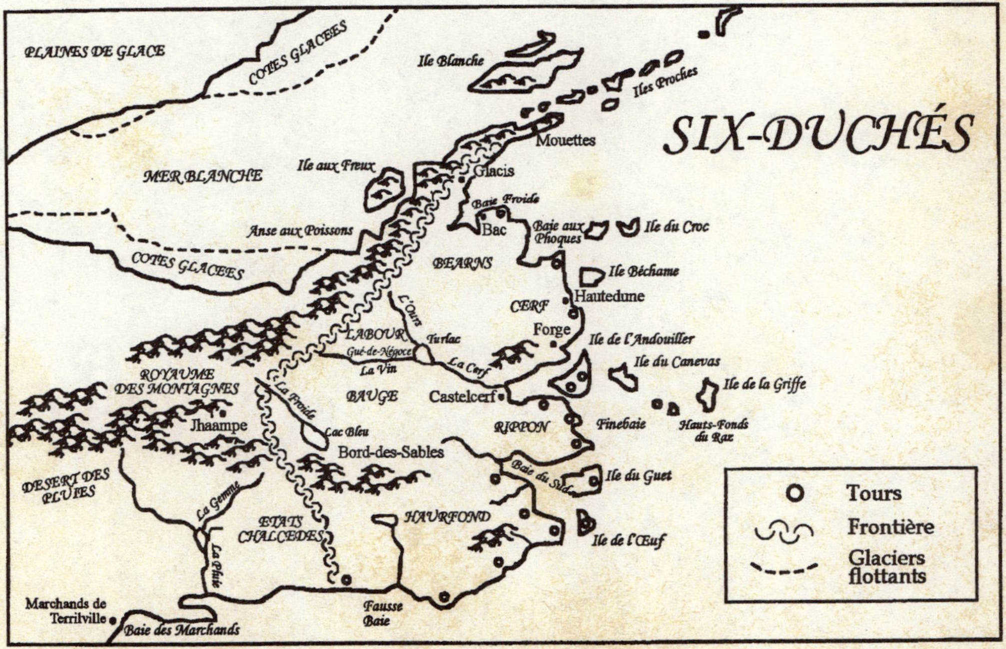
SIX-DUCHÉS
PLAINES DE GLACE
COTES GLACEES
Ile Blanche
Iles Proches
Mouettes
MER BLANCHE
Ile aux Freux
Glacis
Baie Froide
Bac
Baie aux Phoques
Ile du Croc
Anse aux Poissons
COTES GLACEES
BEARNS
Ile Béchame
Hautedume
CERF
L'Ours
LABOUR
Turlac
Forge
Ile de l'Andouiller
Gué-de-Négoce
La Vin
La Cerf
Ile du Canevas
ROYAUME DES MONTAGNES
La Froide
BAUGE
Castelcerf
Ile de la Griffe
Jhaampe
Lac Bleu
RIPPON
Finebaie
Hauts-Fonds du Raz
Bord-des-Sables
DESERT DES PLUIES
Baie du Sud
Ile du Guet
La Gemme
ETATS CHALCEDES
HAURFOND
Ile de l'Œuf
La Pluie
Marchands de Terrilville
Baie des Marchands
Fausse Baie
Tours
Frontière
Glaciers flottants

1
ASLEVJAL

La « forgisation » constitue peut-être l'arme la plus efficace que les Outrîliens employèrent contre nous pendant la guerre des Pirates rouges. Si la technique nous en reste inconnue à ce jour, les effets n'en sont que trop familiers à beaucoup. Le terme qui la désigne vient du village de Forge, bourgade minière qui la première subit cet abominable fléau : des Pirates rouges attaquèrent de nuit et tuèrent ou prirent en otage la majorité de la population ; dans une demande de rançon qu'ils envoyèrent au château de Castelcerf, ils exigeaient de l'or sous peine de relâcher les prisonniers. Cette sommation n'avait aucun sens aux yeux du roi Subtil, alors souverain, et il refusa de payer. Alors, mettant leur menace à exécution, les pirates rendirent la liberté aux captifs apparemment indemnes et reprirent la mer le soir même.

Toutefois on s'aperçut bientôt que, par quelque magie mystérieuse, les villageois n'étaient plus eux-mêmes. Ils se rappelaient leur identité et la famille à laquelle ils appartenaient, mais ne semblaient plus y attacher d'importance ; ils avaient perdu tout sens moral, ne songeaient plus qu'à satisfaire leurs besoins immédiats et n'hésitaient pas à voler, tuer et violer pour y parvenir. Certains furent « capturés » par les leurs et l'on fit de vains efforts pour leur rendre leur ancienne personnalité ; aucun ne la recouvra jamais.

La tactique de la forgisation servit à de nombreuses reprises au cours de la guerre, avec pour résultat de laisser à demeure sur notre sol une armée hostile, constituée de nos proches, qui ne coûtait rien, ni émotionnellement ni financièrement, à Kebal Paincru et ses pirates. La tâche démoralisante et déshumanisante d'exécuter les forgisés revint à notre propre peuple, et cette blessure demeure vive aujourd'hui. La ville de Forge ne fut jamais rebâtie.

Histoire de la guerre des Pirates rouges, de GEAIREPU

*

Je me trouvais avec les autres gardes dans le premier canot qui toucha la rive d'Aslevjal. Peu après, celui qui transportait Umbre, Devoir, la narcheska, Peottre et Arkon Sangrépée enfonça son étrave dans le sable. Nous nous avançâmes dans l'eau pour le saisir par les plats-bords et, profitant de la vague suivante, le tirâmes sur la grève afin que ses passagers missent pied à terre au sec. Pendant tout ce temps, je n'avais cessé de penser au fou qui nous observait, debout sur l'avancée de terre qui dominait la plage. Il ne bougeait pas, mais le vent froid semblait s'exprimer à sa place : il fouettait sa cape et ses longs cheveux d'or avec un bruit sourd, entrecoupé de claquements, qui évoquait des grommellements mécontents. Il avait délaissé le fard qui éclaircissait son teint et les touches de maquillage jamailliennes qui lui prêtaient l'air d'un étranger ; avec le brun chaud de sa peau sur l'ossature ciselée de son visage et sa crinière fauve, on eût dit un être sorti d'une légende. L'austérité de sa tenue noire et blanche effaçait toute trace de l'indolent sire Doré, et je me demandais si quelqu'un l'avait reconnu à part Umbre et moi. J'essayai de capter son regard mais il fit comme si je n'existais pas. Il n'ouvrit la bouche qu'au moment où le prince descendit du canot, et il lui adressa une profonde révérence.

« Je vous ai préparé de la tisane chaude », déclara-t-il d'une voix qui porta malgré le bruit incessant du vent. Sans ajouter rien, il désigna sa tente du geste et y dirigea ses pas.

« Vous le connaissez ? Qui est-ce ? » demanda Arkon Sangrépée, tendu. Sa main reposait sur la poignée de son épée.

« Je le connais depuis longtemps, répondit Umbre avec effort. Mais comment et pourquoi il se trouve ici, je n'en ai pas la moindre idée. »

Le prince regardait le fou, abasourdi. Il me lança un coup d'œil mais je baissai le regard.

Est-ce bien sire Doré ? La question de Devoir n'était pas de pure forme : le changement radical d'aspect du personnage le laissait dans l'incertitude.

Non, ni le fou non plus. Mais ce sont des facettes d'un être que je ne saurais cerner.

N'en rajoutez pas, grommela Umbre à notre intention à tous deux. À voix haute, il ajouta : « Il ne représente aucune menace ; je vais m'en occuper. Gardes, restez ici et aidez à décharger la cargaison ; transportez-la au-delà de la ligne de marée et protégez-la de l'humidité. »

Avec quelle efficacité Umbre se débarrassait de moi ! Il me tiendrait à l'écart du fou tant qu'il n'aurait pas découvert ce qui se tramait. J'envisageais de désobéir à ses ordres pour le suivre jusqu'à la tente du fou quand Crible me donna un coup de coude. « On dirait que tu ferais bien de leur prêter main forte. »

Lourd arrivait à terre en compagnie du clan de Vif ; il agrippait si fort le bord du canot que ses doigts blanchissaient, et il fermait les yeux, les paupières étroitement serrées. Trame posait une main légère sur son épaule, mais le petit homme se tenait voûté comme pour échapper à son contact. Avec un soupir, j'allai le prendre en charge. Une autre embarcation quittait le navire avec les guerriers du Hetgurd.

Le soir tomba avant que nous eussions débarqué toute la cargaison et tendu une bâche par-dessus, fixée par des cordes. J'avais jeté un rapide coup d'œil aux tonnelets qu'Umbre y avait ajoutés à la dernière minute : ils ne contenaient pas d'eau-de-vie ; de l'un d'eux s'échappait une substance pulvérulente que j'avais identifiée, avec un mélange d'inquiétude et de plaisir anticipé, comme la poudre expérimentale qu'il utilisait pour créer des explosions. Etait-ce pour cela qu'il n'avait pas élevé d'objections plus véhémentes quand le Hetgurd nous avait privé de notre main-d'œuvre ? Comment comptait-il employer ces petits barils ?

Je réfléchissais ainsi pendant que notre bivouac prenait forme. En bon commandant, Longuemèche ne laissait personne inactif, ni garde ni membre du clan de Vif. Il avait choisi un emplacement sur le terrain dégagé le plus élevé de l'escarpement, d'où l'on bénéficiait d'une vue imprenable sur les environs. Nos tentes s'alignèrent en rangs nets, on creusa une fosse à ordures et l'on ramassa tout le bois flotté qu'on put trouver sur la plage. Un ruisseau de fonte qui s'échappait du glacier et passait près de notre camp nous fournirait de l'eau douce. Heste, le plus jeune des gardes avec ses vingt ans, fut placé en sentinelle, et Rossée, guerrier grisonnant à la carrure d'ours, se vit confier la popote ; Adroit et Perdrot reçurent l'ordre de se reposer pour relever plus tard Heste. Crible fut mis à la disposition du prince qu'il devait suivre partout, et, comme je m'y attendais, on m'attribua la garde de Lourd. Aux membres du clan de Vif, désormais sous l'autorité de principe de Longuemèche, revinrent des tâches mineures avant que le commandant ne les laisse s'égailler pour explorer le littoral ; ce fut, j'en suis sûr, une expérience inédite pour certains, en particulier pour un jeune aristocrate comme Civil, mais je dois reconnaître qu'il exécuta son travail de bon cœur et manifesta à Longuemèche le respect dû à son statut. À plusieurs reprises, je surpris les coups d'œil noirs qu'il jeta à la tente colorée du fou, mais il garda pour lui ses pensées. Umbre et le prince avaient accepté l'hospitalité du fou, ainsi que la narcheska, Peottre Ondenoire et Arkon Sangrépée.

Lourd choisit de croupir dans son malheur sous la tente qu'il devait partager avec Trame, Leste et moi. Non loin de là, le feu de camp crépitait, et Rossée surveillait la marmite où mijotait notre gruau du soir ; à côté, j'avais posé une casserole d'eau pour la tisane. Nous aurions bientôt du mal à nous procurer du combustible sur cette île dépourvue d'arbres. Je faisais les cent pas devant notre abri en attendant que l'eau bouille, énervé comme un chien qu'on tient à la laisse pendant que ses semblables courent librement.

Les représentants du Hetgurd avaient apporté à terre leurs propres provisions et installé leurs petites tentes à part des nôtres. Chacun disposait de la sienne ; je les observai subrepticement. Il ne s'agissait pas de jeunes guerriers mais de vétérans ; j'ignorais comment ils s'appelaient ; on m'avait dit que, pour cette mission, leurs noms n'importaient pas et que seuls comptaient les clans auxquels ils appartenaient et qu'annonçaient leurs tatouages. L'Ours, massif et sombre de poil comme son emblème, semblait leur chef; le Hibou, plus frêle et plus âgé, tenait le rôle de poète et de barde; le Corbeau avait les cheveux aussi noirs que son animal fétiche, et l'œil aussi brillant. Le Phoque était un petit homme râblé à qui manquaient deux doigts à la main gauche. Le plus jeune du groupe, un Renard, paraissait irritable et mécontent de se trouver sur Aslevjal; quant à l'Aigle, homme de grande taille et bien découplé d'âge mûr, il montait la garde ce soir-là, debout, aux aguets, pendant que ses compagnons se restauraient et bavardaient à mi-voix, assis en tailleur autour du feu. Il surprit mon regard posé sur lui et me le rendit d'un air impavide.

Je ne percevais aucune animosité chez eux. Ils avaient le devoir de veiller à ce que nous nous en tenions aux règles prescrites par le Hetgurd, mais ils ne semblaient pas opposés à notre entreprise; on eût plutôt dit qu'ils attendaient le début d'un concours. Sur le navire, ils avaient frayé librement avec nous, et leur poète s'était lié avec Nielle d'une amitié mêlée d'une amusante rivalité. À terre, ils tenteraient sans doute d'établir une plus grande distance, mais elle ne tiendrait sûrement pas plus d'un jour ou deux: nous étions trop peu nombreux dans un paysage trop morne.

Deux tentes plus vastes et d'aspect un peu moins rustique avaient été dressées près de l'abri coloré du fou. La narcheska et Peottre partageraient l'une, Umbre et le prince l'autre. Je ne les avais guère vus depuis notre arrivée sur l'île; le fou les avait invités, mais j'ignorais ce qui s'était passé sous la toile, et ni Devoir ni son conseiller ne m'avait adressé le plus petit signe d'Art. J'avais participé au montage des grandes tentes, et les murmures bas que j'avais entendus dans celle du fou, inaudibles, m'avaient laissé sur ma faim, comme l'arôme tentant mais sans substance d'une tisane épicée.

Le soir étendait lentement son emprise sur la terre; le fou et le clan de Vif de Devoir se trouvaient à bord du navire pour participer au dîner d'adieu d'Arkon Sangrépée. Ni lui ni ses guerriers du Sanglier ne restaient avec nous, décision dont la logique m'échappait. Dissociait-il son clan d'une entreprise du Narval qu'il jugeait absurde, ou bien en confiait-il simplement le commandement à Peottre ? Je donnai un coup de pied agacé dans une motte glacée : trop d'éléments me demeuraient inconnus. J'aurais voulu au moins explorer la zone, mais Lourd avait refusé obstinément de remettre le pied sur un bateau, malgré la perspective d'un repas somptueux, et avait préféré partager notre ordinaire et nos tours de garde. Je tournai la tête en entendant des pas sur le sol presque gelé. Crible approchant nous adressa un grand salut et un large sourire.

« Chouette coin, si on aime la neige, l'herbe rase et le sable. » Il s'accroupit devant le feu et tendit les mains à sa chaleur.

« Je te croyais à bord du navire pour la nuit, avec le prince.

— Non. Il m'a donné quartier libre en disant qu'il n'aurait pas besoin de moi, et j'avoue que je suis ravi : il y a plus amusant que de rester planté comme un piquet à regarder les autres s'empiffrer. Et toi, tu fais quoi, ce soir ?

— Comme d'habitude : je tiens compagnie à Lourd. Je suis en train de lui préparer de la tisane. »

Crible baissa la voix. « Si tu veux, je peux m'occuper de la mettre à infuser quand l'eau bouillira ; ça te permettrait de te dérouiller les jambes et de repérer un peu le secteur. »

J'accueillis la proposition avec gratitude. Me tournant vers la tente, je demandai : « Ça te dérange si je m'en vais faire une courte promenade, Lourd ? Crible se charge de ta tisane. »

Le petit homme ramena sa couverture sur ses épaules. « M'en fiche, répondit-il d'un ton maussade, la voix éraillée par ses quintes de toux.

— Très bien ; tu es sûr de ne pas vouloir m'accompagner ? Tu aurais plus chaud si tu te levais et que tu marches un peu. Il ne fait pas si froid, en réalité.

— Hmpf ! » Il détourna le visage. À mon adresse, Crible hocha la tête avec commisération, puis il me fit signe de partir.

Comme je m'éloignais, je l'entendis déclarer : « Allons, Lourd, reprends-toi ! Joue-nous un air sur ton flûtiau ; ça repoussera le noir. »

À ma grande surprise, le petit homme accepta, et, alors que je m'enfonçais dans la pénombre, les notes hésitantes de la chanson de sa mère s'élevèrent dans mon dos. Je sentis l'attention de Lourd se concentrer exclusivement sur son jeu, et l'hostilité constante qu'il m'artisait s'atténua. J'eus l'impression de poser enfin un pesant fardeau. Il interrompait souvent sa mélodie pour reprendre son souffle, mais je voulais voir dans cet intérêt pour son mirliton une indication de son rétablissement; j'aurais aimé pouvoir dissiper aussi facilement le malaise que je percevais entre le fou et moi. Nous n'avions pas échangé un mot, nous ne nous étions même pas trouvés assez près l'un de l'autre pour cela, mais son indignation soufflait comme une bise glacée sur moi. Je regrettais qu'il ne fût pas resté à terre pour la soirée; l'occasion eût été parfaite pour nous entretenir discrètement. Mais il avait été invité au dîner d'adieu à bord du navire. Par qui? Devoir, par curiosité, ou Umbre, afin de pouvoir garder à l'œil l'homme au teint fauve?

Je déambulai sur la plage dans le crépuscule qui s'épaississait, et la découvris telle que l'espion d'Umbre l'avait décrite. Elle s'agrandissait derrière la marée descendante; de guingois, des pilotis encroûtés de bernacles pointaient des eaux en une double rangée, vestiges d'un ancien appontement. À une époque, des maisons s'étaient alignées le long de la grève, mais il n'en demeurait plus que des ruines, des bouts de murs à hauteur de genou, en rang comme des dents brisées dans un crâne vide; le reste jonchait l'intérieur et l'extérieur des emplacements des bâtiments. Je plissai le front, perplexe: la destruction paraissait trop complète; le hameau avait-il subi un assaut qui avait pour objectif, non seulement de tuer tous ses occupants, mais aussi de le rendre inhabitable? On eût dit qu'on avait voulu l'effacer de la terre.

J'escaladai la falaise basse qui dominait la plage et ses galets, et me trouvai devant une étendue de touffes d'herbe parsemée de caillasse; du pied des houppes, les ombres s'étendaient à mesure que le jour perdait ses couleurs. Il n'y avait pas d'arbres, rien que des buissons âpres et tordus qui poussaient çà et là. Nous étions en été, mais le glacier qui nous dominait soufflait l'hiver toute l'année. Je m'avançai parmi les herbes qu'aucun mouton ne tondait, et leurs épis bruirent doucement contre mes chausses. Soudain, sans crier gare, l'excavation d'une carrière s'ouvrit sous mes pas ; l'obscurité eût-elle été plus profonde, j'eusse sans doute fait une mauvaise chute. J'observai l'à-pic : quelques pieds en dessous de la surface, la terre cédait la place à une muraille de roche noire parcourue de veinules argentées. Un frisson d'angoisse me traversa. On avait extrait de la pierre de mémoire de cette mine, comme de la carrière perdue dans les montagnes où Vérité avait créé son dragon, sculpté dans le même matériau. L'eau accumulée au fond de la cavité faisait un deuxième firmament où nulle étoile ne brillait ; telles des îles nues, deux grands blocs en pointaient, leurs angles nets trahissant le travail de l'homme.

Je m'écartai lentement du bord et retournai au camp. J'avais envie de parler de ma découverte à Umbre et Devoir, mais j'éprouvais un besoin beaucoup plus pressant d'en discuter avec le fou. En haut de la falaise, je regardai le Quartanier qui dansait doucement, ancré dans la baie, entouré de ses canots ; il s'en irait le lendemain ramener Arkon Sangrépée à Zylig pendant que nous entreprendrions la recherche du dragon gelé au cœur du glacier. Le doux clapotis des vagues sur la grève, loin d'évoquer la tranquillité, donnait au contraire l'impression que la mer s'acharnait à dévorer lentement la terre. Jamais je n'avais eu cette sensation jusque-là.

Un grand animal apparut brièvement près de la plage. Je me figeai en m'efforçant de le distinguer plus précisément. La vague suivante le recouvrit, puis le dévoila de nouveau en se retirant. Pendant l'instant où il resta dénudé, il demeura parfaitement immobile. Je plissai les yeux, mais sa masse noire se fondait dans l'étendue obscure de la mer, et je ne vis rien sinon qu'il avait la taille d'une petite baleine. Je fronçai les sourcils, perplexe à l'idée d'une créature aussi grande dans des eaux si peu profondes ; elle n'avait rien à faire si près de la grève, sauf si les courants l'y avaient amenée à l'état de cadavre ; or mon Vif me disait qu'elle abritait encore une faible étincelle de vie, floue et dispersée. Pourtant, je ne percevais pas le sentiment de défaite ni la résignation d'un animal à l'agonie.

Je m'approchai ; peu à peu, les vagues en reculant révélèrent non seulement la silhouette amorphe d'une grande créature, mais plusieurs blocs de pierre noire de vastes dimensions qui luisaient d'humidité sous le clair de lune. J'oubliai tout ce qui m'entourait tandis que la mer libérait la grève : la bête dévoilée progressivement avait un aspect à l'inquiétante familiarité. Quand on a vu un dragon couché, on garde pour toujours cette image en mémoire. Mon cœur se mit à battre plus vite ; se pouvait-il que j'eusse sous les yeux la clé de l'énigme ?

Je crois que j'ai trouvé votre dragon, Devoir. Inventez un prétexte pour sortir sur le pont et regardez en direction de la plage. La marée le découvre petit à petit. Il y a un dragon de pierre sur la grève.

Je n'avais pas pointé mon Art que sur le prince, et Umbre capta mon message aussi. Peu après, Devoir et les autres convives apparurent sur le pont ; tous se tournèrent vers la terre, mais ils ne distinguèrent sûrement pas aussi clairement que moi la créature, dont la lanterne du navire découpait la silhouette. Et, cette lumière se combinant à la retraite des eaux, je constatai mon erreur ; ce que je prenais pour un dragon n'était en réalité que plusieurs énormes blocs de pierre disposés les uns près des autres sans se toucher tout à fait. Je vis la tête posée sur les pattes antérieures, le cou, le garrot, l'échine en trois segments et quelques sections de la queue qui allaient en s'affinant. Fondues ensemble, ces pièces auraient formé un dragon ; ainsi posées sur le sable mouillé, elles m'évoquaient un jeu de construction.

S'agit-il de ce que nous cherchons ? Elliania voulait-elle qu'on rapporte cette tête de pierre devant la cheminée de sa maison maternelle ? demandai-je.

Je vis le prince tendre le doigt et poser la question à Peottre ; mais Arkon Sangrépée éclata de rire et secoua la tête. Par Devoir, j'entendis sa réponse aussi distinctement que si je me tenais sur le pont près de lui. « Non, non ; ce que vous voyez là incarne seulement une des folies de la Femme pâle. Elle avait fait extraire de la pierre sur cette île par ses esclaves en prétextant que seule la roche noire pouvait servir de lest dans ses navires blancs. Apparemment, certains esclaves avaient reçu l'ordre de la sculpter aussi ; dans quel but, nous ne le saurons sans doute...

— Il se fait tard, coupa brusquement Peottre, et vous partez à la marée du matin, frère. Profitons de cette dernière nuit de sommeil dans des lits confortables avant d'affronter l'austérité d'Aslevjal. Je vous recommande de vous coucher tôt vous aussi, prince Devoir ; demain, nous devrons nous mettre en route dès le point du jour sur la piste qui nous conduira là où nous attend le vrai dragon. La marche sera rude ; mieux vaut nous reposer tous.

— Sages paroles d'une tête sage, dit Arkon, souscrivant vivement à la suggestion. Je vous souhaite donc bonne chance et bonne nuit. »

Eh bien, voilà une soirée promptement close, fit Umbre comme les invités se dispersaient. *Arkon a dû se rendre compte qu'il évoquait un sujet que Peottre préférait garder secret. Vois ce que tu pourras apprendre là-dessus, Fitz.*

Comment le fou a-t-il réagi aux propos de Sangrépée ? demandai-je d'un ton pressant.

Franchement, je n'ai pas fait attention, répondit Umbre avec brusquerie.

Comment le fou est-il arrivé ? Pourquoi se trouve-t-il ici ? Pourquoi l'emmener et m'empêcher de lui parler ? Je n'avais pu retenir la question, ni dissimuler complètement l'agacement que me causait le fait qu'ils ne m'avaient pas encore transmis les réponses.

Allons, ne fais pas la tête ! dit Umbre sans se laisser démonter. *Il ne nous a quasiment rien confié ; tu le connais. Attends demain, Fitz, que nous soyons tous à terre ; tu pourras l'interroger tout à loisir. Il se montrera sûrement plus disposé aux confidences avec toi qu'avec nous. Quant à la raison pour laquelle je l'ai emmené à bord, c'est davantage pour le tenir à l'écart des guerriers du Hetgurd que de toi. Il a déjà révélé qu'il s'emploiera à nous persuader de ne pas tuer le dragon ; en outre, il s'est montré assez mystérieux, intrigant et charmant pour exciter la curiosité de Peottre et de Sangrépée, mais je crois qu'il effraye toujours la narcheska ; elle évite de croiser son regard.*

Le prince intervint. *Tout d'abord, les représentants du Hetgurd ont cru qu'il s'agissait d'une tricherie de notre part, d'un allié secret que nous avions réussi à introduire sur l'île à leur insu. Nous avons rétorqué que nous n'avions aucun moyen de savoir à l'avance quelles conditions ils nous imposeraient, et ils ont reconnu que leurs soupçons ne tenaient guère.*

Comment la narcheska et Peottre ont-ils réagi quand il a proclamé vouloir aider le dragon ? demandai-je.

Umbre avait apparemment déjà réfléchi à la question. *Etrangement. Je m'attendais de leur part à une opposition envers lui, mais Peottre semble soulagé, presque heureux de sa présence. Pour ma part, je me réjouis qu'il n'en ait pas dit davantage, et je te prie de discuter avec lui hors de portée d'oreille d'Ondenoire et d'Elliania ; s'ils découvrent que vous vous connaissez depuis longtemps, ils risquent d'en déduire que tu t'opposes toi aussi à notre quête.*

Je sentis un avertissement, une légère mise à l'épreuve de ma loyauté ; je feignis de n'avoir rien remarqué. *Très bien ; je lui parlerai en privé plus tard.*

C'est ça. Sa réponse tenait à la fois de la confirmation et de l'ordre.

Les occupants du navire allaient se coucher les uns après les autres. Je me tournai vers notre bivouac : tout le monde semblait déjà dormir. Le feu n'était plus que braises, et je n'avais même pas mangé ma ration du soir. Une assiette de gruau bien chaud prendrait sans doute des allures de banquet avant la fin de l'aventure, mais pour l'instant cette perspective n'excitait pas mon appétit.

Le recul de la mer me permettait à présent de faire le tour du dragon sans me mouiller plus que les pieds. Au matin, je le savais, je regretterais d'avoir trempé mes chaussures, mais, s'il y avait un secret à extirper de cette créature de pierre, je tenais là ma meilleure occasion. Elle avait été sculptée, non par un clan d'Art, mais par les séides de la Femme pâle, et je pensais savoir pourquoi : depuis longtemps, je soupçonnais Royal et Galen d'avoir vendu une partie de la bibliothèque d'Art. Kebal Paincru, chef militaire des Outrîliens pendant la guerre des Pirates rouges, s'en était-il emparé ? Avait-il tenté, avec son alliée, la Femme pâle, de créer des dragons pour combattre les Six-Duchés ? J'en avais la certitude presque absolue.

Tout près du roc luisant d'humidité, j'observai que nulle algue, nul bernacle ne s'y accrochait : il restait aussi propre et noir que le jour de sa taille. Circonspect, j'y posai la main : il était froid, mouillé, dur, et un fredonnement de Vif l'imprégnait, à l'instar des dragons de pierre des montagnes. Pourtant, je perçus une différence, et j'en compris la nature en touchant le bloc voisin; lui aussi abritait ce frémissement de vie caché, lui aussi différent. Avec prudence, craignant un piège dissimulé, je tendis mon Art vers les pierres. Je ne trouvai rien. De la main, je suivis la surface humide exempte d'algues et de mollusques, et j'entendis tout à coup un brouhaha de voix agitées – puis plus rien.

Je tournai lentement la tête avant de prendre conscience de ma stupidité: le vacarme d'Art que j'avais capté n'était pas celui d'une conversation étouffée par la distance ou un obstacle. Aussi doucement que si je caressais une escarbille brûlante, je parcourus du bout des doigts le bloc devant moi, et, de nouveau, j'eus l'impression du bruit confus de nombreuses voix qui parlaient toutes ensemble très loin de moi. Par réflexe, je m'essuyai sur le devant de ma chemise et reculai d'un pas. Mal à l'aise, j'étudiai l'idée qui m'était venue.

C'était de la pierre de mémoire; bien qu'extraite sur place, il s'agissait indéniablement de la même que celle dans laquelle Vérité avait sculpté son dragon. Les statues que j'avais vues dans le jardin de Pierre, au royaume des Montagnes, avaient été taillées dans ce matériau, certaines par des clans d'Art désireux de préserver pour toujours leurs souvenirs et leur essence, d'autres, peut-être, par des Anciens. Les dragons qui se trouvaient là avaient été ciselés autant par les images et les pensées qu'on y avait déversées que par les outils qui les avaient sculptés, et, pour finir, ils avaient complètement absorbé leurs créateurs. J'avais été témoin de la dissolution de Vérité dans son œuvre; il avait fallu tous ses souvenirs et sa force vitale plus ceux de Caudron pour rassasier, saturer la pierre et l'éveiller à la vie. La vieille femme s'était sacrifiée avec autant d'empressement que le roi-servant; dernière survivante de son clan d'Art, elle avait perduré dans la solitude bien au-delà de son temps et de son monarque, mais elle était revenue néanmoins servir la lignée des Loinvoyant. Pourtant l'existence anormalement longue de Caudron et les passions de Vérité n'avaient pas suffi à animer le dragon, j'étais bien placé pour le savoir; mon roi avait pris une parcelle de moi pour la donner à sa créature, et plus tard j'avais déversé sans réfléchir d'autres souvenirs dans la statue de la Fille au dragon. J'avais alors senti la voracité d'un dragon de pierre et l'attrait qu'elle exerce ; il m'eût été facile de laisser la Fille au dragon me prendre tout entier : c'eût été une sorte de libération.

Ou peut-être un enfermement. Quel sort attendait une sculpture qui n'avait pas absorbé assez de souvenirs pour s'éveiller et déployer ses ailes ? J'avais vu ce qui était arrivé à la Fille au dragon, engluée dans la pierre informe au fond de la carrière. Dans son cas, je pense, ce n'étaient pas les souvenirs qui avaient manqué mais l'acceptation de sa créatrice de perdre son individualité ; chef de son clan, elle avait voulu retenir et isoler son essence dans la jeune femme à cheval sur le dragon plutôt que la dissoudre dans l'ensemble de la sculpture. Tel est du moins le récit que me fit Caudron quand je lui demandai pourquoi la statue ne s'était pas animée et n'avait pas pris son envol ; elle me l'avait narré pour que je me garde du dragon de Vérité, je crois, pour m'aider à comprendre que rien de moins que la totalité de mon être ne le satisferait.

J'aurais aimé l'avoir auprès de moi aujourd'hui afin qu'elle raconte l'histoire de la sculpture étendue devant moi. Néanmoins, j'en avais déjà une idée. On n'avait pas travaillé la pierre en une seule pièce mais en plusieurs ; les créateurs n'avaient pas non plus mis leurs souvenirs dans la roche ; je soupçonnais plutôt que je me trouvais devant un sombre monument commémoratif de la guerre des Pirates rouges. Où étaient passés les souvenirs et les émotions des forgisés ? Les indices épars se rejoignaient et s'emboîtaient dans la créature disjointe. On avait employé des blocs de pierre de mémoire comme lest dans les cales des Navires blancs. La Femme pâle et Kebal Paincru avaient-il appris la magie permettant d'amener à la vie un dragon taillé dans la roche dans un manuscrit d'Art volé et revendu ? Qu'est-ce qui les avait empêchés, dans ce cas, de créer un dragon outrîlien pour ravager les côtes des Six-Duchés ? Avaient-ils reculé devant le sacrifice de leur propre existence pour donner la vie à leur création ? Avaient-ils cru pouvoir l'animer à partir des souvenirs arrachés aux habitants de notre royaume ?

J'avais sous les yeux la preuve de leur échec à comprendre la raison fondamentale pour laquelle un clan partait pour Jhaampe et au-delà afin de créer un dragon de pierre. Ils pouvaient dérober les sentiments de villageois des Six-Duchés et les emprisonner à jamais dans le roc, mais non en extraire la volonté inébranlable nécessaire pour insuffler la vie à un dragon. D'ailleurs, tous les clans qui se mettaient en route pour les Montagnes n'y parvenaient pas ; certains s'installaient sur place et prenaient femme chez les Montagnards pour finir leurs jours dans l'amour ; d'autres ne réussissaient jamais à donner l'existence à leur dragon. Ce n'était pas une entreprise facile, même pour un clan résolu. Un dragon empli des souvenirs de personnes différentes intégrés de force dans un seul et même bloc de roche, un dragon né de la terreur, de la colère et du désespoir aurait été une créature démente si elle avait vu le jour.

Etait-ce le but de Kebal Paincru et de la Femme pâle ?

Jadis, l'idée de me dissoudre dans un dragon de pierre avait exercé sur moi une grande tentation, et je n'avais pas oublié combien j'avais été blessé du refus de Vérité de me laisser participer à la création du sien. Rétrospectivement, avec l'âge, je comprenais ses raisons. Parfois, à l'époque où Œil-de-Nuit vivait encore, j'avais joué avec l'idée de tailler le nôtre ; à quel genre de dragon aurions-nous donné naissance, tous les deux ? Et voici qu'aujourd'hui, bon gré, mal gré, je faisais de nouveau partie d'un clan ; pourtant, jamais je n'avais songé qu'un jour Devoir, Lourd, Umbre et moi puissions désirer sculpter notre propre dragon. Notre clan s'était formé par hasard plus que par intention, et je ne nous imaginais pas trouvant en nous l'esprit d'assiduité et la détermination nécessaires à la tâche, encore moins l'envie de mettre fin à notre vie d'humains pour immortaliser notre union dans un dragon.

Je me détournai des pierres et m'éloignai lentement en m'efforçant de ne pas penser aux souvenirs de forgisés qu'elles renfermaient. Ces blocs recelaient-ils de la conscience ? Sinon, que contenaient-ils exactement ?

Je contactai encore une fois Umbre et Devoir. *Je crois avoir trouvé certains souvenirs et sentiments arrachés aux forgisés pendant la guerre.*

Quoi ? fit Umbre, incrédule.

J'expliquai ma découverte et, pendant un long moment, une horreur épouvantée résonna entre nous. Enfin Devoir demanda d'un ton hésitant : *Peut-on les libérer ?*

À quoi bon ? La plupart des gens à qui ils appartenaient sont morts depuis longtemps, quelques-uns de ma main, peut-être, pour ce que j'en sais. En outre, j'ignore si c'est réalisable, et encore plus de quelle façon. Plus j'y réfléchissais, plus je me sentais mal à l'aise.

La pensée empreinte d'une calme résignation, Umbre déclara : *Pour l'instant, nous devons laisser l'affaire en l'état. Peut-être, après que nous aurons réglé celle du dragon, Peottre acceptera-t-il plus volontiers de partager avec nous ce qu'il sait ; ou bien nous nous arrangerons pour envoyer discrètement un navire des Six-Duchés sur l'île pour ramener ce qui est à nous.* Je sentis son haussement d'épaules mental. *Ou ce qu'il en reste.*

*

Le feu près de notre tente se réduisait à un œil qui brasillait d'un rouge terne dans la nuit. Je le tisonnai un peu, repoussai au centre les derniers brandons et réveillai ainsi une ou deux flammèches pâles. Il restait de la tisane tiède dans ma bouilloire fatiguée et un fond de gruau dans la marmite ; Crible avait disparu, soit qu'il fût de faction, soit qu'il dormît. Courbé en deux, je franchis l'entrée basse de la tente et tâtonnai dans le noir jusqu'à ce que je sentisse mon coffre sous mes doigts. Lourd formait une masse obscure pelotonnée sous ses couvertures. Je m'efforçai de ne pas le réveiller en cherchant ma timbale dans mes affaires, et je sursautai quand sa voix retentit dans le noir. « On n'est pas bien ici. Je ne veux pas rester. »

En mon for intérieur, je partageais son sentiment. Je répondis : « Moi aussi, je trouve cette île sauvage et nue, mais pas pire que ce que j'ai connu ailleurs. Personne n'avait vraiment envie de venir, mais, puisque nous sommes là, autant faire contre mauvaise fortune bon cœur et accomplir notre travail. »

Il toussa puis dit : « Moi, je n'ai jamais été ailleurs de pire ; et c'est toi qui m'as amené. » Une nouvelle quinte le prit, et je sentis combien il était las de cette toux incessante.

« As-tu assez chaud ? demandai-je avec remords. Veux-tu une de mes couvertures ?

— J'ai froid. Je suis glacé dehors et dedans, comme cette île. Le froid me mange ; il nous mangera tous jusqu'aux os.

— Je vais réchauffer la tisane ; tu en désires ?

— Je ne sais pas. Il y a du miel ?

— Non. » Puis je cédai à la tentation. « Si, peut-être. Tiens, prends ma couverture ; je vais remettre la bouilloire sur le feu et voir si quelqu'un a du miel.

— D'accord », fit-il, peu convaincu.

Je le bordai ; il y avait des jours que nous n'avions plus été si proches l'un de l'autre. « Je n'aime pas que tu sois en colère contre moi, Lourd. Je n'ai pas demandé à venir sur cette île ni à te forcer à m'accompagner. Nous y étions obligés, c'est tout, pour aider notre prince. »

Il garda le silence et je ne sentis aucun adoucissement de sa froideur envers moi ; mais, au moins, il ne m'accabla pas de reproches. Je savais qui était susceptible de posséder du miel. Sortant de notre tente, je me dirigeai vers la hauteur où se dressaient celles de la narcheska et du prince ; entre elles, légèrement surélevée, celle du fou, multicolore, battait doucement dans le vent. Dans la pénombre croissante, elle paraissait luire d'un éclat intérieur.

Devant elle, je m'arrêtai, hésitant. On avait solidement noué le rabat. Une seule fois par le passé, à peine adolescent, j'avais pénétré dans le logement privé du fou sans y avoir été invité. Par la suite, j'avais toujours regretté cette intrusion, non seulement parce qu'elle avait soulevé plus de mystères qu'elle n'en avait résolu, mais aussi parce qu'elle avait ouvert une lézarde dans notre confiance réciproque. Sans jamais les énoncer de vive voix, le fou m'avait clairement enseigné les règles qui présidaient à son amitié : il décidait seul des questions personnelles auxquelles il acceptait de répondre, et toute tentative pour forcer son intimité était considérée comme une atteinte ; cela comprenait toute manœuvre de ma part visant à découvrir sur lui des éléments autres que ceux qu'il avait choisi de me révéler. Voilà pourquoi je restai immobile, dans les rafales qui soufflaient du glacier, à me demander si le jeu en valait la chandelle. Notre amitié déjà bien éprouvée ne souffrait-elle pas d'assez de fissures ?

Je me penchai, dénouai le rabat et me glissai dans la tente.

Elle était faite d'un tissu inconnu de moi, peut-être une espèce de soie, mais d'une trame si serrée que pas un souffle n'agitait l'air à l'intérieur. La lueur émanait d'un petit brasero dans un trou creusé dans le sol ; les pans de soie retenaient efficacement la chaleur qu'il dégageait et semblaient en multiplier l'éclat par leur luisance. Pourtant, il régnait dans la tente une lumière, non pas vive, mais chaude et intime. Un mince tapis couvrait la terre à nu, et une simple paillasse constituée de couvertures de laine occupait un coin de l'abri. Mon odorat de loup reconnut les parfums du fou ; dans un autre angle, je vis un nécessaire à vêtements et quelques objets familiers ; il avait apporté la couronne aux coqs, à laquelle manquait toujours ses plumes. Je ne m'en étonnai pas : celles que j'avais trouvées sur l'île des Autres et dont je pensais qu'elles appartenaient à la coiffure restaient rangées dans mon coffre. Certains objets ont trop de valeur pour qu'on les néglige.

Il possédait une maigre réserve de vivres et une seule casserole ; à l'évidence, il avait compté sur notre arrivée pour assurer sa survie à long terme. Je ne remarquai nulle arme d'aucune sorte dans ses affaires ; les couteaux ne pouvaient servir qu'à la cuisine. Je me demandai quel navire il avait réussi à dénicher pour se faire déposer sur l'île et pourquoi il n'avait pas prévu plus de provisions. Parmi ces dernières, je trouvai un petit pot de miel ; je le pris.

Il n'y avait pas le moindre bout de papier pour lui laisser un mot. J'aurais aimé lui dire que je ne voulais pas qu'il meure et que c'était pour cela que j'avais tout fait pour lui mettre des bâtons dans les roues. Finalement, je posai la couronne aux coqs au milieu de son lit ; mais, avant cela, je fis tourner le simple cercle de bois entre mes mains ; dans la douce lumière, l'œil d'un coq en pierre taillée jeta un bref éclat. Le fou comprendrait que je l'avais placée là exprès et que je ne souhaitais pas lui laisser croire que j'avais tenté de lui cacher ma visite. En sortant, je fixai le rabat avec des nœuds différents des siens.

Lourd s'était à demi assoupi, mais, quand je servis la tisane et la sucrai, il se redressa sur son séant pour prendre la chope que je lui tendais. Je n'avais pas liardé sur le miel ; il but la moitié de l'infusion puis poussa un grand soupir. « Ça va mieux.

— Tu en veux encore ? » Il ne m'en resterait guère, mais je ne voulais pas rater l'occasion de regagner sa faveur.

« Un peu. S'il te plaît. »

Je discernai un amollissement de ses défenses. « Passe-moi ta chope. » Comme j'ajoutai du miel au breuvage, je dis : « Tu sais, Lourd, notre amitié me manque. Franchement, j'en ai assez que tu sois en colère contre moi.

— Moi aussi, avoua-t-il en saisissant le récipient. Et puis c'est plus dur que je ne croyais.

— Vraiment ? Pourquoi continuer, alors ?

— Pour aider Ortie à être en colère contre toi.

— Ah ! » Me retenant de m'interroger sur cette déclaration, je poursuivis : « Elle t'a sans doute présenté ça comme un bon tour.

— Ouais », fit-il d'un ton triste.

Je hochai lentement la tête. « Mais elle va bien, n'est-ce pas ? Elle n'est pas blessée ni en danger ?

— Elle est en colère parce qu'elle a dû partir de chez elle, et aussi à cause du dragon. Ça me faisait peur, alors je lui ai dit qu'elle pouvait venir ici, parce qu'on va couper la tête d'un dragon ; mais elle a répondu : Ne t'en fais pas, mon papa me débarrassera du dragon. Tu vois, elle va bien. »

J'éprouvai un instant de vertige. C'était donc certain : l'oiseau messager avait bien atteint Castelcerf, et la reine avait pris aussitôt les mesures nécessaires pour mettre Ortie à l'abri ; et quelqu'un, Kettricken ou Burrich, lui avait appris qu'elle était ma fille. Pourquoi si vite et en quels termes ? Ces questions n'avaient plus d'importance tout à coup. Ortie savait, et elle m'en voulait ; toutefois, elle avait trouvé le moyen de me transmettre un message par le biais de Lourd pour m'annoncer qu'elle connaissait notre lien de parenté et comprenait que je cherchais à la protéger. Toutes mes émotions semblaient se heurter de front. L'avait-on mise au courant de mon histoire entière ou seulement du fait que je l'avais engendrée et que son ascendance l'exposait au danger ? Lui avait-on expliqué l'Art ? Lui avait-on dit que je possédais le Vif ? Je voulais naguère lui apprendre moi-même que j'étais son père, si je jugeais un jour nécessaire de le lui confier ; le choc aurait-il été plus facile ou plus rude à supporter ? Je l'ignorais ; il y avait tant de choses que j'ignorais, et tant de choses qu'elle ignorait sur moi !

Puis un autre aspect de la situation m'apparut soudain : si Ortie se trouvait à Castelcerf et qu'elle acceptât d'ouvrir son esprit à mon Art, nous pourrions communiquer avec la reine et la tenir au courant de nos progrès. Un curieux petit frisson d'excitation me parcourut : le prince Devoir disposait à présent d'un clan en état d'opérer.

Lourd me tira de mes pensées en me rendant la chope vidée jusqu'à la dernière goutte. « Tu as un peu plus chaud ? demandai-je.

— Un peu.

— Moi aussi. » Mais la chaleur que j'éprouvais n'avait aucun rapport avec la température de l'air. En certaines occasions, le cœur bat si fort et si librement qu'on reste insensible au froid le plus noir. Je me sentais en vie, entier, justifié de tous mes actes. Lourd se recoucha, pelotonné avec ma couverture tirée sur les épaules. Peu importait. Avec circonspection, je demandai : « Si Ortie vient dans tes rêves cette nuit, veux-tu lui dire... » Que je l'aime ? Non, il était bien trop tôt pour ces mots-là ; en outre, quand je les prononcerais, je voulais qu'elle les entende de mes lèvres. Pour l'instant, ce ne seraient que les paroles vides de sens de l'ombre d'un père qu'elle n'avait jamais vu. Non. « Veux-tu lui dire d'annoncer à la reine que nous nous portons tous bien et que nous sommes arrivés sans encombre sur l'île ? » Je restais volontairement dans le vague, car je ne savais pas si Tintaglia n'était pas en mesure de surveiller les échanges entre Lourd et ma fille.

« Ortie n'aime pas la reine. Elle est trop gentille, elle donne trop de jolies jupes, de parfums et de brillants à Ortie. Ce n'est pas sa mère ! Mais elle lui interdit de s'éloigner et elle ne lui permet de sortir qu'avec un garde. Ortie a horreur de ça. Et des leçons, elle en a eu son compte, merci beaucoup ! »

Malgré ma préoccupation, je ne pus m'empêcher de sourire. L'idée d'un affrontement entre ma fille et Kettricken ne me réjouissait pas, mais, à bien y songer, c'était inévitable ; en outre, je reconnaissais la façon de s'exprimer d'Ortie dans le débit de Lourd, et enfin, je me sentais soulagé qu'un excès de vêtements et de leçons représentât la plus grande menace qu'elle dût affronter pour le moment. J'éprouvais un bonheur presque imbécile en dépit de toutes les complications que sa présence allait amener dans mon existence.

Lourd avait sommeil, mais je souhaitais réfléchir encore un peu ; je sortis et refermai le rabat derrière moi. Près du feu mourant, je raclai le fond de gruau et le mangeai. Dernier à me servir, j'avais la responsabilité de nettoyer la marmite pour le lendemain ; je la grattai soigneusement au sable et à l'eau de mer, et je ne sentis ni le froid de l'eau ni l'âpreté du sable. J'avais la tête ailleurs. Kettricken logeait-elle ma fille dans mon ancienne chambre ? Ortie portait-elle aujourd'hui les bijoux et les atours d'une princesse ? Je versai le reste de tisane dans ma timbale et jetai les rinçures de la marmite ; mais, quand je voulus sucrer mon infusion, je fus incapable de mettre la main sur le pot de miel dans l'obscurité. Je la bus donc nature, noire, âcre et infusée d'un goût délicieux par le changement qui avait bouleversé ma vie cette nuit-là.

2
L'HOMME NOIR

De même qu'un clan d'Art peut employer ses talents pour influencer l'esprit éveillé et le convaincre de la réalité d'une illusion, un rêveur d'Art se sert de son don sur son propre esprit endormi pour créer un monde qui devient, pour lui, aussi réel que celui où nous vivons le jour. En un sens, il oppose sa magie à ses propres pensées. Alors que, pour la plupart, nous ne maîtrisons nullement nos songes, le rêveur d'Art, lui, a des chances de n'en avoir jamais fait qu'il n'ait décidés et risque même d'éprouver des difficultés à comprendre à quoi peuvent ressembler de tels songes ou que les autres rêvent ainsi.

Des rêves d'art, MAÎTRESSE D'ART SOLLICITÉ

*

Je dormis bien, sans qu'aucune image vînt troubler mon repos, et me réveillai en entendant le bruit des vagues sur la grève. L'aube pointait à peine, mais déjà gardes et guerriers du Hetgurd s'affairaient. J'allai au ruisseau et m'aspergeai le visage d'eau glacée. La marée montante avait recouvert le dragon de pierre, mais, maintenant que je le savais là, je percevais une espèce de murmure de Vif qui montait des ondes. Je regardai les navires à l'ancre ; j'aurais voulu demander à Trame ce qu'il pensait de la sculpture, mais les remords m'en empêchaient. Je n'avais pas tenu parole ; je ne lui avais pas donné l'autorisation de m'enseigner sa science. Avais-je le droit de le prier de l'employer à mon profit alors que je refusais de l'apprendre moi-même ? Je savais bien comment je réagirais si Leste adoptait pareille attitude. Assombri, je songeai qu'il n'y avait qu'un nombre limité d'heures dans une journée, et que, ces derniers temps, toutes étaient prises sans exception.

Je jetai un coup d'œil dans la tente où Lourd dormait toujours, et, lâchement, je décidai de le laisser tranquille ; je me rendis près du feu des gardes où le gruau commençait à mijoter. Longuemèche n'avait aucune corvée à m'attribuer sur-le-champ. J'observai les navires mouillés dans la baie mais n'y vis nul signe d'activité ; les invités avaient dû bavarder tard. Je retournai à la carrière ; à la lumière du jour, il me sembla distinguer des ossements et l'arrondi d'un crâne humain dans la nappe d'eau, mais les flancs à pic de l'excavation me dissuadèrent d'y aller voir de plus près. Les événements dont témoignaient ces vestiges remontaient sans doute à bien longtemps, alors que j'avais des soucis beaucoup plus immédiats. D'un pas flânant, je pris la direction des tentes des hommes du Hetgurd ; les guerriers étaient réunis et je crus d'abord qu'ils prenaient leur petit déjeuner sur une table de pierre en conversant à mi-voix. Puis, comme je m'approchai, mine de rien, je me rendis compte que leurs murmures dissimulaient en réalité une dispute. Je m'arrêtai et fis semblant de me gratter et de m'étirer en contemplant la mer, puis je mis un genou en terre comme pour ajuster ma chaussure, tout cela en tendant avidement l'oreille. Comme ils échangeaient leurs arguments à voix basse, j'avais du mal à saisir ce qu'ils disaient ; j'en entendis assez toutefois pour comprendre qu'ils avaient laissé une offrande à l'Homme noir sur le site traditionnel, c'est-à-dire la table de pierre, et qu'elle n'avait pas été acceptée. Je me relevai et me dirigeai vers eux.

Avec un sourire de lourdaud et un accent des Six-Duchés à couper au couteau, je leur demandai s'ils savaient quand le groupe de la narcheska devait débarquer. Un homme à la carrure large, la joue ornée d'un ours stylisé, me répondit qu'il arriverait quand il arriverait ; j'acquiesçai sans cesser de sourire avec l'air légèrement égaré de celui qui n'est pas sûr d'avoir compris. Puis, désignant la table de pierre d'un signe de la tête, je m'enquis de ce qu'ils mangeaient et je parvins à m'en approcher de trois pas avant que deux guerriers ne me barrent la route.

L'Ours m'expliqua qu'il s'agissait, non d'un repas, mais d'une offrande, et que je ferais mieux de rejoindre mes camarades si je désirais me restaurer, car un mendiant n'avait rien à faire parmi eux. Je le dévisageai pendant qu'il parlait, en bougeant les lèvres au même rythme que lui comme si j'avais du mal à saisir le sens de ses paroles, puis je souris largement, leur souhaitai le bonjour et m'en allai. J'avais réussi à entrevoir la table de pierre ; on y avait déposé un pot en argile, une petite miche de pain noir et une assiette de poisson salé qui nageait dans l'huile – rien qui m'eût paru appétissant, malgré ma faim matinale ; je ne pouvais reprocher à l'Homme noir de ne pas y avoir touché. En revanche, l'inquiétude des Outrîliens devant ce refus apparent m'intéressait ; d'après leur conversation, ils s'attendaient à ce qu'un habitant de l'île vînt s'emparer subrepticement, à la faveur de la nuit, de l'offrande ; il n'en avait rien fait et cela les préoccupait. C'étaient des guerriers éprouvés, choisis par le Hetgurd pour accomplir leur mission sans états d'âme ; la plupart des combattants que j'avais côtoyés manifestaient une attitude des plus terre à terre en matière de religion et de superstition ; certes, il leur arrivait de jeter du sel par-dessus leur épaule « pour se porter chance », mais bien peu se laissaient impressionner par les signes de mauvais augure, tels que le vent chassant le sel de côté. Selon mon hypothèse, ces hommes pensaient que l'Homme noir accepterait leurs présents et, par là, leur signifierait qu'il les autorisait à rester sur l'île ; il avait refusé leurs dons et cela les troublait. En quoi leur peur affecterait-elle leur attitude à l'égard de notre quête ?

En retournant à ma tente, je songeai que cette croyance indiquait que, dans le passé, de semblables offrandes avaient été acceptées. Quelqu'un résidait-il réellement sur l'île ou bien, ce que je jugeais plus vraisemblable, la nourriture disparaissait-elle dans l'estomac d'un animal comme le rat-voleur avec lequel Leste avait voulu se lier d'amitié ?

Je trouvai Lourd en train de se réveiller. Il paraissait un peu mieux disposé envers moi ce matin-là, et il accepta que je l'aide à s'habiller chaudement. Une quinte violente le laissa cramoisi et à bout de souffle, mais je ne montrai rien de l'inquiétude qu'elle m'inspira; une toux qui durait pouvait abattre le plus robuste des guerriers, or Lourd n'était ni grand ni vigoureux. Il luttait depuis trop longtemps contre son affection aux poumons, et voici qu'il devait séjourner sous une tente pleine de vents coulis par un été glacial. Sans lui faire part de ma préoccupation, je l'accompagnai jusqu'au feu pour y quémander notre part de gruau et de tisane chaude.

Crible et les autres gardes manifestaient une bonne humeur acide, typique des hommes qui doivent affronter une tâche difficile et peut-être désagréable; ils échangeaient des plaisanteries crues, se plaignaient de l'ordinaire et lançaient des commentaires méprisants sur nos «nounous» du Hetgurd. Assis un peu à l'écart, Longuemèche attendit la fin du repas puis distribua les corvées afin d'occuper ses hommes; il avait fini par admettre que mon devoir envers la Couronne consistait à garder Lourd, et il ne m'imposa pas de tâche supplémentaire. J'emmenai donc le petit homme se promener. Il ne dit rien devant la carrière ni le ruisseau de fonte, ne fit aucun commentaire sur le glacier bleu qui nous dominait de sa masse; mais, comme nous passions, sans que le hasard y fût pour rien, sur la grève près du dragon submergé, il secoua la tête et déclara d'un ton grave: «Ce n'est pas bon par ici.» Il parcourut lentement les environs du regard et ajouta: «Il s'est passé des choses horribles ici, et on dirait qu'elles se passent en ce moment.»

J'aurais aimé approfondir la question mais à cet instant il tendit son bras courtaud vers les navires. «Les voilà!» s'écria-t-il; il avait raison: les canots, chargés de passagers, se dirigeaient vers la grève. Nous les regardâmes approcher. Peottre, Sangrépée et la narcheska en occupaient un, Umbre, le prince, Civil, son marguet et Trame un autre, et le fou, Leste et Nielle le dernier. Plein d'entrain, le ménestrel expliquait je ne sais quoi avec force gesticulations pendant que Civil souriait largement, manifestement enchanté. Je poussai un petit soupir puis souris à part moi: mon fou n'avait pas perdu de temps pour les faire tomber sous son charme. Je regrettais sa présence sur l'île, car ses prophéties sur son propre sort m'effrayaient, mais, en même temps, je ne pouvais nier m'en réjouir. Il me manquait.

Quand les embarcations touchèrent terre, Lourd et moi n'étions plus les seuls à les attendre. Crible et un autre garde tirèrent celle de Peottre sur la plage, hors d'atteinte des vagues, Longuemèche et moi en fîmes autant pour celle du prince, puis pour celle du fou. Il descendit du canot sans un regard qui pût trahir le moindre lien entre nous. Lorsque tout le monde eut débarqué, les guerriers du Hetgurd s'attroupèrent autour d'Arkon Sangrépée et, sans même baisser la voix, lui expliquèrent que l'Homme noir n'avait pas accepté leur offrande ; dès lors, ils proposaient que nous reconnaissions le grave affront que représentait pour lui notre mission, que la narcheska revienne sur ses exigences et libère le prince de sa tâche.

Je me rendais compte de leur émotion, mais pas de l'importance qu'ils y attachaient, conclus-je après avoir artisé à Umbre et au prince la scène de la table de pierre. Ni l'un ni l'autre ne m'avait adressé un coup d'œil pendant que je leur transmettais mon compte rendu ; en retrait, ils attendaient poliment que s'achève la discussion à laquelle participaient Peottre et Sangrépée. La narcheska elle-même se tenait à l'écart et contemplait la mer. On l'eût dite sculptée dans la pierre, la résolution et la résignation inscrites au ciseau dans ses traits.

Le débat sur l'Homme noir se poursuivit, mais j'en fus distrait par l'arrivée du fou qui devisait aimablement avec Nielle et Civil. Les épaisseurs noires et blanches de ses habits me rappelèrent tant l'époque où il faisait fonction de bouffon auprès du roi Subtil que ma gorge se serra. Il ne jeta qu'un seul regard vers moi, d'un bref et imperceptible mouvement de ses yeux d'ambre, puis son attention s'arrêta sur la conversation des représentants du Hetgurd avec Peottre et Sangrépée ; on eût cru voir un limier renifler soudain une sente. Il ne s'intéressa plus qu'à eux et s'approcha sans se soucier de paraître grossier.

Les échanges avaient viré à la querelle, et les protagonistes parlaient si vite, d'une voix rendue gutturale par la colère, que j'avais peine à suivre leurs propos. Peottre s'écarta du groupe et croisa les bras ; ses yeux se perdirent au loin, mais, dans le même temps, sa main claqua sèchement sur le fourreau de son épée. Ce geste n'était pas en usage dans les Six-Duchés mais j'en compris aisément le sens : si quelqu'un voulait encore argumenter avec lui, il répondrait par le fer. Les hommes du Hetgurd se détournèrent de lui, refusant à l'évidence le défi, et s'attroupèrent autour de Sangrépée qui exprima son impuissance à grands gestes, puis désigna sa fille en haussant les épaules, comme pour dire que les pensées des femmes restent inaccessibles au raisonnement masculin. Son attitude parut mener à une décision.

Le guerrier à l'ours tatoué sortit du groupe et se dirigea vers la narcheska. Elle ne bougea pas, dos à lui, alors qu'elle l'entendait certainement approcher, et elle continua de contempler l'horizon derrière les navires. Le vent agitait les bords de son manteau bleu à capuche et soulevait ses jupes brodées, assez pour laisser voir ses bottes en peau de phoque et les chausses de laine qui en dépassaient. Elle ne prêtait pas plus attention aux privautés de la brise qu'à l'Ours immobile derrière elle. Il toussota, mais dut se résoudre à parler pour qu'elle consentît enfin à le regarder.

« Narcheska Elliania, j'aimerais vous dire un mot. »

Elle se retourna et seuls ses yeux répondirent qu'elle avait entendu. L'homme décida d'y voir l'autorisation de poursuivre. Il s'exprima clairement, d'un ton solennel, dans l'intention, je pense, que tous comprissent ses paroles. Le Hibou s'avança, sans doute afin de recueillir leurs paroles et les attester pour la postérité ; les bardes n'ont aucun sens de la discrétion.

« Vous avez certainement suivi toute notre discussion, mais la voici résumée en termes simples : hier soir, nous avons laissé une offrande à l'Homme noir, comme le veut la coutume lorsqu'on se rend sur cette île, quelle que soit la raison de la visite. Ce matin, nous l'avons retrouvée sur la table, intacte. On dit depuis longtemps qu'on n'achète pas la bienveillance de l'Homme noir, mais, quand il accepte les dons, il donne l'autorisation au donateur de risquer sa vie sur son île. Ce matin, nous avons compris que nous n'avions pas cette permission. Narcheska, nous vous avons accompagnée en vous prévenant que le défi imposé à votre prétendant était déplacé ; vous ne nous avez pas écoutés. Prêterez-vous attention aujourd'hui à ce que l'Homme noir lui-même nous montre ? Nous ne sommes pas les bienvenus. Nombre d'entre nous pensaient que vous feriez l'objet de ses foudres, mais nous ne nous attendions pas à ce qu'il nous défende de rester, à nous qui venons simplement veiller à ce que l'affrontement se déroule loyalement. Ce n'est pas uniquement votre vie et celle de votre époux que vous mettez en danger, mais notre existence à tous. Et, si vous deviez obtenir ce que vous demandez, nous craignons à présent que le déplaisir des dieux ne retombe non seulement sur vous mais sur tous les témoins. »

Elle battit des paupières, et je crus la voir rosir. Son immobilité de statue proclamait qu'elle entendait, bien qu'elle restât face à la mer, le regard perdu au loin. Plus bas, mais d'une voix qui portait toujours, l'Ours poursuivit : « Revenez sur votre défi, narcheska. Remplacez-le, si vous le désirez, par un autre plus approprié ; exigez de lui une défense de narval ou la dent d'un ours tué en combat singulier. Donnez-lui à affronter un animal qu'il convient à un homme de chasser, mais laissez-nous quitter cette île et le dragon qu'elle protège. Nul homme ne doit tuer Glasfeu, narcheska, pas même pour l'amour de vous. »

Pendant tout ce discours, j'avais pensé qu'il parviendrait à la convaincre, mais il prononça ces derniers mots avec tant de dédain que j'en sentis moi-même la cinglure. Sans le regarder, Elliania répondit : « Je maintiens mon défi. » Puis elle se tourna vers Devoir et ajouta : « Parce qu'il le faut, pour l'honneur du clan du Narval. »

On eût presque cru qu'elle s'excusait, qu'elle regrettait ces paroles mais devait néanmoins les prononcer. Le prince acquiesça lentement de la tête, acceptant à la fois le défi et l'affirmation qu'elle ne pouvait le retirer. C'était un acte de foi réciproque, et il me sembla comprendre alors ce qu'Umbre savait depuis quelque temps : si ces deux jeunes gens apprenaient à s'unir sous le même joug, ils formeraient un couple que rien n'arrêterait.

L'Ours serra les poings, et ses mâchoires se crispèrent. Le Hibou eut un hochement de la tête saccadé, comme pour graver l'instant dans sa mémoire.

S'adressant à Peottre, la narcheska reprit : « Ne devrions-nous pas nous préparer à nous mettre en route ? Le trajet sera long et ardu, paraît-il, pour parvenir jusqu'au dragon enfoui dans la glace. »

Ondenoire inclina gravement la tête. « Dès que nous aurons fait nos adieux à ton père. »

Par ces mots, du moins les entendis-je ainsi, il donnait congé à Sangrépée ; pourtant, celui-ci eut l'air, non pas insulté, mais soulagé. « Il faut profiter de la marée, en effet, dit-il.

— Soyez témoins ! » s'écria l'Ours avec colère. Tous se tournèrent vers lui. « Soyez témoins que, si nous mourons ici, nous qui sommes venus à la requête du Hetgurd, soyez témoins que, si nous mourons ici, les clans du Narval et du Sanglier devront payer l'or du sang à nos maisons maternelles ; car notre présence n'est pas de notre choix et nous ne désirons pas ce conflit. Si nous subissons le courroux des dieux, que nos familles ne demandent pas justice en vain. »

Un grand silence suivit ces mots, puis Peottre déclara d'un ton bourru : « Je suis témoin. » Arkon Sangrépée l'imita : « Je suis témoin. »

Il s'agissait évidemment d'une coutume outrîlienne que je ne connaissais pas. Umbre parut se rendre compte de ma perplexité et m'expliqua, non sans gêne : *Il vient de les lier l'un à l'autre. Le déshonneur ou la malchance qui découlera de nos actions retombera sur les clans du Narval et du Sanglier. L'Ours en a pris chacun ici à témoin.*

J'eus l'impression que la facilité avec laquelle Peottre et Sangrépée acceptaient la manœuvre contrariait l'homme. Il crispa les poings à plusieurs reprises, mais, comme nul ne daignait y prêter attention, il se détourna et s'éloigna ; le Hibou lui emboîta le pas. Ils avaient sans doute espéré un refus qui se serait réglé à l'épée ou à mains nues, alors que la concession faite les obligeait, leurs compagnons du Hetgurd et eux, à poursuivre leur mission.

Les adieux au père de la narcheska se déroulèrent dans une atmosphère morose ; y participèrent les envoyés du Hetgurd, Umbre, le prince, Peottre et la narcheska ; nous autres gardes demeurâmes en retrait. Lourd se promenait sans but sur la grève, retournant des galets et embêtant à l'aide d'un bâton les petits crabes qui se dissimulaient en dessous. Sous prétexte de me déplacer pour le garder à l'œil, je me rapprochai insensiblement du fou; il dut se rendre compte de mon manège car il s'écarta un peu de Leste et Nielle. Parvenu à une distance où je pouvais lui parler à mi-voix, je lui dis: «Ainsi, malgré tous mes efforts, tu as réussi à venir. Comment t'y es-tu pris?»

Nous étions de la même taille mais il parvint néanmoins à donner l'impression de me regarder de haut. Ses traits figés dénonçaient une grande colère, et je crus qu'il refuserait de me répondre; mais il déclara d'un ton froid: «Par la voie des airs.» Puis il se tut et se détourna. Je jugeai encourageant qu'il ne s'éloignât pas, mais peut-être désirait-il seulement ne pas attirer l'attention sur notre entretien. Je négligeai son explication facétieuse.

«Comment peux-tu m'en vouloir? Tu sais pourquoi j'ai agi ainsi: tu affirmais que tu mourrais sur cette île; je me suis donc arrangé pour t'empêcher d'y venir.»

Il garda le silence un moment. On poussa à la mer le canot où avait embarqué Arkon Sangrépée, puis deux de ses guerriers du Sanglier prirent les avirons et se mirent à souquer vigoureusement; leur expression disait clairement qu'ils quittaient l'île sans regret. Le fou me lança un regard en biais. Ses yeux assombris avaient la teinte du thé fort; sans fard ni maquillage, sa peau avait une douce couleur brun doré. «Je savais ce que j'avais à faire; tu aurais dû respecter cela, fit-il d'un ton de reproche.

— Si tu apprenais que je cours à la mort, ne tenterais-tu pas de m'arrêter?»

J'avais posé la mauvaise question, et je m'en rendis compte aussitôt. Contemplant le navire où les matelots remontaient la chaîne d'ancre et manœuvraient les voiles, il répondit à mi-voix, sans presque remuer les lèvres: «Au contraire. À de nombreuses reprises, j'ai vu que la foi ou ton obstination allait te mettre en danger, mais jamais je ne me suis opposé à ta volonté de courir ces risques.»

Là-dessus, il me tourna le dos et s'éloigna lentement; Leste me lança un coup d'œil perplexe, puis se précipita sur ses traces.

Je remarquai l'air de dégoût avec lequel Civil les observait. J'entendis des pas crisser sur le gravier de la plage et vis Trame qui s'approchait. J'eus du mal à soutenir son regard : j'éprouvais un étrange sentiment de culpabilité, comme si je lui faisais affront en refusant l'enseignement qu'il m'offrait ; pourtant, s'il se sentait insulté, il le cachait bien. Du menton, il désigna le fou et Leste. « Vous le connaissez, n'est-ce pas ?

— Naturellement. » La question me surprenait. « C'est le seigneur Doré, venu de Castelcerf. Vous ne l'aviez pas remis ?

— Non, du moins pas tout de suite. Il a fallu que messire Umbre l'appelle "sire Doré" pour que je note la ressemblance. Toutefois, même après avoir entendu son nom, j'ai gardé l'impression que je ne le connaissais pas du tout, à l'inverse de vous, apparemment. Je le trouve très insolite ; arrivez-vous à le percevoir ? »

Je compris ce qu'il voulait dire : le fou restait indétectable à mon Vif. « Non. Et il n'a pas d'odeur.

— Ah ! » Il n'ajouta rien mais, à l'évidence, je lui avais donné matière à réflexion.

Je baissai les yeux. « Trame, je vous présente mes excuses ; je me promets toujours de trouver du temps à passer avec vous, mais je n'y arrive jamais. Ne croyez pas que votre proposition ne m'intéresse pas ou que je dédaigne ce que vous avez à m'apprendre, mais il y a toujours quelque chose pour m'empêcher de faire ce dont j'ai envie.

— Comme maintenant », répondit-il avec un sourire de connivence, et il regarda Lourd, les sourcils levés. Le petit homme était accroupi près d'un morceau de bois flotté qu'il avait retourné, si absorbé dans l'observation des crevettines et des crabes qu'il ne prêtait nulle attention aux vagues tout près de lécher ses pieds. Si je n'intervenais pas vite, il passerait une journée inconfortable, les chaussures trempées. J'échangeai un regard entendu avec Trame et me hâtai de rejoindre le simple d'esprit.

Avant même que le navire ne disparût à l'horizon, Longuemèche commença de donner ses instructions. Avec la précision naturelle d'un militaire aguerri, il ordonna aux hommes de répartir l'équipement et les vivres en charges individuelles.

D'après le nombre de paquetages qu'il fit ainsi préparer, il prévoyait que chacun transporterait sa part jusqu'au bivouac suivant. Lourd avait cessé de retourner galets et bouts de bois sur la plage et se tenait assis à l'entrée de notre tente, l'air abattu, une couverture sur les épaules ; pourtant, il ne faisait pas froid à ce point. Je me demandai avec angoisse si la fièvre ne l'avait pas repris ; j'allai parler à Longuemèche.

« Quelle distance allons-nous couvrir aujourd'hui ? » Je désignai Lourd de la tête pour lui expliquer l'objet de ma préoccupation.

Le capitaine prit un air soucieux devant mon inquiétude. « On m'a dit qu'il fallait trois jours pour parvenir là où gît le dragon ; mais vous savez sûrement qu'une telle estimation n'a guère de sens : là où un marcheur expérimenté avec un sac léger mettra une journée, il en faudra trois à un courtisan et tout son train. » Il parcourut d'un œil songeur le ciel limpide puis les pics enneigés. « Ce ne sera une partie de plaisir pour personne, déclara-t-il enfin. L'hiver règne toujours sur un glacier. »

Je pris congé après l'avoir remercié. Les autres gardes avaient commencé à démonter leurs tentes, mais Lourd n'avait pas bougé de la nôtre. Je plaquai un masque réjoui sur mes traits, mais l'accablement me saisit à la pensée de la tâche qui m'attendait. S'il m'avait voué une violente rancune parce que je l'avais embarqué de force à bord d'un navire, quels seraient ses sentiments envers moi après que je lui aurais fait traverser un glacier ? « Allons, il faut emballer nos affaires, Lourd ! fis-je d'un ton plein d'allant.

— Pourquoi ?

— Voyons, si nous voulons tuer le dragon, nous devons nous rendre là où il se trouve.

— Je n'ai pas envie de tuer le dragon.

— De toute manière, ce n'est pas nous qui nous en chargerons, mais le prince. Nous allons l'y aider, rien de plus.

— Je ne veux pas y alleeeer ! » Il allongea la dernière syllabe d'un ton lugubre, mais, à mon grand soulagement, il se leva et sortit de la tente comme s'il s'attendait à ce que je la démonte aussitôt.

«Je sais, Lourd; moi non plus je n'ai pas envie de patauger dans toute cette neige et toute cette glace; mais il le faut. C'est notre devoir de servants du roi. Bon; avant d'abattre la tente, nous ferions bien de nous habiller plus chaudement. D'accord?

— On n'a pas de roi.

— Le prince Devoir deviendra roi un jour, et nous resterons à son service. Nous sommes donc les servants du roi dès aujourd'hui. Mais tu peux dire "servants du prince" si tu préfères.

— Je n'aime pas la neige et la glace.» De mauvaise grâce, il rentra dans notre abri et le parcourut des yeux d'un air désemparé.

«Je vais prendre tes affaires», fis-je d'un ton rassurant, et je joignis le geste à la parole. J'ai occupé bien des fonctions dans ma vie, et tenir celle de valet pour le petit homme ne me paraissait pas aussi incongru qu'à une époque plus ancienne. Je sortis ses vêtements puis les lui enfilai. J'eus l'impression d'habiller un enfant de grande taille: il se plaignit parce que la seconde chemise remontait les manches de la première, puis parce qu'il avait les pieds serrés dans ses bottes à cause des chaussettes supplémentaires. Quand j'en eus terminé, j'étais en nage et j'étouffais littéralement. Je l'envoyai m'attendre dehors en l'avertissant de rester loin de la mer, puis je me rajoutai moi-même une épaisseur de vêtements et empaquetai de nouveau nos affaires.

Soudain, je ne pus retenir un sourire: je venais de prendre conscience que je redoutais le trajet à venir parce que le froid réveillait toujours les douleurs de mes vieilles cicatrices, et je dus faire un effort pour me rappeler qu'elles avaient disparu grâce à ma récente remise en état par l'Art – du moins celles qui touchaient jusqu'aux muscles et aux os et par lesquelles la souffrance pénétrait jusqu'au plus profond de moi; des marques superficielles, qui n'affectaient que la peau, les avaient remplacées pour donner l'illusion qu'elles existaient toujours. Je fis rouler mes épaules pour me prouver que la blessure dans mon dos ne tiraillait plus mes chairs. C'était bon, et, un sourire béat aux lèvres, je sortis nos sacs à dos de la tente que je démontai ensuite.

Chargé de notre équipement, je me rendis auprès de Longuemèche qui surveillait la répartition des charges. Une seule petite tente restait debout ; le capitaine avait décidé d'établir une réserve de vivres près de la grève, et Umbre et lui discutaient pour savoir s'il fallait un ou deux hommes pour la garder. Le conseiller royal voulait n'en conserver qu'un afin de disposer de la plus grande main-d'œuvre possible, tandis que Longuemèche affirmait, courtois mais têtu, qu'il devait en laisser deux. « Il règne une atmosphère inquiétante sur cette île, monseigneur, et vous savez comme moi que les gardes sont superstitieux. Les représentants du Hetgurd ont parlé d'un Homme noir, et maintenant les gardes murmurent qu'en effet ils ont peut-être bien aperçu une ombre mystérieuse en train de rôder près du camp hier soir. Un homme seul ne saura pas faire face à de telles imaginations, alors que deux joueront aux dés, bavarderont et veilleront mieux sur nos provisions. »

Pour finir, Longuemèche l'emporta et Umbre accepta de laisser deux gardes sur place ; on désigna Perdrot et Rossée. Cette question réglée, le vieil assassin s'adressa à moi : « Lourd, le compagnon du prince, est-il prêt à se mettre en route, Blaireau ?

— Autant qu'il est possible, sire Umbre. » *Mais ça ne l'enchante pas du tout.*

Pas plus qu'aucun de nous. « Parfait. J'ai ajouté quelques objets au matériel dont j'aurai besoin quand nous atteindrons le dragon ; Longuemèche les a distribués pour en faciliter le transport.

— Très bien, sire Umbre. » Je m'inclinai ; il s'éloigna en hâte tandis que Longuemèche me tendait un tonnelet de poudre explosive à fourrer dans mon paquetage. Je poussai un gémissement muet : il était plus lourd que je ne m'y attendais. Nous n'en emportions que deux ; le second avait été confié à Crible, et les autres demeuraient dans la réserve.

Un homme seul eût pu entamer le trajet peu après le départ du navire de Sangrépée, mais, quand toute une troupe doit se préparer, c'est une autre histoire. Le soleil avait atteint le midi que nous n'avions pas encore achevé nos préparatifs. J'observai la rapidité avec laquelle le fou démonta sa tente sans l'aide de personne; j'ignore quels matériaux la constituaient, mais, une fois pliée, elle se réduisait à un paquet d'un encombrement extraordinairement faible. Il prit sur son dos la charge de toutes ses affaires, ce qui m'aurait laissé pantois si je ne l'avais pas su beaucoup plus robuste que sa mince charpente ne prêtait à le supposer. Il nous accompagnait, mais n'appartenait à aucun groupe; les envoyés du Hetgurd le considéraient avec la méfiance de nombreux guerriers à l'égard de ceux que les dieux ont touchés; ils ne le rejetaient pas mais jugeaient préférable, à l'évidence, de ne pas lui prêter attention et de ne pas attirer son regard. Les gardes, eux, paraissaient estimer que sa présence ne les concernait pas, et, en tout cas, n'avaient aucune envie qu'on les désigne pour l'aider à porter son chargement ni le servir en aucune manière. Nielle le lorgnait de loin, flairant une histoire intéressante, mais pas encore assez pour s'approcher de lui. Seul Leste semblait fasciné par lui, sans chercher le moins du monde à s'en dissimuler. Il avait posé son propre paquetage à terre et, assis dessus, il bavardait avec lui. Le fou a toujours été brillant causeur, et l'empressement du jeune garçon à rire de ses saillies paraissait exacerber sa vivacité d'esprit. Trame les regardait avec une expression apparemment approbatrice, et je m'aperçus que, pour la première fois, Leste manifestait une attirance amicale et sans contrainte pour quelqu'un. Alors que je me demandais comment le fou s'y était pris pour faire fondre sa réserve, je surpris l'air révolté avec lequel Civil les observait. Il croisa mon regard posé sur lui et détourna aussitôt les yeux, mais je sentis le malaise qui bouillonnait en lui. Pourrais-je trouver un moment pour lui parler en privé afin d'apaiser ses craintes? Manifestement, il n'avait pas oublié l'attitude de sire Doré quand nous avions logé chez lui, et je devinais sans mal l'inquiétude qui le rongeait: il croyait que le fou avait entrepris de séduire l'enfant. Je devais intervenir avant que Civil ne confie ses soupçons à quiconque, car, à mon avis, les Outrîliens ne montreraient guère de tolérance envers ce genre de comportement, que l'accusé fût ou non touché par les dieux.

Longuemèche fit distribuer à tous des bâtons de marche ferrés, articles que, pour ma part, je n'aurais jamais songé à emporter.

Mais c'est Peottre qui nous les fournissait en réalité, comme il apparut quand Umbre nous appela à nous réunir sur la grève pour écouter le kaempra avant de nous mettre en route.

La narcheska et lui portaient des charges aussi lourdes que les autres. La jeune fille se tenait à côté de trois traîneaux, contribution eux aussi d'Ondenoire, sur lesquels s'entassaient la plus grande partie de nos vivres. Elle arborait un long manteau de renard blanc, et son bonnet de tissu multicolore prenait toute la masse de son abondante chevelure noire. Les semelles de ses bottes souples étaient en peau de phoque, le dessus en daim avec la fourrure à l'extérieur; des lanières de cuir les maintenaient lacées jusqu'aux genoux. Malgré son air grave, on l'eût dite apprêtée comme une fiancée des Montagnes. Peottre, à ses côtés, la dominait de toute sa masse augmentée de sa tenue en loup noir et de son pantalon en peau d'ours. Plus qu'aucun vifier que j'eusse jamais connu, il ressemblait à un change-forme tout droit sorti d'une légende; les nombreuses épaisseurs de vêtements qui l'emmitouflaient lui donnaient une corpulence presque comique. Pourtant, nul ne souriait quand il s'adressa à nous, et chacun tendit attentivement l'oreille.

«Je sais où dort le dragon, dit-il; je m'y suis rendu deux fois déjà. Néanmoins, il me sera difficile de vous y conduire. Sur un glacier, connaître sa destination ne signifie pas qu'on en connaît le chemin; la pierre et la terre ne changent pas d'une année sur l'autre, mais un glacier bouge, et celui-ci compte parmi les plus actifs du monde. Il sommeille et il marche, il craque en s'éveillant et ses bâillements s'ouvrent en larges fissures; puis il se rendort, et le vent forme des ponts de neige sur ses crevasses béantes qui dissimulent ainsi leur danger à tous sauf aux voyageurs les plus prudents.

» Tomber dans l'une d'elles équivaut à se faire engloutir par un démon des glaces: vous dégringolerez dans les ténèbres et c'en sera fini de vous. Nous vous pleurerons mais nous poursuivrons notre route.»

Son regard nous balaya tous, et je ne fus pas le seul à réprimer un frisson d'angoisse.

«Suivez-moi, reprit-il, mais ne vous contentez pas de marcher derrière moi: mettez vos pas exactement dans les miens.

Et, même alors, ne vous fiez pas à la solidité du sol. Une fois sur le glacier, sondez la neige devant vous à chaque enjambée. Un, deux ou trois hommes peuvent franchir un abîme invisible sans accident avant vous, puis la croûte céder sous votre poids. Sondez le terrain à l'aide de votre bâton avant chaque pas. Vous vous en lasserez vite, mais ne cessez que si vous êtes aussi las de vivre. » À nouveau, il nous toisa du regard, et, à nouveau, il hocha la tête. Enfin, il dit : « Suivez-moi. »

Et, sans un mot de plus, il nous tourna le dos et se dirigea vers le haut de la grève. La narcheska lui emboîta le pas, puis le prince, puis Umbre. Sire Doré prit place derrière eux et nul ne songea à lui contester ce droit. Le clan de Vif vint ensuite, chargé de tirer un traîneau, puis les témoins du Hetgurd, et enfin Longuemèche et Heste avec le second traîneau, et Adroit et Crible avec le troisième. Je me retrouvai en avant-dernière position, Lourd marchant pesamment derrière moi. J'avais pris une partie de son chargement, mais lui en avais laissé assez pour ne pas blesser son amour-propre ; je m'en mordis bientôt les doigts et résolus de le décharger complètement pour le trajet du lendemain : même dans les conditions les meilleures, ses jambes courtes et son embonpoint lui auraient rendu la marche difficile ; alourdi par un sac à dos et gêné par une toux persistante, il était incapable de tenir la cadence qu'imposait Peottre. Le temps que nous parvenions à l'orle du glacier, un écart s'était déjà creusé entre le reste du groupe et nous deux. Chacun avait commencé à sonder diligemment la neige à chaque pas, et je crus que cela ralentirait assez nos compagnons pour nous permettre de les rattraper ; je n'avais pas compté avec Lourd et son esprit littéral qui lui faisait mettre en pratique les recommandations de Peottre avec la plus grande application. Il enfonçait son bâton dans la neige devant lui à chaque pas avec la même énergie qu'il eût déployée pour harponner du poisson. Il fut bientôt hors d'haleine mais refusa obstinément mes offres de sonder le terrain pour nous deux.

« Je ne veux pas me faire avaler par un démon des glaces », répétait-il d'un ton maussade.

Voyez-vous notre piste ? m'artisa Devoir.

Très clairement. Ne vous inquiétez pas pour nous. S'il faut que vous nous attendiez, je vous préviendrai. Au moins, tous ces efforts tiennent chaud à Lourd.

Trop chaud. Trop de travail! intervint l'intéressé.

« Tape le sol avec le bout de ton bâton ; tu n'es pas obligé de l'enfoncer brutalement.

— Si », répliqua-t-il. Discuter ne servait à rien ; je le laissai s'agiter comme bon lui semblait, bien qu'avancer à une allure d'escargot pour lui permettre de rester à ma hauteur mît ma patience à rude épreuve. Je m'ennuyais et j'avais trop de temps pour songer à notre situation ; je n'aimais pas la tournure des événements, sans être capable pour autant de mettre le doigt sur ce qui me tracassait précisément. Peut-être Lourd avait-il vu juste : il s'était produit des horreurs sur cette île, et on avait l'impression qu'elles se produisaient à l'instant même.

Le vent soufflait sans discontinuer mais le ciel restait bleu et limpide. À intervalles plus ou moins réguliers, des bouts de bois visiblement anciens pointaient de la neige, et sur certains étaient fixés des lambeaux de tissu aux couleurs vives ; ils servaient sans doute à jalonner le chemin que suivait Peottre, car il s'arrêtait souvent pour les redresser ou y attacher un fanion neuf. Le groupe de tête progressait pourtant toujours plus vite que Lourd et moi ; peu à peu, l'écart augmenta et je ne distinguai plus, pour finir, qu'une file de petits pantins qui avançaient sur le glacier en exécutant une danse étrange rythmée par des coups de bâton. Nos ombres s'étirèrent de plus en plus, bleu pâle sur la neige craquante. La surface sur laquelle nous marchions ne ressemblait pas à de la vraie glace ni à de la vraie neige, telles que je les connaissais, du moins : sous une couche de cristaux récents se dressaient des aiguilles de glace compactée, et nous nous déplacions sur leurs pointes.

Au bout d'un moment, je pris conscience que j'avais décidé d'avoir un entretien avec le fou ce soir-là, sans me préoccuper de ce qu'en penseraient les uns ou les autres. Presque aussitôt, je sentis un mince fil d'Art s'insérer dans mon esprit, envoyé par Umbre. Sa pensée ne s'adressait qu'à moi. *Me restes-tu loyal, mon garçon ?*

Il aurait pu se montrer fier de ma réponse : lui-même n'aurait pas trouvé mieux dans un si bref laps de temps. *Autant que jamais.*

Il eut un petit rire sans humour. *Ah ! Enfin, tu ne me mens pas, au moins. Que t'a-t-il dit ?*

Le fou ?

Qui d'autre ?

Nous n'avons parlé que de la raison pour laquelle j'ai tenté de l'empêcher de nous suivre : lui sauver la vie. Apparemment, il juge ce motif insuffisant.

Il croit sans doute que c'est moi qui t'y ai poussé afin de le tenir loin du dragon tant que nous ne l'avions pas exhumé et décapité. Il se tut un instant. *La narcheska pleure. Elle ne se retourne pas pour ne pas montrer ses larmes, mais je l'entends à sa respiration. Elle s'est essuyé deux fois les yeux avec ses moufles avant de se plaindre de l'éclat de la lumière sur la glace qui la fait larmoyer. Réfléchis avec moi, Fitz ; pourquoi peut-elle bien pleurer ?*

Je l'ignore. La marche est rude, mais je ne la crois pas femme à s'écrouler en sanglots devant une tâche difficile. Peut-être craint-elle le courroux de l'Homme noir, ou bien redoute-t-elle d'avoir placé sa famille et celle de son père dans une position désavantageuse vis-à-vis du Hetgurd en…

Chut ! La pensée agacée de Lourd interrompit le fil de mon raisonnement. *Elle est triste, alors elle pleure. Arrêtez de faire du bruit et écoutez ! Ecoutez et cessez de casser la musique !*

Umbre et moi nous tûmes aussitôt. Nous étions convaincus d'artiser seul à seul ; le vieil assassin devait se demander à présent, tout comme moi, si le prince avait suivi notre conversation lui aussi. Mais pourquoi Umbre voulait-il lui cacher nos propos ? Je continuai d'avancer lourdement à la suite du groupe de Peottre dont les silhouettes allaient s'amenuisant. Elles se dirigeaient vers une crête sculptée par le vent et ne tarderaient pas à disparaître. L'oncle d'Elliania n'avait pas menti en parlant de l'activité du glacier ; certaines portions présentaient le lissé d'un gâteau recouvert de sucre pulvérisé, d'autres évoquaient le même gâteau qu'on aurait laissé tomber par terre. La piste de nos compagnons restait bien visible pour le moment, mais, je le savais, à mesure que descendrait le soir, les ombres brisées risquaient de la rendre plus difficile à distinguer. Je lançai un coup d'œil exaspéré à Lourd par-dessus mon épaule ; il avançait plus lentement que jamais.

Aussi hérissé par le silence qu'il nous imposait qu'impatienté par son train de tortue, je lui tournai le dos et me mis à marcher d'un pas vif, sans oublier, toutefois, de sonder la neige devant moi à chaque enjambée. Je pensais qu'il réagirait en me voyant m'éloigner ; mais, quand je le regardai, il continuait de se déplacer pesamment, avec la même prudence. Comme je l'observais avec irritation, sa façon de se mouvoir m'intrigua soudain ; on eût dit qu'il dansait : il enfonçait son bâton dans la neige une fois, deux fois, trois fois, puis il avançait d'un grand pas, au bord du déséquilibre ; il sondait à nouveau le terrain, un, deux, trois coups, puis faisait un nouveau pas exagéré. Je baissai mes remparts pour entendre sa musique incessante. D'habitude, j'identifiais les éléments qu'il y incorporait, mais, ce jour-là, il effectuait chaque pas sur un son chuintant qui ressemblait à un souffle d'air tandis que son bâton s'enfonçait au rythme d'une percussion grave et régulière. Je me coupai de sa mélodie et tendis l'oreille, sans parvenir à reconnaître des bruits similaires dans l'environnement du glacier.

Je m'étais arrêté, et Lourd m'avait presque rattrapé. Il leva les yeux de la neige à ses pieds et me vit en train de l'observer ; il se renfrogna, puis son regard se déplaça derrière moi et il fronça encore davantage les sourcils. « Ils ne sont plus là ! Pourquoi tu n'as pas fait attention ? Ils ne sont plus là et on ne sait pas où ils sont partis !

— Ne t'en fais pas, Lourd, répondis-je. On voit encore leurs traces ; et là, regarde, en haut de cette côte, il y a un bout de bois avec un chiffon accroché au sommet. Nous allons les retrouver – mais à condition de se dépêcher. » Je m'efforçai de ne pas laisser deviner l'inquiétude que me causait la tombée de la nuit ; les ombres s'approfondissaient et je n'avais nulle envie d'affronter seul l'obscurité au milieu du glacier.

Il tendit soudain son bras vers la crête. « Là-bas ! Tout va bien ! En voilà un ! »

Je me tournai dans la direction indiquée, songeant que le prince avait dû envoyer un garde se poster là pour nous donner un point de repère. Lourd avait raison : il y avait quelqu'un sur la crête ; mais, malgré la distance et le jour faiblissant, je vis qu'il ne s'agissait pas d'un membre du groupe. L'inconnu se déplaçait à mouvements vifs, et, curieusement, mais sans que je pusse expliquer en quoi, sa démarche me parut familière. Je ne distinguai que sa silhouette qui franchissait le sommet, puis il disparut. Une peur sourde me glaça les sangs, et j'artisai frénétiquement à Umbre et Devoir : *L'Homme noir ! Je crois que l'Homme noir vous suit !*

Je regrettai aussitôt mon affolement, et Devoir ne put cacher son amusement. *Je ne vois personne derrière nous, Fitz, rien que de la neige et des ombres. Allez-vous bientôt passer la crête ?*

Nous n'avons même pas entamé la montée. Lourd est distrait et il avance lentement.

Pas distrait ! Encore une fois, la facilité avec laquelle le petit homme avait capté des pensées qui ne lui étaient pas adressées me laissa interdit. *J'écoute la musique, c'est tout ! Sauf que tu n'arrêtes pas de la casser !*

L'Art d'Umbre s'interposa comme de l'huile une mer agitée. *J'ai demandé à Peottre si nous ferions halte pour la nuit et il m'a dit que oui. Une fois le sommet franchi, vous devriez nous apercevoir sans difficulté. Il m'a déjà désigné l'emplacement du bivouac ; comme rien ne le cache, vous n'aurez pas de mal à repérer nos feux.*

Des feux ? Pour la cuisine ? On mange bientôt ?

Oui, Lourd, on mange bientôt, sans doute dès ton arrivée. J'ai aussi apporté des friandises du navire ; je les partagerai avec toi si tu me rejoins avant que je les aie mangées toutes.

J'admirai la rouerie du prince tout en la déplorant ; elle détourna l'attention du simple d'esprit de sa « musique », et il consentit à marcher dans mes pas en me laissant m'occuper de sonder la neige. Je trouvais d'ailleurs un peu exagérées les recommandations de prudence de Peottre : assurément, si une section du glacier avait supporté le passage de tout le groupe de tête, elle résisterait à celui de deux personnes de plus. Ce raisonnement se révéla exact et nous gravîmes la pente sur les traces de nos prédécesseurs, non sans nous arrêter plusieurs fois pour permettre à Lourd de finir de tousser et de reprendre son souffle.

Au sommet de la crête, je vis aussitôt le campement en contrebas. On avait piqué des jalons munis de fanions colorés sur tout son périmètre ; à l'évidence, Peottre avait ainsi circonscrit une zone de sécurité pour le groupe. Les grandes tentes du prince et de la narcheska se dressaient déjà comme des champignons brusquement issus du sol, et, dans l'éclat mourant du jour, celle du fou évoquait une fleur sur la neige. Eclairés de l'intérieur, ses panneaux aux couleurs vives chatoyaient comme des vitraux, et ce que j'avais pris pour des motifs sans signification prenait soudain l'aspect d'une sarabande de dragons et de serpents. Le fou déclarait clairement son allégeance.

Près des tentes, ternes par comparaison, du reste du groupe brûlaient deux petits feux. Les hommes du Hetgurd avaient monté leurs abris un peu à l'écart des nôtres et allumé leur propre flambée, comme pour montrer clairement aux dieux qu'ils n'étaient pas des nôtres et ne méritaient pas de partager notre sort.

Je ne vis nulle trace de l'Homme noir ni aucune cachette où quiconque pourrait se dissimuler ; pourtant, cette constatation, loin d'apaiser mes inquiétudes, les accrut au contraire.

Comme nous descendions vers le camp, nous rencontrâmes notre première fissure dans la glace, simple lézarde étroite et sinueuse que je franchis d'un pas. Lourd s'arrêta net et contempla les entrailles de la fracture dont les teintes s'étageaient du bleu pâle au noir. « Allons, fis-je d'un ton encourageant, le camp n'est plus très loin. Je crois d'ailleurs que je sens des odeurs de cuisine.

— C'est profond. » Il leva les yeux vers moi. « Peottre a raison. Elle pourrait m'avaler tout rond et clac ! » Il recula.

« Mais non, tu n'as pas à t'inquiéter, Lourd. Tu n'as pas affaire à un monstre mais à une simple crevasse dans la glace. Viens ! »

Il inspira longuement puis se mit à tousser. Quand sa quinte passa, il dit : « Non. Je retourne à la plage.

— Tu ne peux pas, Lourd : la nuit va tomber. Ce n'est qu'une crevasse ; tu n'as qu'à l'enjamber.

— Non. » Il secoua la tête, son menton frottant sur son col. « Trop dangereux. »

Pour finir, je franchis la fissure en sens inverse et le pris par la main pour le persuader d'avancer ; je n'avais pas posé le pied par terre que je faillis tomber, car il sauta brusquement l'obstacle d'un bond maladroit et exagéré qui me déséquilibra. Comme je vacillais, je m'imaginai, dans une vision d'effroi, enfoncé dans la fissure étroite, coincé trop profondément pour qu'on pût me hisser mais empêché de descendre plus bas. Lourd perçut ma peur et me réconforta : « Tu vois, je te disais bien que c'était dangereux. Tu aurais pu mourir.

— Descendons au camp et n'en parlons plus », répondis-je.

Comme promis, on nous avait gardé un repas chaud. Crible et Heste avaient déjà fini de manger et s'entretenaient à mi-voix avec Longuemèche qui organisait les tours de garde pour la nuit. J'installai Lourd sur mon sac à dos près du feu, pris nos gamelles et me rendis auprès d'Adroit qui faisait le service avec une louche. Le dîner comprenait un seul plat, un ragoût de viande salée — trop salée, justement, et pas assez cuite. Avec un sourire ironique, je songeai que je m'étais habitué bien vite à la chère succulente de Castelcerf ; avais-je donc déjà oublié l'ordinaire de l'armée ? J'avais connu certaines circonstances où, au bout d'une longue journée d'hiver, j'avais mangé bien pire, quand je n'avais pas dû carrément me serrer la ceinture. Je pris une nouvelle bouchée de fricot ; à la suite de mes réflexions, j'aurais dû trouver meilleur goût à la viande dure, mais il n'en fut rien. Je coulai un regard discret vers Lourd, pensant qu'il ne tarderait pas à se plaindre de la cuisine, mais il contemplait les flammes avec une expression épuisée, sa gamelle en équilibre précaire sur ses genoux. « Tu devrais manger, Lourd », fis-je, et il sursauta comme si je l'avais brutalement tiré d'un rêve. Je saisis son écuelle avant qu'elle ne se renverse et la lui rendis. Il se mit à se restaurer, mais d'un air las, sans son enthousiasme coutumier pour les plaisirs de l'estomac, et en s'interrompant souvent pour tousser. Inquiet, j'achevai rapidement mon repas et laissai le petit homme les yeux fixés sur le feu qui baissait, et mâchant méthodiquement sa viande.

Umbre et Devoir étaient assis près de l'autre foyer avec le clan de Vif du prince. Je les entendis bavarder, rire parfois, et j'enviai un instant cette joyeuse convivialité ; il me fallut quelque temps avant de m'apercevoir que le fou ne se trouvait pas parmi eux : sans doute avait-il regagné sa tente. Puis je remarquai une autre absence : celle de Peottre et de la narcheska, qui manquaient eux aussi au groupe. J'observai leur tente : nulle lumière n'y brillait et rien n'y bougeait. Dormaient-ils déjà ? Ma foi, peut-être avaient-ils raison ; le kaempra nous réveillerait sûrement très tôt pour reprendre notre chemin.

Umbre dut m'apercevoir debout, l'air désœuvré, à la périphérie de la lumière du feu ; il quitta ses compagnons comme pour aller se soulager et je le suivis sans bruit. Je m'arrêtai près de lui dans le noir et murmurai : « L'état de Lourd me préoccupe ; je le trouve bizarrement distrait, et, d'une minute à l'autre, son humeur change de l'exaspération à l'effroi en passant par l'exaltation. »

Le vieil assassin hocha lentement la tête. « Il règne une atmosphère étrange sur cette île... Je ne saurais la qualifier précisément, mais elle pèse sans cesse sur mes pensées. J'éprouve une peur et une anxiété sans rapport avec la réalité, puis cela disparaît. J'ai l'impression que cette terre me parle par le biais de mon Art ; or, si quelqu'un d'aussi peu doué que moi dans cette magie y est sensible, qui sait ce qu'entend Lourd ? »

Je sentis de l'amertume dans sa dépréciation de son talent. « Vous devenez chaque jour plus fort, assurai-je. Mais vous avez peut-être raison : moi aussi je me sens tenaillé toute la journée par une angoisse imprécise. Certes, j'ai une nature parfois inquiète, mais ce que je ressens ici est encore plus informe que d'habitude. Croyez-vous à une relation avec les souvenirs emprisonnés dans la pierre ? »

Il poussa un grognement résigné. « Comment le savoir ? Il faut veiller à ce que Lourd mange et dorme bien ; voilà la seule aide que nous pouvons lui apporter.

— Son Art devient de plus en plus puissant.

— Je l'ai remarqué, oui. Mes maigres capacités ont l'air encore plus pâles en comparaison.

— Vous progresserez avec le temps, Umbre, avec le temps et de la patience. Vous vous débrouillez bien pour quelqu'un qui débute si tardivement et qui n'a entamé sa formation que récemment.

— Le temps... En fin de compte, nous ne disposons de rien d'autre, et pourtant nous n'en avons jamais assez. Tu prêches la patience à ton aise ; tu as joui de toute la magie que tu pouvais désirer, et même davantage, toute ton existence, tandis que je dois batailler bec et ongles pour en obtenir une minuscule parcelle au soir de ma vie. Comment peut-on parler de justice quand un simple d'esprit possède en abondance, sans lui accorder la moindre importance, ce qui me manque si cruellement ? » Il se tourna brusquement vers moi. « Pourquoi as-tu toujours bénéficié d'un si grand Art, par pleines bouffées, sans jamais désirer de toute ton âme le maîtriser, ainsi que j'y aspire depuis toujours ? »

Il commençait à m'effrayer. « Umbre, je crois que nous sommes victimes de l'influence de cette île qui exaspère nos peurs et nos désespoirs. Défendez-vous-en, dressez vos murailles et ne vous fiez qu'à votre logique.

— Humph ! Jamais je n'ai laissé mes émotions me dominer. Mais ce temps que nous perdons à bavarder serait mieux employé à dormir, dans ton cas comme dans le mien. Occupe-toi de Lourd le mieux possible, je me charge du prince ; lui aussi paraît en proie à une humeur plus sombre que d'ordinaire. » Il frotta ses mains gantées l'une contre l'autre. « Je suis vieux, Fitz, vieux et fatigué – et j'ai froid. Je me réjouirai quand cette aventure s'achèvera enfin et que nous prendrons le chemin du retour.

— Moi aussi, répondis-je avec ferveur. Mais je dois encore vous faire part d'une information. C'est étrange ; je croyais naguère que l'Art assurait le secret d'une conversation, or je dois vous rencontrer à l'écart et m'entretenir avec vous à mi-voix. Je ne crois pas Lourd disposé à m'écouter favorablement lui demander ce service ; il m'en veut toujours. Peut-être accepterait-il si cela venait du prince ou de vous.

— Mais quoi donc ? » fit Umbre avec impatience. Il s'agitait, dansait d'un pied sur l'autre, et je compris que le froid pénétrait sa maigre et vieille carcasse.

« Ortie s'est rendue à Castelcerf. Notre oiseau a dû parvenir à la reine, qui a dépêché un émissaire auprès de Burrich pour qu'il l'envoie au château se placer à l'abri du danger. Elle sait en outre que la menace qui pèse sur elle est liée au but de notre mission : rapporter la tête du dragon. » Je ne pus me résoudre à dire à Umbre qu'elle avait aussi appris notre parenté ; je tenais à découvrir ce que Burrich avait révélé exactement à ma fille avant que ce secret ne cesse d'en être un.

Le conseiller royal discerna aussitôt les implications de la nouvelle. « Or Lourd parle à Ortie dans ses rêves ; nous pouvons donc communiquer avec Castelcerf et la reine.

— Presque ; il faut aborder la question avec circonspection, à mon avis. Lourd m'en veut toujours et risque de nous jouer de mauvais tours s'il pense pouvoir se venger ainsi de moi. Ortie aussi éprouve de la rancune contre moi ; je ne puis la contacter directement et j'ignore quelle attention elle accorderait à des messages de ma part qui lui parviendraient par le biais de Lourd. »

Il poussa un grognement contrarié. « Tu t'y prends bien tard pour te ranger à mes vues la concernant, Fitz. Je n'ai pas envie de te faire de reproches, mais si tu nous avais laissés prendre Ortie sous notre protection dès que nous avons détecté son talent, jamais elle n'aurait couru de risques, et nous ne serions pas aujourd'hui paralysés par vos querelles personnelles : le prince ou moi pourrions entrer en contact avec elle si on l'avait formée convenablement à sa magie. Nous aurions pu rester en communication avec Castelcerf depuis le début du voyage. »

Je savais ma remarque puérile, mais je répondis néanmoins : « Vous l'auriez sans doute emmenée avec nous afin d'augmenter la réserve d'énergie du prince. »

Il soupira comme s'il avait affaire à un élève entêté qui refuse d'admettre qu'il a tort – ce qui était le cas, je pense. « Crois ce que tu veux, Fitz. Mais, je t'en prie, ne fonce pas tête baissée comme un taureau harcelé par des abeilles dans cette voie qui s'offre à nous. Laisse à Ortie quelques jours pour s'acclimater à Castelcerf ; pendant ce temps, le prince et moi discuterons de ce qu'elle doit apprendre sur elle-même et de la meilleure façon de l'approcher par l'entremise de Lourd. Lui aussi aura peut-être besoin d'une certaine préparation. »

Le soulagement me submergea : j'avais redouté que ce ne fût

Umbre lui-même qui chargeât tête baissée. « J'agirai selon vos conseils. Procédez avec douceur.

— Voilà qui est bien », dit-il d'un ton absent ; je savais que son esprit travaillait déjà sur la meilleure manière de déployer ces nouveaux pions sur l'échiquier.

Nous nous séparâmes pour la nuit.

3

CIVIL

Hoquin était le Prophète blanc et Fol-Œil son Catalyseur au temps où Sardus Chif gouvernait les Bordures. La famine y régnait depuis longtemps, et certains y voyaient une sanction infligée au pays parce que Sardus Prex, la mère de Sardus Chif, avait fait brûler tous les bois sacrés, folle de douleur et de colère contre le Dieu des feuilles à la disparition de Slevm, son époux, mort de la syphilis. Depuis, les pluies avaient quasiment cessé, car il ne restait plus de feuilles sacrées à laver: les pluies ne tombent que pour cette tâche vénérable et non pour étancher la soif des hommes ni de leurs enfants.

Hoquin pensait qu'en tant que Prophète blanc il avait pour mission de rendre leur fertilité aux Bordures et qu'il fallait pour cela y remettre l'eau. Il obligea donc son Catalyseur à étudier le précieux liquide et les différents moyens de le faire revenir dans le pays: puits profonds, canaux, prières et offrandes. Il lui demandait souvent ce qu'elle changerait pour que l'eau arrose de nouveau la terre de son peuple, mais jamais elle ne lui donnait de réponse qui lui convînt.

L'eau n'intéressait pas Fol-Œil. Elle était née pendant les années sèches, avait grandi pendant les années sèches et ne connaissait que les années sèches et l'existence qu'elles imposaient. Elle aimait en revanche les thippis, les petits fruits aux nombreux pépins mais à la chair tendre qui poussaient à ras de terre à l'abri des ronciers, dans les anfractuosités des piémonts. Alors qu'elle aurait dû vaquer à ses tâches, elle s'éclipsait discrètement pour se rendre sur les contreforts des hauteurs et s'introduire dans les taillis, dont elle revenait les jupes et les cheveux piquetés de graines de ronce et les lèvres violettes de jus de thippi. Cela mettait en colère Hoquin le Blanc qui la battait souvent pour son manque d'assiduité à ses devoirs.

Puis un jour, autour de leur chaumière, là où la terre restait toujours sèche et poussiéreuse, des ronces commencèrent à pousser. L'écheveau de leurs tiges épineuses abrita le sol du soleil, et des pieds de thippi se mirent à croître à cette ombre. À la saison où le thippi perd ses feuilles, de l'herbe-grise apparut et des lapins s'installèrent sous les ronciers pour s'en nourrir. Alors Fol-Œil les attrapa et les cuisina pour le Prophète blanc.

Scribe Catéren, du Prophète blanc HOQUIN

*

Contrairement au conseil d'Umbre, je n'allai pas me coucher tout de suite ; je retournai à notre feu, où Lourd, assis sur mon sac, regardait fixement les braises et frissonnait, lentement envahi par le froid du glacier. Je le tirai de sa somnolence et le mis au lit dans la tente que nous devions partager avec Crible et Heste ; l'exiguïté même de notre abri nous permettrait de profiter de la chaleur corporelle de nos voisins. Il se mussa sous ses couvertures, poussa un grand soupir qui s'acheva en crise de toux, soupira de nouveau et sombra dans le sommeil. S'entretiendrait-il avec Ortie cette nuit ? Peut-être, le matin venu, trouverais-je courage de lui poser la question ; pour l'instant, je me satisfaisais de la savoir en sécurité à Castelcerf.

Je ressortis sous le ciel constellé. Les feux étaient presque entièrement consumés ; Longuemèche garderait quelques braises dans un récipient, mais nous ne disposions pas de combustible en quantité suffisante pour entretenir les flambées toute la nuit. Une pâle lueur émanait de la tente de Devoir, sans doute celle d'une petite lampe. La toile du fou luisait elle aussi ; on eût dit un bijou dans l'obscurité. Je m'en approchai sans bruit.

Je m'arrêtai en entendant parler à l'intérieur ; je ne distinguai pas les propos échangés mais j'identifiai sans mal les interlocuteurs. Leste dit quelque chose et le fou fit une repartie d'un ton taquin ; l'enfant éclata de rire. L'atmosphère paraissait

56

paisible et amicale ; j'éprouvai un étrange sentiment d'exclusion et faillis regagner ma tente, puis je me reprochai cette bouffée de jalousie. Le fou s'était lié d'amitié avec le petit ; et alors ? C'était sans doute ce qui pouvait arriver de mieux à Leste. Dans l'incapacité de frapper pour m'annoncer, je me raclai la gorge sans discrétion puis me courbai pour soulever le rabat. Un rai de lumière se posa sur la neige. « Puis-je entrer ? »

Après une hésitation infime, le fou répondit : « Si vous voulez. Veillez à ne pas apporter de neige ni de glace. »

Il me connaissait trop bien. J'essuyai le bas de mes chausses de la main, tapai mes chaussures, puis entrai à croupetons et laissai le tissu retomber derrière moi.

Le fou avait toujours possédé un don unique pour créer un petit monde où il pouvait se réfugier quand il en avait besoin, et sa tente ne faisait pas exception à cette règle. Lors de ma première visite, elle était charmante mais vide ; désormais, il l'occupait et l'emplissait de sa présence. Au milieu, un minuscule brasero brûlait sans presque dégager de fumée, et dans l'air flottait une odeur de cuisine épicée. Leste était assis en tailleur sur un coussin à glands tandis que le fou se tenait sur un coude, à demi allongé sur sa paillasse. Deux flèches, l'une d'un gris terne, l'autre peinte de couleurs vives et manifestement de la main du fou, reposaient sur les genoux du jeune garçon.

« Avez-vous besoin de moi, messire ? » demanda-t-il en hâte. Je perçus dans sa voix sa répugnance à s'en aller.

Je secouai la tête. « Je ne savais même pas que tu étais là », dis-je.

Comme le fou se redressait, je vis ce qui avait fait rire Leste : une petite marionnette pendait de sa main, accrochée à chacun de ses doigts par un mince fil noir. Je ne pus m'empêcher de sourire ; il avait sculpté un bouffon en réduction, noir et blanc. Le visage blafard représentait le sien quand il était enfant, et une chevelure blanche et duveteuse lui faisait comme une aura. Obéissant à une saccade d'un long index, le pantin m'adressa un salut. « Eh bien, quel bon vent vous amène, Tom Blaireau ? » me demandèrent à la fois le fou et sa création ; un léger mouvement de côté du doigt et le petit bouffon pencha la tête dans une attitude interrogatrice.

« Celui de l'envie de compagnie », répondis-je après un instant de réflexion. Je m'assis en face de Leste, le feu entre lui et moi. Il me lança un regard irrité puis détourna les yeux.

Le fou garda une expression neutre. « Je vois. Bienvenue. » Mais je ne sentis nulle chaleur dans son accueil ; j'étais un intrus. Un silence gêné s'installa et je mesurai alors l'erreur que j'avais commise : l'enfant ignorait tout du lien qui nous unissait, le fou et moi, et je ne pouvais donc m'exprimer librement. De fait, je ne trouvais absolument rien à dire. Leste contemplait le brasero d'un air maussade, attendant visiblement que je sorte ; le fou avait entrepris de décrocher le pantin de ses doigts un fil après l'autre.

« Je n'ai jamais vu de tente semblable à celle-ci. Elle vient de Jamaillia ? » Même à mes propres oreilles, ma question sonnait comme une interrogation poliment creuse lancée à une vague connaissance qu'on croise par hasard.

« Du désert des Pluies, plus exactement. Je pense que le tissu a été confectionné par les Anciens, mais j'ai choisi les motifs dont on l'a brodé.

— Confectionné par les Anciens ? » Leste releva la tête avec l'avidité d'un enfant qui pressent une histoire. Un sourire imperceptible joua sur les lèvres du fou ; il avait dû remarquer qu'une étincelle d'intérêt s'allumait dans mon œil aussi.

« C'est ce que disent les gens du désert des Pluies, ceux qui vivent très en amont du fleuve ; ils affirment qu'il existait là de grandes cités qui abritaient les Anciens. Il est plus difficile de définir la nature ou l'aspect des Anciens ; mais, dans certaines régions, profondément enfouies dans la vase des marécages, il y a des villes de pierre. Parfois, certains trouvent le moyen d'y pénétrer, et, dans les salles demeurées sèches et intactes, découvrent les trésors d'un autre temps et d'un autre peuple. Quelques-uns des objets qu'ils en rapportent sont d'essence magique, et même les habitants du désert des Pluies ne comprennent pas totalement leurs propriétés ni leur fonction ; d'autres ne diffèrent de ceux que nous pourrions fabriquer nous-mêmes que par leur qualité.

— Comme celui-ci ? » Leste leva la flèche grise. « Vous avez dit qu'il venait du désert des Pluies. Je n'ai jamais vu un bois pareil. »

Une fraction de seconde, le regard du fou se porta sur moi. « C'est du bois-sorcier, un matériau très rare, encore plus que le tissu de ma tente, qui est pourtant plus fin que la soie et plus résistant à la fois. Je pourrai réduire toute la surface qui nous entoure en une boule qui tiendrait dans le creux de ma main ; néanmoins, tendue sur les piquets, elle se montre d'une grande solidité, et d'un tissage si serré qu'elle retient la chaleur à l'intérieur et empêche l'air froid d'entrer. »

Leste effleura d'un doigt émerveillé le pan derrière lui. « Il fait bon ici, meilleur que je ne l'aurais cru possible dans une tente. Et j'aime bien les dragons sur les parois.

— Moi aussi », répondit le fou. Il se rallongea sur son lit, appuyé sur un coude, et se mit à contempler le brasero. Les petites flammes trouvèrent un double reflet dans ses yeux. Je me laissai aller un peu en arrière, dans la pénombre, et l'étudiai ; des méplats et des angles étaient apparus sur son visage qui n'existaient pas au temps de notre jeunesse, et la nouvelle teinte de ses cheveux semblait leur avoir donné de la substance ; ils ne flottaient plus autour de sa figure mais tombaient sur ses épaules, lisses comme la crinière d'un cheval et beaucoup plus fins. « C'est à cause des dragons que je me trouve ici. »

Une fois de plus, il me jeta un coup d'œil imperceptible. Je croisai les bras et me reculai davantage dans les ombres.

« Il y a des dragons dans le désert des Pluies, poursuivit-il en s'adressant à Leste, mais un seul qui soit vigoureux et en bonne santé, une femelle. Elle s'appelle Tintaglia. »

L'enfant se rapprocha encore de lui. « Alors les Marchands de Terrilville disaient la vérité ? Ils ont un dragon ? »

Le fou pencha la tête comme s'il réfléchissait avant de répondre, et, de nouveau, un infime sourire joua sur ses lèvres ; enfin, il fit un signe de dénégation. « Je ne décrirais pas la chose ainsi ; je dirais plutôt qu'un dragon habite dans le désert des Pluies et que Terrilville se trouve sur son territoire. C'est une créature magnifique, bleue comme le meilleur acier et argentée comme un anneau brillant.

— L'avez-vous vue de vos propres yeux ?

— En effet. » Le fou sourit devant l'expression éblouie de l'enfant. « Et je lui ai parlé. »

Leste reprit son souffle ; il avait apparemment oublié ma présence. Néanmoins, je n'aurais su dire à qui de nous deux le fou s'adressait quand il reprit : « Cette tente fait partie des cadeaux qu'elle a persuadé les habitants du désert des Pluies de me donner.

— Pourquoi leur a-t-elle demandé ça ?

— Parce qu'elle savait que je servirais ses desseins sans faillir, car nous nous sommes connus en d'autres temps et sous d'autres aspects.

— Comment ça ? » Le jeune garçon soupçonnait visiblement le fou de se moquer de lui ; pour ma part, je craignais qu'il qu'en fût rien.

« Je ne suis pas le premier de mes semblables à entretenir des relations avec les dragons, et Tintaglia dispose de toute la mémoire de son espèce ; ces souvenirs glissent dans son esprit comme des perles étincelantes sur un fil. Ils remontent, au-delà du serpent qu'elle fut jadis, à l'œuf d'où sortit ce serpent, au dragon qui pondit cet œuf, au serpent que fut ce dragon, à l'œuf d'où naquit ce serpent, au dragon qui mit bas cet œuf, au serpent que ce dragon…

— Pitié ! » s'exclama le garçon qui riait à en perdre haleine. Le fou faisait virevolter les mots comme un jongleur des massues.

« Et ainsi de suite jusqu'à l'époque où elle avait connu quelqu'un comme moi. Peut-être, si j'avais possédé une mémoire similaire, aurais-je pu lui dire : "Ah oui, je me rappelle parfaitement ; quel plaisir de te revoir !" Mais je ne jouis pas de tels souvenirs, et j'ai donc dû la croire sur parole quand elle m'a affirmé qu'elle ne trouverait personne de plus digne de sa confiance que moi. »

Il avait adopté le rythme cadencé d'un conteur ; l'enfant était suspendu à ses lèvres. « Et quel dessein devez-vous servir ? demanda-t-il d'un ton pressant.

— Ah ! » Le fou écarta ses cheveux de son visage, s'étira, et soudain son long index se tendit vers moi. « Lui le sait ; il a promis de m'aider. N'est-ce pas, Blaireau ? »

Je cherchai frénétiquement dans mes souvenirs. Avais-je promis de l'aider ou seulement de prendre ma décision le temps venu ? Je souris et, avec un esprit de repartie qui était pure comédie, je répondis : « Au moment voulu, je servirai mon dessein. »

La distance que j'établissais avec ses propos ne lui échappa point, mais il hocha la tête comme si j'avais acquiescé à ses paroles et dit : « Comme nous tous, y compris le petit Leste, fils de Burrich et fils de Molly.

— Pourquoi m'appelez-vous ainsi ? » L'enfant parut piqué au vif. « Mon père n'est rien pour moi. Rien !

— Il n'est peut-être rien pour vous, mais vous demeurez son fils. Vous pouvez le renier, mais vous ne pouvez l'obliger à vous renier. Il y a des liens qui ne se tranchent pas d'un mot, des liens qui sont, tout simplement ; ces liens assurent la cohésion entre le monde et le temps.

— Rien ne me rattache à lui », répliqua le jeune garçon avec entêtement, et le silence régna quelque temps. Leste sentait qu'il avait rompu le fil de l'histoire et que le fou ne le renouerait pas de son propre chef. Au bout d'un moment, il s'avoua vaincu et demanda : « Quel but poursuit la femelle dragon pour vous amener ici ?

— Vous le savez bien, voyons ! » Le fou se redressa. « Vous avez entendu les discussions sur la grève, et je n'ignore pas la promptitude avec laquelle les bruits se propagent dans un petit groupe comme le nôtre. Vous venez tuer le dragon ; je viens vous en empêcher.

— Sauf si notre combat est juste, que le dragon nous attaque en premier. »

Le fou secoua la tête. « Non. J'ai pour unique mission de faire en sorte qu'il reste en vie. »

Les yeux de Leste se portèrent vers moi puis revinrent sur l'homme naguère nommé sire Doré. D'un ton incertain, il dit : « Alors vous êtes notre ennemi, si vous vous opposez à nous ? Mais vous êtes seul ! Comment pouvez-vous songer à vous dresser contre nous ?

— Je ne me dresse contre personne et je ne me considère comme l'ennemi de personne, même si ce n'est pas réciproque. Leste, je vous dis la vérité toute simple : je viens empêcher qu'on tue le dragon prisonnier de la glace. »

L'enfant s'agita, mal à l'aise. Il me sembla voir ses pensées s'organiser dans son esprit, et, quand il répondit, il me rappela tant Burrich que j'en eus la gorge nouée. « J'ai prêté serment de servir mon prince. » Il s'interrompit pour reprendre son souffle puis poursuivit d'une voix toujours troublée : « Si vous le combattez, messire, je dois vous combattre à mon tour. »

Le fou ne l'avait pas quitté du regard pendant qu'il parlait. « Je n'en doute pas, si vous avez la conviction d'agir pour le mieux, murmura-t-il. Et, si cette heure vient, elle arrivera bien assez tôt pour nous dresser l'un contre l'autre. Vous respecterez, j'en suis sûr, le devoir que m'impose mon cœur comme je respecte le vôtre. Mais, pour le moment, nous cheminons de conserve dans la même direction, et je ne vois aucune raison qui nous interdise de partager ce que Tom Blaireau a dit chercher : une compagnie amicale. »

Une fois encore, l'enfant nous regarda tour à tour. « Vous êtes donc amis, tous les deux ?

— Depuis de nombreuses années », répondis-je presque en même temps que le fou déclarait : « Bien plus que des amis, dirais-je. »

A cet instant, Civil Brésinga ouvrit brusquement le rabat de la tente et passa la tête par l'ouverture. « C'est bien ce que je craignais ! » s'exclama-t-il avec colère. Leste le regarda, la bouche arrondie de surprise, tandis que le fou poussait un soupir exaspéré. Le premier, je sortis de mon saisissement.

« Vos craintes n'ont aucun fondement », fis-je à mi-voix, alors que Leste, se méprenant sur les paroles du jeune homme, répliquait : « Jamais je ne trahirais mon prince, quel que soit celui qui me tente ! »

Cette réflexion sema, je pense, la confusion dans l'esprit de Civil. Ne comprenant plus ce qui se passait réellement, il dit avec mépris : « Leste, sors d'ici et retourne sous tes propres couvertures. » Il ajouta à l'adresse du fou : « Et ne croyez pas vous en tirer à si bon compte. Je ferai part de mes soupçons au prince ! »

Avant que mon compagnon ou moi ayons le temps de réagir à ces propos, nous entendîmes Crible crier : « Plus un geste ! Qui va là ? »

Je me précipitai au-dehors, bousculant Civil et manquant de peu de le jeter par terre, ce qui ne m'aurait guère inspiré de remords. Il me suivit, tout comme Leste et le fou. Le temps que j'atteigne le poste de faction de Crible, pratiquement tout le camp avait quitté ses couvertures pour connaître la raison de cette agitation.

« Qui va là ? cria encore le jeune garde d'un ton que l'incertitude rendait d'autant plus autoritaire et furieux.

— Où ? demandai-je, et il tendit le doigt.

— Là », chuchota-t-il, et alors je vis l'ombre de l'homme, ou peut-être l'homme lui-même. La surface irrégulière de la neige déplacée par le vent et la faible lueur des feux se mêlaient à l'intense grisaille de la nuit septentrionale pour confondre apparence et réalité. Les monts qui nous dominaient jetaient une obscurité profonde sur l'étendue blanche. Je plissai les yeux : quelqu'un se tenait à l'extrême limite de l'éclat mourant de nos foyers. Je ne distinguai que sa silhouette, mais j'eus aussitôt la conviction qu'il s'agissait de celui que j'avais aperçu dans la journée. Derrière moi, j'entendis Peottre dire d'une voix étranglée : « L'Homme noir ! » Il avait un ton effrayé, et les murmures qu'échangèrent bientôt les envoyés du Hetgurd exprimaient l'inquiétude. Le fou apparut près de moi et ses longs doigts s'enfoncèrent dans mon bras. Je doute que quiconque en dehors de moi entendît la question qu'il me posa tant il parla bas : « Qui est-ce ?

— Montrez-vous ! » lança Crible. L'épée au clair, il quitta notre cercle et s'avança dans l'obscurité. Longuemèche avait plongé une torche enduite de poix dans les braises mourantes du feu ; mais, quand elle s'enflamma et qu'il la leva au-dessus de sa tête, l'intrus s'était évaporé. Il s'était évanoui comme une ombre à l'approche de la lumière.

Son apparition avait jeté l'émoi dans le camp, sa disparition déclencha l'affolement général. Tout le monde se mit à parler simultanément, Crible et les autres gardes se précipitèrent là où l'ombre se tenait alors qu'Umbre leur criait de ne pas piétiner la neige ; mais, le temps que lui et moi arrivions à notre tour sur les lieux, ils avaient déjà effacé toute trace que l'inconnu aurait pu laisser. Longuemèche haussa la torche à bout de bras, mais nous ne pûmes relever aucune empreinte irréfutable qui s'approchât ou s'éloignât. Nous nous trouvions à l'intérieur du périmètre établi par Peottre, et nos propres pas se croisaient et se recroisaient partout.

D'une voix forte, un Outrîlien entonna une prière à El. Je n'ai jamais rien entendu d'aussi effrayant que la supplique d'un combattant aguerri à un dieu dépourvu de compassion. C'était une invocation dure et crue qui promettait des offrandes et des sacrifices si El acceptait de détourner son attention. Trame parut choqué, et, malgré le faible éclairage de la torche, je vis Peottre blêmir; la narcheska, hébétée, les traits figés, paraissait sculptée dans l'ivoire.

«Nous avons peut-être été victimes d'une illusion, d'un jeu d'ombre et de lumière», fit Nielle, mais nul ne prit cette idée au sérieux. Les représentants du Hetgurd ne proposèrent aucune hypothèse et tinrent entre eux, à mi-voix, des propos vifs, l'air inquiet. Peottre garda le silence.

«Notre visiteur, quelle que soit sa nature, a disparu, déclara Umbre pour finir. Retournons nous coucher et dormons tant qu'il fait encore nuit. Longuemèche, doublez la garde et ravivez les feux.»

Les hommes du Hetgurd, peu confiants, peut-être, dans l'efficacité de nos sentinelles, instaurèrent un tour de veille à part; ils étendirent aussi une peau de phoque à la limite de notre bivouac et y déposèrent des offrandes. Peottre ramena la narcheska à sa tente, mais je songeai qu'il ne dormirait sans doute guère davantage cette nuit-là. Pourquoi l'apparition l'avait-elle bouleversé à ce point? J'aurais donné beaucoup pour en savoir plus long sur cet «Homme noir» et les légendes qui l'entouraient.

Je pensais qu'Umbre voudrait s'entretenir avec moi, mais il se borna à m'adresser un regard accusateur; je crus d'abord qu'il me reprochait de n'avoir pas fait plus d'efforts pour appréhender l'inconnu, puis je compris qu'il me faisait grief de la présence du fou à mes côtés. Comme je m'apprêtai à m'écarter, j'interrompis mon mouvement avec agacement: moi seul déciderais de mes fréquentations et non Umbre. Je soutins son regard avec impavidité. Il secoua imperceptiblement la tête avant de se détourner pour raccompagner Devoir à leur tente.

Près de moi, Leste demanda: «Que dois-je faire maintenant?» Je perçus dans sa voix une crainte et une inquiétude qu'il refusait d'avouer; je m'efforçai d'imaginer ce qui m'aurait rassuré à son âge, et je me rabattis sur la sagesse de Burrich: il fallait l'occuper.

«Suis le prince et reste avec lui. Mieux vaut que tu dormes chez lui ce soir, car tu as l'oreille fine et le Vif pour te prévenir si on s'approche de sa tente. Explique-le-lui et dis-lui que c'est moi qui ai suggéré que tu le surveilles. Allons, vite, va chercher tes couvertures et rejoins-le avant qu'il ne se couche.»

Il me dévisagea un instant, bouche bée, puis je lus sur son visage une reconnaissance sans mélange. Il planta son regard dans le mien et déclara sans rancœur ni contrainte: «Vous savez que je suis fidèle à mon prince.

— Je le sais», confirmai-je. Burrich avait-il affiché une mine aussi radieuse quand Chevalerie l'avait proclamé son homme lige? J'eus soudain le sentiment qu'on n'accordait pas à son fils sa juste valeur; si Leste possédait la moitié du courage et de la loyauté de son père, Devoir avait désormais un joyau à son service. Comme l'enfant s'éloignait en courant dans le camp plongé dans l'obscurité, j'entendis des pas derrière moi et me retournai. Trame s'approchait, Civil sur ses talons. Comme s'il lisait dans mes pensées, il dit: «Ce petit fera quelqu'un de bien plus tard.

— Si on le laisse évoluer naturellement, sans lui instiller d'appétits dévoyés», enchaîna Civil. Jamais je n'avais vu personne plus près de laisser libre cours à sa violence; son marguet évoquait un fantôme neigeux à ses pieds. Je ne voulais pas de cette situation; je refusais les fausses allégations et je refusais le combat, mais je ne voyais pas comment les éviter. Le fou me prit de vitesse.

«Vous persistez à nourrir cette méprise, dit-il posément. Toutefois, s'il faut vous le répéter, je veux bien m'y prêter: je ne représente nulle menace pour cet enfant. Ce qui s'est passé chez votre mère était un subterfuge destiné à expliquer facilement mon départ précipité. Vous n'êtes pas stupide; vous avez vu que Tom Blaireau et moi servons le prince par des moyens qu'on ne vous a jamais complètement exposés et que nul ne

65

vous dévoilera ; abandonnez donc cet espoir. Je vous le dis en toute franchise, et pour la dernière fois : je n'éprouve aucune attirance physique pour cet enfant et je n'ai pas de visées sur sa chair. Mes sentiments sont les mêmes en ce qui vous concerne. »

Cette déclaration aurait dû apaiser Civil si elle avait correspondu à sa véritable préoccupation, mais tel n'était pas le cas, manifestement ; les oreilles aplaties de son marguet me l'indiquaient clairement. Le jeune homme répondit d'une voix grave : « Et ma fiancée, Sydel ? Prétendrez-vous que vous n'éprouviez aucune attirance physique pour elle et n'aviez pas de visées sur sa chair quand vous avez anéanti la confiance qui nous unissait, elle et moi ? »

Le silence et le froid qui se refermèrent sur nous ne provenaient pas que du glacier. J'avais rarement vu le fou peser ses mots si soigneusement avant de parler. Je m'aperçus que Nielle se tenait non loin de nous, témoin de nos échanges, et que ceux qui s'apprêtaient à regagner leurs tentes avaient fait halte pour assister à la scène. Je me demandai comment le ménestrel interprétait nos propos et ce qu'il comprendrait de ce que pourrait dire le fou. « Sydel était une charmante enfant la dernière fois que je l'ai vue, murmura mon ami ; et, comme un enfant, elle se montrait prompte à l'imagination et à la fascination. J'ai profité de son intérêt pour moi, je l'admets, et je vous en ai déjà expliqué la raison. Mais je n'ai pas anéanti la confiance entre vous ; vous seuls, tous les deux, en aviez le pouvoir, et, ce pouvoir, vous l'avez utilisé. Du temps a passé depuis, et, rétrospectivement, vous vous rendrez peut-être compte que l'affection qu'elle vous manifestait relevait seulement de la confiance d'une enfant, non de l'amour d'une femme. Je gagerais volontiers qu'elle n'avait connu guère d'autres jeunes gens en dehors de vous ; elle ne vous avait pas vraiment choisi, Civil : vous vous trouviez là et ses parents approuvaient votre relation, rien de plus. Quand je suis intervenu, qu'elle a senti la possibilité d'un choix...

— N'essayez pas de me faire endosser la faute ! le coupa Civil d'une voix grondante à laquelle son marguet fit écho. Vous l'avez séduite et vous me l'avez volée, puis vous l'avez rejetée en l'abandonnant au déshonneur.

— Je... » Le saisissement du fou me parut presque palpable, et il resta à court de mots. Mais, quand il répondit, ce fut d'une voix ferme, en possession de tout son sang-froid. « Vous vous trompez. Rien de ce qui s'est produit entre Sydel et moi ne vous a été caché – car c'était mon but, naturellement ! Rien ne s'est déroulé en secret et je ne l'ai nullement séduite ; je l'ai quittée, en effet, mais je ne l'ai pas déshonorée. »

Civil secoua la tête d'un mouvement trop brusque ; plus son interlocuteur s'exprimait avec mesure, plus l'agitation le gagnait. « Non ! Non, vous avez tout détruit entre nous avec vos appétits ignobles ! Et vous prétendez qu'il s'agissait d'un jeu ou d'un artifice ? Vous avez brisé les rêves que ma mère nourrissait pour nous, vous avez humilié le père de Sydel au point qu'il ne supporte plus de se trouver dans la même pièce qu'elle, et tout ça par plaisanterie ? Non ! Non, je refuse de le croire ! »

J'en avais l'estomac retourné. J'avais pris part à la comédie en question ; nous nous étions invités chez les Brésinga, sous couvert d'une partie de chasse alors que nous suivions en réalité la trace du prince et des Pie qui l'avaient enlevé. Les circonstances nous obligèrent à nous remettre précipitamment sur la piste de Devoir, et sire Doré machina une bonne raison pour que dame Brésinga accueille favorablement notre départ : il fit des avances éhontées à dame Sydel, la fiancée de Civil, et lui tourna la tête avec sa fortune, son charme et ses flatteries. Quand le jeune homme voulut s'interposer, le fou feignit d'être pris de boisson et lui fit comprendre qu'il lui ouvrirait volontiers ses draps à lui aussi. Nous agissions uniquement dans l'intérêt du prince, afin de reprendre sa poursuite le plus vite possible sans qu'on se demande pourquoi nous prenions congé des Brésinga si soudainement, mais les ravages que nous avions laissés dans notre sillage me donnaient aujourd'hui la nausée. Je redoutai brusquement l'issue de la scène. *Mon prince, je dois vous prier d'intervenir entre Civil et le fou. Ils se disputent et je crains qu'ils n'en viennent aux mains.*

« Je suis navré », répondit le fou avec une si grande émotion que nul ne pouvait douter de sa sincérité. Il s'interrompit puis reprit : « En vérité, Civil, il n'est jamais trop tard. Si vous aimez cette jeune fille comme vous semblez le manifester, allez la voir à votre retour dans les Six-Duchés et dites-le-lui. Donnez-lui le temps de devenir une femme et voyez si elle éprouve des sentiments réciproques à votre égard ; si oui, soyez heureux l'un avec l'autre ; sinon, sachez que votre relation n'aurait pas duré, que je m'y fusse immiscé ou non. »

Ce n'étaient pas les paroles que Civil voulait entendre. De cramoisi, il devint blanc, et il hurla tout à coup : « J'exige réparation ! » Et il se jeta sur le fou.

Une fraction de seconde trop tard, Trame tendit la main pour le retenir ; une fraction de seconde trop tard, je tentai de lui barrer le passage. Il bondit sur le fou comme un chat sur une souris et ils roulèrent ensemble dans la neige. Civil grondait comme un marguet ; son animal ne se précipita pas dans la mêlée, retenu, je pense, par le Vif de Trame. Comme je m'avançais pour séparer les combattants, le prince envoya son esprit dans le mien alors qu'il arrivait en personne, à demi habillé.

Laissez-les vider l'abcès, Fitz. Mieux vaut qu'ils règlent l'affaire entre eux plutôt que vous vous en mêliez et que le groupe se divise, chacun prenant parti pour l'un ou pour l'autre. Ce point d'infection suppure depuis longtemps et les mots seuls ne le guériront pas.

Mais le fou ne se bat jamais ! Jamais je ne l'ai vu dans une rixe.

Peu importe, fit Umbre avec une espèce de sombre satisfaction. *Il se battra qu'il le veuille ou non.*

Tout le monde pensait assister à une rapide victoire de Civil ; j'avais l'avantage de connaître le fou. Malgré sa stature frêle, il avait toujours pu rivaliser de vigueur avec moi, même dans les périodes de ma vie où j'affûtais intensivement mes talents de guerrier. Un jour, alors que j'étais blessé, il m'avait porté jusque chez lui en dépit de la neige qui encombrait le chemin, et ses tours d'acrobate avaient toujours demandé autant de muscle que de souplesse ; je le savais donc capable de terrasser Civil s'il le voulait. Mais je craignais qu'il ne le voulût pas – et mon inquiétude se révéla fondée quand le jeune homme se retrouva assis sur lui. Je tressaillis en entendant le bruit des poings qui lui frappaient la poitrine, les épaules et la mâchoire.

Faites-les cesser ! dis-je au prince d'un ton implorant. *Ordonnez-leur d'arrêter !*

Non ; laissons-les terminer et qu'on n'en parle plus, contra Umbre ; je lui adressai un regard meurtrier, car je soupçonnais qu'il eût d'autres raisons de vouloir voir le fou subir une défaite devant tous les hommes réunis.

Dans ce cas, j'y mettrai fin moi-même ! Mais, comme j'allais m'avancer, je constatai que la fortune du combat changeait déjà de camp. En se contorsionnant, le fou avait amené son bassin au niveau des hanches de Civil ; du creux d'un genou, il bloqua une des jambes de son adversaire, puis, par une adroite virevolte, il le déséquilibra et inversa leurs positions respectives. En un clin d'œil, il fut à cheval sur le jeune homme allongé sur le dos ; abasourdi par sa vivacité, j'attendis qu'il prît sa revanche.

Il n'en fit rien. Il saisit les poignets de Civil et les immobilisa, apparemment sans effort. Un filet de sang rouge sombre coulait d'une de ses narines et gouttait sur le jeune homme qui continuait à se débattre. Le fou se contenta de resserrer sa prise, et je vis la répugnance avec laquelle il lui tordit un bras jusqu'à ce que son opposant pousse un gémissement de douleur. Non loin de là, le marguet gronda sauvagement. La main de Trame reposait simplement sur son échine, mais l'animal paraissait entravé par des fers.

Tout mouvement était désormais interdit à Civil, et je percevais l'humiliation et la colère qu'éprouvait le jeune noble devant l'aisance avec laquelle l'homme au teint fauve l'immobilisait. Quand on insulte la virilité de quelqu'un, on ne s'attend guère à se voir facilement maîtrisé par cette personne. « C'est fini. » Le fou s'exprimait d'un ton net en s'adressant non seulement à son adversaire mais à nous tous. « Tout est terminé. Je ne reparlerai plus de cette affaire avec vous. »

Alors Civil cessa de se débattre. Le fou le maintint à terre encore un instant, puis il se releva, s'écarta d'un pas titubant et se redressa de toute sa taille. Comme il commençait à s'éloigner, le jeune homme se remit sur pied et bondit sur lui ; je m'élançai pour l'intercepter alors que le fou, sans même un regard derrière lui, s'écartait d'un mouvement souple. Civil et moi nous retrouvâmes face à face dans la nuit, lui me dévisageant bouche bée, moi le toisant de tout mon haut. Il recula en chancelant, puis il pivota sur lui-même et lança au fou d'un ton venimeux : « Vous prétendez qu'il n'est pas votre amant, mais il est prêt à se battre à votre place ! »

Tel un navire sous pleine voilure, le fou traversa la nuit neigeuse pour s'arrêter devant l'adolescent dans une posture agressive, et il déclara sans ambages : « Ce n'est pas mon amant. Il représente bien davantage pour moi, une valeur bien supérieure. Je suis le Prophète blanc, il est mon Catalyseur, et nous venons changer le cours du temps. Je viens assurer la survie de Glasfeu. »

Peottre s'était approché du cercle des spectateurs ; dans la pénombre, il tressaillit comme si une flèche l'avait frappé. Les hommes du Hetgurd qui s'étaient attroupés avec enthousiasme pour assister au combat se mirent tout à coup à murmurer entre eux. Mais je n'eus pas le loisir de les observer ; ramassé sur lui-même comme un marguet en colère, toute son attention focalisée sur le fou, Civil gronda : « Peu importe les titres dont vous vous parez, lui et vous. Je sais ce que vous êtes ! »

Il cracha ces derniers mots et bondit à nouveau. Mais cette fois son adversaire contra son assaut. Le jeune homme tenta de lui porter de violents coups de poing, mais le fou les évita puis saisit Civil à bras-le-corps ; pourtant, au lieu de le repousser, il le tira en avant ; alors, emporté par son élan, l'adolescent s'affala à plat ventre dans la neige glacée. Son opposant se laissa choir sur lui et l'immobilisa derechef, enroulant un bras autour de sa gorge tandis qu'il passait l'autre sous le coude de Civil et le repliait en arrière. Le garçon jurait comme un forcené, au bord des larmes, lorsque le fou l'avertit d'une voix rauque : « Nous pouvons recommencer autant de fois que vous le voudrez. Débattez-vous et je vous déboîte l'épaule, je vous en fais la promesse. Prévenez-moi quand vous aurez retrouvé votre calme et accepterez de renoncer. »

Je craignis que l'adolescent ne fût assez stupide pour se blesser. Etendu à plat sur lui, le fou le laissa s'épuiser en vain. À deux reprises, Civil se rejeta en arrière pour échapper à sa poigne, et chaque fois je l'entendis gémir de douleur. Enfin, convaincu de la véracité de l'affirmation de son adversaire, il cessa de s'agiter ; mais il n'avait pas recouvré son sang-froid pour autant. Haletant, il se mit à sacrer puis cria : « Tout est de votre faute ! Vous ne pouvez pas le nier ! Vous avez tout saccagé, tout ! Et aujourd'hui ma mère est morte et je n'ai plus rien. Plus rien ! Sydel croupit dans le déshonneur et je ne puis même pas lui proposer le mariage parce que je ne possède rien et que son père reproche à ma famille la déchéance de sa fille. Il refuse de me laisser la voir. Si vous n'étiez pas venu chez nous, rien de tout ça ne serait arrivé ! Ma vie m'appartiendrait encore !

— Et le prince serait mort – ou pire. » Sans m'en rendre compte, je m'étais approché des combattants ; quelqu'un avait-il pu surprendre la réponse qu'avait murmurée le fou ?

Avec un geignement défait, Civil laissa retomber son visage dans la neige et ne bougea plus. Loin de l'obliger à proclamer sa reddition, le fou le lâcha et se releva. Je fis la grimace en songeant aux douleurs qu'il devait éprouver.

La respiration hachée, il dit : « Ce n'était pas moi. Je n'ai pas tué votre mère, je ne l'ai pas déshonorée. Prenez-vous-en aux Pie qui en portent la responsabilité, non à moi. Et ne reprochez rien à une enfant dont la seule faute a été de faire la coquette avec un inconnu. Pardonnez-la… et pardonnez-vous vous-même. On vous a pris au piège et utilisés tous les deux. »

Ce discours empreint de compréhension transperça l'âme de Civil comme un coup de trocart, et sa souffrance se déversa dans la nuit. Je la sentis par l'Art et le Vif, semblable à un flot de poison qui s'épanchait de lui. Le fou se détourna, et le jeune homme ne se jeta pas sur lui mais se roula en boule dans la neige, secoué par les sanglots d'une peine immense. Son marguet émit un sourd grondement de détresse et se précipita près de lui quand Trame le libéra. Le fou s'écarta d'eux à bonne distance. Le souffle court, il s'essuya le visage de sa manche puis secoua la tête en voyant le blanc de neige du tissu maculé par le rouge sombre de son sang. Il s'éloigna encore de plusieurs pas puis se courba, les mains sur les genoux, et respira profondément l'air froid de la nuit.

Le prince intervint enfin. « J'ordonne que l'affaire soit désormais close définitivement. Notre petit groupe ne peut supporter les dissensions internes. Civil, vous avez lancé votre défi et vous devrez vous satisfaire de cette réparation ; sire Doré, vous ne restez parmi nous que par ma protection : vous avez reconnu devant témoins vous opposer à ma mission. Je l'accepte, tout comme j'accepte la volonté de justice qui préside à la présence des envoyés du Hetgurd dans notre expédition. Mais, si vous manifestez quelque rancune à Civil à cause de cette rixe, vous dépasserez les limites de ma tolérance et nous vous bannirons, charge à vous de vous débrouiller seul. »

Ces derniers mots me firent l'effet d'une menace. Je me rapprochai du fou toujours occupé à reprendre son souffle ; Trame s'était accroupi à côté de Civil qui gisait toujours sur le flanc, son marguet serré contre lui comme un animal en peluche rassurant. Le maître de Vif lui parlait, mais je n'entendais que les sonorités profondes de sa voix. Leste regardait tour à tour les récents adversaires, tiraillé entre deux loyautés. Je pris le fou par le bras pour le ramener à sa tente. Le combat terminé, il paraissait à demi hébété. « Suis ton prince, petit, dis-je à Leste en passant près de lui. C'est fini pour cette nuit. Nous parlerons plus tard. »

Il hocha la tête, bouche bée. Le fou trébucha et je l'empoignai plus fermement. Dans mon dos, Longuemèche réprimanda les gardes qui s'étaient laissé distraire de leur devoir, et, peu à peu, chacun regagna son lit.

Je fis entrer mon compagnon dans sa tente puis ressortis avec son mouchoir pour lui rapporter une compresse de neige. Quand je revins, il avait ajouté un peu d'huile dans sa minuscule chaufferette, et les flammèches bondissantes faisaient courir des ombres ondoyantes sur les pans soyeux. Il plaça une petite casserole sur le feu puis se rassit sur son lit en se pinçant les narines entre deux doigts couverts de sang ; il avait quasiment cessé de saigner du nez, mais son visage s'assombrissait là où les coups de Civil avaient porté. Il s'allongea avec un luxe de précautions, comme si tout son flanc gauche lui faisait mal.

« Tiens, essaye ceci », fis-je. Je m'assis près de lui et appuyai doucement la compresse sur sa joue ; il détourna le visage.

« Non, je t'en prie ! C'est glacé et j'ai déjà trop froid », s'exclama-t-il d'un ton plaintif. Il poursuivit avec lassitude : « Je ne parviens pas à me réchauffer depuis que je me trouve sur cette île.

— Peu importe, répliquai-je sans me démonter. Garde ce

pansement tant que tu saigneras du nez ; ça évitera aussi le plus gros de la tuméfaction. Mais ça ne t'empêchera pas d'avoir un coquard.

— S'il te plaît, Fitz… », protesta-t-il d'une voix défaillante, et il saisit mon poignet de sa main nue à l'instant où le bout de mes doigts effleurait sa joue.

Le choc de ce toucher mutuel m'aveugla une seconde, comme si, sortant d'une écurie obscure, j'étais passé brutalement de la pénombre au grand soleil. D'un sursaut, je m'écartai, lâchai le mouchoir plein de neige et clignai les yeux, mais ce que j'avais vu resta gravé sur l'intérieur de mes paupières. J'ignore comment j'étais parvenu à comprendre ce que j'avais aperçu ; peut-être l'explication résidait-elle dans le cercle clos que formait notre contact. Je repris mon souffle en tremblant puis, sans réfléchir, j'approchai la main de son visage, les doigts tendus.

« Je puis te guérir », lui dis-je, stupéfait, la respiration coupée par cette découverte. L'exaltation de me savoir ce nouveau pouvoir courut dans mon sang, brûlant comme l'alcool. « Je vois ce qui ne va pas, les petites lésions et les zones où le sang s'accumule anormalement sous ta peau. Fou, je suis capable de remettre en état grâce à l'Art ! »

À nouveau, il me saisit le poignet, mais cette fois pour écarter ma main ; avec le même choc, je sentis le lien qui s'établit entre nous lorsque ses doigts enduits d'Art me touchèrent. Vivement, il reporta sa prise sur la manche de ma chemise. « Non, dit-il à mi-voix, mais avec un léger sourire sur ses traits déjà gonflés. N'as-tu donc rien retenu de la "guérison" que nous t'avons fait subir ? Je ne possède pas de réserves à brûler pour le seul plaisir de me rétablir rapidement. Mon organisme se réparera de lui-même, à sa façon et à son rythme. » Il me lâcha. « Mais je te remercie de me l'avoir proposé », ajouta-t-il.

Un frisson me parcourut, comme celui qui agite la robe d'un cheval pour chasser une mouche. Je battis des paupières avec l'impression de m'éveiller d'un rêve ; la tentation, elle, mit plus longtemps à se dissiper, et je songeai avec une amertume ironique que je ressemblais fort à Umbre : me savoir détenteur d'un pouvoir déclenchait le désir irrépressible de l'employer.

J'étais devant le visage meurtri du fou comme devant un tableau accroché de guingois : instinctivement, j'avais envie de le remettre droit. Je soupirai puis croisai résolument les bras et m'écartai de lui.

« C'est évident, n'est-ce pas ? » fit-il.

J'acquiesçai de la tête ; mais ces propos suivants me prirent au dépourvu, car il avait complètement changé de sujet. « Il faut trouver un moyen d'avertir la reine : Sydel est innocente, je pense. Elle mérite qu'on lui porte secours, et dans la situation dramatique où j'ai contribué à la placer, j'espère qu'elle en recevra. J'ignore lequel de ses parents travaille pour les Pie et a œuvré pour Laudevin ; les deux, peut-être, et Sydel subit leur opprobre parce qu'elle a joué notre jeu sans le vouloir ; quant à Civil, il ne constitue plus un bon parti pour elle puisqu'il s'est rallié aux Loinvoyant. »

Naturellement. Les rapprochements s'opéraient avec clarté, ainsi expliqués. Je me remémorai la réaction des parents de la jeune fille devant l'intérêt de « sire Doré » pour leur enfant : la mère avait paru avide d'en profiter, le père était resté plus prudent. Voyaient-ils dans le seigneur étranger l'entremise qui donnerait aux Pie l'accès à la société de Castelcerf ? Le bienfaiteur dont la fortune soutiendrait leur cause ?

« Civil aurait dû prévenir Devoir il y a des mois ! Pourquoi n'en a-t-il rien fait ? » L'indignation m'étouffait. Mon prince avait pardonné au jeune noble, l'avait rétabli dans son rôle d'ami et de compagnon, et l'autre nous avait dissimulé ce renseignement crucial.

Le fou secoua la tête. « À mon avis, aujourd'hui encore, Devoir ne mesure pas toutes les ramifications de l'affaire. Il nourrit peut-être quelques soupçons, mais il n'ose pas les regarder en face. Il appartient au Lignage, non aux Pie ; leurs actes sont si monstrueux, selon ses critères, qu'il n'imagine pas Sydel liée à pareille conspiration. » Il se pencha, ramassa la poche de neige, l'examina d'un air douloureux puis, avec précaution, l'appliqua sur sa pommette enflée. « Tu ne peux pas savoir à quel point je suis fatigué d'avoir froid », murmura-t-il. De sa main libre, il ouvrit un coffret de bois au pied de son lit et en sortit une tasse et un bol rangés l'un dans l'autre ; en dessous, il prit un petit sachet dont il fit tomber des herbes séchées dans les deux récipients. Il reprit: «Il n'y a que de cette façon que j'arrive à emboîter les pièces. Sydel se déshonore aux yeux de son père; les fiançailles sont rompues; Civil suppose que le père l'a surprise dans mon lit, car il ne voit pas d'autre explication possible, et il m'accuse donc d'avoir détruit ce qui existait entre elle et lui. Mais il se trompe du tout au tout. Un des parents de Sydel obéit aux Pie, peut-être les deux; ils se sont servis de leurs étroites relations avec les Brésinga pour intercepter des messages destinés à Civil et y répondre à sa place; ils ont fait en sorte que le prince soit invité à résider chez lui de façon non officielle, et c'est sans doute par eux que lui a été remise la marguette qu'il a donnée à Devoir. À coup sûr, ils avaient pour objectif de marier leur fille avec Civil afin d'adjoindre sa fortune et sa position à la cause des Pie. Mais la jeune fille les a mis en défaut en jetant son dévolu sur moi, et notre présence a été le grain de sable qui a bloqué les rouages de ce premier plan des Pie. Voilà comment Sydel a chu dans le déshonneur.» Il poussa un soupir, se rallongea et déplaça la compresse sur son visage. «Mais avoir résolu l'énigme ne m'apporte qu'un maigre réconfort.

— Je m'arrangerai pour que Kettricken soit mise au courant, promis-je sans préciser par quel moyen.

— Toutefois, si nous avons percé un mystère, nous en affrontons un plus grand encore: qui est l'inconnu?» Le fou s'exprimait d'un ton songeur.

«L'Homme noir?

— Naturellement.»

Je haussai les épaules. «Un reclus quelconque qui vit sur l'île en acceptant les offrandes des visiteurs superstitieux et en attaquant ceux qui ne lui laissent pas de présents. C'est l'explication la plus simple.» Umbre m'avait enseigné qu'elle se révélait souvent exacte.

Le fou secoua lentement la tête puis m'adressa un regard incrédule. «Non, tu ne peux pas croire cela. Jamais je n'ai senti quelqu'un porteur d'autant d'augures... Depuis que je t'ai rencontré, je n'ai jamais éprouvé pareille sensation de... d'importance; et ce... cet homme en a une immense, Fitz. C'est peut-être l'homme le plus important que nous ayons jamais croisé. N'as-tu donc pas perçu la portée de son être qui flottait dans l'air comme une brume ?» Il écarta la poche de neige de son visage et se pencha vers moi, le regard ardent. Une dernière goutte de sang pendait au bout de son nez. Je la lui désignai d'un geste et il l'essuya de sa manche maculée de rouge.

«Non, répondis-je, je n'ai rien ressenti de tel. À la vérité... Oh, Eda et El ! Pourquoi ne m'en aperçois-je que maintenant ? Je n'ai rien vu quand la sentinelle a crié, puis, quand on me l'a montré du doigt, j'ai cru ne voir que son ombre – parce que mon Vif ne détectait rien, rien du tout ! Il était aussi absent qu'un forgisé... Il est forgisé, fou ; et ça signifie qu'il est capable des actes les plus imprévisibles ! »

Un grand froid m'envahit malgré la douce chaleur qui régnait dans la tente. Il y avait de nombreuses années que j'avais eu affaire aux forgisés, mais j'avais gardé un souvenir impitoyablement précis de cette époque ; apprenti assassin d'Umbre, j'avais compté parmi mes missions de tuer autant de ces malheureux que je le pouvais, par les moyens les plus expéditifs. L'image de tous ces habitants des Six-Duchés que j'avais éliminés m'obsédait encore, bien que je n'eusse pas eu le choix, je le savais : la forgisation dépouillait ses victimes de toute humanité et ne connaissait pas de remède.

«Forgisé ? Certainement pas ! » La réponse étonnée du fou interrompit mes réflexions. Il secoua la tête. «Non, Fitz, il ne s'agit pas d'un forgisé, mais quasiment du contraire, si pareille chose est possible. J'ai senti en lui le poids de cent existences, l'importance de dix héros. Il... dévie le destin, un peu comme toi.

— Je ne comprends pas », dis-je, mal à l'aise. J'avais horreur que le fou s'exprimât ainsi ; lui adorait cela.

Il se pencha vers moi, les yeux brillants d'enthousiasme. Tout en parlant, il ôta la petite casserole du feu et versa l'eau fumante dans la tasse et le bol ; je humai une odeur de gingembre et de cannelle. «Le temps, le plus infime des instants, regorge de points de choix. Nous y sommes si bien habitués que, moi-même, je dois parfois faire l'effort de me rappeler que j'opère constamment des choix, alors que je n'en ai pas l'impression.

Chaque respiration constitue un acte décisif. Mais cette conscience s'impose quelquefois de l'extérieur; il m'arrive de rencontrer des personnes aux possibilités et au potentiel si grands qu'elles ébranlent la réalité par leur simple existence. J'ai encore ce sentiment devant toi; l'improbabilité de ton apparition me laisse le souffle coupé. J'ai découvert relativement peu d'avenirs possibles où tu sois présent; dans la plupart, tu disparais enfant; dans d'autres... bah, je ne crois pas avoir besoin de te décrire toutes les façons dont tu péris dans des lignes temporelles voisines. Combien de fois n'as-tu pas échappé de la manière la plus invraisemblable aux mâchoires de la mort? Eh bien, crois-moi, Fitz, dans des mondes parallèles aux nôtres, tes jours ont pris fin à ces moments-là. Pourtant, te voici devant moi, toujours vivant, toujours avec moi, véritable défi à la logique statistique, et, par ta seule existence, à chacune de tes respirations, tu modifies le temps tout entier. Tu m'évoques un coin enfoncé dans une bille de bois sec; chaque battement de ton cœur te plonge plus profondément dans "ce qui pourrait être", et, à mesure que tu progresses, tu ouvres une fracture dans l'avenir, tu mets au jour cent, mille possibilités nouvelles qui se ramifient et se multiplient elles-mêmes par centaines, par milliers.» Il s'interrompit pour reprendre son souffle, et il éclata de rire devant ma mine sombre. «Eh oui, mon Catalyseur, c'est ce que tu fais, que ça te plaise ou non! Et j'ai éprouvé la même impression ce soir devant l'Homme noir; les possibilités miroitaient en si grand nombre autour de lui que je le distinguais à peine. Il est encore plus improbable que toi!» Il tira un mouchoir noir de sa manche, en essuya le sang qui tachait son visage et ses mains, puis le remit en place après l'avoir replié, le côté maculé à l'intérieur. Il se laissa aller ensuite sur ses coussins, les yeux fixés sur le faîte de sa tente dans la pénombre. «Et je n'ai aucune idée de son identité ou de sa nature. Je ne l'ai jamais aperçu dans mes visions. Qu'est-ce que cela signifie? Fallait-il que nous venions sur cette île pour rendre possible son influence sur l'avenir?»

Il me tendit le bol fumant en s'excusant: «Je n'ai apporté qu'une tasse; je ne voulais pas m'encombrer, tu comprends.» Je pris le récipient et savourai la chaleur de son contact. Je me rappelai soudain avec étonnement que le plein été régnait dans les Six-Duchés ; au milieu d'un glacier, dans les îles d'Outremer, le soleil semblait bien faible. Le fou saisit la tasse, puis parcourut ses affaires du regard, les sourcils légèrement froncés. « Tu as emprunté mon miel, n'est-ce pas ? Tu ne l'aurais pas sur toi, par hasard ? Je trouve que son goût fait ressortir l'arôme du gingembre et que la tisane réchauffe mieux.

— Je regrette ; je l'ai laissé dans ma tente... Non, ce n'est pas tout à fait exact. Je l'ai oublié près du feu la nuit dernière, et ce matin il avait disparu. » Je me tus soudain avec l'impression qu'une clé venait de tourner dans une serrure. « Ou bien on l'avait volé. Fou, les Outrîliens avaient déposé des offrandes pour l'Homme noir ; il n'y a pas touché, mais il y avait du miel parmi elles ; or le tien s'était évanoui ce matin.

— Tu penses qu'il l'aurait pris ? Qu'il aurait cru à une offrande de ta part ? »

Je jugeai son exaltation subite sans proportion avec mes hypothèses. Je bus une gorgée de tisane ; la brûlure du gingembre se répandit en moi et me détendit autant que les paroles du fou m'avaient effrayé. « Je pencherais plutôt pour quelqu'un du camp qui s'en serait emparé. Comment aurait-il pu se faufiler au milieu de nos tentes sans se faire voir ?

— Sans se faire voir et sans que personne sente sa présence, fit le fou. Tu le dis invisible pour ton Vif ; les autres vifiers éprouvent sans doute la même difficulté. A mon avis, c'est lui qui a volé le miel – et ainsi il a uni son destin au nôtre. Un lien s'est créé entre nous, Fitz. » Il porta sa tasse à ses lèvres et ferma les yeux pour mieux savourer le breuvage chaud. Il la reposa quasiment vide. Il prit un couvre-lit qui paraissait aussi fin et immatériel que la toile de sa tente, le drapa sur ses épaules, ôta ses bottes souples et ramena ses pieds minces sous ses cuisses. « Il a établi une relation entre lui et nous deux ; ce geste risque d'avoir d'immenses répercussions ; il peut même changer l'issue de notre mission, surtout si j'annonce que l'Homme noir a reçu favorablement notre offrande. »

J'examinai rapidement toutes les éventualités. Cette déclaration lui rallierait-elle les Outrîliens ? Retournerait-elle Peottre et la narcheska contre lui ? Dans quelle situation me retrouverais-je, moi, non seulement vis-à-vis d'eux mais aussi d'Umbre ? Les réponses que j'obtins n'avaient rien de réconfortant. « Tu risques d'accentuer la division de notre groupe. »

Il termina sa tasse avant de rétorquer : « Non : je révélerais seulement la division qui existe déjà. » Il me regarda d'un air presque suppliant. « Je touche au point culminant de l'œuvre de toute ma vie, Fitz. Ne me demande pas de refuser les armes, les avantages que le destin m'offre ; si je dois mourir sur cette île glacée du bout du monde, permets-moi au moins de mourir en sachant que j'ai accompli mon dessein. »

Je finis moi aussi mon bol et le posai près de sa tasse, puis déclarai avec fermeté : « Je refuse d'écouter ces… ces âneries. Je n'y crois pas. »

Mais j'y croyais, et elles me glaçaient les sangs plus qu'aucun froid ou aucun péril que j'eusse affronté.

« Et tu t'imagines que, par ton refus, elles ne se réaliseront pas ? Voilà ce que j'appelle une ânerie, moi, Fitz. Accepte l'inévitable, et profitons du temps qui nous reste. » Il s'exprimait avec un calme si terrible que j'eus envie soudain de le frapper. Si la mort le guettait, il ne devait pas rester si placide ni soumis ; il devait la combattre ; il fallait l'obliger à la combattre !

Je rassemblai ma volonté. « Non. Je ne veux pas y croire et je ne veux pas l'accepter. » Une pensée me vint, mais, alors que j'essayais de la présenter sous forme de plaisanterie, elle sonna comme une menace : « N'oublie pas le rôle que je tiens pour toi, Prophète blanc : je suis le Catalyseur, le Changeur, et je puis changer même ce que tu crois définitivement fixé à l'avance. »

À mi-phrase, je vis l'émotion transformer ses traits. Je tentai de m'interrompre mais les mots continuèrent de sortir de ma bouche comme de leur propre volition. Le fou avait pris une expression si figée que j'avais l'impression de voir son visage dépouillé de toute chair, dénudé jusqu'à l'os. « Que dis-tu ? » demanda-t-il dans un murmure plein d'horreur.

Je détournai les yeux sans pouvoir m'en empêcher. « Ce que tu me répètes depuis que nous nous connaissons, rien de plus : tu es le Prophète et tu vois l'avenir, mais je suis le Catalyseur et je change les événements, peut-être même ceux que tu as prédits.

— Fitz, par pitié… »

Le ton qu'il avait employé ramena mon regard sur lui. « Quoi ? »

Il haletait comme s'il venait de participer à une course et de la perdre. « Ne fais pas cela, fit-il, implorant. Ne cherche pas à me détourner de mon devoir. Je pensais que tu l'avais compris sur la grève. J'aurais pu échapper à mon destin, rester à Castelcerf, repartir pour Terrilville, voire rentrer chez moi – ou du moins là où j'étais chez moi autrefois. Mais non : je suis ici. J'affronte l'avenir. J'ai peur, je ne le cache pas, et je sais que tu n'auras pas non plus la partie facile. Mais j'atteins au but que je vise depuis toujours. Tu comprends la notion de devoir envers sa famille, envers son roi ; tu ne la comprends que trop bien ; aussi, je t'en prie, conçois que je remplis mon devoir envers moi-même. Si tu décides de me barrer la route uniquement pour m'empêcher de mourir, tu dépouilleras ma vie de toute signification ; les épreuves que nous aurons traversées ensemble jusqu'ici, nous les aurons subies pour rien. Tu me condamneras à vivre le reste de mes jours en sachant que j'ai échoué. Est-ce le sort que tu veux m'infliger ? »

Il me regardait d'un air pitoyable. Je lui laissai quelques instants pour reprendre son calme avant de répondre à mi-voix : « Tu prétends donc que, si je te vois te faire tuer, je ne dois pas intervenir ? Même si je suis en mesure de te protéger ? »

Il parut soudain incertain. « Je suppose, oui…

— Mais si ce n'est pas ainsi que tu dois mourir ? Si un ours te met en pièces sous mes yeux alors que tu dois périr dans une avalanche ? Je reste les bras ballants, tu ne meurs pas de la façon prévue et tout ton travail n'aura servi à rien. »

Il me dévisagea un moment d'un œil inexpressif. « Mais ça… Non. Je pense que tu sauras. L'heure venue, je pense que tu sauras ce que…

— Et si je ne le sais pas ? Si je me trompe, que se passera-t-il ?

— Je ne… » Il se tut, à court de mots.

Je sautai sur l'occasion. « Tu vois la stupidité de ton raisonnement ? Je ne pourrais pas te regarder mourir sans réagir, fou, tu le sais aussi bien que moi ; ce serait m'obliger à devenir profondément différent de ce que je suis, et, dans ce cas, c'est toi qui opérerais le changement, non moi. Or ne m'as-tu pas dit un jour que précipiter le changement relevait de mon rôle, non du tien ? Alors ne me demande pas de demeurer en retrait. Si le destin exige ta mort, je ne serais sans doute déjà plus de ce monde moi-même, et, dans ces conditions, je pense que plus rien n'aura guère d'importance pour toi comme pour moi. » Je me levai brusquement. « Et c'est la dernière fois que nous parlerons de ce sujet. Je fais le choix de ne plus y revenir. Il est tard et je suis fatigué ; je vais me coucher. »

Je restai saisi devant l'expression qui envahit ses traits : je lus dans ses yeux un soulagement sans fard. Je mesurai alors, je crois, l'abîme de peur qui béait en lui devant la tâche qui l'attendait ; le fait qu'il ne s'en fût ouvert à personne représentait le plus grand acte de courage que j'eusse jamais connu. Comme je soulevai le rabat de la tente, il m'interpella : « Fitz, tu m'as beaucoup manqué. Ne t'en va pas ; dors ici cette nuit, je t'en prie. »

J'acceptai.

4
ÉCORCE ELFIQUE

L'écorce elfique, appelée avec plus d'exactitude écorce de delfier, est un stimulant puissant, mais qui possède un effet secondaire malheureux, celui d'engendrer chez l'usager des sentiments d'abattement et d'inquiétude. Pour cette raison, les propriétaires d'esclaves de Chalcède s'en servent pour accroître le nombre d'heures de travail de leur main-d'œuvre tout en étouffant chez elle toute velléité de rébellion. Sa prise régulière sur une longue période de temps provoque une dépendance, et certains assurent que son ingestion même ponctuelle peut changer de façon définitive le tempérament, rendre méfiant jusqu'envers ses proches et saper sa propre confiance en soi. Pourtant, malgré tous ces inconvénients, ce produit peut conférer en cas de nécessité une énergie qui vaut de courir ces risques, et ses résultats sont moins imprévisibles que ceux de la graine de carris ou de la cindine, en ceci que ces dernières drogues peuvent induire de violents sursauts émotionnels et une euphorie artificielle qui risquent de déboucher sur des actes irréfléchis et dangereux.

On trouve la meilleure qualité d'écorce elfique à l'extrémité des nouvelles branches des très vieux arbres. On pratique une incision le long de la tige, puis une autre sur son pourtour à chaque bout de l'entaille ; on insère alors l'ongle ou la pointe d'un couteau sous l'écorce qu'on décolle soigneusement du bois. Une fois détachée, elle se roule aussitôt en cylindre ; on la range ainsi dans un sachet que l'on place dans un endroit sec et frais jusqu'à ce que sa dessiccation permette de la réduire en une poudre qu'on fera infuser comme une tisane.

En cas de besoin immédiat, on peut préparer une décoction d'écorce fraîchement récoltée, mais il est beaucoup plus difficile de préjuger l'efficacité du breuvage à partir de sa couleur.

Table des simples, par RAICHAL

*

Je sortis très tôt de la tente du fou, alors que tout le monde dormait encore. J'avais eu un sommeil agité, tenaillé par des cauchemars informes. A l'approche de l'aube, allongé, les yeux ouverts, j'avais regretté de ne pas posséder le don d'Ortie pour manipuler ces rêves angoissants, et cette réflexion m'avait fait penser à ma fille : il fallait que je parle avec Umbre et Devoir en privé, sans même Lourd. Je gagnai d'abord la périphérie du camp pour me soulager. Adroit, de garde, me salua de la tête au passage. Puis je me rendis à la tente du prince en m'efforçant de me déplacer sans bruit ; j'avais oublié que j'avais laissé Leste en sentinelle auprès de Devoir. L'enfant devait avoir l'ouïe et la méfiance d'un renard, car, à mon approche, le rabat s'entrouvrit et j'aperçus non seulement ses yeux vigilants mais aussi la pointe d'une flèche encochée dans son arc.

« C'est moi », dis-je précipitamment, et je me rassurai en le voyant détendre sa corde et baisser son arme. Je me creusai la cervelle pour trouver une tâche qui l'éloignerait ; je finis par lui demander d'aller recueillir de la neige propre et de la faire fondre afin de procurer au prince de l'eau pour ses ablutions, en lui recommandant de ne pas s'aventurer au-delà du périmètre jalonné.

Dès qu'il se fut mis en route, un seau à la main, je me glissai dans la pénombre de la tente. « Etes-vous réveillés ? » demandai-je à mi-voix.

Devoir poussa un grand soupir. « Maintenant, oui. J'ai l'impression de n'avoir quasiment pas fermé l'œil de la nuit. Sire Umbre ? »

Un grognement étouffé lui répondit. Le vieillard avait tiré ses couvertures par-dessus sa tête.

« Il faut que je vous entretienne d'un sujet important, et je dois faire vite, avant le retour de Leste », dis-je.

Umbre souleva un coin de couverture. « Eh bien, parle. » Il bâilla à s'en décrocher la mâchoire. « Je suis trop vieux pour camper dans la neige après avoir marché toute la journée, marmonna-t-il d'un ton accusateur, comme s'il m'en attribuait la faute.

— J'ai discuté avec le fou hier soir, après sa bagarre avec Civil.

— Ah ! Et nous, nous avons discuté avec Civil – ou plutôt nous avons subi ses reproches, qui ont duré assez longtemps. Je n'avais pas mesuré à quel point la comédie que vous aviez jouée à Castelmyrte avait été convaincante. Notre jeune ami s'inquiète éperdument que nous laissions Leste seul en compagnie de sire Doré », répondit Umbre d'un ton ronchon.

Devoir rit tout bas ; je fronçai les sourcils. « Il préfère se raccrocher à cette fable plutôt qu'affronter la vérité telle que le fou me l'a exposée : selon lui, les parents de Sydel, ou du moins l'un d'eux, est le traître qui a livré Devoir aux Pie. Je soupçonne le père d'avoir rompu les fiançailles, peut-être davantage parce que Civil s'est dressé contre les Pie qu'à cause de la conduite inconvenante de sa fille. »

Umbre pointa le nez. Il réfléchit, tournant les pièces en tous sens pour voir comment elles s'emboîtaient, puis il finit par déclarer comme à contrecœur : « Oui, il pourrait bien avoir raison ; les parents de Sydel occupaient la position idéale pour organiser tout ce qui s'est passé. Ah, que n'ai-je un oiseau messager de plus pour prévenir la reine ! Mais j'en possède un pour Castelcerf, un autre pour le Hetgurd, afin de requérir qu'on vienne nous chercher, et pas un de plus. »

Je haussai les sourcils. « Lourd et Ortie ? » demandai-je sans ambages. Avait-il mis le prince au courant ?

Il secoua la tête, et ses cheveux blancs s'ébouriffèrent dans ses couvertures. « Non. Employer ce lien pour des informations d'une telle portée serait prématuré ; songe aux conséquences si l'un des deux interprétait mal le message, ou si ta fille refusait de croire les éléments que lui enverrait Lourd. Non, il faut les former, puis mettre ce moyen de communication à l'épreuve, avec envoi et réception de messages simples, avant de pouvoir nous reposer sur lui pour des objectifs sérieux.» Il poussa un grand soupir dans lequel j'entendis un reproche inexprimé à mon intention. «Lourd couchera dans notre tente la nuit prochaine; avant qu'il ne s'endorme, Devoir le priera de transmettre ses salutations à Ortie et de lui remettre un message sans complication à destination de la reine, formulé de telle façon qu'elle devra y répondre. Cela exigera quelque réflexion de notre part. Si tout se passe bien, nous essayerons un échange plus long la nuit suivante; mais nous ferons part de nos soupçons à Sa Majesté par ce moyen uniquement quand nous aurons la certitude qu'ils arriveront sans subir de distorsion.» Il hocha la tête puis se tourna vers le prince. «D'accord?

— D'accord.» Devoir poussa lui aussi un léger soupir. «Espérons que la reine Je-N'en-Crois-Pas-Un-Mot daignera communiquer avec moi par le biais de l'Art.» Et il m'adressa un regard entendu qui me rendait clairement responsable du fait que sa cousine et lui ne se connaissaient pas.

«J'ai agi selon ce que je jugeais le mieux», dis-je avec raideur.

Et Umbre, toujours prêt à profiter du plus petit avantage, acquiesça d'un ton suave: «Mais naturellement. Les motifs les plus élevés dictent toujours ta conduite, Fitz; cependant, la prochaine fois que tu devras prendre une décision importante en te fondant sur ce que tu juges "le mieux", rappelle-toi notre situation actuelle et songe que j'ai quelques années d'expérience de plus que toi. Tu accorderas peut-être un peu plus de poids à mon avis en la matière.

— Je n'oublierai pas vos conseils», répondis-je avec un formalisme guindé. Jamais je n'aurais cru voir ma loyauté tiraillée entre Umbre et le fou comme un chiffon que se disputent deux chiots. Chacun avait accepté que le choix me revînt, mais, apparemment, l'un et l'autre estimaient nécessaire de m'aider pour l'effectuer. Le retour de Leste avec un seau plein de neige me donna un prétexte pour prendre congé; le prince me regarda sortir, l'air pensif, mais je ne sentis nulle tentative de contact d'Art de sa part.

Le camp s'était éveillé sur ces entrefaites. Crible m'apprit que Peottre, tôt levé, s'était porté en avant pour reconnaître la première partie de notre trajet ; il n'aimait pas le vent doux et chargé d'humidité qui soufflait sur la neige. Même Lourd avait quitté son lit et s'activait à éparpiller dans la tente le contenu de son paquetage pour trouver des vêtements propres. Je lui expliquai que nous n'avions emporté que le strict nécessaire et que nous garderions nos tenues de la veille ; comme il se renfrognait, je lui rappelai qu'à son entrée au service du prince il ne possédait qu'un seul change. Il plissa le front, réfléchit intensément puis secoua la tête en déclarant n'avoir aucun souvenir d'une telle période. Sans chercher à discuter, je l'emmitouflai chaudement et le fis sortir afin que les gardes puissent démonter la tente.

Je nous procurai de quoi manger, du gruau et un peu de poisson salé. Ce petit déjeuner n'enchanta pas Lourd plus que moi, mais nous dûmes nous en contenter ; puis j'entrepris d'alléger son sac en remplissant le mien, tout en lui tenant des propos encourageants sur la journée à venir : maintenant que nous avions appris à nous déplacer sur le glacier, nous progresserions plus vite et resterions à la hauteur de l'ensemble du groupe. Il acquiesça de la tête, mais son manque de conviction ne laissa pas de m'inquiéter.

Avec un détachement feint, je dis : « Je n'ai pas bien dormi cette nuit ; j'ai fait de mauvais rêves. Mais je suppose qu'Ortie t'a tenu compagnie et qu'elle t'avait préparé des songes agréables.

— Nan. » Il ôta une de ses moufles pour se gratter le nez puis prit quelques instants pour la remettre. « Il y avait des cauchemars partout, fit-il d'un air sombre. Ortie ne les a pas changés. Quand je l'ai appelée, elle a seulement répondu : "Viens, écarte-toi, tourne-leur le dos." Mais je n'ai pas pu parce qu'il y en avait partout. J'ai marché longtemps, longtemps dans la neige, mais les rêves s'approchaient toujours de moi pour me regarder. » Il retira de nouveau sa moufle et se cura le nez avec application. « Il y en avait un avec des vers plein les narines, comme des crottes de nez mais qui se tortillaient. J'ai cru que moi aussi j'avais des asticots dans le nez.

— Non, Lourd, tu n'as rien de tel ; n'y pense plus. Viens, faisons un tour pour voir comment se débrouillent les autres. »

Nous étions parmi les premiers prêts à partir. Il me tardait que nous nous mettions en route car des nuages bas envahissaient le ciel jusque-là limpide. L'air était chargé d'humidité et je redoutais qu'il ne plût ou ne neigeât bientôt. J'avais l'impression que notre troupe mettait un temps fou à se préparer, bien que Peottre parcourût le camp en jetant sans cesse des coups d'œil inquiets aux nuées et en nous adjurant de nous hâter. Lourd commença de se plaindre d'être trop fatigué pour marcher et trop embarrassé de ses épaisseurs de vêtements ; pour lui changer les idées, je l'emmenai voir le fou démonter sa tente. Leste se trouvait déjà là ; il avait posé son sac à dos, avec son carquois et son arc proprement rangés par-dessus, et suivait les instructions du fou pour désassembler les piquets de bois qui soutenaient le tissu léger ; j'observai au passage qu'il avait remis en compagnie de ses semblables la flèche avec laquelle il m'avait visé la veille.

La tente s'abattit promptement ; les piquets se déboîtaient en segments de la longueur d'un carreau d'arbalète de bonne taille. Quant au brasero que j'avais cru en argile, je le ramassai, poussé par la curiosité, et lui découvris un poids étonnamment faible et une texture presque poreuse. Les couvertures arachnéennes se réduisirent à un paquet gros comme un petit coussin. Une fois que tout y fut rentré, le paquetage du fou se révéla volumineux et sans doute plus pesant que le mien, même avec les affaires de Lourd ; pourtant, il passa les bras dans les sangles et le souleva sans effort apparent. Jamais je n'avais vu plier et ranger un bivouac aussi vite ni aussi efficacement, et mon admiration pour le talent technique des Anciens s'accrut encore.

« Ce sont les Anciens qui ont fabriqué ces objets merveilleux avant de disparaître. Je m'interroge toujours ce qui a causé leur extinction. » J'essayais moins d'engager une conversation que de distraire Lourd qui se grattait le nez de nouveau.

« Quand les dragons ont péri, ils ont péri avec eux ; les uns ne pouvaient vivre sans les autres. » Le fou s'était exprimé sur le ton de l'évidence, comme il aurait dit que les feuilles des arbres étaient vertes et le ciel bleu.

Avant que j'eusse le temps de répondre à cette déclaration extraordinaire, Lourd cessa de se curer les narines et demanda : « C'est quoi, un Ancien ?

— Personne n'en sait rien», fis-je, puis je m'interrompis en voyant l'expression du fou; on eût cru qu'il allait éclater si je ne le laissais pas parler. Quand en avait-il appris autant sur le sujet et pourquoi décidait-il de le partager maintenant? Leste, flairant une histoire intéressante, s'approcha.

«Les Anciens appartenaient à un peuple très vieux, Lourd; vieux non seulement par le temps durant lequel il avait prospéré mais aussi par le nombre d'années que vivaient ses membres. Je pense même que, chez certains, les souvenirs s'étendaient au-delà de leur existence individuelle jusqu'à celle de leurs ancêtres.»

Le front plissé, le petit homme faisait des efforts pour comprendre; Leste était suspendu aux lèvres du fou. J'intervins: «S'agit-il de faits que tu connais ou seulement d'hypothèses?»

Il réfléchit un instant. «Je suis aussi sûr de moi qu'il l'est possible en l'absence d'un Ancien ou d'un dragon auquel me référer.»

Je restai perplexe. «Un dragon? Pourquoi consulter un dragon à propos des Anciens?

— Ils sont... indissociables.» Le fou avait paru choisir le terme avec soin. «Dans tout ce que j'ai lu ou entendu, on ne trouve jamais l'un sans l'autre; on dirait qu'ils se créent mutuellement, ou qu'ils ont besoin l'un de l'autre pour exister. Je ne puis l'expliquer; je l'observe simplement.

— Donc, si tu réussis à sauvegarder les dragons, tu ramèneras aussi les Anciens? demandai-je impulsivement.

— Peut-être.» Il eut un sourire incertain. «Je l'ignore. Mais, si cela se produisait, je ne crois pas que ce serait un mal.»

Faute de temps, notre conversation s'arrêta là. Peottre, revenu de reconnaissance, nous pressait de nous mettre en route le plus vite possible. Le prince fit mander Lourd et nous nous hâtâmes de le rejoindre; Umbre m'adressa un froncement de sourcils. *De quoi vous êtes-vous entretenus si longuement?*

Des Anciens, répondis-je, conscient que Devoir et Lourd captaient notre échange. *Sire Doré pense que, s'il parvient à ressusciter l'espèce des dragons, les Anciens réapparaîtront aussi. Il a l'impression qu'il y a un lien entre eux, bien qu'il soit incapable d'en préciser la nature.*

Et c'est tout?

Oui. Je m'étais exprimé avec sécheresse: je n'appréciais pas qu'il cherchât à me tirer les vers du nez. Le silence de Devoir indiquait-il qu'il approuvait l'attitude d'Umbre ou qu'il la désapprouvait? Peu importait, au fond: si l'heure venait vraiment où je devais décider de la survie ou de la mort du dragon, je ferais mon choix; en attendant, je refusais de me tourmenter et de trancher mes liens d'amitié avec quiconque.

Peottre nous organisa en colonne et nous attribua cette fois, à Lourd et moi, les places derrière la suite du prince. Il nous prévint que le vent tiède qui soufflait sur le glacier risquait de rendre la surface traîtresse; nous devions suivre la piste établie en nous repérant sur les piquets et les fanions qui la marquaient, mais sans jamais oublier que de nombreuses saisons avaient passé depuis sa création et qu'il ne fallait pas s'y fier aveuglément: de fragiles croûtes de neige pouvaient couvrir des fissures récentes et présenter toutes les apparences de la solidité. Il nous avisa de nouveau de nous assurer de la résistance du sol avant chaque pas, puis, bâtons en main, nous nous mîmes en chemin. Tout d'abord, Lourd et moi tînmes assez bien la cadence imposée; le petit homme toussait, mais moins que les jours précédents, et il avançait résolument sur ses jambes courtes. Peottre progressait plus lentement que la veille et enfonçait son bâton dans la neige à chacune de ses enjambées; ses mises en garde contre le radoucissement du temps n'étaient pas vaines: la brise comparativement chaude qui dénoua bientôt nos capuches et nos cols sculptait des formes fantastiques dans la neige humide, et les ombres bleuâtres qu'elles projetaient donnaient un aspect onirique au paysage glacé que nous traversions.

A deux reprises, Peottre s'écarta du chemin prévu. La première fois, il sonda la neige devant lui et elle céda, s'enfonçant d'abord légèrement puis s'effondrant dans une profonde crevasse. Le vent avait déposé un pont de cristaux trop délicat pour supporter le poids d'aucune créature. Notre guide nous fit contourner l'abîme ainsi révélé.

Notre second détour eut lieu dans l'après-midi. La fatigue et le découragement avaient gagné Lourd; la neige imprégnée d'humidité collait à nos chausses et à nos bottes, et le gros de la troupe nous avait rapidement distancés, si bien que nous suivions ses traces de pas. Nous franchissions une longue crête basse quand nous la vîmes revenir vers nous : Peottre avait rencontré un sol mou dans lequel le bâton descendait jusqu'à la hauteur d'un homme de petite taille, et il avait rebroussé chemin pour chercher un itinéraire plus sûr. La montée avait été épuisante, et Lourd sacra tout bas en faisant demi-tour pour redescendre à la suite des autres dans la cuvette glacée que nous nous apprêtions à quitter.

L'éclat estival du ciel reflété par la neige blanche et bleue nous éblouissait ; nous plissions les yeux à en pleurer et à en avoir mal aux sourcils ; et Peottre nous pressait toujours d'avancer.

Notre marche fut beaucoup plus longue ce deuxième jour que la veille, tant en distance qu'en durée. Le soleil entama sa lente glissade sur l'horizon, et nous poursuivîmes notre progression, Lourd et moi largement à la traîne ; je me demandai si Peottre ordonnerait une halte pour la nuit. Par deux fois, mon compagnon s'était arrêté en refusant de continuer : il était fatigué, l'humidité s'infiltrait dans ses bottes et ses chausses, il avait froid, il avait faim et il avait soif. Ses plaintes reprenaient les miennes point par point, et les entendre énoncer d'un ton geignard les rendait encore plus insupportables ; j'avais déjà bien assez de mal à m'obliger à mettre un pied devant l'autre sans devoir en faire autant pour lui ! Sa musique se composait de percussions sourdes dirigées contre moi, grêle constante et acharnée de coups faits du crissement de nos pas sur la neige et du son aigu des bâtons qui s'enfonçaient dans les cristaux glacés.

Si je marchais devant lui, il prenait rapidement un retard considérable sur moi, si bien que je devais rester derrière lui et supporter ses sondages interminables et méthodiques avant chacune de ses courtes enjambées. Comme les ombres du soir s'allongeaient, j'eus le sentiment de participer à une répétition de la journée précédente ; je bouillais derrière Lourd, et, à mesure que nous avancions un pas lent après l'autre, la situation me devenait de plus en plus intolérable. Ma colère grandissait peu à peu mais régulièrement, comme un feu qu'on alimente d'un morceau de charbon après l'autre. Depuis quand m'avait-on fait endosser ce rôle ? Pourquoi l'acceptais-je ? Pourquoi Umbre m'avait-il choisi pour cette fonction humiliante ? Sûrement pour me punir, pour me rabaisser. J'avais combattu pour les Loinvoyant jadis, mais aujourd'hui, pour se venger de la liberté que j'avais reprise, Umbre me dégradait en m'obligeant à jouer les bonnes d'enfants pour un idiot gras et puant ! J'avais beau tenter de retrouver les raisons logiques qui avaient fait de moi le chien de garde de Lourd, de me demander qui d'autre pourrait surveiller quelqu'un d'aussi puissant que lui, je ne parvenais plus à me persuader de la nécessité de cette répugnante corvée. Mes pensées sombraient de plus en plus dans un abîme sans fond de frustration, de rage et de rancœur. Avec un effort, je me maîtrisai pour inciter d'une voix suave Lourd à continuer d'avancer. « S'il te plaît, marche un peu plus rapidement, Lourd. Regarde, ils ont commencé à monter le camp ; tu n'as pas envie d'y arriver vite pour te sécher et te réchauffer ? »

Il leva vers moi un œil mauvais. « Tu dis des mots gentils mais je sais ce que tu penses sur moi ; c'est comme des poignards, des cailloux et des gourdins. Mais n'oublie pas que c'est toi qui m'as obligé à venir ici, et que, si tu essayes de me faire du mal, je peux te faire encore plus mal, parce que je suis plus fort que toi. Je suis plus fort et tu ne peux pas m'obliger à t'obéir. »

Il avait commis l'erreur de me prévenir. Je dressai mes remparts mentaux tout en rassemblant ma puissance pour riposter – et, dans l'instant qui précéda son coup de boutoir d'Art, je m'aperçus que toute animosité à son encontre s'était éteinte, comme un feu soudain étouffé sous une couverture mouillée. Son attaque me frappa comme un marteau qui s'abat sur un morceau de fromage ; il ne m'avait pas touché, mais j'eus l'impression qu'il me broyait tout entier dans son poing. Je chancelai puis m'écroulai avec la sensation que le sang devait gicler par tous les pores de ma peau, et Lourd demanda tout à coup : « Pourquoi on est en colère ? Qu'est-ce qu'on est en train de faire ? »

On eût cru la plainte d'un enfant égaré. Il avait dû dresser lui aussi ses murailles contre moi et sentir comme moi sa fureur se dissiper alors. Embarrassé par la neige, il se dirigea vers moi, toujours étendu par terre, alors que la pluie qui menaçait depuis le matin commençait à tomber dru. Je roulai de côté pour éviter la main qu'il tendait vers moi, sachant qu'il voulait m'aider mais craignant qu'à son contact mes remparts d'Art ne s'effondrent. « Je n'ai rien, Lourd, je t'assure. J'ai seulement un peu envie de vomir. » Et aussi le cerveau embrumé, et les mains qui tremblent irrépressiblement, et mal partout comme si un cheval m'avait jeté au sol. Je ramenai mes genoux sous moi et me relevai en titubant. « Non, Lourd, ne me touche pas ; mais écoute. Ecoute. Quelqu'un essaye de nous tromper ; quelqu'un se sert de notre propre magie pour mettre de mauvaises pensées dans nos têtes ; quelqu'un que nous ne connaissons pas. » J'en avais la conviction subite et absolue : on utilisait l'Art contre nous.

« Quelqu'un qu'on ne connaît pas », répéta-t-il d'un ton monocorde. Je sentais confusément Devoir qui tentait de m'artiser ; il avait sans doute perçu l'écho de l'assaut de Lourd contre moi. Je me risquai à baisser un instant mes défenses pour avertir le prince et Umbre : Méfiez-vous ! Protégez vos pensées ! Puis je relevai brutalement mes murailles pour barrer le passage aux tâtonnements d'Art insidieux qui cherchaient de nouveau à pénétrer dans mon esprit. Il fallait que je contre-attaque, ou au moins que je remonte le fil d'Art jusqu'à son auteur. Je dus faire appel à tout mon courage pour ouvrir mes remparts, puis j'artisai frénétiquement en tous sens pour découvrir qui avait empoisonné mes pensées pour me retourner contre Lourd.

Je ne trouvai rien ni personne. Umbre, Devoir et Lourd étaient là, l'esprit barré ; j'eus envie d'essayer de contacter Ortie mais m'en abstins : l'agresseur ignorait peut-être son existence ; pas question que je la lui révèle. Je pris une grande inspiration hachée puis rétablis mes défenses. Je n'en éprouvai qu'un sentiment de sécurité relatif : un ennemi inconnu nous traquait, et je n'aurais de repos que je n'eusse tout découvert sur lui.

« C'est celui qui me donne des mauvais rêves aussi, déclara Lourd d'un ton assuré.

— Je ne sais pas. Peut-être.

— Moi, je sais. C'est lui, le donneur de mauvais rêves. » Il appuya ses paroles d'un hochement de tête convaincu.

La pluie tombait à présent en continu, en chuintant au contact de la neige. J'espérais que nos compagnons avaient déjà monté les tentes et qu'un abri sec nous attendrait à notre arrivée. Toute la journée, l'humidité s'était infiltrée dans mes bottes et mes chausses ; à présent, elle dégringolait à verse sur moi et parachevait ma désolation. « Viens, Lourd ; allons au camp », dis-je, et nous nous mîmes en route à pas mal assurés dans la neige détrempée qui s'enfonçait inégalement sous nos pieds. « Garde tes murailles d'Art bien dressées, conseillai-je à Lourd. Quelqu'un essayait de nous faire penser de mauvaises choses l'un sur l'autre ; il ne sait pas que nous sommes amis et il voulait nous obliger à nous entre-tuer. »

Lourd me lança un regard douloureux. « Des fois on est amis, d'autres fois on se bat. »

Il avait raison. Il était vrai aussi que jouer les nounous auprès de lui m'exaspérait. L'ennemi avait découvert ma rancœur et ma colère envers lui et les avait attisées, comme Vérité cherchait autrefois la peur ou la présomption chez les Pirates rouges et les avivait jusqu'à ce qu'ils commettent une erreur fatale. J'avais fait l'objet d'une attaque subtile et soigneusement conçue par quelqu'un qui avait assez pénétré mon esprit pour percevoir des sentiments que je cachais à tous ; cela m'effrayait.

« Nous nous battons parfois, en effet, dis-je à Lourd, mais nous ne nous faisons jamais vraiment de mal. Nous ne sommes pas d'accord – ça arrive souvent entre amis –, mais nous ne nous sautons pas à la gorge ; même quand nous sommes en colère, nous n'essayons pas de nous faire du mal, parce que nous sommes amis. »

Il poussa un grand soupir. « Moi, j'ai voulu te faire du mal ; sur le bateau, je t'ai obligé à te cogner partout. Maintenant je regrette. »

Jamais on ne m'avait présenté d'excuses plus sincères ; je devais lui rendre la pareille. « Et, moi, je regrette d'avoir dû te forcer à venir ici à bord d'un navire.

— Je te pardonne, je crois. Mais je serai encore très en colère contre toi si tu me mets dans un bateau pour retourner à la maison.

— C'est équitable », répondis-je après un instant de réflexion.

Je m'efforçai de dissimuler ma crainte et mon découragement anticipés.

À mon grand saisissement, Lourd s'arrêta soudain et me prit la main. Malgré mes remparts d'Art, je perçus la chaleur calme de son estime. « Je me mettais toujours en colère quand ma maman me lavait les oreilles, dit-il, mais elle savait que je l'aimais. Je t'aime aussi, Tom. Tu m'as donné un flûtiau, et puis un gâteau rose avec du sucre. J'essayerai de ne plus être méchant avec toi. »

La simplicité de cette déclaration me laissa démonté. Les lèvres molles, la langue sortie, il me scrutait de ses petits yeux ronds sous son bonnet de laine ; il avait l'air d'un crapaud et son nez coulait. Il y avait longtemps que personne ne m'avait offert son affection avec tant de franchise et de clarté ; curieusement, le loup s'éveilla en moi, et il me sembla voir la queue d'Œil-de-Nuit se balancer lentement en signe d'acceptation. Nous étions de la même meute. « Moi aussi, je t'aime, Lourd. Viens, allons nous abriter au sec. »

La pluie s'était refroidie et virait au grésil quand nous parvînmes au bivouac. Umbre se porta à notre rencontre ; dès que je pus lui glisser un mot à l'oreille, je le prévins : « Gardez vos murailles mentales bien en place. Quelqu'un a tenté de nous brouiller les idées par l'Art, comme Vérité égarait l'esprit de nos ennemis pendant la guerre des Pirates rouges. Il… il a cherché à nous dresser l'un contre l'autre, Lourd et moi, et il a bien failli réussir.

— Qui se cache derrière cette manipulation ? demanda-t-il comme s'il croyait vraiment que je le savais.

— Les gens des mauvais rêves », dit Lourd avec le plus grand sérieux. Je haussai les épaules quand Umbre se renfrogna ; je n'avais pas de meilleure réponse à lui proposer.

Cette nuit-là, nous logeâmes dans des conditions misérables : tout était humide, voire trempé, et les petits feux que nous auraient permis nos précieuses réserves de combustible refusaient de prendre. Encore une fois, Peottre délimita le camp, puis il se risqua à se porter en éclaireur pour choisir notre trajet du lendemain. Une lueur sourde semblable à celle d'une bougie éclairait la tente de la narcheska ; celle du fou ressemblait à une fleur resplendissante et séduisante dans la nuit, et je n'aspirais qu'à m'y rendre, mais Umbre avait exigé que je reste avec lui, et je reconnaissais la nécessité de lui faire un compte rendu détaillé.

Les vêtements suspendus chez le prince réduisaient encore l'espace, et nul ne feignait d'espérer qu'ils auraient séché le matin venu. Umbre et Devoir s'étaient déjà changés ; une grosse chandelle dans une coupe de métal s'efforçait tristement de chauffer l'eau d'une casserole. Je pris le manteau et les bottes de Lourd et les secouai au-dehors pour les débarrasser des blocs de neige spongieuse collés sur eux, tandis que le petit homme enfilait une longue chemise de laine et des chaussettes sèches ; par un contraste curieux, le fait de ressortir de la tente me donna l'impression que le vent humide était devenu plus mordant. Je rentrai les affaires de Lourd et trouvai une place par terre pour les étendre. Reprendre la marche le lendemain dans des habits moites et froids n'aurait rien de plaisant, mais je songeai amèrement qu'on n'y pouvait rien. Je ne pus m'empêcher néanmoins d'observer d'un ton aigre : « J'ai souvent entendu les ménestrels décrire des quêtes où il fallait tuer des monstres pour de belles damoiselles, mais jamais comme celle-ci.

— C'est vrai, acquiesça Lourd d'un air accablé. Il devrait y avoir des épées et du sang, pas cette bête neige toute mouillée !

— A mon avis, les épées et le sang ne te plairaient pas davantage que la neige, Lourd », répondit le prince d'un ton lugubre, mais, sur le moment, j'eus tendance à partager l'opinion du petit homme. Une bataille sans quartier commençait à me sembler préférable à ce pénible et interminable trajet ; avec la chance qui me caractérisait, j'aurais sans doute droit aux deux avant la fin de l'aventure.

« Nous avons un ennemi, annonçai-je, un ennemi capable d'employer l'Art contre nous.

— Oui, tu nous l'as dit, fit Umbre, mais Devoir et moi en avons discuté et nous n'avons rien ressenti de ce que tu décris. » Il versa l'eau à peine tiède sur les herbes à tisane avec une expression sceptique.

Je restai pantois un moment : j'avais pensé que l'attaque avait concerné tous les membres du clan. Je fis part de cette idée à mes compagnons et ajoutai : « Pourquoi ne viser que Lourd et moi ? Selon toute apparence, nous faisons partie de la plus basse domesticité du prince !

— Un artiseur doit se rendre compte que vous n'êtes pas ce que vous paraissez. Peut-être l'agresseur a-t-il remarqué la puissance de Lourd et tenté de se débarrasser de vous deux en vous opposant.

— Mais pourquoi ne pas frapper tout de suite le prince et son conseiller ? Pourquoi ne pas vous opposer, vous, et semer la zizanie à la tête de l'expédition au lieu de commencer par le bas de la hiérarchie ?

— Effectivement, il nous serait utile de l'apprendre, admit Umbre après un instant de réflexion. Mais nous l'ignorons ; de fait, nous savons seulement que Lourd et toi avez le sentiment d'avoir fait l'objet d'une attaque. Le prince et moi n'avons rien perçu avant que vous ne vous sautiez à la gorge.

— Et c'était impressionnant », enchaîna Devoir en se massant les tempes d'un air las. Il bâilla soudain à s'en décrocher la mâchoire. « J'aimerais en avoir déjà fini de cette affaire, murmura-t-il. Je suis fatigué, j'ai froid et la tâche qui m'attend ne suscite nullement mon enthousiasme.

— Attention : vous pourriez être sous l'effet d'une influence d'Art subtile, lui dis-je. Votre père employait sa magie ainsi pour égarer les hommes de barre des navires pirates et les jeter sur les écueils. »

Le prince secoua la tête. « Je tiens mes murailles dressées ; non, ce découragement m'est propre. » Il regarda Umbre verser de la tisane dans une tasse, observer le liquide jaunâtre et le remettre à infuser dans la théière.

« L'Art n'a rien à y voir, renchérit le vieillard d'un ton mordant ; c'est ce fichu fou qui parle au clan de Vif et aux représentants du Hetgurd, inspire de la sympathie pour le dragon et joue avec les superstitions des Outrîliens. Restez ferme dans votre résolution, mon prince ; n'oubliez pas que vous avez donné votre parole à la narcheska de déposer la tête du monstre dans l'âtre de ses mères.

— En effet, fit Peottre en soulevant le rabat de la tente. Puis-je entrer ?

— Je vous en prie, répondit Devoir; et je n'oublie pas ma promesse; mais je n'ai pas juré de prendre plaisir à la tenir.»

Mon Vif m'avait prévenu que quelqu'un approchait, mais je pensais voir Leste ou Crible. Qu'est-ce qui amenait l'Outrîlien? J'espérai qu'il n'attendrait pas mon départ pour exposer les raisons de sa visite; mais non: il parut accepter ma présence, car il me salua de la tête. Au lieu de se lancer, comme je le prévoyais, dans une description inquiétante du trajet du lendemain, il eut un sourire dur. «La journée n'a été plaisante pour personne, et celle de demain sera aussi pénible. Après une marche aussi inconfortable dans le froid et l'humidité, je voudrais partager avec vous le remède que nous employons pour nous réconforter.» Il poussa un grand soupir. «Ce temps ne nous facilitera pas la tâche; la pluie ronge la neige et affaiblit des zones jusque-là solides. Demain, il faudra se méfier des avalanches autant que des crevasses quand nous franchirons le col de l'île.»

Tout en parlant, il avait déballé un paquet enveloppé d'un carré de tissu taché. J'avais faim et l'odorat vif; j'ignorais de quoi se composait le pavé sombre qu'il tenait dans ses mains, mais on l'avait imbibé d'alcool pour le conserver. Il en rompit un morceau et j'identifiai dans la pâte des raisins secs, des bouts de graisse et, apparemment, des tranches de pomme séchée; l'arôme alcoolisé s'intensifia. Lourd se redressa sur son séant avec une expression de convoitise et de circonspection mélangées. Mon esprit restait barré à son Art, mais je perçus vaguement son inquiétude: le gâteau aurait-il goût d'huile de poisson?

Peottre dut remarquer mon regard avide, car il m'offrit la première part avec un sourire compréhensif. «On dirait que c'est vous qui souffrez encore le plus du froid et de l'humidité ce soir», fit-il, et il avait raison, car mes compagnons avaient déjà enfilé des vêtements plus secs. J'acceptai donc avec reconnaissance, et, comme je mordais dans la pâtisserie, il reprit: «Nos guerriers appellent cela du "pain de courage"; on mélange du miel noir et épais, des fruits secs et des herbes fortifiantes, puis on trempe le tout dans de l'alcool pour qu'il se garde bien. Avec une seule portion, on peut se battre toute une journée ou marcher deux jours d'affilée.»

Un goût sucré auquel se mêlait le piquant du spiritueux emplit ma bouche; en avalant, je perçus un arrière-goût familier: la douceur un peu écœurante du miel, de la graisse et des fruits camouflaient l'amertume de l'écorce elfique. Il fallait que j'avertisse Umbre, je le savais, alors même que mon organisme épuisé poussait un cri de joie dans l'attente de la montée d'énergie qu'allait lui procurer la drogue.

Et le monde se tut soudain.

J'ignore comment décrire autrement ce que je ressentis. J'avais pris conscience que je possédais le Vif seulement lors de ma première rencontre avec des forgisés; jamais je ne m'étais rendu compte qu'un sens supplémentaire me reliait à toutes les créatures avant de me trouver devant celles-là, que cette perception ne détectait pas. La forgisation arrachait ses victimes à la trame de la vie, transformait les humains en êtres coupés de tout, qui dévoraient, violaient et existaient sans la plus petite étincelle d'empathie ni de compassion pour le reste du monde. Je n'avais découvert que le Vif me rattachait à tout ce qui vivait qu'à l'instant où je les avais affrontés.

L'expérience que je subissais était similaire, mais inverse; je voyais jusque-là dans l'Art une magie qui ne me reliait qu'aux autres artiseurs, mais je me retrouvais brusquement coupé des innombrables et infimes connexions qu'il établissait avec tous mes contemporains. De la grande voix de l'humanité, du murmure constant des esprits et des pensées ne restait qu'un silence absolu. Je cillai puis tentai de me déboucher les oreilles en me demandant ce qui m'arrivait; ma vue, mon ouïe, mon odorat, mon toucher fonctionnaient et je sentais le goût de la nourriture sur ma langue, mais un autre sens, inconnu et dépourvu de nom jusqu'à présent, avait disparu, éteint par cette seule bouchée. Je fis un effort prodigieux pour contacter Umbre et Devoir, mais ce fut comme si j'essayai de crisper une main insensible: je me rappelais comment déclencher le mouvement, mais mes muscles restaient paralysés.

En souriant, Peottre avait tendu un morceau de gâteau à Lourd. Le petit homme avait la bouche ouverte et il y portait la confiserie. Je me précipitai, saisis son poignet et l'écartai; il avança aussitôt le visage et ses dents claquèrent sur le vide en un geste qui aurait été comique s'il n'avait pas recelé un si grand danger pour notre clan. «De l'écorce elfique!» Privé d'Art, j'avais crié comme si je craignais que ma voix seule ne suffît pas à transmettre l'avertissement.

Je me modérai aussitôt et feignis que mon interjection s'adressât à Lourd seul. «Non, Lourd! Tu sais bien que cette plante te rend malade. Donne-moi cette part de gâteau, je te promets de te trouver une autre friandise. Non, Lourd, s'il te plaît!

— Quelle plante? Je ne suis pas malade! C'est à moi, à moi! Tu disais qu'on était amis et qu'on ne se ferait plus de mal. Lâche-moi! Ce n'est pas juste, c'est mal élevé de prendre sans demander!»

Emporté par son amour des sucreries, il se démena pour m'empêcher de lui ravir sa part de gâteau. Je ne voulais pas courir le risque qu'il en avalât ne fût-ce qu'une miette; jamais je n'avais eu une réaction aussi violente à l'écorce elfique. Je sentais une énergie formidable m'envahir et je me demandais dans quels abîmes de désespoir j'allais sombrer ensuite. Enfin je parvins à m'emparer du morceau de pâtisserie. Lourd s'assit par terre, eut un sanglot furieux puis fut saisi d'une quinte de toux. Je remis promptement ma prise à Umbre avec cette mise en garde improvisée: «À votre place, je ne mangerais pas devant lui, messire. Je connais son avidité pour tout ce qui est sucré; s'il vous voit déguster ce gâteau sans lui, je redoute un éclat qui nous assourdira tous.»

Umbre et Devoir tentaient-ils de m'artiser? Lourd cherchait-il à me faire trébucher et tomber dans le feu pour se venger? Je ne sentais absolument rien; je ne percevais pas le moindre effleurement d'Art de leur part. Mon Vif les savait toujours présents, et j'en tirais quelque réconfort, mais les fils d'Art qui couraient entre nous avaient été tranchés. Peottre me regardait avec la mine sombre d'un homme offensé. Umbre réagit plus vite que je ne l'espérais: «Ah oui! Je me rappelle l'effet que l'écorce elfique a eu sur toi la dernière fois, Lourd. Je ne tiens pas à ce que tu repasses par là; allons, ne fais pas d'histoires, sois gentil. Je suis sûr que nous te trouverons autre chose d'aussi bon à manger.» Il se tourna vers Peottre et lui adressa un clin d'œil entendu. « Le compagnon du prince n'a pas pu fermer l'œil de toute la nuit et de la journée suivante, puis il est tombé dans une mélancolie dont rien n'a pu le tirer pendant plusieurs jours. J'aimerais éviter ce genre d'ennui pendant notre expédition. Allons, Lourd, ne fais pas si triste figure ; je crois que le prince Devoir a gardé pour toi quelques sucres d'orge. »

L'intéressé fouillait déjà dans son sac ; Umbre prit vivement la portion de gâteau à demi écrasée dans ma paume, la remit prestement avec le reste du « pain de courage » qu'il remballa dans son tissu et fourra dans son paquetage. « Le prince et moi en savourerons un morceau plus tard, peut-être après que Lourd se sera endormi, dit-il à Peottre à mi-voix. Pour ma part, j'apprécie les vertus d'une plante comme l'écorce elfique sur l'organisme du vieillard que je suis ; je ne savais pas qu'on s'en servait dans les îles d'Outre-mer.

— L'écorce elfique ? » Peottre feignait-il l'ignorance ? « Nous ne connaissons pas de plante aussi curieusement nommée. Il y a des herbes dans le gâteau mais chaque maison des mères possède sa propre recette, dont elle garde secrète la liste des ingrédients avec un soin jaloux. Mais je puis vous dire que celui-ci provient de chez moi, de la maison maternelle de la narcheska. Ce "pain de courage" soutient le clan du Narval depuis des générations.

— Je n'en doute pas ! s'exclama Umbre d'un air ravi. Et je me réjouis d'avance de le goûter ce soir, ou peut-être demain matin au réveil, afin de profiter toute la journée de son effet revigorant après une bonne nuit de sommeil. Mon pauvre Tom, je sais l'effet que l'écorce elfique produit sur vous ! Vous en tirez peut-être satisfaction pour l'instant, mais vous passerez probablement une nuit blanche. Je vous ai déjà prévenu plusieurs fois de ne pas en prendre le soir ; mais, sur ce sujet, autant parler à un mur, n'est-ce pas ? »

Je plaquai sur mes lèvres un sourire de connivence. « C'est vrai, messire Umbre. Vous pourriez me sermonner jusqu'à la fin des temps, je n'en entendrais sûrement rien du tout. » D'après son léger changement d'expression, il dut me comprendre à demi-mot.

Il se versa une tasse de tisane claire, en but une gorgée puis se mit à tousser violemment, au bord du haut-le-cœur, et se frappa vigoureusement la poitrine du poing. D'une voix sifflante, il me dit : « Vous pouvez vous retirer, Blaireau. Allez vous restaurer, mais veuillez repasser par ici avant de vous coucher. Je pense que Lourd souhaitera dormir avec nous.

— Bien, monseigneur. » Le sens de sa pantomime ne m'avait pas échappé.

Je quittai la tente et, par un trajet détourné, m'éloignai du camp. La pluie avait cessé mais le vent soufflait toujours. Arrivé au périmètre de sécurité, j'enfonçai deux doigts dans ma gorge et m'évertuai à vomir le morceau de gâteau que j'avais avalé, mais j'étais resté trop longtemps le ventre vide et mon estomac l'avait déjà assimilé. L'âcreté du peu que je parvins à régurgiter me laissa tremblant. Je me rinçai la bouche avec une poignée de neige pour effacer le goût de bile, recouvris mes vomissures et retournai au bivouac, secoué de frissons, glacé par un froid pire que celui de la nuit. Quand on a fait une fois l'expérience de la traîtrise insidieuse du poison, je crois qu'on ne s'en remet jamais ; savoir qu'on a introduit un produit dans son organisme, sentir les changements qu'il y opère, la débilitation qui s'accentue à chaque battement de cœur, constitue une incursion dans l'horreur difficile à décrire. J'avais reconnu le goût de l'écorce elfique et déjà j'en ressentais les effets ; et si le gâteau renfermait d'autres drogues, des drogues que je n'avais pas décelées et dont je ne soupçonnais pas les actions destructrices en cours ? Je m'efforçai de détourner mes pensées de ce précipice. Cela ne tenait pas debout : Peottre nous avait fait ce cadeau apparemment en toute bonne foi. Nous devions remplir la mission qu'il nous avait confiée de tuer le dragon ; pourquoi voudrait-il empoisonner l'un d'entre nous ? Pourtant, je ne parvenais pas à voir seulement un mauvais tour du hasard dans le fait qu'il m'avait donné à ingérer précisément de l'écorce elfique, sous une concentration telle qu'elle étouffait totalement ma magie.

J'avais froid, mes habits étaient imprégnés d'humidité et je tremblais comme une feuille ; je voulais recouvrer mon calme avant de rejoindre les autres gardes. Guidé par une sorte d'instinct qui me poussait à trouver un refuge, je m'arrêtai devant la tente du fou; les mains engourdies, je cherchai le rabat. «Sire Doré?» fis-je à mi-voix, en me rappelant un peu tardivement qu'il avait peut-être des invités.

Il dut percevoir dans mon ton une angoisse qui l'alerta, car il écarta aussitôt le rabat et me fit signe d'entrer, puis me dit: «Ne bouge pas, tu vas mettre de l'eau partout.» Il s'était déjà changé et avait enfilé une longue robe noire et sèche qui paraissait épaisse et moelleuse. Je l'enviai.

«Peottre m'a offert un morceau de gâteau, mais il contenait de l'écorce elfique et j'ai perdu mon Art.» Les mots jaillirent de moi, hachés par mes claquements de dents.

«Déshabille-toi, tu es trempé.» Il s'était mis à fouiller dans son paquetage dès mon arrivée; il en tira un grand vêtement couleur cuivrée. «Ça devrait t'aller; c'est plus chaud que ça n'en a l'air. Comment une seule bouchée d'écorce elfique a-t-elle pu te priver de ta magie? Jamais elle n'a eu cet effet sur toi.»

Je secouai la tête. «C'est pourtant ce qui m'arrive. En outre, quelqu'un a tenté de nous dresser, Lourd et moi, l'un contre l'autre par le biais de l'Art; il a failli réussir jusqu'au moment où j'ai cru que Lourd allait m'attaquer; alors j'ai mis mes murailles en place; dès lors, je n'ai plus entendu que mes propres pensées et j'ai compris que je ne lui en voulais pas vraiment de devoir passer mon temps à jouer les nounous avec lui. Ce n'est pas sa faute, et, même si ce rôle ne me plaît pas, je ne peux pas l'en rendre responsable; si je dois m'en prendre à quelqu'un, c'est à Umbre; c'est lui qui m'a mis dans cette position, et je crois que, pour une bonne part, il s'efforce de me tenir occupé pour me couper de toi et éviter que tu m'influences, parce qu'il désire que j'obéisse à ses ordres sans chercher à réfléchir aux...

— Arrête!» s'exclama le fou d'un air abasourdi. Je me tus aussitôt, puis m'apprêtai à lui demander ce qui n'allait pas, mais il leva la main pour m'interrompre. «Ecoute-toi, Fitz. Jamais je ne t'ai entendu parler ainsi à en perdre haleine. Tu me fais peur.

— C'est l'écorce elfique.» Je tremblais d'une énergie que je ne dominais pas. Le dernier bout de tissu humide qui me couvrait tomba sur le tas avec un bruit mat; je pris avec reconnaissance le vêtement que me tendait le fou, puis tressaillis en le sentant glacé dans mes mains. « On dirait du métal ! Qu'est-ce que c'est, des écailles de poisson ?

— Fais-moi confiance et enfile-le. Ça se réchauffe très vite. »

Je n'avais guère le choix. Je passai la longue robe par-dessus ma tête et elle tomba, m'enveloppant presque jusqu'aux pieds. Elle me serrait les épaules ; je les fis rouler et me détendis soudain. « Très curieux ! Je la sentais trop étroite de carrure mais il m'a suffi de bouger les bras pour qu'elle se mette à ma taille. Regarde, elle me descend jusqu'aux poignets maintenant ! On dirait une cotte de mailles d'une finesse extraordinaire. S'agit-il encore de la magie des Anciens ? Vient-elle du désert des Pluies ? J'aimerais savoir comment ils l'ont fabriquée, et dans quel matériau ! Vois comme la teinte change à chacun de mes mouvements.

— Fitz, cesse de jacasser ainsi, c'est tuant. » Le fou prit le paquet de mes vêtements, et un filet d'eau en tomba quand il le souleva. « Je vais les poser dehors en attendant qu'ils dégorgent ; de toute manière, ils ne seront pas secs demain. En as-tu d'autres ?

— Oui, dans mon sac, mais je l'ai laissé dans la tente du prince, avec le tonnelet de poudre explosive d'Umbre. La plupart des affaires de Lourd s'y trouvent aussi, mais ce n'est pas grave parce que lui-même y couche et qu'il en aura besoin à son réveil ; c'est aussi bien qu'elles restent chez le prince. » Je m'aperçus que je recommençais à parler à tort et à travers, et je réussis à me taire avant l'intervention du fou.

Pendant quelque temps encore, je frissonnai de froid, puis je sentis la robe me renvoyer peu à peu ma propre chaleur. Avec un soupir, je m'assis sur les couvertures du fou et ramenai sous moi mes pieds glacés ; un instant après, étendu, je me tournai et me retournai à la recherche d'une position confortable. Le fou rentra et m'observa avec curiosité alors que je me relevais et piétinais autour de sa petite bougie. « Qu'y a-t-il ?

— J'ai l'impression d'avoir des fourmis sous la peau. » Je repoussai de mon visage mes cheveux à la débandade et renouai ma queue de guerrier. « Je n'arrive pas à rester en place, je n'arrive pas à m'arrêter de parler et de penser, mais je ne parviens pas non plus à faire le tri dans mes pensées ; je ne sais pas si je m'explique clairement. » Mes mains me parurent tout à coup disproportionnées ; je fis systématiquement craquer toutes mes articulations, puis relâchai mes doigts. Quand je relevai les yeux, je vis que le fou me contemplait, les mâchoires crispées. « Pardon, fis-je aussitôt. Je ne peux pas m'en empêcher.

— À l'évidence », murmura-t-il. Puis il ajouta plus haut : « J'aimerais être en mesure de t'aider, mais te donner une tisane lénifiante ne constitue peut-être pas la solution idéale, d'autant que je crains l'accablement qui devrait succéder à la folle envolée que tu subis. Jamais je ne t'ai vu aussi agité. Si tu sombres dans un désespoir à la mesure de ta présente extravagance, je m'inquiète pour nous tous. »

Je vis à son expression qu'il ne plaisantait pas. « Moi aussi je redoute cette perspective – ou plutôt, je sais que je devrais la redouter, mais je suis absolument incapable de concentrer mon esprit dessus ; trop de pensées me submergent par ailleurs : comment sécher mes vêtements pour demain matin, par exemple ; je dois me présenter chez Umbre plus tard dans la soirée, mais je ne me vois pas me promener dans le camp vêtu de cette robe, bien qu'elle tienne chaud. D'un autre côté, l'idée de remettre mes habits mouillés me répugne, même pour franchir la courte distance qui me sépare de la tente de Devoir ; j'y ai laissé mon sac avec toutes mes affaires de rechange. Celles de Lourd s'y trouvent aussi, mais c'est aussi bien, puisqu'il couche chez le prince et qu'il en aura besoin en se réveillant.

— Tais-toi, fit le fou d'un ton suppliant, interrompant mon flot de paroles. Tais-toi, par pitié, Fitz, et laisse-moi réfléchir. Par le passé, l'écorce elfique n'a jamais fait qu'atténuer ton talent, et encore, de façon provisoire ; pouvons-nous espérer que son effet s'estompera et que tu retrouveras ta magie ? »

J'eus un haussement d'épaules incontrôlé. « Je ne sais pas. Je ne crois pas qu'on puisse juger ce qui m'arrive aujourd'hui par l'action de cette drogue sur moi autrefois. T'ai-je raconté que Lourd avait bien failli en absorber aussi ?

— Non, tu ne m'en as rien dit. » Il s'exprimait d'un ton circonspect comme si je souffrais de démence légère, ce qui n'était peut-être pas faux. « Veux-tu essayer ? Cesse te tripoter ta lèvre et tes cheveux, croise les mains sur tes genoux et raconte-moi ta journée, tout entière, s'il te plaît. »

Je ne m'étais pas aperçu que je me tiraillais la lèvre inférieure. Je posai les mains sur mes cuisses et m'efforçai de lui rendre compte comme à Umbre. Je vis son visage prendre une expression de plus en plus grave et je compris que les mots jaillissaient en grêle en un récit sans cohérence, composé de bribes et de morceaux au gré des allers et retours de mon esprit. Avant de finir, je m'étais levé à nouveau et je tournais en rond dans la tente exiguë, incapable de maîtriser mon agitation. J'eus une inspiration subite. « Tiens ! m'exclamai-je en m'avançant vers le fou, le poignet tendu. Vérifions si mon Art a disparu aussi complètement que je le crois. Touche-moi ; tente de me joindre par l'Art comme tu l'as déjà fait. »

Il me dévisagea, bouche bée, puis un sourire contraint et incrédule apparut sur ses traits. « C'est toi qui me demandes ça ?

— Oui, naturellement ! Voyons la gravité de mon atteinte. Si tu parviens encore à te lier à moi, peut-être mon Art me reviendra-t-il à mesure que l'écorce elfique se dissipera dans mon organisme. Essayons. » Je m'assis à côté de lui et posai mon bras sur son genou, le poignet tourné vers lui. Il baissa les yeux sur les empreintes ternies de ses doigts puis me jeta un regard oblique.

« Non. » Il s'écarta. « Tu n'es pas toi-même, Fitz ; en temps ordinaire, jamais tu ne m'autoriserais un tel geste, et tu me prierais encore moins de l'accomplir. Non.

— Quoi, aurais-tu peur ? fis-je d'un ton de défi. Vas-y ! Qu'avons-nous à perdre ?

— Notre respect l'un pour l'autre, si je commets pareil acte alors que tu es comme ivre. Non, Fitz, cesse de me tenter.

— Ne t'en fais donc pas ! Je n'aurai pas oublié demain que c'est moi qui ai proposé cette expérience. Il faut que je sache si ma magie a définitivement disparu ! » Dans un coin de mon esprit, en retrait, l'angoisse me gagnait ; j'aurais voulu tout arrêter, prendre le temps de la réflexion, mais mon impatience me poussait de l'avant : Fonce, n'attends pas, fais n'importe quoi mais tout de suite ! Le besoin d'agir, quelle que fût l'action, devenait irrépressible.

Je saisis le bras mince du fou ; il ne portait pas de gants et ne résista pas. Comme si j'emboîtais les pièces d'un casse-tête, je posai sa main sur mon poignet ; l'extrémité fraîche de ses doigts se plaça sur les traces qu'il avait laissées sur moi. J'attendis, mais ne ressentis rien. Je le regardai d'un air interrogateur.

Il avait fermé les yeux. Au bout d'un moment, il les rouvrit ; son regard d'or avait une expression accablée. Incrédule, il dit : « Rien. Je perçois la chaleur de ta peau sous mes doigts ; je tends mon esprit vers le tien mais tu n'es pas là. Et c'est tout. »

Mon cœur se serra, et je tentai aussitôt de nier l'observation du fou. « Bah, ça ne prouve sans doute rien ; comme nous n'avions jamais essayé un tel contact jusqu'ici, de quel point de comparaison disposons-nous ? D'aucun, d'absolument aucun. Demain, à mon réveil, j'aurai peut-être retrouvé toute ma puissance d'Art.

— Ou bien rien n'aura changé », fit le fou à mi-voix sans me quitter des yeux. Ses doigts restaient posés sur mon poignet. « Nous ne parviendrons peut-être plus jamais à nous relier ainsi.

— Ou bien rien n'aura changé, en effet, acquiesçai-je, et je me lèverai aussi sourd et coupé du monde qu'en cet instant. Peut-être. » Je me redressai, l'obligeant à lâcher mon bras. « Eh bien, inutile de se ronger les sangs, n'est-ce pas ? Autant se tourmenter à propos du temps qu'il fera demain ; adviendra ce qui adviendra. » Je me tus, songeant que je devais calmer mon agitation, et la question jaillit de mes lèvres sans que je pusse la retenir. « Crois-tu que Peottre ait agi de propos délibéré ? Qu'il savait l'écorce elfique capable de détruire l'Art ? Mais comment aurait-il appris que je possédais cette magie ? Et, s'il veut que j'aide le prince à tuer le dragon, pourquoi me mettre hors d'état d'agir ? A moins qu'il ne désire pas vraiment la mort de Glasfeu ? Peut-être nous a-t-il attirés sur cette île pour que Devoir échoue ; mais ça ne tient pas debout – si ? »

Ce déluge de questions parut laisser le fou hébété. « Peux-tu te taire, Fitz ? » demanda-t-il gravement, et, après un instant de réflexion, je secouai la tête.

« Je ne crois pas, non », répondis-je sans cesser de m'agiter. Un sentiment de détresse m'envahit soudain ; j'étais incapable de trouver une position confortable qui me permettrait de rester immobile. J'avais sommeil mais j'ignorais comment me détendre pour m'endormir. J'aurais voulu que tout cesse et me laisse en paix ; j'enfouis mon visage dans mes mains. « J'ai passé ma vie entière à tout rater.

— J'ai l'impression que la nuit sera longue », dit le fou d'un ton lugubre.

5
GLASFEU

Voici l'histoire de Ysal Chaussephoque et du dragon Glasfeu et de ce qui lui arriva au temps où Wisal était Grande Mère de sa maison maternelle. Wisal se prit d'aversion pour un jeune homme qu'Yysal avait ramené chez elle pour coucher avec lui, et ce pour trois raisons : il avait les jambes arquées et la poitrine creuse, or chacun sait que ces traits risquent de se transmettre aux enfants, et Wisal ne souhaitait pas voir sa maison pleine d'avortons aux jambes torses ; il était roux, affliction que Wisal ne désirait pas non plus retrouver chez ses descendants, et enfin, lorsque le printemps débarquait dans les îles et que les saules ployaient sous les chatons, il éternuait, larmoyait, toussait et se montrait incapable d'accomplir aucune tâche de toute la saison. Aussi, lorsque Yysal s'en alla un jour d'été récolter des myrtilles sur les hautes pentes de la montagne, Wisal ordonna aux autres femmes de faire moisson de mottes de terre et de pierres assez petites pour faire mal sans provoquer de blessures graves, afin de chasser le compagnon de lit d'Yysal. Ses sœurs, sa mère et ses tantes acceptèrent d'enthousiasme, car aucune n'aimait sa manière de leur sourire bêtement quand Yysal était absente.

Quand elle revint et trouva son compagnon disparu, elle pleura, tempêta et finit par jurer d'aller voir le dragon pour demander vengeance contre sa famille. Chacun sait que c'est là grand péché contre une maison maternelle, mais son courroux était si violent qu'on ne put la raisonner et qu'elle refusa le jeune guerrier robuste aux cheveux noirs qu'on lui proposa pour remplacer son godelureau pâle et décharné. Elle gagna Aslevjal, attendit la marée annuelle puis se glissa sous la voûte du glacier pour s'enfoncer dans son cœur et prier le dragon de lui accorder son terrible vœu.

Loin sous la surface de la calotte glacée qui coiffe l'île, elle échoua sa frêle embarcation sur une grève limoneuse. Elle leva sa torche, mais ne perdit pas de temps à s'émerveiller des splendeurs du tombeau de Glasfeu, descendit de son esquif et s'engagea dans les sinueuses galeries bleues pour parvenir à l'endroit où elle verrait le dragon prisonnier. Là, elle ménagea un creux dans la glace en y faisant couler le sang chaud de l'agneau qu'elle avait apporté, et elle implora le maître des lieux de rendre stériles toutes celles qui l'avaient privée de son compagnon.

Traduction d'une ballade outrîlienne par TOM BLAIREAU

*

Je garde du restant de cette nuit-là et du jour suivant le souvenir que l'on conserve de rêves enfiévrés. Mon esprit renâcle à se remémorer le désespoir que j'endurai. « C'était entièrement dans ta tête », me dit Umbre quelque temps après, et je me vexai qu'il méconnût avec tant de désinvolture ce que j'avais souffert. J'eus envie de lui répondre : Toute la vie se passe dans la tête. Sinon, où se déroule-t-elle ? Où faisons-nous la somme de ce qu'elle signifie pour nous et soustrayons-nous ce que nous avons perdu ? Un événement demeure un simple événement tant que personne n'y attache de sens.

Je survécus. Celui qui établit une distinction entre un produit comme l'écorce elfique et un poison n'a jamais été plongé dans les abîmes que je sondai. Au cours de la nuit, Umbre envoya Crible me chercher ; le jeune garde me mit une couverture sur les épaules et me ramena chez le prince, pieds nus et vêtu de ma ridicule robe d'Ancien. Là, si ma mémoire est bonne, je passai plusieurs heures à expliquer à Umbre à quel point je me méprisais. Plus tard, Devoir m'avoua n'avoir jamais subi de la part de personne inventaire plus assommant de péchés imaginaires, et, à plusieurs reprises, je m'en souviens, il tenta de me raisonner. Je parlais de me suicider, perspective que j'avais souvent envisagée de façon fugitive mais dont je ne m'étais jamais ouvert à quiconque ; cette idée d'un sentimentalisme larmoyant emplit Devoir de répulsion, et Umbre me fit observer qu'il s'agirait d'un acte égoïste qui ne réparerait en rien ma bêtise. Je crois qu'il en avait plus qu'assez de ma compagnie à ce moment-là.

Et pourtant je n'y étais pour rien ; c'est la mélancolie induite par la drogue et non une volonté réfléchie de ma part qui me poussa à m'épancher ainsi toute la nuit, jusqu'à l'aube incluse. Au matin, Devoir en savait beaucoup plus sur mes excès de jeunesse que je n'avais voulu lui en apprendre. S'il avait jamais été tenté de goûter à l'écorce elfique ou à la graine de carris, je pense que cette longue soirée le guérit de sa curiosité.

Quand Lourd n'en put plus de m'entendre m'apitoyer sur mon sort, on fit venir Crible pour qu'il l'accompagne à la tente du clan de Vif, où Trame le prit en main et l'installa pour la nuit. Umbre et Devoir avaient prévu d'essayer de contacter Ortie ce soir-là, mais mon indisposition leur interdit de se concentrer ; avant le départ de Lourd, ils tâchèrent de me joindre ensemble par l'Art, sans plus de résultat que le fou. Quand j'appris à Umbre la tentative que nous avions effectuée, il s'assombrit : il désapprouvait que j'eusse entrepris cette expérience avec l'homme au teint fauve.

Le lendemain, Crible et Trame nous encadrèrent, Lourd et moi, pour le trajet du jour. J'ai la conviction qu'Umbre avait assigné cette tâche au jeune garde, mais que le marin m'accompagna de son propre chef ; aujourd'hui encore, je me demande ce que le simple d'esprit avait pu lui dire pour qu'il jugeât nécessaire de s'occuper de moi. Je marchais, muet, plongé dans un accablement noir, au milieu d'un tourment sans fin de glace brillante et de neige doucement soufflée par la brise. Crible et Lourd avançaient en tête, échangeant un mot de temps en temps ; Trame me suivait et ne disait rien. L'été avait repris son empire, et le vent qui sculptait des formes fantastiques dans les dunes était léger et presque chaud. Je me rappelle que Risque décrivit deux cercles au-dessus de nous, poussa un cri désolé puis retourna vers la mer. La présence de la bête de Vif de Trame me rappela cruellement l'absence de la mienne et me jeta dans de nouveaux abysses de douleur. Je ne sanglotais pas mais les larmes ruisselaient sans cesse sur mes joues.

L'émotion peut exténuer plus que l'effort physique. Quand Peottre annonça que nous allions monter le camp, plus rien ne m'importait. Toute volonté disparue, je regardai mes compagnons dresser les tentes. Je conserve vaguement le souvenir que le kaempra s'excusa auprès d'Umbre que son « pain de courage » m'eût ainsi frappé d'incapacité ; le vieillard accepta ses regrets d'un air dégagé, en répondant que j'avais un tempérament imprévisible et une tendance marquée à abuser des herbes stupéfiantes. Je compris le motif de cette explication, mais elle me poignit quand même le cœur comme une dague. Je n'eus pas le courage d'avaler une cuillerée du gruau que Trame m'apporta et allai me coucher alors que tout le monde était encore debout. Les yeux ouverts dans la pénombre de la tente, je m'efforçai de comprendre pourquoi mon père avait couché avec ma mère ; il me semblait qu'ils avaient commis là un acte terrible. Dehors, j'entendis Trame jouer pour Lourd de son instrument, et la musique d'Art du drôle de petit homme me manqua tout à coup. Je dus finir par sombrer dans un profond sommeil.

Quand j'émergeai, le jour était levé depuis longtemps ; autour de moi gisaient les paillasses en désordre et désertes des hommes d'armes. Pourquoi ne m'avait-on pas réveillé ? Pourquoi n'avait-on pas levé le camp et repris la route ? Frissonnant de froid, je m'extirpai de mes couvertures, fis la grimace en remarquant la robe que je portais et enfilai rapidement mon manteau et mon pantalon. Je fourrai le vêtement du fou dans mon paquetage en continuant de m'interroger sur le silence qui régnait dans le bivouac. Je redoutais que le temps ne nous eût forcés à retarder notre départ.

À ma sortie de la tente, un vent tiède et régulier m'accueillit, chargé de fins cristaux de neige emportés de l'épaulement du glacier qui nous dominait. Le camp paraissait désert. Trame surveillait une casserole posée sur un trépied au-dessus d'un petit feu qui brûlait dans une jatte d'argile ; le récipient s'enfonçait peu à peu dans la neige que sa chaleur faisait fondre.

« Ah, vous voici debout ! dit le marin avec un sourire de bienvenue. J'espère que vous allez mieux.

— Je... oui », répondis-je, en m'apercevant avec un certain étonnement que c'était vrai. Les ténèbres irraisonnées qui m'accablaient la veille avaient disparu. Certes, je ne me sentais pas d'humeur primesautière ; la perte de mon Art me pesait toujours et la tâche qui nous attendait m'effrayait, mais le profond désespoir qui m'avait conduit à souhaiter mettre fin à mes jours s'était dissipé. Lentement, une colère sourde commença de monter en moi : j'en voulais à Peottre de ce qu'il m'avait fait subir. Je le savais, la stratégie d'Umbre m'interdisait toute vengeance, mais je refusais de croire que ce « pain » contenait la quantité ordinaire d'écorce elfique que les Outrîliens consommaient sans souffrir de terribles contrecoups ; non, on m'avait empoisonné volontairement, et j'espérais qu'avant notre retour dans les Six-Duchés le sort me fournirait l'occasion de régler mes comptes avec Peottre. Toute ma formation d'assassin me défendait le luxe de la revanche ; depuis que le roi Subtil m'avait fait jurer allégeance, on m'avait enseigné que mes talents servaient selon la volonté de la Couronne, non suivant mes jugements ni mes ressentiments personnels. Une ou deux fois, je m'étais écarté de cette ligne de conduite, toujours avec des résultats désastreux. Je me répétai cela en scrutant les alentours.

Notre camp se dressait sur une pente douce ; non loin, une barre de roche noire perçait, déchiquetée, la surface de la neige. Un pic abrupt se dressait au-dessus de moi ; on eût dit une tasse ébréchée. Çà et là, des affleurements de pierre obscure crevaient le manteau neigeux, dont la cuvette dégorgeait une cascade gelée qui descendait vers nous, et dont nous avions installé le bivouac sur le dernier replat, le plus horizontal.

« Vous êtes bien silencieux, fit Trame avec sollicitude. Souffrez-vous ?

— Non ; merci de vous en inquiéter. J'ai simplement de nombreux sujets de réflexion.

— Et vous avez perdu votre magie d'Art. »

Devant le regard que je lui lançai, il leva une main apaisante. « Personne d'autre n'est au courant de votre secret ; c'est Lourd qui me l'a révélé sans le faire exprès. Vous le préoccupiez beaucoup; vous l'agaciez aussi, mais il se rongeait surtout les sangs pour vous. Hier soir, il m'a expliqué qu'il ne s'effrayait pas seulement de votre humeur morose, de votre flot de paroles incessant et de votre agitation irrépressible, mais aussi du fait que vous aviez disparu de son esprit. Il m'a raconté une anecdote de son enfance: un soir, lors d'une foire, sa mère a lâché sa main au milieu de la foule; il est resté perdu plusieurs heures, incapable de la retrouver ni visuellement ni mentalement. D'après certains détails, je pense qu'elle l'a abandonné puis qu'elle s'est ravisée plus tard et mise à sa recherche. L'important, toutefois, est qu'après de laborieuses descriptions de sa part j'ai fini par comprendre qu'il savait sa mère non loin de lui, mais qu'elle refusait tout contact mental; dans votre cas, il ne sent qu'une absence, comme si vous étiez aussi mort que sa mère aujourd'hui; or il vous voit et vous entend, bien vivant. Vous lui faites peur, maintenant.

— Je dois lui apparaître comme un forgisé.»

Le visage de Trame se crispa en une expression compatissante; je compris qu'il avait affronté la présence glaçante de forgisés, car il dit: «Non, mon ami; je vous perçois toujours par le Vif. Vous n'avez pas perdu cette magie-là.

— Mais à quoi me sert-elle sans compagnon?» fis-je avec amertume.

Il se tut un instant puis déclara d'un ton résigné: «Ça aussi, je pourrai vous l'enseigner si vous trouvez un jour le temps d'apprendre.»

Je ne vis guère quoi répondre, aussi posai-je une question. «Pourquoi n'avons-nous pas encore repris notre marche aujourd'hui?»

Il me dévisagea d'un air intrigué puis sourit. «Nous sommes arrivés, mon ami. Nous ne bivouaquerons pas plus loin; selon Peottre, on devrait pouvoir distinguer vaguement le dragon dans la glace près d'ici. Le prince Devoir, Umbre et les autres accompagnent le kaempra et la narcheska sur les lieux. Les témoins du Hetgurd les suivent. Là-haut.» Et il tendit le doigt.

Le glacier présentait un aspect trompeusement poli; là où il paraissait lisse et uniforme, de nombreuses ondulations plissaient sa surface. Le groupe, semblable à une colonne de fourmis, gravissait ses pentes supérieures ; je repérai Peottre en tête à ses fourrures, la narcheska derrière lui. Toute l'expédition montait à leur suite. Seuls Trame et moi demeurions au camp, comme j'en fis la remarque au maître de Vif.

« Je ne voulais pas que vous vous trouviez seul à votre réveil ; Crible affirmait que vous aviez parlé de mettre fin à vos jours. » Il secoua la tête, le visage fermé. « Je vous tenais en plus haute considération ; toutefois, étant donné votre accablement d'hier, j'ai préféré ne pas courir de risque.

— Je n'ai aucune envie de me suicider ; ce n'était qu'une folie passagère, l'expression de l'écorce elfique et non celle de ma pensée propre. » A dire le vrai, en songeant aux propos échevelés que j'avais tenus la veille, j'avais honte d'avoir seulement évoqué pareille idée. On a toujours regardé le suicide comme un geste de lâcheté dans les Six-Duchés.

« Et pourquoi prenez-vous de cette substance alors que vous savez l'effet qu'elle a sur vous ? » demanda-t-il d'un ton sévère.

Je me mordis la langue ; que lui avait raconté Umbre sur ma crise d'abattement ? « Je m'en suis servi par le passé en cas de douleurs insupportables ou de profond épuisement, répondis-je à mi-voix. Mais, cette fois-ci, la dose était beaucoup plus considérable que je ne le pensais. »

Trame poussa un long soupir. « Je vois », dit-il ; il n'ajouta rien, mais je perçus nettement sa désapprobation.

Je terminai le ragoût qui se figeait au fond de la marmite, préparation outrîlienne qui dégageait une épouvantable odeur de marée : à une soupe faite de poisson cuit coupé en cubes visqueux, quoique séchés, et broyés dans une huile qui servait de liant, on ajoutait de l'eau et on chauffait pour obtenir un épais magma nutritif. Malgré le goût atroce, je me sentis davantage moi-même après avoir mangé. Néanmoins, je ressentais toujours comme une étrange absence autour de moi, qui ne tenait pas seulement au fait que la musique de Lourd s'était tue : j'avais pris l'habitude des fils de conscience qui me rattachaient à Devoir, Umbre, le fou et Ortie, et je me retrouvais soudain coupé de ce réseau.

Après m'être restauré, je nettoyai la marmite, puis je couvris le petit feu dans sa jatte d'argile sans grand espoir qu'il survivrait. Alors Trame fit : « Allons rejoindre les autres, d'accord ? » ; j'opinai d'un air lugubre.

Peottre avait marqué la piste, à gauche et à droite, à l'aide de bouts de bois enfoncés dans la neige et surmontés de morceaux de tissu rouge vif. Nous suivîmes le chemin qui montait en lacets sur le glacier. Tout d'abord, nous gardâmes le silence, puis Trame commença de parler et je finis par l'écouter.

« Vous vous demandiez à quoi sert le Vif quand on n'a pas de compagnon. Je comprends que vous pleuriez encore votre loup et je trouve ça normal ; vous baisseriez dans mon estime si vous vous précipitiez dans une nouvelle relation à seule fin de soulager votre sentiment de solitude. On n'agit pas ainsi dans le Lignage, pas plus qu'un veuf ne doit épouser quelqu'un uniquement pour donner une mère à ses enfants orphelins et réchauffer son lit. Vous avez donc raison d'attendre ; mais, entre-temps, vous ne devriez pas tourner le dos à votre magie.

» Vous nous adressez peu la parole, à nous autres vifiers ; ceux qui ignorent que vous possédez notre don croient que vous nous évitez par mépris, Leste compris. Même si vous ne souhaitez pas leur révéler votre appartenance au Lignage, je pense que vous auriez intérêt à rectifier cette impression. Je ne comprends pas tout à fait pourquoi vous faites mystère de vos deux magies ; la reine a déclaré qu'elle n'acceptait plus la persécution des vifiers, et j'ai pu constater que sa protection vous est acquise dans tous les cas. Quant à la magie des Loinvoyant, l'Art, ma foi, elle a toujours joui d'une réputation honorable et d'une grande considération dans les Six-Duchés. Pourquoi cacher que vous l'employez au service de votre reine et de votre prince ? »

Je feignis l'essoufflement pour ne pas répondre aussitôt. La pente était raide, mais la gravir ne m'épuisait pas à ce point. Pour finir, je cédai au silence de Trame. « Je risquerais de trahir trop d'éléments de mon identité. Quelqu'un emboîterait les pièces, me verrait et dirait : "Le Bâtard-au-Vif est vivant, l'assassin du roi Subtil, le champi ingrat, meurtrier du vieillard qui l'avait pris sous son aile." Je ne pense pas que la politique de tolérance envers les vifiers mise en place par notre souveraine soit en mesure de supporter un tel coup.

— Vous terminerez donc vos jours sous le nom de Tom Blaireau.

— Ça me paraît probable. » En vain, j'avais tenté de m'exprimer sans amertume.

« Vous sentez cela ? me demanda soudain Trame.

— Je sens en effet que c'est le plus sage, sinon le plus facile, répondis-je avec réticence.

— Non, non ; ouvrez votre Vif, mon ami. Sentez-vous une présence, une présence plus immense que tout ce que vous connaissez ? »

Je m'arrêtai sans mot dire. Le Vif opère comme les autres sens : on s'habitue tellement aux bruits quotidiens ou à l'odeur des feux des cuisines qu'on cesse d'y prêter attention. Immobile comme si je tendais l'oreille, je déployai ma conscience du tissu vivant qui m'entourait. Là, Trame, chaleureux, cordial, tout près ; plus loin sur la piste, je percevais les autres, chapelet confus d'êtres d'où émanaient diverses sensations de fatigue et d'inconfort. Je captais les vifiers avec un peu plus de netteté que les membres ordinaires du groupe. Je ne repérai nulle trace de l'oiseau de Trame ; il devait se trouver au-dessus de la mer, en train de se nourrir. « Non, rien d'inhabituel... », dis-je, puis je m'interrompis. Avais-je perçu quelque chose ? Une montée démesurée et pourtant subtile du Vif ? J'eus l'impression d'une porte qui s'ouvrait et se refermait aussitôt. Sans un geste, je fermai les yeux. Non. « Rien », déclarai-je en les rouvrant.

Il scrutait mon visage. « Vous l'avez senti, dit-il, et vous le sentez encore. La prochaine fois, crochez-le.

— Que je le croche ? »

Il secoua la tête d'un air de regret. « Peu importe. Il s'agit là d'une des choses que vous aurez "un jour" le temps d'apprendre auprès de moi. »

Jamais il n'avait frôlé le reproche d'aussi près, et j'en fus piqué au vif, à ma grande surprise. Toutefois, je savais la réprimande méritée ; aussi, trouvant la force de me faire humble, je dis : « Pourriez-vous profiter de cette marche pour m'expliquer ce dont vous parlez ? »

Il me regarda, les sourcils levés dans une expression de feint étonnement. « Mais bien sûr, Fitz, je le puis maintenant que vous me le demandez. Choisissez quelqu'un dans le groupe devant nous, quelqu'un qui ne possède pas le Vif, et j'essaierai de vous décrire la façon dont on s'y prend. Certains, dans le Lignage, supposent qu'il s'agit du même processus qui permet aux prédateurs vivant en meute de choisir un élément d'un troupeau et de le désigner comme la proie commune. Peut-être avez-vous déjà vu de jeunes loups ou d'autres carnivores manquer cette première étape : au lieu de sélectionner un animal, ils foncent sur la harde entière et toutes les proies leur échappent. C'est d'ailleurs une des forces du troupeau : ses membres se perdent dans la masse et se dissimulent ainsi au nez et à la barbe des chasseurs. »

Ainsi commencèrent, bien tardivement, mes leçons avec Trame. Le temps que nous rattrapions nos compagnons, j'avais réussi à isoler Umbre et à prendre conscience de sa présence même quand il ne se trouvait pas dans mon champ de vision. Je sentis aussi par deux fois l'immense gonflement du Vif, mais, à la différence de Trame, j'avais déjà perçu cette sensation par le passé ; je gardai toutefois ce détail pour moi, bien qu'il m'en coûtât. J'avais reconnu la présence d'un dragon. Je m'attendais à voir filer sur moi la grande ombre des ailes, car je ne voyais aucune autre façon d'expliquer que je perçoive un instant une si vaste créature puis qu'elle disparaisse aussitôt de mon Vif ; mais le ciel demeurait bleu, limpide et désert.

Quand nous rejoignîmes les autres, ils s'abritaient de façon purement symbolique derrière un affleurement rocheux ; des runes outrîliennes y étaient sculptées et formaient une ligne sinueuse qui se perdait dans la glace. Les témoins du Hetgurd se tenaient près du moutonnement de pierre, et ils ne cherchaient nullement à cacher leur mécontentement de se trouver là ; pourtant, la plupart affichaient une expression où se mêlaient aigreur et amusement, et je m'en demandai la raison. L'un d'eux, à genoux, creusait avec application la glace qui montait sur la roche ; pour cela, il se servait de son poignard, et il frappait le matériau résistant comme s'il eût voulu assassiner quelqu'un. Au bout d'une dizaine de coups, il dégagea de la main une quantité négligeable d'éclats de glace. Malgré la futilité apparente de cette entreprise, il la poursuivit avec acharnement.

Les hommes de Longuemèche avaient apporté leurs outils, pelles, pics et barres à mine, mais n'avaient pas encore commencé à les utiliser. Ils se tenaient prêts, l'air de s'ennuyer profondément comme tous bons soldats, et attendaient l'ordre de se mettre au travail. Pourquoi ne les avait-on pas encore attelés à la tâche ? Je ne m'interrogeai pas longtemps : comme nous approchions, je vis Umbre et Devoir face à la narcheska et à Peottre, les membres du clan de Vif non loin d'eux. Lourd s'était assis dans la neige derrière eux et fredonnait tout haut en hochant la tête au rythme de la mélodie.

« Oui, mais où ? demanda Umbre, et, au ton qu'il employa, il ne posait pas la question pour la première fois.

— Ici, répondit Peottre avec patience. Ici. » D'un grand geste du bras, il désigna le petit plateau sur lequel nous nous trouvions. « Les runes gravées dans la pierre l'indiquent : "Ici dort Glasfeu le dragon." Je vous ai conduits à lui comme nous étions convenus, et la narcheska nous a accompagnés pour assister à l'accomplissement de votre tâche. C'est à vous de jouer maintenant, à vous de l'exhumer et de le décapiter. N'est-ce pas la mission que le prince a acceptée dans sa propre maison maternelle ?

— Si, mais je ne pensais pas qu'il devrait réduire en miettes tout un glacier pour y parvenir ! J'imaginais voir des traces qui nous indiqueraient où se situe le dragon, mais je n'aperçois que de la glace, de la neige et de la roche ! Par où commencer ? »

Peottre haussa les épaules. « Par où vous voudrez. » Un des représentants du Hetgurd eut un petit rire mordant à ces mots. Umbre parcourut les environs du regard d'un air presque affolé ; ses yeux se posèrent un instant sur moi mais il ne parut pas juger que je pouvais lui apporter grand secours. Il se tourna de nouveau vers le kaempra du Narval.

« La dernière fois que vous avez pu distinguer le dragon, où se trouvait-il ? »

L'autre secoua lentement la tête. « Je ne suis venu que deux fois, en compagnie de ma tante, et j'étais enfant. Elle m'avait amené pour m'enseigner le chemin, mais nous n'avons pas vu le dragon ; rien que l'inscription qui marque le lieu. Il y a au moins une génération que le dragon n'est plus visible sous la glace. »

Ces paroles semblèrent réveiller un souvenir chez le Hibou, car il s'écarta soudain du groupe du Hetgurd pour s'approcher d'Umbre et déclara avec un léger sourire, en hochant la tête : « Ma grand-mère l'a vu quand elle était petite fille. Je vais vous répéter ce qu'elle m'a dit, et peut-être y puiserez-vous quelque indice. Elle est montée ici avec la mère de sa mère pour déposer un présent à Glasfeu et demander une meilleure fertilité de nos brebis. Quand elles sont arrivées sur ce plateau, la mère de sa mère lui a indiqué une ombre tout juste perceptible à travers la glace à l'heure où le soleil brillait de tout son éclat. "Le voici, a-t-elle dit à ma grand-mère. On le voyait beaucoup plus clairement autrefois, mais chaque année la glace s'épaissit et il s'estompe. Aujourd'hui on n'en aperçoit plus qu'une ombre, et un temps viendra où l'on doutera de son existence. Aussi, regarde bien, et fais en sorte qu'aucun de nos descendants ne nous humilie en mettant en question le savoir de sa propre famille." » Le barde se tut aussi brusquement qu'il avait pris la parole. Les joues rougies par le vent qui faisait danser sa longue chevelure, il hocha de nouveau la tête, l'air satisfait.

« Et sauriez-vous alors où il nous faut chercher le dragon ? »

Le Hibou éclata de rire. « Je l'ignore, et je ne vous le révélerais pas si je le savais.

— Par curiosité, fit le prince d'un ton affable, quelle offrande avez-vous faite au dragon et comment l'a-t-il acceptée ?

— Du sang, répondit aussitôt l'autre. On a égorgé un mouton sur la glace et les mères ont étudié la forme de la flaque, sa façon de s'étaler ou de s'enfoncer ; elles ont jugé que le présent avait plu à Glasfeu, elles ont laissé la carcasse du mouton pour l'Homme noir et elles sont rentrées chez elles. Le printemps suivant, nombre de nos brebis ont mis bas deux petits au lieu d'un et aucune n'a contracté la dysenterie. L'année a été excellente. » Le Hibou nous parcourut d'un regard acerbe. « Voilà la bonne fortune que nous obtenions en honorant Glasfeu. Déshonorez-le, doutez de lui, et je préfère ne pas imaginer le malheur qui s'abattra sur vos maisons.

— Et sur les nôtres aussi, sans doute, à cause de notre présence », ajouta le Phoque d'un ton maussade.

Sans les regarder, Peottre répondit : « Notre maison maternelle a d'ores et déjà accepté la responsabilité des conséquences de cette entreprise ; elle ne retombera pas sur vous.

— C'est toi qui le dis ! lança le Hibou avec dédain. Mais je doute fort que tu parles au nom de Glasfeu, toi qui veux le tuer pour satisfaire le caprice d'une femme ! »

Umbre intervint, à bout d'exaspération. « Où est le dragon ? »

La réponse vint d'un interlocuteur inattendu. « Ici, murmura Leste. Oh, oui, il est bien ici ! Sa présence enfle et désenfle comme une marée folle, mais il n'y a pas à s'y tromper. » L'enfant chancelait en parlant et sa voix devenait lointaine. Nielle posa la main sur son épaule, et Trame me quitta pour se précipiter près de lui.

« Regarde-moi ! fit-il avec autorité, et, comme le garçon restait presque sans réagir, il le secoua rudement. Regarde-moi ! répéta-t-il d'un ton pressant et ferme à la fois. Leste ! Tu es jeune et tu ne t'es jamais lié. Tu ne comprends peut-être pas ce que je te dis, mais demeure en toi-même. Ne le rejoins pas et empêche-le de pénétrer en toi. La présence que nous captons est magnifique et formidable, mais ne te perds pas dans sa contemplation ; je perçois chez cette créature le charme d'un félin, une ruse séductrice capable de lier un enfant, qu'il le veuille ou non.

— Vous sentez le dragon ? Il est ici, et vivant ? » Umbre n'en croyait pas ses oreilles.

« Oh oui ! » répondit Devoir malgré lui. Je pris soudain conscience de sa pâleur, alors que le froid rougissait les joues de tout le monde. Figé, un peu en retrait du groupe, il regarda la narcheska. « Le dragon Glasfeu se trouve bien ici, et il vit, même si j'ignore comment cela est possible. » Il se tut, comme plongé dans de profondes réflexions, et son regard devint lointain. « Je parviens tout juste à effleurer son esprit ; j'essaye d'entrer en contact mais il ne me prête aucune attention. Je ne comprends pas : j'ai conscience de lui un instant puis il me glisse aussitôt entre les doigts. »

Je m'efforçai de rester impassible tandis que le prince révélait inconsidérément qu'il possédait le Vif. Je m'étonnais aussi que son Vif perçût apparemment le dragon alors que je n'en recevais qu'un faible écho. Quelque temps auparavant, j'avais découvert que le prince disposait d'un talent moindre que le mien ; ses leçons avec Trame l'avaient-elles affûté ? Puis une autre possibilité me vint à l'esprit et me laissa interdit : parlait-il du Vif ou bien de l'Art ? Dans mes rêves, Tintaglia m'avait contacté par cette dernière magie, et, selon toute vraisemblance, elle l'avait employée aussi pour dénicher Ortie. Je me tournai vers Umbre ; le vieil homme paraissait à la fois absorbé dans ses pensées et bouillonnant de colère. Ce fut la vue de Lourd qui emporta ma conviction ; il semblait complètement perdu dans la mélodie qu'il fredonnait en marquant la cadence de la tête. Comme j'aurais voulu pouvoir entendre sa musique d'Art, et encore plus l'obliger à dresser ses murailles d'Art ! Jamais je n'avais vu le petit homme aussi extatique.

« Ne cherchez pas à entrer en contact avec lui ! lança Trame au prince sans considération pour son rang. Des légendes, de très anciens contes du Vif, parlent du pouvoir de fascination des dragons ; on les dit capables de s'emparer des esprits sans défense et d'inspirer à leurs victimes une dévotion d'esclave. Les ballades d'antan mettent en garde contre le fait de respirer leur haleine. » Il pivota soudain et m'évoqua un commandant donnant ses ordres à ses troupes quand il s'adressa à Nielle : « Tu connais la chanson dont je parle, n'est-ce pas ? Il serait bon que tous l'entendent ce soir. Dans ma jeunesse, je n'accordais guère d'intérêt à ces vieux airs mais, avec l'âge, j'ai appris que les poèmes d'autrefois recelaient souvent beaucoup de vérité. J'aimerais l'écouter à nouveau.

— Moi aussi, déclara Umbre de façon inattendue, ainsi que tous ceux de votre répertoire qui touchent à ce sujet. Mais, pour le moment, si le clan de Vif est en mesure de détecter le dragon, peut-être nous indiquera-t-il où commencer à creuser.

— Pour que vous le tuiez une fois dégagé ? Non ! Moi, je refuse ! » Leste avait jeté ces mots avec une passion brusque et véhémente. Je ne lui avais jamais vu une expression aussi angoissée. Umbre se tourna d'un bloc vers lui.

« Aurais-tu déjà oublié ton serment d'obéissance à ton prince ?

— Je... » L'enfant resta à court de mots. Il rougit puis blêmit ; il cherchait visiblement à déterminer où allait sa loyauté, et j'aurais voulu pouvoir l'aider; je savais, mieux que quiconque peut-être, le dilemme qui le déchirait.

«Arrêtez, dit Trame au vieil assassin qui fixait sur le jeune garçon un regard dur.

— Cela ne vous regarde en rien», répliqua Umbre, et, pour la première fois, je vis la colère se manifester chez le maître de Vif: ses muscles se nouèrent et sa poitrine s'enfla. Il se domina, mais je sentis ce qu'il lui en coûtait. Mon prince également.

«Arrêtez.» Devoir avait repris le mot de Trame, mais en y ajoutant l'inflexion d'un ordre royal. «Leste, calme-toi. Je ne doute pas de ta fidélité envers moi; je refuse de mettre ainsi à l'épreuve celle de quiconque, en le forçant à choisir entre ce que son cœur sent juste et le devoir que lui impose son allégeance. Je n'estime pas que mon honneur me permet de le charger d'un tel fardeau; de plus, dans le cas présent, ma conviction n'est pas absolue.» Et il se tourna tout à coup vers la narcheska; elle continua de contempler la plaine neigeuse en contrebas. Avec surprise, je le vis aller se placer devant elle. Peottre s'avança d'un pas comme pour intervenir mais Devoir ne fit pas un geste vers elle et dit à mi-voix: «Voulez-vous me regarder, s'il vous plaît?»

Elle leva le menton et plongea ses yeux dans les siens. Elle resta impassible en dehors de l'étincelle de défi qui scintilla brièvement dans son regard. Pendant un moment, Devoir se tut comme s'il espérait qu'elle prendrait la parole de son propre chef, et l'on n'entendit plus rien hormis le murmure du vent qui déplaçait les cristaux de neige sur le glacier et le crissement des bottes des gardes qui attendaient de se mettre à la tâche. Même le fredonnement de Lourd avait cessé. Je jetai un coup d'œil au petit homme: l'air perplexe, il paraissait chercher à saisir un souvenir évanescent. La narcheska persistant dans son silence, Devoir soupira.

«Vous en savez davantage sur ce dragon que vous ne m'en avez jamais révélé; pour ma part, je n'ai jamais pris la quête que vous m'avez confiée pour le défi d'une jeune fille à son prétendant. Ce que vous me demandez n'a rien d'un caprice, n'est-ce pas? Refuserez-vous de me dévoiler la mesure véritable de l'épreuve que vous m'imposez afin que je puisse juger par moi-même de la meilleure décision à prendre ?»

Je crus qu'il l'avait gagnée à sa cause jusqu'à cette dernière phrase ; il me sembla percevoir l'angoisse de la narcheska à l'idée qu'il pût reculer devant l'exécution de sa promesse. Se détournant de la franchise qui l'avait tentée un instant, elle répondit par une pique digne d'une jeune aristocrate élevée à la cour. «Est-ce ainsi que vous tenez vos serments, prince ? Vous avez affirmé que vous accompliriez cet acte ; s'il vous effraie à présent, dites-le clairement afin que tous ici sachent à quel moment votre courage vous a fait défaut.»

Elle s'exprimait d'un ton provocant mais sans conviction ; je m'en aperçus et Devoir aussi. Je pense qu'il ressentit d'autant plus douloureusement qu'elle cinglât son amour-propre de façon aussi impitoyable et que cela ne vînt même pas de son cœur. Il prit une grande inspiration et carra les épaules. «Je reste fidèle à ma parole. Non, ce n'est pas tout à fait la vérité. Je vous ai donné ma parole et vous décidez de la garder. Vous pourriez me la rendre et me délier de cette tâche, mais vous vous y refusez. Aussi, par l'honneur des maisons de ma mère et de mon père, je ferai ce que j'ai juré.»

Trame intervint. «Il ne s'agit pas d'un cerf que vous chassez pour vous nourrir, mon prince, ni même d'un loup que vous abattez pour protéger vos troupeaux. Vous avez affaire à une créature aussi intelligente que vous, si l'on en croit les légendes, qui ne vous a fourni aucun motif de la tuer. Vous ne pouvez pas ignorer...» Il se tut brusquement. Malgré sa colère, il ne voulait pas trahir que le prince possédait le Vif. «Vous ne pouvez pas ignorer ce que je vais vous dire : Glasfeu est vivant. Je ne sais pas comment cela se peut ni quelle est la vigueur de l'étincelle qui demeure en lui ; il clignote dans ma conscience comme la dernière flammèche d'un feu mourant. Peut-être n'avons-nous parcouru tant de chemin que pour assister à son trépas ; il n'y aurait aucun déshonneur à cela. Or je vous côtoie depuis assez longtemps pour vous croire incapable de tuer une créature gisant sans défense à vos pieds. Peut-être me prouverez-vous le contraire ; je ne le souhaite pas. Mais (et il se tourna vers ses compagnons vifiers), si nous ne répondons pas à la demande du prince de l'aider à découvrir le dragon, si nous ne dégageons pas Glasfeu de la glace qui l'enserre, je crois qu'il mourra aussi sûrement que si notre prince lui tranchait la tête. Agissez selon votre conscience ; moi, je n'hésiterai pas à employer la magie que m'a octroyée Eda pour trouver la prison du dragon et l'en délivrer. » Il baissa la voix. « Naturellement, j'y parviendrais beaucoup plus facilement si vous m'aidiez tous. »

Pendant ces échanges, la délégation du Hetgurd s'était tenue à l'écart ; je lançai un regard dans sa direction et n'éprouvai qu'une surprise modérée en voyant le fou, non au milieu, mais près d'elle, comme pour manifester de quel côté penchait son allégeance. Le Hibou, le barde, affichait une expression attentive que je connaissais bien pour avoir fréquenté Astérie : chaque parole prononcée se gravait dans sa mémoire pour trouver plus tard sa place dans la cadence heurtée de la versification outrîlienne ; l'angoisse le disputait à la spéculation sur les visages de ses compagnons. Tout à coup, l'Ours, leur chef, se frappa la poitrine du poing pour attirer l'attention générale.

« Ne nous oubliez pas, nous, ni la raison de notre présence. Si vos magiciens disent vrai, que le dragon vive toujours mais faiblement et que vous l'exhumiez, nous nous en porterons témoins. Et, si ce prince fermier des Six-Duchés tue notre dragon alors qu'il est affaibli et incapable de se battre, la fureur de tous les clans s'abattra non seulement sur ceux du Narval et du Sanglier qui auront sanctionné cet acte de lâcheté mais aussi sur les Six-Duchés. Si le jeune prince croit ainsi nouer une alliance et prévenir tout risque de guerre future avec les habitants des Runes du Dieu, qu'il sache qu'il ne s'y prend pas de la manière convenue : il devait affronter notre dragon en combat loyal, non lui couper ignominieusement la tête alors qu'il gît à bout de forces. Il n'y a aucun honneur à s'emparer d'un trophée sur un guerrier mourant qu'on n'a pas soi-même abattu. »

Le fou n'avait pas fait un geste pendant toute cette déclaration, et pourtant on eût dit, à son attitude, que l'homme parlait en son nom. Ni son maintien ni son expression n'exprimaient la raideur ni l'opposition ; au contraire, il observait intensément Devoir, Prophète blanc qui jaugeait l'opposant éventuel à sa mission : réorienter le monde vers une voie meilleure. Son regard me glaça.

Comme s'il avait senti mes yeux posés sur lui, il porta les siens vers moi, et je déchiffrai sans mal leur question : que ferais-je, que choisirais-je ? Je détournai le visage. Je ne pouvais pas choisir tout de suite. Je songeai qu'en voyant le dragon je saurais, et, au fond de moi, une voix couarde ajouta en murmurant : « S'il meurt avant que nous le dégagions, tout sera réglé ; je n'aurai pas à me dresser contre Umbre ni le fou. » Je ne tirai aucune consolation de l'idée qu'ils se doutaient certainement l'un et l'autre de ce secret espoir.

Peottre répondit à l'Ours, à la manière lasse de celui qui explique la même chose pour la centième fois à un enfant buté : « La maison des mères du Narval accepte de prendre sur elle toutes les conséquences ; si le dragon s'élève contre nous et maudit nos descendants, qu'il en soit ainsi ; si nos familles et nos amis se tournent contre nous, qu'il en soit ainsi. Nous acceptons le destin que nous attirons sur nous.

— Tu peux engager ta parole, s'exclama l'Ours avec colère, mais ni ta parole ni tes gesticulations ne peuvent engager Glasfeu ! Qui sait si sa vengeance ne s'abattra pas sur tous ceux qui auront assisté à sa trahison ? »

Peottre baissa les yeux et se perdit dans la contemplation de la neige devant lui. On eût dit qu'il rassemblait ses forces pour ajouter un nouveau fardeau à la charge qu'il portait déjà. Puis il déclara lentement, en articulant clairement comme s'il déclamait les répons d'un rite, bien que ses propos fussent prosaïques : « Quand l'heure viendra de choisir son camp, levez vos armes contre moi. Je prête serment de les affronter toutes, et, si je suis vaincu, que chacun trempe sa lame dans mon corps avant que je meure. »

Dans le courant de ce discours, un hoquet de saisissement avait échappé à Elliania et elle s'était précipitée comme pour se placer devant lui ; il la repoussa avec une rudesse que je ne l'avais jamais vu employer avec elle et il la tint à distance, la poigne fermement serrée sur son bras, comme pour l'écarter du destin qu'il venait d'accepter. Secouée par des sanglots ou des cris réprimés, je ne sais, elle cacha son visage dans ses mains pendant qu'il poursuivait : « Si les légendes ne mentent pas sur Glasfeu, il reconnaîtra que vous avez pris sa défense et ne vous regardera pas comme responsables de nos actions. Cela vous satisfait-il ? »

Peottre se tut et, attirant brusquement Elliania, il la serra contre lui ; penché sur elle, les lèvres dans ses cheveux, il lui murmura des paroles de réconfort que je n'entendis pas. Une effrayante gravité avait figé les traits des Outrîliens à l'énoncé du serment de Peottre Ondenoire, et, une fois encore, je me demandai si un élément inconnu de leur culture ne m'avait pas échappé. J'avais le sentiment qu'il les avait à nouveau liés en même temps que lui-même ; s'attachait-il un déshonneur à ce qu'il leur proposait ? Je l'ignorais et me voyais réduit aux conjectures.

Devoir était blanc comme un linge ; Umbre observait la scène en silence, sans bouger. Eda, que j'aurais voulu avoir retrouvé mon Art ! Il me semblait que les dés pouvaient désormais retomber selon un nombre de configurations soudain multiplié. Si nous exhumions un dragon mort, s'il était vivant, s'il se battait, s'il ne se battait pas, si nous le tuions et lui tranchions la tête mais que Peottre mourût en tenant sa promesse… Je me surpris tout à coup à voir les témoins du Hetgurd comme des guerriers, à estimer lequel je pouvais éliminer à la loyale et lequel en traître. Un coup d'œil me montra Longuemèche en train de donner discrètement des ordres à ses hommes ; l'un d'eux ne quitterait sans doute plus le prince d'une semelle, de nuit comme de jour.

Mais plus étrange que tout, peut-être, était l'attitude de Trame, Nielle, Leste et Civil. Sans s'occuper de nous, ils déambulaient sur la glace, se croisaient et se recroisaient en observant attentivement le sol comme si chacun avait perdu un diamant et cherchait à le distinguer du scintillement de la neige. Le premier, Trame s'arrêta sur un point précis et demeura immobile, sans rien dire ; Leste l'imita une dizaine de pas plus loin. À une longueur de bateau de là, Civil descendit prudemment une pente glissante et se figea à son pied. Nielle fut le dernier à trouver sa place ; l'air hésitant, il se déplaçait avec lenteur, les mains tendues comme pour sentir une chaleur là où elle ne pouvait exister. Peu à peu, il s'écarta de ses compagnons et finit par s'immobiliser à une quinzaine de pas de Trame. Il leva un regard interrogateur vers ce dernier comme pour demander validation, et le maître de Vif hocha la tête. « Oui, je crois que tu as raison. Il est immense, plus grand qu'aucune créature que j'aie jamais vue. Je le perçois le plus fort sous mes pieds, mais j'ignore si c'est là que bat son cœur ou que repose sa tête ; peut-être même s'agit-il seulement du bout de sa queue proche de la surface. Que chacun de vous marque son emplacement, puis rejoignez-moi et dites-moi si vous confirmez mon jugement. »

Nielle ôta une moufle et la laissa tomber à ses pieds tandis que Civil plantait son bâton de marche dans la neige, puis tous convergèrent avec précaution vers Trame. Devoir et moi échangeâmes un regard et les imitâmes, mus apparemment par la seule curiosité. J'observai l'expression du prince, mais je ne pense pas qu'il fût aussi perceptif que moi de la sensation que je captais ; elle allait et venait, vacillant comme une bougie à demi noyée. Même quand j'arrivai près de Trame, mon impression du dragon resta intermittente ; toutefois, je tombai d'accord avec le maître de Vif : quand je sentais la créature, c'était là que le flux de Vif enflait le plus.

Les membres du clan de Vif avaient gardé les yeux baissés comme si leur regard pouvait traverser la glace. L'un après l'autre, ils les relevèrent, et Devoir attendit que ceux de Trame croisent les siens. J'ignore ce qui se passa entre eux lors de cet échange ; peut-être se mesurèrent-ils réciproquement ; mais, quand Trame hocha lentement la tête, le prince courba légèrement le cou en signe d'acquiescement. Il se tourna vers Umbre.

« Nous commencerons à creuser ici », dit-il.

6
GLACE

Ma reine,

Vous savez que je reste votre plus fidèle serviteur ; je ne doute pas de votre discernement ni de votre sagesse, mais vous prie de tempérer cette sagesse en songeant que les épreuves subies nous ont peut-être poussés hors des limites de la justice pour entrer sur le territoire du châtiment. Je vous assure que les rapports concernant un « massacre de Pie » exagèrent grossièrement la réalité. Si nous, membres du Lignage, avons commis une erreur, elle consiste à nous être retenus trop longtemps de prendre les mesures susceptibles de convaincre les renégats de notre communauté que nous ne tolérerons plus leurs attaques contre nos frères. En un sens, nous avons entrepris de nettoyer notre maison, et la pollution dont nous devons débarrasser notre sang nous fait honte. Détournez les yeux, nous vous en implorons, tandis que nous éliminons de nos lignées ceux qui nous déshonorent.

Lettre anonyme reçue à la suite du massacre de Grimville

*

Nous entreprîmes donc de creuser la glace.

Longuemèche envoya Crible et Heste au camp chercher les pelles, les pics et les barres à mine, puis, quand ils furent partis, il demanda gravement au prince : « De quelle taille désirez-vous l'excavation, monseigneur ?» Devoir et Umbre délimitèrent sur la neige une zone assez vaste pour permettre à quatre hommes de travailler sans se gêner mutuellement. On nous désigna, Crible, Heste et moi, pour la tâche, et notre commandant s'y attela lui aussi, à ma grande surprise ; sans doute considérait-il nécessaire de mettre la main à la pâte étant donné le peu de gardes dont il disposait. Les hommes travaillaient de bon cœur mais avec maladresse : c'étaient des soldats, non des fermiers, et, même s'ils connaissaient les bases de l'érection de fortifications, jamais ils n'avaient eu à les appliquer sur un glacier – moi non plus d'ailleurs. C'était une expérience édifiante.

La glace ne se creuse pas comme la terre ; composée de particules, la terre cède sous la lame de la pelle ; la glace forme des alliances et se cramponne à elle-même. La couche superficielle de neige se révéla la plus agaçante car on avait l'impression de déplacer de la farine pulvérulente ; les pelletées ne pesaient guère mais il était difficile d'en maîtriser la trajectoire. La strate suivante posa moins de problèmes ; une fois percée la croûte glacée, nous attaquâmes de la neige tassée, plus facile à manier. Mais, plus nous descendîmes, plus la tâche devint malaisée. La compacité augmentant, il ne fut plus possible d'enfoncer la pelle, de la relever et de jeter la charge au loin ; nous dûmes utiliser les pics pour casser la glace, en arrosant ce faisant nos voisins d'éclats et de morceaux. Une fois un bloc morcelé, nous pouvions l'évacuer de l'excavation, où d'autres le chargeaient sur un traîneau qu'ils allaient vider plus loin. Si je gardais mon manteau, la sueur ruisselait sur mon dos, mais, si je l'ôtais, ma chemise se couvrait de givre.

Nous n'œuvrions pas seuls, car c'était le clan de Vif du prince qui s'occupait de déblayer la glace du bord du trou ; au bout de quelque temps, nos deux groupes se mirent à se relayer à la pioche et au transport, et, au crépuscule, nous avions affouillé le glacier jusqu'à hauteur d'épaule sans qu'on vît signe au fond du moindre dragon.

Comme le soir tombait, le vent se leva et fit voler des gerbes de cristaux sur la surface du glacier. Alors que nous regagnions notre bivouac pour nous rassembler autour des petits feux dans leurs récipients d'argile et nous restaurer d'un repas tiède, je m'interrogeai non sans inquiétude sur la quantité de neige que les rafales allaient pousser dans l'excavation.

Le labeur commun nous avait fait oublier nos dissensions, mais le retour au camp nous les rappela. Nous nous pelotonnâmes dans le cercle de nos tentes dont le piètre abri cassait un peu le vent et donnait un sentiment illusoire de protection sur la glace nue et balayée par la bise. Malgré les petites dimensions de cet espace, nous nous regroupâmes par affinités. Les guerriers du Hetgurd se montrèrent mieux disposés qu'auparavant envers les vifiers et le fou, et ils bavardèrent avec eux en échangeant des rations; leur barde décharné, le Hibou, s'assit à côté de Nielle quand celui-ci entreprit de nous divertir. Le ménestrel chanta deux ballades sans accompagnement, refusant de risquer ses mains et ses instruments en les exposant aux rafales glacées; la première parlait d'un dragon qui charmait si bien un homme qu'il en abandonnait famille et foyer et qu'on ne le revoyait plus jamais. Si elle renfermait quelque grande vérité cachée, j'avoue que je ne la décelai pas. Comme Trame l'avait indiqué, elle décrivait un homme qui respirait l'haleine d'un dragon et appartenait dès cet instant corps et âme à la créature. L'autre chanson faisait référence de façon plus obscure à ces êtres légendaires; pourtant tous se turent pour écouter pensivement la voix de Nielle qui luttait contre le sourd murmure du vent. Seul Lourd lui faisait concurrence; installé à côté de Devoir, il fredonnait toujours en se balançant d'avant en arrière. À plusieurs reprises, Umbre tenta de l'interrompre mais, quelques minutes plus tard, le petit homme reprit sa musique. Cela m'inquiéta mais je ne vis que faire.

J'avais aperçu Peottre et la narcheska plus tôt dans la journée en train de nous regarder travailler. Ils avaient les traits figés dans une expression où se mêlaient l'espoir et la crainte. Devoir était allé leur parler, mais je n'avais pas entendu ce qu'il leur avait dit ni leur réponse. Elliania l'avait dévisagé comme un inconnu qui l'eût dérangée dans ses réflexions. Le soir venu, au lieu de se joindre à nous, ils s'étaient rendus directement dans leur tente. La lueur d'une bougie visible à travers le tissu indiquait seule leur présence.

Une fois que Nielle eut achevé sa chanson et que nous l'eûmes remercié, je n'avais plus qu'une envie : me coucher. J'avais beau désirer m'entretenir en privé avec Umbre, Devoir et le fou, j'aspirais encore plus à dormir. Mon organisme ne s'était pas encore tout à fait remis de mon excès d'écorce elfique, et le pénible travail de l'après-midi m'avait épuisé.

Je me levai en m'étirant, et Umbre me fit signe de le rejoindre. J'obéis et il me demanda de conduire Lourd chez le prince et de l'aider à se mettre au lit. Je crus tout d'abord à un prétexte pour me parler discrètement mais, quand je me trouvai devant Lourd, mon inquiétude s'accrut. Il se balançait d'un côté et de l'autre en chantonnant sans cesse, les yeux fermés. J'hésitai à le toucher, comme un enfant qui s'est brûlé craint d'approcher la main du feu, puis le mutisme de mon Art me convainquit qu'un contact, même violent, entre son esprit et le mien constituerait un soulagement plutôt qu'une agression. Je posai la main sur son épaule et le secouai doucement. Non seulement je ne ressentis aucun choc consécutif à un assaut d'Art mais Lourd ne présenta aucun signe de retour à la réalité. Je le secouai à nouveau, plus rudement, et je dus finalement le prendre à bras-le-corps et l'obliger à se lever pour qu'il se réveille vaguement. Alors il éclata en pleurs bruyants comme un nourrisson brutalement tiré du sommeil, et, en me faisant l'effet d'un être sans cœur, je le conduisis à la tente du prince. Comme je lui retirais ses bottes encroûtées de neige et son manteau, il ne cessa de se plaindre du froid en marmonnant de façon à peine cohérente. Sans intervention de ma part, il se glissa sous ses couvertures que je bordai soigneusement.

Je finissais quand Umbre et le prince entrèrent. « Je m'inquiète pour lui », fis-je tout bas en désignant Lourd de la tête. Un fredonnement doux montait déjà de sous les couvertures amoncelées.

« C'est le dragon, dit Umbre d'un air sombre.

— Du moins le pensons-nous », le reprit Devoir avec lassitude. Il s'assit sur son lit et se pencha pour ôter ses bottes. « Nous n'en savons rien. Quand nous essayons d'artiser Lourd, nous le trouvons bien présent, mais il ne nous prête aucune attention. »

Je leur livrai la nouvelle que je portais depuis le matin

comme une pierre au cou. « Rien n'indique que je me rétablis ; mon Art a disparu. »

Le prince hocha lentement la tête sans paraître surpris. « Oui, lorsque je tente de vous contacter, j'ai comme l'impression que vous n'existez plus. Cela fait un effet bizarre. » Il croisa mon regard. « Je prends soudain conscience que je vous ai toujours senti présent pendant la plus grande partie de ma vie, dans un petit coin de ma tête. Le saviez-vous ?

— Je le craignais, avouai-je. Umbre et moi en avions discuté ; il disait que vous aviez des rêves étranges dans votre enfance, des rêves qui parlaient d'un homme accompagné d'un loup. »

L'espace d'un instant, Devoir resta interdit, puis un sourire apparut lentement sur son visage. « C'était vous ? Et Œil-de-Nuit ? » Il prit soudain une grande inspiration et baissa les yeux. « Ces songes comptaient parmi mes préférés. Parfois, le soir, je m'efforçais de les retrouver quand je m'endormais ; je ne faisais jamais exactement deux fois le même mais quelquefois un nouveau me venait. Hum... Déjà, vous m'enseigniez à artiser, à tendre mon esprit pour vous contacter – vous et Œil-de-Nuit. Oh, Eda, qu'il doit vous manquer ! Dans ces rêves, vous ne formiez qu'une seule et même créature ; vous en rendiez-vous compte ? »

Des larmes perfides me montèrent brusquement aux yeux. Je me détournai et les essuyai avant qu'elles n'eussent le temps de couler. « Je m'en doutais. Ortie, elle, me voit comme un homme-loup.

— Vous avez donc pénétré dans ses rêves à elle aussi ? »

Y avait-il une note de jalousie dans la voix du prince ? « De façon involontaire, dans son cas comme dans le vôtre. Jamais je n'ai eu conscience que je vous apprenais, à l'un et à l'autre, à artiser. Je me suis parfois introduit exprès dans l'esprit d'Ortie pour essayer de voir Burrich et Molly, parce que je les aimais et qu'ils me manquaient – et aussi parce qu'elle était ma fille.

— Et moi ? »

En cet instant, je me réjouis d'avoir perdu mon Art ; je n'avais jamais souhaité révéler au prince le rôle que j'avais joué dans sa conception. Vérité avait beau avoir emprunté mon corps, il restait le fils de mon roi, non le mien, en rien sinon en ce que son esprit avait appelé le mien. Je répondis : « Vous étiez l'enfant de Vérité ; je n'ai pas recherché de contact avec vous de manière consciente, et j'ignorais que vous partagiez mes rêves. Je ne l'ai appris que beaucoup plus tard. »

Je lançai un coup d'œil à Umbre et m'aperçus avec surprise qu'il suivait à peine notre conversation ; il avait le regard lointain et ne paraissait pas voir ce qui se trouvait devant lui. « Umbre ? fis-je avec inquiétude. Allez-vous bien ? »

Il reprit brusquement son souffle comme si je le tirais du sommeil. « Je crois que c'est le dragon qui fascine Lourd. Je tâchais d'attirer son attention, mais sa musique prend toute la place. Ni le prince ni moi ne percevons la créature par l'Art mais, quand j'essaye de contacter Lourd, je sens une présence. Cependant, c'est insolite… j'ai l'impression de voir l'ombre de quelqu'un et non la personne elle-même ; je ne distingue rien d'elle sinon qu'elle se trouve là. Devoir dit que, de temps en temps, son Vif capte une bouffée de Glasfeu et qu'elle se dissipe aussitôt comme un effluve dans le vent. »

Sans répondre, je tendis mon Vif, puis déclarai au bout d'un moment : « Je le sens puis, l'instant suivant, je ne sens plus rien. J'ignore s'il s'agit d'un processus volontaire, d'une sorte de camouflage, ou bien si, comme l'a suggéré Trame, il se trouve à l'agonie. »

Je regardai Devoir, mais ses pensées avaient suivi une autre voie, et je me demandai s'il avait rien entendu de ce que nous avions dit, Umbre et moi. « Je tenterai d'artiser Ortie cette nuit, annonça-t-il tout à coup. Il nous faut un véritable moyen de communication avec Castelcerf et elle représente notre seul espoir ; je pense aussi que, si quelqu'un peut détourner Lourd du dragon, dans l'hypothèse où il se trouve sous son emprise, c'est elle. D'ailleurs, même si Glasfeu n'a rien à y voir, elle reste peut-être la mieux placée pour contacter Lourd. »

J'en demeurai hébété. Je voulais et je ne voulais pas qu'il effectue cette tentative. « Croyez-vous parvenir à la joindre ?

— Peut-être. J'aurais sûrement beaucoup moins de mal si je la connaissais vraiment. » Sa façon d'appuyer cette dernière phrase soulignait ma responsabilité ; il avait dû percevoir de la répugnance dans ma question et s'en offusquer. Je me tus et le laissai poursuivre. «Je n'ai fait qu'effleurer son esprit la dernière fois, et encore, par votre biais ; la contacter seul ne sera pas facile.»

L'anxiété me rongeait. Je savais que je ne devais pas lui poser la question, mais je ne pus m'en empêcher. «Si vous y arrivez, que lui direz-vous ?»

Il me considéra d'un air inexpressif avant de répondre : «La vérité. C'est une nouveauté, je sais, mais il ne me semble pas inutile qu'un Loinvoyant s'y essaye un jour.»

Il tentait de me provoquer, je m'en rendais compte. Il avait passé une journée rude, et mon prince se comportait tout à coup comme un adolescent de mauvaise humeur qui cherche quelqu'un sur qui passer ses nerfs. Je me dominai à nouveau. «La vérité est vaste. Quelle partie avez-vous l'intention de lui révéler? demandai-je, et je m'efforçai de sourire en attendant sa réponse.

— Pour l'instant, seulement celle qui m'appartient : le fait que je suis le prince Devoir et que j'ai besoin d'elle impérativement pour transmettre un message à ma mère, puis pour me rapporter son conseil. Je veux mettre ma mère au courant de la situation réelle de Sydel et de ses parents, autant, je l'avoue, pour qu'elle se méfie d'eux que pour secourir leur fille. Et, si Ortie accepte cette mission, je lui parlerai de la crainte que je nourris pour Lourd : celle qu'un dragon ne soit en train de le dépouiller du peu d'esprit qu'il a. Je la prierai de le détourner de cette fascination, si elle est en mesure de le joindre.» Il poussa un soupir soudain. «J'aurai de la chance, je crois, si je mène déjà si loin la conversation avec elle.» Et il m'adressa un nouveau regard chargé de reproche.

C'est alors, je pense, que je ressentis le plus durement la perte de mon Art. Je n'avais pas envie que Devoir s'adresse à ma fille sans que je pusse rien entendre ; je redoutais ce qu'il risquait de lui révéler par inadvertance et l'influence qu'il pourrait exercer sur la façon dont elle me considérait avant qu'elle eût l'occasion de me connaître. Il répondit à mes pensées comme s'il lisait dans mon esprit.

«Il ne vous reste plus qu'à me faire confiance.»

Je respirai profondément. «Je vous fais confiance, dis-je en m'efforçant de prendre un ton sincère.

— Je ne quitterai pas le prince pendant l'entrevue, déclara Umbre avant d'éclater de rire devant ma mine accablée. Non, ne proteste pas que tu me fais confiance, je crois que je ne le supporterais pas !

— Mais j'y suis bien obligé », fis-je observer, et le vieil homme acquiesça de la tête. Je poursuivis : « Que pensez-vous des événements d'aujourd'hui ? A votre avis, les envoyés du Hetgurd se tourneront-ils contre nous si, une fois exhumé, le dragon se révèle vivant et que nous tentions que lui trancher la tête ?

— Oui, répondit Devoir, sans aucun doute. Le fait que l'Homme noir n'a pas marqué son approbation a enflammé toutes leurs superstitions et les peurs qui les accompagnent.

— Vous avez raison, je pense, dit Umbre. J'ai remarqué, au moment où nous regagnions nos tentes, qu'ils déposaient une nouvelle offrande à son intention aux limites du bivouac. »

Je secouai la tête. « Je sais quelle idée vous avez, mais, même si j'étais capable de la réaliser, je crois qu'elle ne serait pas judicieuse. Si l'offrande disparaissait, les Outrîliens n'y verraient-ils pas le signe que l'Homme noir les approuve enfin parce qu'ils ont pris parti contre la quête du prince ? Non, trop tard pour ce genre de finasserie, Umbre.

— Tu as sans doute raison, fit-il sans même s'excuser. Et, si on te surprenait en train de voler l'offrande, cela risquerait de les inciter à passer aussitôt aux actes. Non ; mieux vaut attendre. » Il soupira puis se frotta vigoureusement les bras. « Que je suis las de ce froid ! Je n'ai plus l'âge de vivre constamment dans un environnement glacé. »

Le prince leva les yeux au ciel mais se tut.

Je changeai de sujet. « Je vous en prie, tous les deux, soyez prudents quand vous tenterez de contacter Lourd, et vous, Devoir, méfiez-vous en joignant Ortie. J'ai la certitude de n'avoir pas imaginé ce qui nous est arrivé l'autre jour, à Lourd et moi : quelqu'un employait bel et bien l'Art pour nous dresser l'un contre l'autre. J'ignore son identité, mais il rôde toujours. Il a déjà réussi à pénétrer une fois dans l'esprit de Lourd ; quand vous artiserez notre ami, vous risquez de lui révéler votre existence, et, s'il vous suit, celle d'Ortie quand vous essaierez d'établir la communication avec elle ; ou encore d'attirer sur vous l'attention de la femelle du dragon, Tintaglia. » Je me fis soudain l'effet d'un lâche incapable de protéger ceux qui m'étaient chers. « Soyez prudents, répétai-je.

— N'ayez crainte », dit Devoir d'un ton agacé, et j'eus la conviction qu'il n'accordait pas à ma mise en garde tout le poids qu'elle méritait. Je me tournai vers Umbre.

« M'as-tu jamais vu faire preuve d'imprudence ? » me demanda mon vieux mentor.

Je faillis répondre : Oh oui ! Quand vous vous êtes mis à la recherche de votre Art, vous vous y êtes précipité bille en tête. Je redoute que vous ne recommenciez et n'exposiez au danger tous ceux auxquels je tiens. Mais je me tus et me bornai à hocher la tête. « Savoir qu'une lourde tâche vous attend cette nuit et que je ne puis en rien vous aider me fait un effet bizarre ; je me sens inutile. Eh bien, si vous n'avez plus besoin de moi, je vais aller me coucher ; je suis éreinté. » Je fis jouer mes épaules. « J'aurais eu plus intérêt à passer ces derniers mois à m'exercer à manier la pelle que l'épée. »

Devoir, poli, me gratifia d'un petit rire. Umbre demanda d'un ton grave : « Tu comptes te rendre chez le fou ce soir ?

— Oui. » J'attendis la suite, sur la défensive.

« Et y dormir à nouveau ? »

Je ne cherchai pas à découvrir comment il savait que j'avais déjà passé une nuit chez le fou, et je répliquai d'une voix sans émotion : « Peut-être ; je l'ignore. Si nous parlons tard ou s'il désire de la compagnie, c'est possible.

— Cela paraît curieux au reste du camp. Non, ne me fais pas les gros yeux ; cela ne me regarde pas et je te connais depuis trop longtemps pour me méprendre sur tes préférences en matière de partenaires amoureux. Je dis seulement ceci : les autres risquent de croire que tu partages son opinion sur Glasfeu, que nous devons libérer le dragon et non exécuter la mission que la narcheska a imposée au prince. »

Je gardai le silence un moment, plongé dans mes réflexions ; enfin je déclarai : « Je ne suis pas responsable de ce que pensent les gens, Umbre.

— Tu ne chercheras donc pas à éviter le fou ? »

Je soutins son regard. « Non. C'est mon ami. »

Il pinça les lèvres, puis il demanda prudemment: «Y a-t-il une chance que tu puisses l'amener à partager notre point de vue?

— Votre point de vue? fis-je en insistant sur le "votre". Ça m'étonnerait. Il ne s'agit pas d'une lubie qui l'aurait saisi tout à coup, Umbre. Il est convaincu depuis toujours d'être le Prophète blanc, et une partie de sa mission consiste à réintroduire les dragons dans le monde. Je ne pense pas réussir à le persuader qu'il commet une erreur.

— Votre amitié remonte à de longues années et il éprouve une profonde affection pour toi, dit Umbre avec circonspection.

— Et voilà précisément pourquoi je me refuse à tenter de l'influencer.» Je repoussai les mèches de cheveux qui tombaient sur mon visage. La sueur qui imprégnait ma chemise séchait et le tissu devenait glacial; j'éprouvais une sensation d'inconfort qui n'était pas seulement physique. «Umbre, sur ce chapitre vous devez me faire confiance. Cette fois, je ne puis demeurer votre instrument, ni promettre que j'agirai de telle ou telle manière quoi que nous découvrions dans la glace. En cette occasion, la première de toute ma vie, je dois rester fidèle à moi-même.»

Ses traits se crispèrent sous l'effet de la fureur, puis, si brièvement que je faillis ne pas le remarquer, de la peine. Il se détourna afin de cacher son visage dans l'ombre. «Je vois. Je pensais que tu attachais plus d'importance que cela à ton serment d'allégeance aux Loinvoyant; et, benêt que je suis, je nous croyais amis depuis longtemps, plus peut-être que le fou et toi.

— Oh, Umbre!» Une grande lassitude s'empara de moi, si grande que j'eus du mal à parler. «Vous êtes bien plus qu'un ami; vous avez été mon mentor, mon parent et mon protecteur alors que de nombreuses mains se levaient contre moi. Je donnerais ma vie pour vous, n'en doutez jamais!

— Et c'est un Loinvoyant.» L'intervention de Devoir nous surprit tous les deux. «Son serment d'allégeance à sa propre famille lui a déjà coûté beaucoup. Aussi, aujourd'hui, en tant que votre prince, voici ce que j'ordonne, FitzChevalerie Loinvoyant: tenez votre parole envers vous-même. Montrez-vous aussi fidèle à votre cœur que vous l'avez été à Vérité et à Subtil. C'est votre roi qui vous le commande. »

Je le regardai, stupéfait non seulement de cet ordre généreux, de cette liberté qu'aucun autre monarque Loinvoyant n'avait jamais songé à m'octroyer, mais aussi de la rapidité avec laquelle l'adolescent maussade s'était changé en héritier du Trône. Il fronça légèrement les sourcils devant mon regard ébahi, complètement inconscient de cette transformation. Je retrouvai ma langue. « Merci, mon prince. Jamais aucun souverain Loinvoyant ne m'a jamais accordé plus grande faveur.

— De rien. J'espère seulement ne pas avoir à regretter ma décision, car il ne faut pas oublier, quel que soit votre choix, que je dois tenir ma promesse à la narcheska. Je dois lui remettre la tête du dragon – et grand bien lui fasse de posséder un crâne gelé ! » Il était brusquement redevenu un garçon de quinze ans morose. Je le regardai et songeai soudain combien la situation se révélait sans doute difficile pour lui. Il avait laissé les baisers volés à Elliania sur l'île de Mayle et il n'avait pas dû échanger un seul mot avec elle en privé depuis notre départ de sa maison maternelle. Il secoua la tête devant mon expression compatissante. « Je ne puis que m'efforcer d'agir pour le mieux, en espérant avoir deviné correctement ce qu'est ce "mieux".

— Dans ce cas, nous sommes deux, grommela Umbre.

— Non : trois », dis-je. Penché sur la coupe d'argile qui contenait le feu, le vieil assassin avait attisé les braises jusqu'à obtenir une flammèche ; il ajouta un petit morceau de charbon à la minuscule flambée.

« Je suis trop vieux pour ce genre d'aventure, fit-il, reprenant sa plainte habituelle.

— Mais non ; vous serez vieux le jour où vous cesserez d'y participer. Je trouve que ce voyage vous réussit. » Je m'accroupis à côté de lui. « Umbre, croyez-moi, je vous en prie : je ne suis pas un pantin et la question n'est pas de savoir qui tire mes ficelles, du fou ou de vous. Il ne s'agit pas d'une lutte entre vos deux volontés pour déterminer qui détient mon cœur.

— Alors quoi ? » demanda-t-il avec réticence.

Je tâchai de lui apporter une réponse. « Je dois découvrir la vérité avant de décider quelle position adopter. Nous savions avant même de quitter Castelcerf que le défi de la narcheska dissimulait un autre dessein ; un moment viendra peut-être où vous vous réjouirez de mon hésitation et de mon refus d'obéir aveuglément à sa requête. Henja, sa servante, entretenait des relations avec les Pie, j'en mettrai ma tête à couper. Elliania, Peottre et leur maison maternelle bravent la majorité du Hetgurd pour imposer une condition au prince ; pourquoi ? Qu'ont-ils à y gagner ? Quelle valeur a pour eux le crâne putréfié d'un dragon ?

— La narcheska ne paraît pas ravie de me demander ce service, fit observer Devoir à mi-voix. Elle ne démord pas de sa détermination de me voir le lui rendre, cependant elle a l'air de l'anticiper, non avec plaisir ni empressement, mais avec inquiétude et répugnance, comme si elle ne m'y obligeait pas de son propre gré.

— Sur ordre de qui alors ? De Peottre ? »

Umbre secoua lentement la tête. « Non ; ses intérêts sont communs à ceux de sa fille-sœur, et elle lui semble loyale. A mon avis, si elle avait lancé ce défi pour lui plaire, elle en tirerait davantage de satisfaction. Non, Fitz a posé la question fondamentale : quelle volonté se cache derrière cette quête ? »

Je lui livrai l'hypothèse que je jugeai la plus plausible. « Celle de Henja. Elle a barre sur eux, je ne sais comment, nous avons pu le constater, et elle a partie liée avec les Pie, qui n'ont aucune affection pour nous.

— Les Pie... » Umbre réfléchit un moment. « Tu ne tiens donc pas compte de la Femme pâle dont a parlé le fou ? me demanda-t-il, l'œil perçant.

— Je n'en sais rien. De quels éléments disposons-nous sur elle ? Seulement de ceux dont nous a fait part le fou. Les Outrîliens parlent d'elle comme d'un mal ancien, d'un être malveillant du passé qu'il valait mieux éviter, mais pas avec l'angoisse qu'inspirerait un ennemi encore présent. Nos dragons des Six-Duchés les ont tués, Kebal Paincru et elle, du moins l'ai-je souvent entendu dire ; néanmoins, les Outrîliens les citent souvent en relation avec l'île d'Aslevjal : ils en auraient extrait la pierre noire afin de lester leurs Navires blancs ; or, on ne peut nier que le dragon taillé que j'ai trouvé à l'appontement sent la forgisation à plein nez. » Un bâillement me prit par surprise.

« Ah, va donc te coucher ! me dit Umbre sur le ton de la réprimande. Au moins, tu peux dormir, toi ; cette nuit, le prince et moi allons tendre notre Art pour essayer de convaincre Ortie de nous aider. J'avoue être impatient d'apprendre ce qui se passe dans les Six-Duchés ; si les Pie s'agitent, nous pouvons y voir le signe qu'ils jouent un double jeu.

— Peut-être », acquiesça Devoir en bâillant à son tour, et j'eus soudain pitié de lui. Tandis qu'une nuit de bon sommeil m'attendait, c'était une nuit de travail qu'il devait affronter. Pourtant, comme je leur souhaitais une bonne soirée et quittais la tente, je sentis qu'il considérait l'approche d'Ortie comme un défi dont il se réjouissait autant qu'il le redoutait. Je repoussai mes vaines inquiétudes sur leur rencontre : je n'étais plus dans la partie, pour toujours peut-être. Le sol fit une embardée sous mes pas à cette idée, puis je me repris et continuai de marcher. Serait-il si terrible de passer le restant de mes jours dépourvu d'Art ? Ne pouvais-je considérer cela plutôt comme une délivrance ?

Je fis un crochet par la tente des gardes. L'air fatigué, Longuemèche montait la garde à l'entrée ; il m'adressa un hochement de tête, et je me glissai à l'intérieur, parmi les hommes d'armes qui dormaient à poings fermés, puis ressortis presque aussitôt. Le capitaine ne chercha pas à savoir à quelle activité je me livrais : c'était un agent d'Umbre. Je me repris en contemplant les silhouettes assoupies : c'étaient tous des agents d'Umbre. Chacun des gardes qui nous accompagnaient avait été trié sur le volet, choisi pour sa discrétion et sa loyauté. Jusqu'où accepteraient-ils d'obéir au conseiller royal ?

Je réfléchissais encore à cette question quand j'arrivai devant la tente du fou. J'écoutai un moment le vent qui soulevait de petits tourbillons de cristaux et créait une tempête à hauteur de mes chevilles ; de temps en temps, une rafale les projetait à mon visage, piquants comme des aiguilles. Je n'entendis rien d'autre ; chez le fou, le silence régnait, bien que les créatures qui ornaient la toile fine et résistante brillassent de la vie que leur prêtait la flamme du minuscule brasero. « Puis-je entrer ? demandai-je à mi-voix.

— Un instant », murmura-t-il. Je perçus un bruissement de

tissu presque indiscernable de celui de la brise, et, peu après, il dénoua le rabat et m'ouvrit. J'étais couvert de givre ; je n'y pouvais rien, mais le fou fit tout de même la moue quand je me frottai les manches pour m'en débarrasser. Je tirai la robe des Anciens de mon manteau. « Tiens ; je te la rends. »

Allongé sur sa paillasse, il avait déjà ramené ses couvertures sur lui. La petite casserole était juchée au-dessus de la flammèche. Il haussa les sourcils et sourit. « Et moi qui te trouvais si séduisant dedans ! Es-tu sûr de ne pas vouloir la garder ? »

Je soupirai. Son ton à la fois badin et funèbre contrastait à l'excès avec mes émotions. « Umbre et Devoir vont tenter de contacter Ortie cette nuit par l'Art. Ils craignent que le dragon ne s'empare de l'esprit de Lourd, et ils espèrent qu'elle saura le détourner de Glasfeu.

— Et tu préfères ne pas les aider ?

— J'en suis incapable. Je ne trouve pas le plus mince fil d'Art en moi ; je me rends compte que Lourd n'est pas dans son état normal uniquement à cause de sa façon de fredonner sans cesse. Jusqu'ici, il artisait sa musique. Pourquoi ce chantonnement à présent ? Je n'aime pas les changements, surtout ceux que je ne comprends pas.

— La vie est fluctuation, répondit le fou avec sérénité, et la mort en est une plus grande encore. Je crois que nous devons nous résigner à changer, Fitz.

— J'en ai assez de me résigner ; j'ai passé toute mon existence à ça. » Je laissai tomber la robe sur la paillasse puis m'y assis lourdement, obligeant le fou à ramener ses jambes sous lui. J'ôtai mes moufles et tendis mes mains à la faible chaleur du feu.

« Ah, Catalyseur, se peut-il que tu n'aies pas conscience de tous les changements que tu as opérés ? Certains par ta résignation, en acceptant les circonstances, d'autres par tes révoltes furieuses. Tu peux prétendre avoir horreur du changement, il n'en reste pas moins que tu l'incarnes.

— Pitié ! » Je croisai les bras sur mes genoux repliés et posai le front dessus. « Ne parlons pas de ça ce soir. Parlons de tout sauf de ça, je t'en prie. Je n'ai aucune envie de débattre de questions de choix et de bouleversements ce soir.

— Très bien, fit-il avec douceur. De quoi désires-tu que nous nous entretenions ?

— De n'importe quoi. De toi, tiens ! Comment es-tu arrivé ici alors que nous t'avions laissé à Bourg-de-Castelcerf ?

— Je te l'ai dit : par la voie des airs. »

Je levai la tête et lui jetai un regard noir. Il avait un petit sourire de défi, un sourire que je connaissais bien, celui du fou de jadis qui assurait qu'il disait la vérité alors qu'il mentait de façon patente. « Non, c'est faux, répliquai-je d'un ton ferme.

— D'accord, si tu l'affirmes.

— Kettricken a dû t'aider à trouver un navire en partance pour les îles d'Outre-mer, contre les recommandations d'Umbre ; et ce navire portait un nom d'oiseau. » Je lançai l'hypothèse au hasard, sachant qu'au fond de son histoire débridée se nichait un petit noyau de vérité.

« Au contraire, Kettricken m'a conseillé de rester à Castelcerf lors de notre brève entrevue. Je crois qu'il lui en a coûté de ne pouvoir m'en révéler davantage, et la bonne fortune seule a voulu que je croise Burrich qui pénétrait dans le château au moment où j'en sortais. Mais, puisque j'ai accepté de te narrer mon aventure, qu'au moins je respecte la chronologie. Revenons à la dernière fois où je t'ai vu, alors que je te croyais prêt à te précipiter à mon secours. »

Je fis la grimace mais il poursuivit d'un ton égal : « L'officier de port a fait appeler la garde municipale, laquelle s'est montrée fort efficace à évacuer sire Doré et ses affaires. Comme tu l'as sans doute deviné, on m'a gardé en détention jusqu'après le départ des navires, sur quoi on m'a libéré avec force excuses et assurances qu'il s'agissait d'une épouvantable méprise. Mais le bruit de l'incident s'était déjà répandu et, le temps que sire Doré regagne ses logements avec ses bagages, ses créanciers l'y attendaient de pied ferme, convaincus qu'il avait l'intention de quitter la ville sans les rembourser – ce qui était le cas, en effet. Ils se sont fait un plaisir de confisquer tous ses biens, à part un sac qui contenait le strict nécessaire pour sa survie et qu'il avait eu la prévoyance de laisser dans ses appartements de Castelcerf. »

De la vapeur commençait à monter de la petite casserole en

cuivre. Je l'ôtai du feu et versai l'eau fumante dans une théière gaiement décorée.

Je ne pus m'empêcher de sourire en indiquant la tente d'un geste. «Le strict nécessaire, hein?»

Il haussa les sourcils. «Pour un aventurier civilisé, oui.» Il referma la théière; le couvercle avait la forme d'une rose. «Et pourquoi vouloir se contenter de moins? Allons, où en étais-je? Ah oui! Sire Doré, dépouillé de ses possessions et de son clinquant, n'était plus sire Doré mais un débiteur en fuite. Ceux qui croyaient le connaître le mieux restèrent stupéfaits devant la façon dont, telle une araignée, il quitta son domicile par la fenêtre et descendit avec agilité le long de la façade pour atterrir avec légèreté et prendre la poudre d'escampette par les ruelles. Je disparus.»

Il me tenait en haleine exprès. Il se frotta un œil puis me sourit d'un air pensif. Je me mordis la langue en attendant qu'il voulût bien reprendre.

«Je suis allé trouver Kettricken en usant de moyens que je te laisse imaginer. Elle a dû éprouver un grand choc en me découvrant dans sa chambre à coucher. Comme je te l'ai dit, elle m'a pressé de rester à Castelcerf, au château même, sous sa protection, jusqu'à la fin de ta mission; j'ai été obligé de refuser, naturellement. Et...» Il hésita. «J'ai parlé avec Burrich; je suppose que tu le sais déjà, ou du moins que tu t'en doutes. J'ai été fort surpris qu'il me reconnaisse au premier coup d'œil, tout comme toi. Il m'a posé des questions, non parce qu'il avait besoin de réponses, mais afin de confirmer ce qu'il avait déjà deviné par lui-même à partir d'une précédente entrevue avec Kettricken.»

Il s'interrompit et son silence dura tant que je craignis qu'il ne se tût définitivement; mais il reprit enfin à mi-voix: «A un moment, mes propos l'ont mis dans un tel état de fureur que j'ai cru ma dernière heure venue, et tout à coup il a éclaté en larmes.» Encore une fois, il fit une pause. Je restai cloué sur le lit, un goût de cendres dans la bouche; j'en venais presque à espérer qu'il ne poursuivît pas. Il continua néanmoins mais je compris qu'il laissait quantité de détails dans l'ombre.

«Privé de tout soutien au château, j'ai eu l'idée stupide de retourner à mon auberge afin de voir si mes créanciers n'auraient pas laissé quelques lambeaux de ma fortune susceptibles de m'aider dans ma fuite. On aurait dit qu'une nuée de criquets avait dévasté mes appartements. Pourtant, le pire m'attendait encore : le propriétaire m'avait vu entrer, or ceux à qui je devais de l'argent lui avaient graissé la patte pour qu'il les contacte dès qu'il aurait du nouveau sur mon compte. Il a bien mérité sa solde, car une seconde vague d'anciens amis hors d'eux a soudain surgi. A les voir si indignés et sûrs de leur bon droit, on aurait juré qu'ils avaient acquis honnêtement les sommes qu'ils avaient gagnées lors de paris avec moi !

» J'ai pris la fuite à nouveau, et, cette fois, j'ai quitté la ville, moins par crainte de mes créanciers que par colère envers mes "amis". Tu m'avais trahi, Fitz ; pourtant, peut-être n'étais-je victime que d'un juste retour des choses, étant donné l'abominable façon dont je t'avais moi-même trompé.

— Quoi ? »

Je restai effaré de ces propos ; puis, comme nos yeux se croisaient, je lus une honte ancienne dans les profondeurs de son regard et je me remémorai l'occasion où, dans les Montagnes, nos ennemis s'étaient servis de lui contre moi. « Je ne t'en ai jamais voulu de cet épisode, tu le sais bien. Tu n'étais pas responsable, fou.

— Et peut-être, lorsque tu m'as trahi, s'agissait-il plus de l'œuvre d'Umbre que de la tienne, mais le mal a été fait quand même. J'éprouvais un mélange de colère, de peur et d'affliction à l'idée d'avoir parcouru tant de chemin pour me voir vaincre par celui en qui j'avais le plus confiance. Je suis sorti de Castelcerf à pied pour échapper à mes poursuivants, en sachant toutefois que je n'irais pas loin ainsi et en me demandant quoi faire ensuite. Je m'interrogeais : comment se pouvait-il que le Catalyseur fût capable de modifier les événements au point d'infliger une défaite totale au Prophète blanc ? Peu à peu, j'ai compris que c'était impossible ; il existait un dessein sous-jacent que je n'avais pas détecté au premier abord. J'ai résolu de m'y abandonner, bien qu'ignorant tout de sa nature. »

La tête sur les bras, je le regardais. Avec un soupir, je détendis mes muscles crispés. Sa main s'aventura hors des couvertures pour verser une petite quantité de thé dans une tasse et un bol, puis il me fit signe de choisir. A l'évidence, la casserole ne devait servir qu'à une seule personne voyageant seule, et cette façon de partager me toucha. Je pris le bol et bus une gorgée d'infusion ; elle avait goût de fleurs et j'eus l'impression de savourer un peu d'été sur cette terre d'éternel hiver. Le liquide perdait rapidement sa chaleur qui se diffusait par les parois du récipient en réchauffant mes paumes au passage. Les doigts longs et élégants du fou se refermèrent autour de la tasse et il but à son tour.

« Continue », le pressai-je comme son silence durait. Il s'agissait d'un truc de conteur, je le savais bien, mais j'acceptais de jouer le jeu.

« Eh bien, ma seconde horde de créanciers avait écouté la première, et elle s'est aussitôt lancée à ma poursuite. J'ai pris les jambes à mon cou, mais l'accoutrement de sire Doré était un peu voyant pour se fondre dans la foule et mon paquetage m'encombrait. Tu te rappelles les collines près de Castelcerf où se dressent les Pierres Témoins ?

— Oui, bien sûr », répondis-je, perplexe. Quelle idée avait-il eue de se réfugier là ? Les blocs nus et noirs couronnent depuis toujours une éminence désolée, patinés par le temps et inébranlables. Les habitants des Six-Duchés viennent y prêter les serments les plus divers ; les amants s'y jurent fidélité, et l'on dit que, si deux hommes s'y battent en duel, les dieux tranchent en faveur de la justice : celui qui a le droit pour lui y vaincra, même s'il doit perdre ailleurs. Il règne sur les alentours une solennité singulière, et nul buisson, nulle plante grimpante ou rampante n'y pousse ; on n'y trouverait nulle part où se cacher. « Mais pourquoi te rendre là ? »

D'un mouvement éloquent, il haussa ses épaules étroites. « Je savais que je n'irais pas loin. Si l'on me capturait et qu'on me ramenât à Castelcerf, non seulement mes créanciers saisiraient mon baluchon mais encore me feraient condamner aux travaux forcés pour payer mes dettes ; alors j'aurais complètement échoué dans ma mission. J'ai donc décidé de m'en remettre au destin et d'essayer une idée qui m'était venue il y a bien longtemps. Les Pierres Témoins sont des portes, Fitz, tout comme les piliers d'Art que tu avais traversés parce qu'il te fallait absolument fuir – à cette différence, naturellement : les runes qui marquaient leurs flancs ont été effacées. Peut-être leur grand âge les a-t-il soumises à l'érosion, ou bien un artiseur d'antan a-t-il jugé bon de les rendre inutilisables. Quoi qu'il en soit, les glyphes qui indiquaient les destinations n'existent plus que sous la forme de signes indéchiffrables. Comme je me précipitais vers les pierres, courbé sous le poids de mon sac, je me remémorais le récit de tes aventures sur la plage aux Trésors en compagnie du prince Devoir ; je savais que je risquais de choisir la mauvaise face et de me retrouver immergé dans une mer profonde et froide. »

Je me redressai lentement sur la paillasse, envahi par une horreur glaçante. « Fou, c'est bien pire que ça ! Imagine que le pilier de sortie se soit abattu et que tu émerges dans le sol ! Ou que tu plaques la main sur une rune dont la pierre d'arrivée n'est plus que gravats, ou...

— Toutes ces éventualités m'ont traversé l'esprit pendant que je courais vers mon but. Par bonheur, je n'avais pas le temps de choisir ni même de me demander s'il restait assez d'Art sur le bout de mes doigts pour déclencher la magie des glyphes. J'ai touché la pierre, les doigts tendus, avec une seule certitude : je devais absolument, impérativement franchir la porte. »

Il s'interrompit. Je me penchai vers lui, suspendu à ses lèvres, la gorge nouée. Passer par un pilier d'Art avait toujours été pénible pour moi ; nous ignorions quasiment tout d'eux, sinon que certains monolithes taillés dans la pierre de mémoire et marqués de runes pouvaient servir à se déplacer instantanément d'un lieu à l'autre. Je les avais empruntés une dizaine de fois dans toute ma vie, et jamais sans crainte ni malaise. Quelques-uns des artiseurs inexpérimentés de Royal avaient perdu la raison après avoir dû franchir ces portes d'Art ; celle qui nous avait jetés, le prince et moi, sur la plage aux Trésors avait semé la confusion dans les souvenirs que Devoir gardait de cet épisode et nous avait laissés exténués.

Le fou m'adressa un sourire suave. « Ne fais pas cette tête ; j'ai survécu, tu le vois bien.

— Mais à quel prix? demandai-je, sachant qu'il y avait toujours un coût.

— Un complet épuisement. Je suis apparu je ne savais où, dans une région que je ne connaissais pas. Je me trouvais au milieu d'une cité en ruine, aussi morte que ses pierres, et un cours d'eau la longeait. Je ne peux pas t'en dire davantage. J'ai dormi j'ignore combien de temps, et l'aube avait envahi le ciel quand je me suis réveillé. Le pilier d'Art se dressait au-dessus de moi, lisse, sans mousse ni lichen pour le déparer, ses runes aussi nettes que si on les avait gravées la veille. J'ai passé longtemps à les étudier, plein d'angoisse mais convaincu qu'elles représentaient mon seul espoir; à force d'examen, j'ai réduit les possibilités à deux d'entre elles qui pouvaient me mener là où je le désirais. Alors j'ai pénétré à nouveau dans le pilier.

— Non! fis-je avec un gémissement.

— C'est aussi ce que j'ai éprouvé. A la sortie, j'avais l'impression d'avoir été roué de coups – mais j'étais arrivé à la destination voulue. »

Il se tut, l'air réjoui, pour m'obliger à l'interroger. « Où ça?

— Te rappelles-tu ce lieu qui ressemblait à une place de marché? Celui que la forêt tentait d'envahir? J'avais escaladé le pilier d'Art qui se dressait là, et, l'espace d'un instant, dans un rêve, je m'étais vu coiffé de la couronne aux coqs. Tu étais présent; tu t'en souviens. »

J'acquiesçai lentement de la tête. « Oui, sur la route qui nous menait au jardin de Pierre, où les dragons pétrifiés dormaient avant que nous ne les réveillions pour combattre les Pirates rouges; et où ils reposent, à nouveau assoupis, Vérité-le-Dragon parmi eux.

— Exactement. J'ai suivi encore une fois le chemin de la forêt et je l'ai vu. Mais ce n'était pas lui que je cherchais. J'ai retrouvé la Fille au dragon endormie, les bras serrés autour du cou de sa monture, telle que tu me l'avais décrite. Je l'ai tirée de son sommeil, je lui ai fait comprendre que je devais me rendre sur Aslevjal, je suis monté en croupe derrière elle et elle m'a transporté jusqu'ici, puis elle est repartie. Donc, tu vois, mon vieil ami, je ne t'ai pas menti: je suis venu par la voie des airs. »

Je me redressai de nouveau, droit comme un i, toute envie de dormir soudain enfuie. Cent questions se pressaient en moi, mais je posai la plus importante. « Comment l'as-tu éveillée ? Il faut l'Art, le Vif et du sang pour animer un dragon de pierre ! J'en sais quelque chose !

— En effet. L'Art, je l'avais au bout de mes doigts, et je n'ai guère eu de mal à me procurer du sang. » Il se frotta le poignet, peut-être au souvenir d'une entaille. « Je ne possédais pas et ne possède toujours pas le Vif ; mais tu n'as peut-être pas oublié que j'avais inconsidérément déversé une partie de moi-même dans la Fille au dragon en tentant d'achever la sculpture et de lui donner vie.

— Moi aussi, répondis-je avec remords.

— Oui, je sais, fit-il doucement. Tu t'y trouves toujours ; tu t'étais débarrassé en elle de souvenirs insupportables et d'émotions que tu refusais. Tu lui avais donné ton abandon par ta mère et le fait que tu n'avais pas connu ton père ; tu lui avais donné les tortures que t'avait infligées Royal dans ses cachots ; et surtout tu lui avais donné la peine que tu avais éprouvée à te voir dépossédé de Molly et de ton enfant par Burrich, l'homme qui t'avait élevé. Tu t'étais soulagé en elle de ta colère, de ta douleur et de ton sentiment d'avoir été trahi. » Il poussa un petit soupir. « Tout cela existe encore en elle, tout ce que tu ne t'autorisais pas à ressentir.

— J'ai laissé tout ça derrière moi depuis longtemps, dis-je d'une voix lente.

— Tu t'es amputé toi-même et tu as poursuivi ta route diminué d'autant.

— Je ne vois pas la situation sous cet angle, répliquai-je avec raideur.

— Tu ne peux pas, déclara-t-il calmement, parce que tu n'es pas en mesure de te rappeler à quel point ces émotions te tourmentaient – parce que tu les as éliminées en les confiant à la Fille au dragon.

— Pourrait-on abandonner ce sujet ? demandai-je, au bord de l'épouvante, au bord de la colère, mais surtout incapable de comprendre ce qui aurait pu m'épouvanter ou me mettre en colère à ce point.

— Bien obligé, car tu l'as abandonné il y a de longues années. Moi seul saurai jamais la profondeur de ces émotions ; moi seul garde le souvenir complet de celui que tu étais avant que tu ne t'en débarrasses, car nous sommes liés l'un à l'autre, non seulement par l'Art et le destin, mais parce que nous continuons à vivre tous les deux dans la Fille au dragon. Sachant ce qui avait été instillé en elle, j'ai réussi à entrer en contact avec elle et à l'éveiller ; j'ai pu lui expliquer l'extrémité qui m'avait amené à l'animer, et elle m'a transporté jusqu'à Aslevjal.

» J'ai fait un voyage étrange, fou et merveilleux. J'avais déjà volé avec elle, tu le sais ; je l'accompagnais quand les dragons ont attaqué non seulement les Pirates rouges qui assaillaient les Six-Duchés mais aussi les Navires blancs, les cruels instruments de la Femme pâle. Me retrouver au milieu d'un vrai combat m'avait fait une étrange impression, une impression qui ne m'avait pas plu.

— Elle ne plaît à personne », lui assurai-je. Je posai à nouveau mon front sur mes genoux et fermai les yeux.

« Non, sans doute. Mais, cette fois, c'était différent ; je n'assistais à aucune tuerie, nul dragon ne volait à nos côtés. Je me trouvais seul avec elle, assis derrière elle, les bras autour de sa taille fine. Elle fait partie du dragon, tu le sais ; ils sont fondus en un bloc, et elle s'assimile plutôt à un membre en forme de femme. Elle ne me parlait donc pas, mais, curieusement, elle souriait et, de temps en temps, se tournait vers moi ou indiquait quelque chose au sol qui défilait en dessous de nous qu'elle désirait me montrer.

» Elle volait infatigablement. Du moment où je suis monté en croupe et que le battement puissant des ailes de son dragon nous a portés au-dessus des frondaisons des arbres jusqu'à celui où nous nous sommes posés sur la grève de sable noir d'Aslevjal, elle n'a pas pris un instant de repos. Moi non plus. Tout d'abord, nous avons traversé le ciel d'été des territoires qui s'étendent au-delà du royaume des Montagnes, puis nous avons gagné de l'altitude, au point que mon cœur martelait ma poitrine et que la tête me tournait, pour survoler les pics enneigés et les cols des Montagnes, puis nous avons retrouvé l'été. Nous avons laissé derrière nous les villages montagnards qui se nichent sur les flancs et dans les anfractuosités des hauteurs, et dont les troupeaux parsèment les pâtures escarpées comme les fleurs blanches des pommiers jonchent l'herbe d'un verger après un orage de printemps. »

J'imaginai le tableau et souris légèrement quand il décrivit le survol d'un hameau des Six-Duchés dans le petit matin, et l'expression d'un jeune garçon qui les avait aperçus et était rentré à toutes jambes chez lui en hurlant. Il continua d'évoquer les rivières qui ressemblaient à des coutures argentées sur la terre et les champs pareils à de la marqueterie vus d'en haut, et l'océan froissé comme du papier, avec une touche d'argent au sommet des plis.

Je dus m'endormir, bercé par son extraordinaire récit. Quand j'ouvris les yeux, il faisait nuit noire. Le silence régnait dans le camp et seule une flamme hésitante brûlait au bout d'une mèche plongée dans l'huile au fond du brasero d'argile. J'étais couché sur le lit du fou, pelotonné sous une de ses couvertures ; lui dormait en boule comme un chaton, son front presque contre le mien, à l'autre bout de la paillasse. Il respirait profondément, régulièrement, et l'une de ses mains reposait entre nous, paume en l'air, comme dans un geste d'offrande ou d'imploration. A demi endormi, je plaçai ma main dans la sienne ; il ne parut pas s'éveiller. Je me sentais curieusement en paix. Je fermai les paupières et sombrai dans un sommeil sans rêve.

7
SOUS LA GLACE

Les Outrîliens pratiquent depuis toujours le pillage. Au cours des années qui précédèrent la guerre des Pirates rouges, des incidents s'étaient produits qui ne semblaient pas sortir de l'ordinaire : çà et là, un navire sous les ordres du kaempra d'un clan portait une attaque rapide et repartait avec du bétail, quelques quintaux de céréales et parfois des prisonniers ; ces incursions touchaient surtout Béarns, qui prenait apparemment autant de plaisir à ces heurts que Haurfond à ses querelles de frontière avec Chalcède et ne se plaignait guère d'avoir à les supporter.

Mais, avec l'apparition des navires rouges de Kebal Paincru, les règles des combats changèrent : les attaquants se présentèrent en flottilles et leurs équipages manifestèrent plus d'intérêt pour le viol et la destruction que pour l'acquisition de butin : ils brûlaient ou polluaient ce qu'ils ne pouvaient emporter, massacraient les troupeaux et incendiaient les champs et les silos ; ils tuaient même ceux qui ne tentaient pas de leur résister. Une volonté nouvelle et mauvaise transparaissait dans ces attaques, qui se délectait non seulement du vol mais aussi du saccage et du meurtre.

A cette époque, nous ignorions tout de la Femme pâle et de son influence sur Paincru.

Histoire de la guerre des Pirates rouges du scribe GEAIREPU

*

Au matin, revenus au bord de notre excavation, Crible et moi poussâmes à l'unisson un gémissement de découragement, puis nous entreprîmes d'évacuer la neige qui, soufflée par le vent, l'avait comblée à demi. Poudreuse et sans consistance, elle nous imposa des efforts plus agaçants que fatigants : nous avions l'impression de pelleter de la plume, et la moitié de ce que nous rejetions retombait doucement au fond du trou. Midi approchait quand nous l'eûmes entièrement déblayée et retrouvâmes le niveau atteint la veille ; alors, pic en main, nous nous remîmes à creuser la glace puis, à l'aide de nos pelles, à rassembler les fragments et à les projeter hors de la cavité.

J'eus d'abord mal dans les bras et le dos, puis mes douleurs se calmèrent avant de renaître dans d'autres muscles. Ce soir-là, harassé, je m'enfonçai dans un sommeil trop profond pour qu'aucun rêve ou regret vînt le troubler. Le vent souffla de nouveau, comme toutes les nuits suivantes, et, chaque matin, notre premier travail consista à débarrasser la fosse de la neige qu'il y avait accumulée ; pourtant nous persistâmes à piocher et, peu à peu, la tranchée s'approfondit. Quand il devint impossible de jeter les blocs de glace à l'extérieur, nous façonnâmes une rampe à l'une de ses extrémités puis entassâmes les remblais sur des traîneaux que deux hommes allèrent décharger plus loin. La besogne était d'une monotonie sans nom, et nous n'apercevions pas signe d'un dragon au fond de l'évidement ; pis, la perception par le Vif que j'avais de lui allait, non croissant, mais s'affaiblissant.

Après le premier jour, de nouveaux bras vinrent s'adjoindre aux nôtres ; le prince Devoir retroussa ses manches et s'empara d'un pic, tandis qu'Umbre limitait sa contribution à la supervision du travail ; je lui trouvais une grande ressemblance avec le marguet de Civil qui, perché au bord de l'excavation, nous observait avec une indifférence suprême.

Quand la narcheska pénétra dans la tranchée, Devoir interrompit son labeur pour la mettre en garde contre les éclats de glace que sa pioche faisait voler et qui risquaient de la blesser ; elle lui adressa un petit sourire insolite, mi-triste, mi-coquet, et l'avertit de se méfier lui-même des fragments qu'elle pourrait faire sauter, sur quoi elle se mit au travail à ses côtés en maniant son outil avec la compétence d'une vraie paysanne. « Elle participait à l'épierrage des sols lorsque nous préparions les nouveaux champs au printemps », déclara Peottre. Je me tournai et le vis qui la regardait avec une expression à la fois fière et contrariée. « Allons, passez-moi votre pelle et reposez-vous un moment. »

Je compris son but et lui remis docilement l'instrument. De ce moment, la narcheska et lui œuvrèrent à nos côtés, l'oncle prenant soin de ne jamais s'éloigner de sa nièce tandis qu'Elliania paraissait veiller à ne jamais s'écarter du prince. C'était la première fois depuis des jours qu'elle manifestait quelque attention à Devoir, et il avait l'air d'y puiser un courage renouvelé. Ils conversaient à mi-voix, leurs phrases hachées par les coups de pic, et ils prenaient leurs pauses ensemble. Peottre ne les quittait pas des yeux avec une expression tour à tour réprobatrice et empreinte de nostalgie ; je crois que, malgré lui, il commençait à prendre le prince en affection.

Le clan de Vif, après discussion, se déclara partisan de la libération du dragon et put ainsi prêter la main sans arrière-pensées aux travaux d'excavation. Quand à son tour le fou appliqua sa vigueur nerveuse à creuser la glace et à la déblayer, les représentants du Hetgurd s'approchèrent avec circonspection du chantier pour contempler le spectacle, et, le troisième jour, ils aidèrent à tirer de la fosse les traîneaux chargés de neige et de glace, poussés, à mon avis, autant par la curiosité de voir de leurs propres yeux le dragon prisonnier que par tout autre motif.

Le cinquième matin, Umbre renvoya Crible et Heste sur la plage où nous avions laissé nos réserves. Peottre, inquiet de ce trajet, les exhorta à plusieurs reprises à suivre les jalons dont nous avions piqueté notre chemin et à ne pas s'en écarter, puis il les regarda se mettre en route d'un air sombre et préoccupé. Ils prirent un traîneau car ils devaient rapporter des vivres ainsi que les pelles et les pioches de secours afin de répondre à une main-d'œuvre plus forte ; Umbre leur demanda aussi de se munir de toute la toile disponible, car il espérait dresser un pare-vent ou établir une couverture pour protéger l'excavation de la neige qui, portée par le vent, réduisait chaque nuit nos efforts de la journée ; sans doute avaient-ils ordre également de se charger des tonnelets restants de poudre explosive. Quand j'y songeais le soir, après le travail, je n'avais nulle envie de me frotter à cette substance, mais j'avoue que le jour, alors que je bataillais contre la glace dure et compactée par les ans, j'aspirais parfois à en découvrir les capacités.

Nous creusions toujours. Quand je m'interrompais le temps d'une pause et observais les parois de la fosse, je distinguais les couches qui marquaient les hivers successifs. Chaque année, une épaisseur de neige se déposait sur le glacier, elle-même recouverte l'année suivante d'une autre strate ; l'idée m'était venue ainsi que, plus nous nous enfoncions, plus nous remontions dans le temps, et, parfois, en contemplant les multiples assises, je me demandais à quelle époque celle sur laquelle je me tenais était tombée sous forme de neige. Depuis quand Glasfeu gisait-il là et pourquoi s'y trouvait-il ? Nous nous enfoncions toujours davantage sans voir apparaître la plus petite écaille de dragon. De temps en temps, Umbre et Devoir consultaient les membres du clan de Vif, qui chaque fois leur assuraient qu'ils sentaient la présence de la créature, quoique de façon fluctuante. Je partageais cette perception ; toutefois, ces entretiens me firent aussi prendre conscience de l'étendue de mon don pour le Vif, bien plus considérable que celui de Devoir. Je ne possédais pas l'acuité de Trame, mais je m'estimais au moins du niveau de Leste ; Nielle avait sans doute un peu plus de talent que Devoir, et Civil davantage que le ménestrel, mais pas autant que moi. Je trouvais singulier de découvrir que le Vif pût se présenter comme une aptitude plus ou moins affirmée selon les individus : j'y avais toujours vu un sens qu'on possédait ou qu'on ne possédait pas ; je m'apercevais qu'il s'agissait d'un don semblable à celui de la musique ou du jardinage et qu'il variait considérablement de l'un à l'autre à l'instar de l'Art.

Peut-être fallait-il mettre sur le compte de l'envergure prodigieuse chez lui de cette dernière magie le fait que Lourd demeurait inébranlablement lié au dragon. Le regard vide, toujours en train de fredonner tout bas, le petit homme paraissait devenu complètement idiot ; parfois, il s'interrompait pour exécuter de brefs gestes des mains. Ni l'air qu'il chantonnait ni ses mouvements ne m'évoquaient rien. Une fois, lors d'une pause après un changement d'équipe sur le chantier, je m'assis près de lui; je posai une main hésitante sur son épaule et me mis en quête de mon Art. J'espérais que le puissant brasier qui brûlait toujours en lui rallumerait mon talent, mais il ne se passa rien, sinon qu'au bout d'un moment il me repoussa d'un haussement d'épaules comme un cheval chasse une mouche d'un frémissement de sa robe. Il perdait même l'appétit, ce qui m'inquiétait plus que tout. Galen, mon premier professeur d'Art, mais aussi Vérité m'avaient averti du danger d'une trop grande absorption dans cette magie; c'était toujours le premier obstacle à franchir pour les nouveaux initiés, et beaucoup y laissaient leur vie. On trouvait dans les manuscrits pédagogiques de nombreux récits où des étudiants prometteurs se laissaient entraîner par le courant de l'Art et perdaient tout contact avec notre monde, abîmés dans l'extase unique que procure la magie; ravis, ces malheureux finissaient par se désintéresser de leur alimentation, de l'échange avec leurs semblables et cessaient de prendre soin d'eux-mêmes. On décrivait des artiseurs parvenus à ce stade comme de «grands nourrissons radotants», et Lourd paraissait sur le point d'entamer ce déclin. J'avais toujours supposé que le péril résidait dans la fascination exercée par l'Art proprement dit, car j'avais souvent ressenti personnellement cette attraction; toutefois, si Umbre et Devoir ne se trompaient pas, Lourd ne cédait pas à la séduction de la magie mais à celle d'un autre esprit, plus puissant que le sien. Après plusieurs vaines tentatives pour engager une conversation qui ne me valurent que des réactions des plus sommaires, je m'attirai finalement ces mots agacés: «Va-t'en! Ce n'est pas poli d'embêter les gens quand ils sont occupés!» Et il se remit à se balancer d'avant en arrière, le regard vide.

Je ne percevais toujours pas le plus petit frémissement d'Art en moi.

J'en éprouvais une frustration d'autant plus grande que Devoir avait réussi à joindre Ortie; par deux fois il l'avait contactée pour essayer de la convaincre de son identité et de la réalité de l'aide dont il avait besoin. La première, elle avait dressé brutalement ses remparts contre son intrusion en disant qu'elle n'avait pas de temps à perdre avec des histoires farfelues et qu'elle ne voyait pas pourquoi un prince chercherait à lui parler en rêve ; la deuxième, sans doute piquée par la curiosité, elle s'était montrée plus réceptive et avait même tenté, sans guère de succès, de détourner Lourd de son obsession, plus inquiète, je pense, de l'état du petit homme que désireuse de plaire au prince. Devoir l'avait suivie lors de l'opération mais n'avait pas compris grand-chose à l'image qu'elle avait employée : selon ses explications, le simple d'esprit avait été attiré en un lieu où sa petite chanson jouait un rôle essentiel dans une pièce de musique de vaste envergure et rien ne pouvait l'en distraire, analogie qui posait plus de questions qu'elle n'en résolvait. Quant à transmettre les messages du prince à la reine, Ortie avait déclaré qu'elle toucherait un mot de ses « rêves insolites » à Kettricken si, par hasard, elle se trouvait seule avec Sa Majesté, mais qu'elle refusait de risquer de se ridiculiser devant les dames de la cour ; cela lui était arrivé déjà plusieurs fois et elle ne souhaitait pas prêter à rire davantage.

Les remords m'avaient assailli. Si j'avais accepté dès le début qu'on lui révèle ses origines et qu'on la reçoive à Castelcerf, elle aurait grandi au milieu de dames et de seigneurs et n'aurait pas eu honte de ses manières de paysanne. Kettricken lui faisait-elle donner des cours de maintien et suivre des études afin qu'elle pût endosser un jour la fonction d'héritière en second du Trône ? Je mourais d'envie de pouvoir communiquer avec ma fille, de savoir ce qu'on lui avait appris sur sa naissance et les droits et devoirs qui s'y rattachaient, et de lui expliquer moi-même les raisons de l'enfance qu'elle avait connue. Mais mon Art absent me contraignait au silence et je ne pouvais qu'implorer chaque soir le prince de peser mûrement et avec circonspection ce qu'il lui disait.

Nous continuions de creuser tous les jours ; le travail était éreintant, les repas frugaux et monotones, un vent glacial se levait la nuit et nous attendions avec impatience le retour des deux hommes avec la toile. Mais ils ne revenaient pas. Umbre leur accorda une journée de délai, puis deux. Les délégués du Hetgurd affirmaient apercevoir l'Homme noir qui rôdait autour de notre camp dans l'obscurité, mais leurs offrandes restaient toujours intactes et la neige soufflée par la bise nocturne effaçait les traces qu'il aurait pu laisser. Un soir, lors d'un de nos entretiens, le fou m'apprit qu'il lui avait semblé sentir sa présence à plusieurs reprises, et il avait l'impression qu'on nous observait; j'avais moi aussi éprouvé ce sentiment inquiétant mais sans jamais parvenir à repérer l'espion. Trame devait partager cette perception car il avait appelé par deux fois Risque, occupée à chercher de la nourriture sur le littoral, pour lui demander de survoler le bivouac; il m'avait dit qu'elle n'avait rien vu d'anormal, seulement de la neige, de la glace et quelques affleurements rocheux.

Pendant les brèves heures où nous n'étions pas en train de creuser, de manger ou de dormir, Trame prenait du temps pour m'instruire à l'usage du Vif. Il m'avait déclaré sans aucune cruauté se féliciter que je n'eusse pas de compagnon car cela me permettait de me concentrer sur la magie sans la réduire à un animal particulier; il avait ajouté qu'en l'absence de lien Leste aussi paraissait apprendre plus efficacement, ce dont j'avais conclu que l'apprentissage de l'enfant se poursuivait parallèlement au mien. En ma compagnie, Trame s'appliquait à me faire remarquer que le Vif reliait toutes les créatures vivantes et pas uniquement celles du Lignage; à titre d'exemple, il déployait son Vif pour en envelopper Lourd afin de mieux sentir ses besoins et ses émotions sans que le petit homme en eût conscience. C'était une discipline difficile à maîtriser car elle exigeait de faire abstraction de ses désirs et intérêts personnels pour n'accorder d'attention qu'à ceux du sujet. « Regardez une mère avec son nourrisson, chez l'homme comme chez l'animal; vous verrez cette technique employée au niveau le plus simple et le plus instinctif. Si l'on veut bien se donner la peine d'y travailler, on peut étendre cette perception à n'importe qui, et le résultat en vaut la peine, car elle donne accès à une intelligence de l'autre qui rend quasiment impossible toute haine : quand on comprend quelqu'un, il est rare qu'on puisse le haïr. »

Je doutais de parvenir un jour à un tel degré de compassion, mais je m'y exerçais. Un soir, alors que je partageais le repas de

Devoir et d'Umbre sous leur tente, je tentai de déployer mon Vif autour du vieux conseiller ; je me détachai de ma faim, des douleurs de mes épaules et de l'angoisse que me causait la disparition de mon Art pour centrer mon attention sur lui. Je le vis alors avec autant de détails qu'une proie ; j'étudiai sa posture, son dos raide, comme s'il était trop inflexible pour se laisser aller à se voûter, ses mains dont il n'enlevait pas les gants pour manger la bouillie blanchâtre qui nous tenait lieu de dîner, son visage qui formait une composition de contrastes avec son nez et ses joues rouges opposés à son front blême de froid. Tout à coup, comme si je distinguais son ombre pour la première fois, je discernai une solitude qui l'escortait partout depuis ses plus jeunes années ; je sentis le poids de ses années et l'étrangeté d'un destin qui l'envoyait, sur ses vieux jours, camper sur un glacier en compagnie d'un jeune garçon qu'il voulait couronner roi.

« Qu'y a-t-il ? » fit-il soudain d'un ton sec, et je sursautai : je le dévisageais sans m'en rendre compte.

Je me creusai rapidement la cervelle et répondis : « Je songeais seulement à toutes les occasions où je me suis trouvé assis en face de vous, et je me demandais si je vous avais jamais réellement vu. »

Devant ses yeux agrandis, on eût pu croire que cette perspective l'effrayait ; puis il fronça les sourcils. « Et moi qui espérais que tu avais une idée utile à proposer ! Eh bien, voici à quoi je réfléchissais, moi : Crible et Heste auraient déjà dû revenir avec les vivres et le matériel. Aujourd'hui, j'ai demandé à Trame si son oiseau pouvait les rechercher ; lui faire comprendre que nous désirions des nouvelles de deux humains précis n'irait pas sans difficulté, m'a-t-il répondu ; autant exiger de l'un de nous de reconnaître deux mouettes précises parmi d'autres. Il lui a donc donné pour instructions de repérer deux hommes avec un traîneau, mais il dit qu'elle n'a rien vu. » Il secoua la tête. « Je crains le pire ; il faut envoyer quelqu'un, non seulement pour retrouver Crible et Heste, mais aussi pour rapporter les fournitures dont nous avons besoin. Longuemèche m'a averti tout à l'heure qu'il nous restait des vivres pour quatre jours, cinq s'il réduit encore les rations. » L'air las, il frotta ses mains gantées l'une contre l'autre. « Je n'avais pas prévu qu'il nous faudrait si longtemps pour exhumer le dragon ; tous les renseignements dont nous disposions le décrivaient proche de la surface et encore visible il y a quelques années à peine ; pourtant, nous avons beau creuser, rien n'apparaît.

— Il est là, déclara le prince d'un ton catégorique, et chaque jour nous nous rapprochons de lui. »

Umbre poussa un grognement dédaigneux. « Si j'effectuais chaque jour un pas vers le sud, je me rapprocherais de Castelcerf, mais personne ne pourrait me dire combien de temps il me faudrait pour arriver à destination. » Il se leva en gémissant ; à l'évidence, rester assis par terre sur le sol gelé, malgré plusieurs épaisseurs de couvertures, n'était pas la position la plus confortable pour lui. Il fit lentement le tour de la tente exiguë en étirant avec précaution ses bras et ses jambes. « Fitz, tu partiras demain voir ce qui est arrivé à Crible et Heste ; et je veux que tu emmènes Lourd et le fou.

— Lourd et le fou ? Pourquoi ? »

Pour lui, la réponse allait de soi. « Qui d'autre puis-je distraire du travail d'excavation ? En outre, loin du dragon, Lourd retrouvera peut-être ses esprits ; si c'est le cas, laisse-le en compagnie de Perdrot et Rossée sur la grève avec les réserves et demande-lui de nous artiser ce que vous aurez découvert.

— Mais pourquoi le fou ?

— Parce qu'il faut deux hommes pour tirer le traîneau une fois chargé, et je ne pense pas que Lourd te sera très utile de ce point de vue ; à mon avis, tu devras même l'installer dessus pour l'emmener d'ici. Comme tu fais partie des rares personnes qui savent le prendre, tu dois être de l'expédition. Fitz, je sais que cette mission ne te sourit pas, mais à qui d'autre puis-je la confier ? »

Je penchai la tête. « Vous n'essayez donc pas seulement de nous éloigner, le fou et moi, du chantier avant l'exhumation du dragon ? »

Il poussa un soupir. « Si je t'envoyais sans le fou, tu demanderais si je ne cherche pas à vous séparer, et, si j'envoyais le fou sans toi, tu poserais sans doute la même question. Certes, je pourrais charger Trame d'emmener Lourd et un autre homme dans cette expédition, mais il ne comprend pas l'Art ni le talent qu'y manifeste Lourd; en outre, s'il est arrivé malheur à Crible et Heste, ma foi, je te juge plus apte à faire face à une menace que… » Il leva soudain les bras au ciel et dit d'un ton résigné: « Agis comme tu l'entends, Fitz. De toute manière, tu n'en feras qu'à ta tête, et le fou ne te suivra qu'à ta requête; je n'ai aucun moyen de l'obliger à t'accompagner. La décision te revient donc. »

J'étais un peu embarrassé: lui avais-je prêté des arrière-pensées qui n'existaient pas? « J'irai, et je demanderai au fou de venir avec moi. En toute franchise, ça me changera du travail de terrassier. Préparez une liste de ce que nous devrons rapporter. » A part moi, je décidai de ramasser tout le bois flotté que je trouverais sur la plage et de l'ajouter au traîneau; peu importait le surcroît de poids: une belle flambée ne ferait pas de mal à Umbre, même si elle ne durait qu'une soirée.

« Dans ce cas, tiens-toi prêt à partir à l'aube », répondit le vieil homme.

Le fou ne manifesta pas autant d'enthousiasme que moi à la perspective de quitter le chantier. « Mais s'ils exhument le dragon en notre absence? Si je ne suis pas là pour le défendre?

— Les envoyés du Hetgurd et le clan de Vif s'opposent autant que toi à son exécution; tu ne crois pas qu'ils suffiront à le protéger? »

Nous étions couchés ensemble, dos à dos, pour profiter de notre chaleur mutuelle comme bien des années auparavant au royaume des Montagnes. A vrai dire, je n'y gagnais guère car la peau du fou donnait plutôt une impression de fraîcheur; j'avais un peu la sensation de dormir allongé contre un lézard. Néanmoins, s'il n'émettait qu'une tiédeur relative, j'éprouvais au contact de son corps un sentiment réconfortant d'amitié partagée tel que je n'en avais plus connu depuis la mort d'Œil-de-Nuit. Il est rassurant de sentir un ami derrière soi, même s'il dort à poings fermés.

« Je ne sais pas. Je me trouve trop près du point où mes visions s'arrêtent. » Il s'interrompit comme s'il attendait une question de ma part, mais je ne tenais pas à discuter du sujet. Il reprit d'un ton circonspect: « Estimes-tu ce trajet avisé? »

Je changeai de position et mes muscles douloureux protestèrent. « Je n'y ai guère réfléchi. J'ai obéi si longtemps aux instructions d'Umbre que j'ai accepté sans poser de questions ; mais j'aimerais savoir ce que deviennent Crible et Heste, et je voudrais aussi voir si Lourd retrouve son état normal loin de l'influence du dragon. Et puis... (nouveau changement de position et nouveau gémissement) j'apprécierais de passer quelques jours sans manier la pelle. »

Il se tut ; moi aussi, intrigué par ce silence. Pourquoi mettait-il tellement de temps à se décider ? J'éclatai de rire soudain. « Ah, c'est vrai, j'oubliais : je suis le Catalyseur, celui qui modifie la réalité, et cette petite expédition constituerait une modification de la voie que tu penses devoir suivre ; tu ignores donc si tu dois t'y opposer ou non. »

Il resta si longtemps sans répondre que je le crus endormi. La tiédeur de la journée, la plus chaude depuis notre arrivée, avait amolli la glace en surface et nous avions pataugé au fond de la tranchée du matin jusqu'au soir ; j'écoutai le bruit du vent en espérant que le froid nocturne durcirait la neige et empêcherait les rafales de la pousser dans l'excavation. Je commençais à somnoler quand le fou déclara : « Tu me fais peur, parfois, quand tu exprimes mes propres pensées. Très bien, nous partirons demain ; nous prendrons ma tente pour nous abriter, d'accord ?

— Ce sera parfait », dis-je avant de m'endormir.

Et nous nous mîmes donc en route au matin. Longuemèche nous fournit trois jours de vivres, ce qui, selon lui, devait nous suffire amplement pour regagner la plage. Nous démontâmes la magnifique tente du fou et la fixâmes sur le traîneau pendant que le commandant de la garde nous donnait d'ultimes consignes : si nous parvenions à destination sans avoir croisé les deux absents, nous devions avertir les soldats restés sur la grève qu'on avait observé l'Homme noir aux alentours de notre camp ; si nous trouvions des preuves qu'il était arrivé malheur à Crible et Heste, nous avions ordre de revenir aussitôt les signaler ; enfin, si nous rencontrions les deux hommes en train de retourner au chantier, nous n'aurions qu'à rebrousser chemin et rentrer avec eux. La mouette de Trame assurerait le suivi de notre progression par des survols réguliers. J'acquiesçai de la tête en sanglant sur le traîneau la tente du fou et du matériel de couchage pour trois. Comme prévu, il se révéla impossible de convaincre Lourd de marcher et il fallut le charger sur le véhicule ; il ne résistait pas mais ne coopérait nullement : au bout de quelques pas, il s'égarait dans ses pensées et s'arrêtait. Devoir et Umbre vinrent nous souhaiter bon voyage, et le prince ajusta le bonnet de Lourd sur ses oreilles tout en s'efforçant de l'artiser pour le tirer de sa léthargie ; je ne percevais rien mais je le savais à son expression intense. Le petit homme tourna lentement la tête vers lui. « Je vais bien, fit-il d'une voix pâteuse, puis son regard se perdit au loin de nouveau.

— Prenez soin de lui, Tom, me dit Devoir d'un ton bourru.

— Je vous le promets, monseigneur. Nous tâcherons de faire vite. » Là-dessus, Lourd assis sur le grand traîneau et emmailloté comme dans un cocon, je pris les guides et commençai à tirer.

Les patins enduits d'une épaisse couche de suif glissèrent aisément sur la neige – presque trop, car nous nous étions engagés dans une pente, si bien que je dus faire halte et baisser le sabot pour empêcher le traîneau de prendre de la vitesse et de me renverser. Le fou marchait en tête, son haut paquetage sur le dos, et il sondait le sol pour s'assurer de sa solidité, bien que nous suivions les jalons dont Peottre avait piqueté notre chemin.

L'air était tiède, et la neige collante alourdissait mes bottes. Comme nous traversions un plateau, le traîneau commença d'accrocher : il enfonçait dans les traces qu'il avait laissées à l'aller et les cristaux amollis et appesantis d'humidité s'amoncelaient peu à peu sur les patins. Néanmoins, tirer Lourd par cette belle journée restait moins pénible que pelleter de la glace au fond d'une fosse. L'épée voyante que le fou m'avait donnée tapait sur ma cuisse au rythme de mes pas, car Longuemèche avait exigé que l'un de nous au moins fût armé. Nous progressions beaucoup plus vite que lors de notre trajet d'origine : les piquets de Peottre nous indiquaient clairement la route à suivre, et elle descendait en pente douce sur toute sa longueur. Le fredonnement de Lourd, le crissement aigu des patins et celui, plus sourd, de nos bottes sur la croûte de neige molle nous accompagnaient, mais d'autres sons s'y mêlaient parfois : la chaleur réveillait le glacier, et nous entendions le fracas lointain d'un pan de glace qui s'écroulait et dont le tonnerre se poursuivait un moment ; nous percevions ensuite des craquements et des bruits de chute, mais moins fort et toujours à distance.

Le fou se mit à siffler, et je me réjouis en voyant Lourd se redresser pour écouter la mélodie. Il continua de chantonner tout bas, mais je me lançai dans des observations sur le paysage, malgré sa blancheur uniforme, et parvins de temps en temps à obtenir une réaction de sa part ; j'en tirai une joie immodérée, accompagnée toutefois d'une certaine perplexité : l'éloignement n'entre pas en ligne de compte dans la magie de l'Art, or, plus nous nous écartions du dragon enfoui, plus Lourd paraissait recouvrer sa conscience du monde. Je ne comprenais pas la raison de ce phénomène et regrettais de ne pouvoir en discuter avec Devoir et Umbre.

A plusieurs reprises, je tentai d'artiser, mais en vain ; un cul-de-jatte essayant de sauter un obstacle aurait eu plus de succès que moi. Mon Art avait complètement disparu. Je préférai chasser cette préoccupation de mon esprit car je sentais un abîme glacé se creuser au fond de moi à force d'y songer ; pour l'instant, je ne pouvais rien y faire.

Le temps tour à tour froid et attiédi des journées et le vent nocturne avaient effacé à demi les traces de notre passage précédent ; je fis quelques tentatives pour les déchiffrer dans l'espoir de distinguer celles de Crible et de Heste, mais sans résultat. Devant nous, en contrebas, les terres enneigées de l'île s'étendaient largement ; je n'y voyais rien bouger, en tout cas rien de la taille de deux hommes accompagnés d'un traîneau. Peut-être s'étaient-ils attardés sur la grève ou bien un incident les avait-il obligés à repousser leur retour ; quoi qu'il en fût, j'évitais autant que possible de mettre en parallèle leur absence avec la perte de mon Art et les apparitions de l'Homme noir – je manquais trop de faits établis pour en tirer aucune conclusion – et détournais mes pensées en m'efforçant de savourer la pureté de l'air. A un moment, j'entendis le cri aigu d'un oiseau et, levant les yeux, je vis une mouette décrire un large cercle au-dessus de nous. Je saluai Risque de la main en me demandant si elle transmettrait ce signe de reconnaissance à Trame.

Nous arrivâmes à l'emplacement de notre dernier bivouac mais, comme il nous restait encore plusieurs heures de jour et d'abondantes réserves d'énergie, nous poursuivîmes notre chemin. Le soir venu, nous dressâmes la tente sur la piste, derrière le traîneau. Lourd continua de fredonner par intermittence, mais, quand je me mis à la cuisine, il exprima un certain intérêt pour le repas que je préparais, intérêt qui se mua en affliction devant sa frugalité. Nous nous trouvâmes un peu plus serrés à trois qu'à deux dans notre abri exigu, mais nous nous réchauffâmes aussi plus vite. Le fou nous régala de petits contes pour enfants jusqu'au moment où nous tombâmes de sommeil; à chaque histoire, Lourd fredonnait un peu moins et posait davantage de questions. Naguère, ces constantes interruptions m'auraient agacé; désormais, j'y puisais du soulagement.

« Veux-tu souhaiter bonne nuit à Umbre et Devoir pour moi ? lui demandai-je alors qu'il se pelotonnait sous ses couvertures.

— Fais-le toi-même, répondit-il, grognon.

— Je ne peux pas; j'ai mangé quelque chose de mauvais et je ne les trouve plus dans ma tête. »

Il se redressa sur un coude et me regarda. « Ah oui ! Je me souviens : tu es parti. C'est dommage. » Il se tut un moment. « Ils disent bonne nuit et merci de les avoir prévenus; et peut-être aussi qu'il faudra que je reste sur la plage, mais ils décideront plus tard. » Il poussa un grand soupir satisfait et se rallongea.

Je me redressai à mon tour. « Lourd, tu ne tousses plus et ça ne siffle plus quand tu respires.

— Non. » Il se retourna en me donnant un coup de pied au passage. J'allais protester quand il reprit : « Il m'a dit : "Guéris-toi. Assez de bêtises; guéris-toi et cesse de m'ennuyer." Alors j'ai obéi.

— Qui t'a parlé ainsi ? » demandai-je, soudain saisi de remords : pourquoi n'avions-nous pas, Umbre, Devoir et moi, songé à essayer de lui rendre la santé ? L'idée paraissait pourtant évidente. Mais nous n'avions rien tenté et j'en éprouvais de la honte.

« Euh... fit-il en réfléchissant. Son nom, c'est toute une histoire, trop longue à raconter. J'ai envie de dormir ; arrête de me déranger. »

Là-dessus, il sombra dans un sommeil profond. Je m'interrogeai : Glasfeu portait-il un autre nom, un nom de dragon ?

Je m'éveillai au milieu de la nuit : j'avais cru entendre marcher à pas prudents près de notre tente. A quatre pattes, je gagnai l'ouverture puis sortis à contrecœur dans le froid limpide et fis le tour de notre abri, mais je ne vis ni homme ni bête.

Au matin, je parcourus le même circuit à plus grande distance pendant que le fou tâchait de faire chauffer de l'eau pour la tisane, puis je rapportai mes observations à mes compagnons. « Nous avons eu de la visite cette nuit ; quelqu'un a effectué un grand cercle autour de notre camp, puis il s'est allongé un moment dans la neige, là-bas, avant de repartir dans la direction d'où il est venu. A votre avis, dois-je suivre ses traces ?

— Pour quoi faire ? » demanda Lourd alors que le fou déclarait d'un ton pensif : « Je pense qu'il faut informer sire Umbre et le prince Devoir.

— Moi aussi. » Je me tournai vers le petit homme ; il poussa un long soupir puis son regard se perdit au loin.

Peu après, il annonça : « Ils répondent : "Allez jusqu'à la plage." Devoir pense qu'il a laissé des bonbons au sucre d'érable dans un sac ; ils disent qu'il faut se dépêcher, revenir avec les affaires et ordonner aux gardes de nous accompagner. "Ne cherchez pas à suivre les empreintes pour l'instant."

— Très bien, nous ferons ainsi. » Comme j'aurais voulu pouvoir entendre moi-même les cogitations d'Umbre !

Nous démontâmes la tente, l'attachâmes sur le traîneau, et, comme si cela allait de soi, Lourd s'installa à côté d'elle. Après réflexion, j'estimai que c'était encore le meilleur moyen de nous déplacer avec lui : je préférais devoir le haler qu'accorder mon pas à son allure d'escargot. Comme la veille, le fou passa en tête pour sonder le terrain pendant que je tirais ma charge. Il faisait beau et une brise tiède soufflait sur le paysage enneigé ; si nous maintenions notre cadence, nous parviendrions sans doute à destination dans l'après-midi du lendemain. Lourd rompit tout à coup le silence.

« Ortie dit que tu lui manques. Elle veut savoir si tu es fâché contre elle.

— Si je suis… Quand ? Quand a-t-elle dit ça ?

— La nuit. » Il agita vaguement la main. « Elle raconte que tu as disparu et que tu n'es plus revenu.

— Mais je ne pouvais plus la joindre à cause de ce que j'ai mangé !

— Je sais. » Mes explications ne l'intéressaient visiblement pas. « Je lui ai répondu que quelque chose t'empêchait de lui parler. Elle a eu l'air soulagée.

— Soulagée ?

— Elle te croyait mort ou je ne sais pas quoi. Elle a une nouvelle amie. On s'arrête bientôt pour manger ?

— Pas avant ce soir ; nos rations sont limitées, il faut les ménager. Lourd, a-t-elle… »

Le fou poussa un cri de surprise qui m'interrompit : son bâton venait de s'enfoncer profondément dans la neige. Il le ressortit, se déplaça de deux pas sur la gauche et recommença l'opération avec le même résultat.

« Ne bouge pas », ordonnai-je à Lourd. Je pris un des bâtons de réserve et rejoignis le fou qui observait le sol avec perplexité. « De la neige molle ? » demandai-je.

Il secoua la tête. « On dirait plutôt une croûte superficielle sans rien en dessous. Si je n'avais bien tenu ma canne, elle serait tombée dans le vide.

— Ne prenons aucun risque. » Je saisis sa manche. « Lourd, ne descends pas du traîneau ! criai-je.

— J'ai faim !

— Tu trouveras les vivres dans le sac derrière toi. Mange un morceau et reste où tu es. » Je ne voyais pas de meilleur moyen de l'occuper. Je tirai le fou par le bras, nous fîmes trois pas sur la droite et je plongeai mon bâton dans la neige ; comme il me l'avait décrit, je sentis d'abord la croûte résister puis elle céda et la tige de bois s'enfonça dans le vide.

« Pourtant, les jalons de Peottre se poursuivent en ligne droite au-delà de ce pont de neige, remarqua le fou.

— Les déplacer n'aurait guère présenté de difficulté, répondis-je.

— Oui, mais, pour cela, il aurait fallu franchir la crevasse.

— La croûte doit être plus résistante la nuit – enfin, je pense. » Avions-nous affaire à un danger naturel, inhérent au glacier, ou bien nous avait-on attirés dans un piège ? Je n'en savais rien. « Retournons au traîneau, proposai-je.

— Excellente idée », fit le fou.

Tout à coup, alors que nous nous écartions de l'abîme invisible, le sol céda sous nos pas et nous nous enfonçâmes, moi jusqu'aux genoux, le fou jusqu'aux hanches, avec un hurlement de terreur. Puis, constatant que nous ne descendions pas davantage, je partis d'un éclat de rire à la mesure de ma frayeur : nous étions simplement tombés dans un creux de neige molle. « Agrippe-toi à moi », dis-je en m'efforçant de regagner la glace ferme ; il saisit la main que je lui tendais, et, comme il avançait tant bien que mal vers moi dans la masse froide, la seconde croûte de neige durcie sur laquelle nous nous tenions se rompit et nous précipita dans le vide.

J'aperçus fugitivement le visage de Lourd déformé par l'effroi, puis son cri d'épouvante se perdit dans la cataracte de neige et de glace qui s'abîmait avec nous. Sans lâcher la main du fou, je battis des bras et des jambes pour trouver quelque part dans l'univers un point d'appui, un semblant de solidité, mais en vain : tout n'était que blancheur, froid et humidité dans l'avalanche terrifiante qui nous emportait sans paraître jamais devoir finir.

La neige paraît légère et duveteuse quand on la voit tomber du ciel mais, quand elle envahit l'air jusqu'à lui donner la consistance du gruau, il devient impossible de respirer ; elle s'infiltrait dans mes vêtements comme une créature sans forme et avide de ma chaleur, et elle s'épaississait implacablement autour de moi. Non sans mal, je repliai mon bras libre et y enfouis ma figure, sans amélioration notable. Notre chute, ou plutôt notre enfoncement, se poursuivait, et je savais que la neige s'amoncelait sur nos têtes. Néanmoins, je ne lâchais pas le fou, qui ne se protégeait pas le visage de sa main libre, car je la sentais accrochée comme une serre à l'épaule de mon manteau. Il ne restait plus d'air pour remplir nos poumons.

Puis, comme au sortir d'un entonnoir, notre glissade verticale s'accéléra soudain et nous pûmes bouger plus aisément. Je battis des pieds et du bras en vagues semblants de mouvements natatoires, et je sentis le fou s'agiter pareillement à mes côtés. Notre dégringolade s'arrêta en douceur et nous nous retrouvâmes dans des ténèbres froides et humides ; terrifié, je me mis à me débattre, obéissant aux réflexes de l'organisme quand il perçoit l'approche de la mort, et, par miracle et contre toute vraisemblance, j'émergeai de la neige. J'aspirai une grande goulée d'air presque exempt de corps étrangers et entrepris de me dégager en tirant le fou derrière moi ; il ne réagissait plus et je craignais qu'il n'eût déjà succombé à l'asphyxie.

Dans l'obscurité absolue, je ne percevais que le froid et la chute continue de la neige mêlée de glace. Enfonçant jusqu'aux hanches, je traînai le fou à ma suite, et tout à coup je m'extirpai de la masse spongieuse ; elle ne m'arrivait plus qu'aux chevilles et je m'en écartai à pas chancelants. J'entendis le fou prendre une inspiration sifflante ; je respirai moi aussi, une fois, deux fois. De minuscules cristaux de glace emplissaient encore l'air mais notre situation s'améliorait notablement malgré tout. Nous étions dans le noir complet.

Je secouai la tête pour faire tomber la neige de mes cheveux, et j'en retirai de pleines poignées de mon col. J'avais perdu mon chapeau et une botte. Aucune lueur ne nous parvenait, et nous n'entendions que les crissements indescriptibles de la glace en train de se tasser et le son rauque de notre respiration. « Où sommes-nous ? » fis-je, la gorge serrée, et ma petite voix humaine m'évoqua le couinement étouffé d'une souris au fond d'un coffre plein de grain.

Le fou toussa. « En bas. » Nous ne nous tenions plus par la main mais nous restions assez près l'un de l'autre pour nous frôler. Il s'affairait, accroupi à mes pieds, et soudain une pâle lumière verdâtre naquit dans ses paumes ; je ne vis d'abord que son éclat puis je clignai les yeux et constatai qu'elle provenait d'une petite boîte entre ses mains. « Ça ne durera pas longtemps, me dit-il, le visage cadavérique dans la clarté spectrale, un jour tout au plus. Il s'agit d'un objet magique des Anciens parmi les plus rares et les plus onéreux. Je n'ai pas dépensé toute ma fortune en jeux de hasard et en alcool; ce que tu vois là en représente une bonne part.

— Les dieux en soient loués», répondis-je avec ferveur. Une pensée traversa fugitivement mon esprit: Trame avait parlé d'une seule prière véritable; venais-je de la prononcer? Bien qu'elle suffît à peine à éclairer nos visages, la lumière me procurait un réconfort immense. Le fou et moi échangeâmes un regard; il avait conservé son chapeau, et une seule sangle retenait son paquetage à son épaule; l'autre avait cassé. Je restai stupéfait qu'il eût réussi à le garder alors que j'avais perdu ma ceinture et mon épée. Tandis que je l'observais, il referma son petit sac à dos, puis nous époussetâmes la neige de nos vêtements avant de parcourir des yeux notre nouvel environnement.

Nous n'en vîmes rien: trop terne, l'éclat magique ne nous montrait que l'éboulement dont nous nous étions extraits et nous-mêmes. Nous nous trouvions dans une cavité sous la glace mais les rayons de la lanterne des Anciens n'en atteignaient pas les parois et aucune lumière ne filtrait de la surface; sans doute l'avalanche qui avait accompagné notre chute avait-elle comblé la crevasse derrière nous. Tout à coup je m'exclamai: «Lourd! Oh, Eda, fais qu'il pense à prévenir Devoir et Umbre! Pourvu qu'il ne quitte pas le traîneau! Mais que va-t-il devenir lorsque la nuit et le froid tomberont? Lourd!» A l'idée du petit homme perdu dans un monde de glace, tout seul sur son traîneau, j'avais hurlé son nom.

«Chut! fit sèchement le fou. S'il t'entend crier, il risque de s'aventurer près du précipice. Garde le silence; il court moins de danger que nous et il doit malheureusement l'affronter par ses propres moyens. Il se servira de l'Art pour appeler à l'aide, Fitz; son esprit est lent mais il fonctionne et il aura amplement le temps de réfléchir.

— Peut-être», dis-je à regret. J'avais le cœur serré; pourquoi fallait-il que mon Art me fasse défaut précisément maintenant? Aussitôt, la douleur renaquit en moi de l'absence d'Œil-de-Nuit, de son instinct et de sa philosophie de survie. Ma gorge se noua: j'étais seul.

Et tu te vautres dans ton malheur. La remarque acerbe portait la marque de mon loup, comme s'il l'eût prononcée lui-même.

Reprends-toi et agis ; tu tiens entre tes mains le sort du fou et peut-être aussi celui de Lourd.

Je respirai profondément et levai les yeux. La lueur verte de la petite boîte ne me montra rien mais cela ne signifiait pas qu'il n'y avait rien à voir. S'il existait une issue, il fallait la trouver ; à défaut, nous devrions tenter une ascension à travers la neige amoncelée, au risque de déclencher une nouvelle avalanche ; ce n'était pas plus compliqué que cela. Rester les bras ballants à geindre comme un louveteau égaré ne me mènerait nulle part. J'aidai le fou à se relever. « Viens ; nous ne pouvons pas remonter. Allons jeter un coup d'œil aux environs ; marcher nous réchauffera.

— D'accord. » Je sentis une telle confiance dans sa réponse que j'en eus le cœur fendu.

J'aurais aimé disposer d'un de nos bâtons, mais Eda savait où ils se trouvaient dans la masse de neige ; le fou tint donc son coffret lumineux à bout de bras et nous nous mîmes en route, les mains tendues devant nous.

Rien ne nous arrêta. Si nous restions immobiles et retenions notre souffle, nous entendions de l'eau qui gouttait et la lente respiration des entrailles du glacier ; nos pas crissaient comme sur du sable et nous ne distinguions rien au-dessus de nous. Nous errions dans une nuit opaque, et seuls la fermeté du sol sous nos bottes et nos heurts occasionnels nous rattachaient au monde. Nous ne vîmes même pas la paroi avant de nous cogner contre elle.

Nous la parcourûmes un moment des mains sans rien dire. Dans le silence, je m'aperçus, à sa respiration hachée, que le fou tremblait de tous ses membres. « Pourquoi ne m'avoir pas prévenu que tu avais froid à ce point ? » fis-je d'un ton que l'inquiétude rendit cassant.

Il renifla puis éclata d'un rire défaillant. « Parce que tu n'as pas froid, toi ? On n'y peut rien ; je ne vois donc pas l'intérêt d'en parler. » Il prit une nouvelle inspiration grelottante et demanda : « Est-ce de la glace ou de la roche ?

— Approche la lumière. » Il obéit et j'examinai l'obstacle. « Non, je ne parviens pas à en discerner la nature ; en tout cas, ce mur nous barre la route. Essayons de le longer.

— Nous risquons de nous retrouver à notre point de départ.

— Peut-être, mais qu'y faire ? Si nous effectuons un tour complet, nous aurons au moins appris qu'il n'y a pas d'issue. Attends une seconde. » Je posai la main à hauteur d'épaule sur la paroi et, de l'autre, cherchai mon poignard à ma ceinture. Naturellement, il avait disparu ; par chance, le fou avait conservé le sien et, non sans un certain sentiment de futilité, je grattai la muraille de la pointe pour y laisser une marque grossière.

« Vers la gauche ou la droite ? » demandai-je à mon compagnon. J'ignorais où se trouvait le nord ou le sud.

« Vers la gauche, répondit-il avec un geste dans cette direction.

— Un instant », fis-je d'un ton brusque, et je déboutonnai mon manteau. Quand je voulus le lui mettre sur les épaules, il tenta de m'en empêcher.

« Tu vas geler ! protesta-t-il.

— Je suis déjà gelé, mais je perds ma chaleur moins vite que toi ; en outre, si tu t'évanouis de froid, ça n'arrangera pas notre situation. Ne t'en fais pas : si j'en ai besoin, je te préviendrai. Pour le moment, couvre-toi. »

Il rendit les armes aussitôt et je mesurai alors combien il devait souffrir de la température. Il laissa tomber son sac et me tendit la lampe des Anciens le temps de fermer le manteau en tremblant violemment ; en l'observant, je jugeai qu'il ne devait pas son teint anormal au seul éclat verdâtre de la lumière. Il m'adressa un pâle sourire. « Il a conservé la chaleur de ton corps. Merci, Fitz.

— Remercie-toi toi-même : tu me l'as donné quand je jouais le rôle de ton serviteur. Allons, mettons-nous en route. » Et je pris son sac avant qu'il pût esquisser un mouvement. « Que portes-tu d'autre là-dedans ?

— Rien de très utile, hélas, je pense ; quelques objets personnels auxquels je tiens particulièrement, un flacon d'eau-de-vie dans le fond et une petite réserve de gâteaux au miel, me semble-t-il. Je les avais emportés en cas d'urgence ou comme friandises pour Lourd. » Il eut un rire étranglé. « Mais je n'imaginais pas une pareille situation. Néanmoins, mieux vaut les garder de côté le plus longtemps possible.

— Sans doute. Allons-y. »

Les bras étroitement serrés sur sa poitrine, il ne fit pas un geste pour récupérer le coffret lumineux ; je levai la petite boîte au-dessus de ma tête et entrepris de suivre la paroi noire. A la façon de marcher du fou, je compris que ses pieds commençaient à perdre leur sensibilité et je sentis le découragement menacer de me submerger ; mais le loup en moi s'interposa aussitôt et le refoula. Nous restions vivants et capables de nous déplacer ; il y avait de l'espoir.

Nous progressions dans un espace apparemment sans fin. Le temps devenait mouvement, pas qui se succédaient dans le noir. Parfois je fermais mes yeux fatigués par la lueur étrange mais, même ainsi, j'avais l'impression de la voir encore. En une de ces occasions, le fou demanda d'une voix chevrotante : « Qu'est-ce que c'est ? »

J'ouvris les yeux. « Quoi donc ? » Des rémanences bleutées dansaient devant moi. Je battis des paupières mais elles persistèrent.

« Ça. N'est-ce pas de la lumière ? Rabats le couvercle de la boîte, qu'on voie si elle se maintient ou s'il s'agit d'un reflet. »

J'eus du mal à clore le coffret : le froid rendait mes doigts gourds et je percevais mon pied débotté comme un bloc douloureux et glacé au bout de ma jambe. Toutefois, j'arrivai à mes fins et un rai à l'éclat bleuâtre demeura dans les ténèbres, à la forme irrégulière et aux limites bizarrement indistinctes. Les yeux plissés, je m'efforçai de lui trouver un aspect familier.

« Très curieux, non ? Approchons-nous.

— Quitter le mur ? fis-je avec une répugnance qui m'étonna moi-même. Nous ignorons à quelle distance elle se situe.

— Elle doit bien provenir que quelque part », répondit le fou.

Je respirai profondément. « D'accord. »

Nous nous mîmes en route. La faible illumination ne paraissait pas se renforcer. Le sol devint inégal et, les pieds engourdis, nous trébuchâmes sur ses aspérités ; soudain, au bout de quelques pas, notre perspective changea : une paroi sur notre gauche nous bouchait la vue et ne nous laissait voir qu'un reflet sur un mur de glace. Quand nous passâmes cette avancée, l'éclat s'élargit et s'approfondit pour former un couloir de glace blanc et bleuté qui semblait nous inviter. L'espoir au cœur, nous accélérâmes l'allure. Nous franchîmes un angle de la salle obscure où nous nous trouvions et une trouée lumineuse s'ouvrit devant nous dont je distinguai des détails toujours plus nombreux à mesure que nous en approchâmes. L'éclat augmenta peu à peu et, après un rétrécissement du passage, nous débouchâmes dans un monde de glace infusée de lumière.

L'illumination paraissait dépourvue de source, comme si elle traversait un jeu de fenêtres, de miroirs et de prismes avant de parvenir jusqu'à nous. Nous pénétrâmes dans un étrange dédale de fractures et d'abîmes entre des parois aux luisances pastel. Notre chemin s'élargissait et s'étranglait tour à tour ; parfois nous avions l'impression de progresser dans une crevasse aux arêtes vives ouverte de la veille, et parfois on eût cru que l'eau en ruisselant avait lentement sculpté les méandres que nous suivions. Quand nous arrivions à une bifurcation, nous choisissions autant que possible la voie la plus large, qui, bien souvent, se réduisait peu après. Je taisais ma crainte au fou : les lézardes du glacier que nous empruntions ne devaient leur existence qu'au hasard ; rien ne permettait d'espérer que l'une d'elles nous ramènerait à la surface.

Quand je remarquai les premiers signes que d'autres nous avaient précédés, je les mis sur le compte d'un espoir déraisonnable ; tout d'abord, du sable apparemment jeté sur les parties glissantes du sol, puis de possibles traces de taille dans les parois, enfin une odeur que je captai : celle d'excréments humains frais. A l'instant où je me convainquais que je ne me berçais pas d'illusions, le fou déclara : « On dirait des marches façonnées, devant nous. »

J'acquiesçai de la tête ; il ne faisait aucun doute que nous suivions une pente ascendante, et des degrés bas et profonds apparaissaient dans la glace. Nous en gravîmes une dizaine avant de nous arrêter devant une salle qui s'ouvrait dans la glace sur notre droite ; on avait agrandi une fissure naturelle pour former une large fosse où vider les ordures et les pots de chambre ; elle servait aussi de tombe ignominieuse, à en juger par le pied nu, horriblement maigre et blanc, qui pointait au milieu, à côté d'un cadavre étendu face contre terre, dont les côtes saillaient entre les haillons. Sans le froid, l'odeur eût été insupportable. Je murmurai au fou : « Crois-tu avisé de continuer ?

— Il n'y a pas d'autre chemin, répondit-il d'une voix chevrotante. Il faut le suivre. »

Mais il ne parvenait pas à détacher les yeux du corps jeté parmi les rebuts. Il tremblait de nouveau. « Tu n'arrives pas à te réchauffer ? » demandai-je. La température me semblait pourtant un peu moins basse dans les couloirs où nous nous trouvions que dans l'obscurité que nous avions quittée ; on eût dit qu'ils émettaient eux-mêmes l'éclairage qui nous baignait.

Son sourire m'épouvanta. « Je suis mort de peur. » Il ferma les yeux un instant et des larmes perlèrent à ses cils dorés, puis il reprit d'un ton plus ferme : « Continuons. » Il passa en tête et je le suivis, l'angoisse au cœur.

Celui qui s'occupait des immondices faisait son travail sans soin : des taches et des éclaboussures maculaient la glace des murs et du sol. Plus nous nous avancions dans les galeries, plus il devenait évident que la main de l'homme les avait ouvertes ou tout au moins retaillées ; nous découvrîmes la source de l'éclat bleuté lorsqu'au détour d'un large boyau nous vîmes un globe pâle fixé à la paroi au-dessus de nos têtes ; plus gros qu'une citrouille, il diffusait de la lumière mais aucune chaleur. Je m'arrêtai pour l'observer ; puis, comme je tendais une main curieuse pour le toucher, le fou me saisit par la manche et retint mon bras en secouant la tête.

« Qu'y a-t-il ? » demandai-je tout bas.

Il haussa les épaules. « Je l'ignore ; mais cet objet provient d'elle, j'en suis sûr. Ne t'en approche pas, Fitz. Allons, viens, il faut nous hâter. »

Nous pressâmes donc le pas pendant quelque temps, puis nous arrivâmes au premier cachot.

8
COULOIRS

Une légende, très ancienne, semble-t-il, veut qu'une prophétesse ou un oracle eût résidé à une époque sur l'île d'Aslevjal. Selon certaines versions, il s'agit d'une femme seule qui aurait vécu plusieurs générations, mais sans jamais perdre sa jeunesse, l'œil toujours noir et la chevelure aile de corbeau ; d'autres évoquent plusieurs devineresses regroupées en une maison maternelle, dont chaque Grande Mère transmettait sa charge à sa fille aînée, si bien que de nombreuses voyantes se seraient succédé sur l'île. Tous les récits affirment que chacune se départissait de son rôle de Grande Mère de son vivant et qu'elle poursuivait son existence bien au-delà. Il ne demeure aucun témoin capable d'attester la véracité de cette histoire. On dit que la prophétesse habitait à l'intérieur du glacier et en sortait seulement pour accepter les offrandes que les visiteurs apportaient à Glasfeu ; si l'un d'eux se présentait avec des animaux à sacrifier, elle les immolait elle-même et jetait en l'air leurs entrailles qui retombaient, fumantes, sur la glace ; elle lisait alors l'avenir du pèlerin dans les enroulements des intestins puis, au nom du dragon, s'appropriait la carcasse.

NIELLE, *Recueil de contes outrîliens*

*

La porte était quasiment invisible, et le fou l'avait déjà dépassée quand je la détectai; j'arrêtai mon compagnon d'une tape sur l'épaule. L'avait-on façonnée à partir d'un bloc de glace d'un seul tenant, ou bien le matériau d'origine avait-il disparu sous une épaisse couche de givre? Je l'ignorais. Les gonds saillaient sous forme de vagues bosses dans le mur, et je ne voyais ni poignée ni serrure. Perplexe, je remarquai une étroite fente qui perçait le vantail à mi-hauteur; je me penchai pour y appliquer l'œil et restai saisi en voyant un homme en haillons, couvert de meurtrissures, pelotonné au fond d'une cellule. Il regardait dans ma direction, silencieux et le visage inexpressif. Je reculai en poussant un cri.

«Qu'as-tu?» chuchota le fou avant de prendre ma place. Il demeura accroupi devant la porte, l'horreur peinte sur les traits, et déclara enfin: «Il faut trouver un moyen de les libérer.»

Je secouai la tête avec véhémence avant de recouvrer l'usage de la parole: «Non, fou. Fais-moi confiance, je t'en prie: ils sont forgisés. Il peut te paraître inhumain de les laisser enfermés, mais les faire sortir serait non seulement cruel mais dangereux; ils s'attaqueraient à nous pour s'emparer de nos manteaux ou pour se distraire. Nous ne pouvons pas courir ce risque.»

Il me dévisagea, l'air de ne pas en croire ses oreilles, puis il dit à mi-voix: «Ah, tu ne les as pas tous vus, n'est-ce pas? Crible se trouve parmi eux; Heste aussi.»

Je n'avais aucune envie de regarder, mais il le fallait. Le cœur battant la chamade, la respiration haletante, je me rapprochai de la fente.

Le même éclat bleuté qui baignait les couloirs éclairait faiblement l'intérieur de la cellule. Mes yeux s'accommodèrent à la pénombre et je distinguai le cachot entier: on l'avait excavé dans la masse du glacier, et des déchets en jonchaient le sol. Cinq forgisés occupaient la pièce nue; quatre d'entre eux avaient pris position dans des angles afin de se défendre, le dos au mur; Heste, blessé, gisait par terre au milieu. A l'évidence, aucun des autres n'osait se risquer à l'attaquer de peur d'une agression par-derrière. Il y avait trois Outrîliens inconnus, décharnés, couverts de cicatrices et vêtus de loques; quant à Crible et Heste, leurs ravisseurs les avaient dépouillés de leurs épais manteaux de fourrure, mais ils restaient tout de même mieux lotis que leurs compagnons de détention, car ils avaient gardé leurs bottes. Je tendis frénétiquement mon Vif vers eux avec le désir fervent de capter un sentiment, mais en vain. Accroupis, ils s'observaient avec une animosité bestiale, moins qu'animaux. On avait tranché tous les liens qui les rattachaient au monde et à la société.

Je m'assis pesamment sur le sol glacé, submergé par la peine et le dégoût ; d'atroces images que je croyais disparues depuis longtemps m'assaillaient de leurs griffes lépreuses. Je ne crois pas que le fou pût comprendre l'abîme d'horreur qui béait en moi ; il ne sentait pas comme moi le néant qui émanait d'eux.

« Ne peut-on rien faire pour eux ? » demanda-t-il à voix basse.

Un sourire s'épanouit comme un chancre sur mes lèvres. Je serrai les dents en refoulant les émotions qui menaçaient de me terrasser ; je refusais de me pencher excessivement sur sa question : je l'avais déjà étudiée sous tous les angles, bien des années plus tôt, et j'en savais les conclusions. A quoi bon me tourmenter à ressasser une leçon que je connaissais par cœur ? Je m'exprimai sans détours : « Je pourrais les tuer – enfin, peut-être ; ils sont quatre qui tiennent encore debout, et, même si trois d'entre eux paraissent affaiblis par la faim, j'ai vu des forgisés s'unir pour combattre ensemble, du moins jusqu'au moment de partager le butin. J'ignore si j'arriverais à les éliminer tous avant de crouler sous le nombre ; Crible sait se battre et il est encore en bonne santé.

— Mais... Heste et lui ? » Il avait pris un ton suppliant.

J'anéantis ses illusions. « Fou, ces hommes n'existent plus. Leur enveloppe demeure, avec l'expérience acquise au cours de leur vie, mais rien d'autre ; ils n'ont plus de sentiments pour rien ni personne. Ils ne se préoccupent plus que de satisfaire leurs appétits physiques. Crible laisserait-il Heste par terre, blessé, sans défense ? Non. Ce n'est plus lui.

— Mais... on ne peut pas les laisser ainsi ! » s'exclama-t-il dans un chuchotement empreint d'angoisse.

Je soupirai. « Si nous ouvrons cette porte, je devrai les tuer ; ils m'y contraindront, sauf si je me laisse massacrer.

— Alors nous n'avons pas le choix ? »

J'eus un sourire amer. «Il y a toujours des solutions mais, parfois, aucune de satisfaisante. Ou je les tue ou ils nous tuent; ou bien nous passons notre chemin.»

Le fou resta un long moment immobile, en silence, puis il se détourna de la porte de la cellule et s'en alla à pas lents. Je le suivis.

Les couloirs de glace laissèrent voir des signes de passages plus fréquents: le sol apparaissait sale et piétiné, les parois griffées. Nous passâmes devant d'autres cachots identiques au premier. Je jetai un coup d'œil dans chacun d'eux, malade d'horreur, mais nous n'échangeâmes pas un mot sur leurs occupants; le spectacle d'une femme et d'une enfant, chacune dans une cellule, me déchira particulièrement le cœur. Le sol de ces geôles était couvert de paille et un grabat gisait dans un angle; manifestement, on tenait à maintenir ces prisonnières en vie, sort qui me paraissait plus cruel que celui de Crible, Heste et leurs compagnons. Ils ne bénéficieraient pas d'une mort rapide, mais le froid sapait l'organisme aussi implacablement que la faim, et leurs souffrances ne dureraient pas. A en juger par la longueur de la chevelure hirsute et des ongles sales de la femme, il y avait longtemps qu'elle croupissait dans son cachot; emmitouflée dans une pelisse d'ours crasseuse, elle se tenait accroupie dans un coin, face au mur. Dans la cellule voisine, une petite fille de six ou sept ans grignotait les croûtes qu'elle s'arrachait des chevilles. Son regard croisa brièvement le mien par la fente de la porte; je n'y lus que de la méfiance.

Nous finîmes par laisser les cachots derrière nous; le couloir s'élargit et se piqueta de globes lumineux à intervalles plus réduits. Plus que taillé au pic, il paraissait désormais sculpté dans la glace, et les parois qui se rejoignaient en voûte au-dessus de nous s'ornaient d'éléments décoratifs gelés. Sur le sol propre, du sable assurait l'adhérence du pied; cette partie du dédale me semblait plus ancienne, comme conçue pour abriter une plus grande population, mais nous ne voyions toujours pas âme qui vive.

Nous arrivâmes à un embranchement triple: tandis que le passage principal se poursuivait devant nous, à gauche un escalier aux marches basses descendait en sinuant, et à droite un autre montait en pente raide. Tous deux présentaient un aspect archaïque et usé qui contrastait avec le chemin, manifestement plus récent, que nous suivions jusque-là. Le fou et moi nous arrêtâmes puis échangeâmes un regard.

De l'ouverture de gauche, je captai comme un chuintement faible, qui allait et venait lentement mais avec régularité. Je mis ma main en cornet pour mieux l'entendre, et, peu après, le fou chuchota : « On dirait le souffle d'une créature gigantesque. »

Les narines évasées, j'inspirai longuement. L'odeur que je perçus me permit d'identifier le bruit aussitôt et m'emplit d'espoir. « Non. Ce sont les vagues, la mer ; ce passage mène à une grève. Allons-y. »

Le visage du fou s'illumina comme celui d'un condamné qui voit sa peine soudain commuée. « Oui ! » s'exclama-t-il avec ferveur, et il s'engagea vivement dans les marches larges et profondes ; je lui emboîtai le pas, le saisis par l'épaule et l'obligeai à se déplacer vers l'intérieur de la courbe de l'escalier. « Longe le mur, lui dis-je à mi-voix. Si nous entendons quelqu'un monter, ça nous laissera un bref instant où nous aurons l'avantage. » J'avais dégainé son poignard, seule arme dont nous disposions.

La fatigue nous tenaillait déjà, et nous n'avions aucune notion du temps que nous avions passé à explorer le labyrinthe de glace. Les degrés bas, dont la hauteur irrégulière ajoutait à notre épuisement, portaient des entailles profondes, comme si l'on y avait souvent traîné des objets lourds. Plus nous descendions, plus l'odeur de la mer devenait forte et l'air humide ; les marches se firent aussi plus glissantes, et bientôt nous dûmes les négocier avec prudence car elles étaient couvertes d'une pellicule d'eau. On y avait jeté du sable, mais, inégalement réparti, il avait laissé des bosses de glace sur lesquelles le pied dérapait de façon imprévisible ; nous nous vîmes donc forcés de ralentir. Peu après, les murs se couvrirent d'une fine nappe d'eau qui s'écoulait lentement et des gouttes commencèrent à tomber du plafond. L'haleine saline de la mer s'accentuait, mais l'étrange éclat bleu qui nous baignait ne variait pas.

Enfin nous parvînmes à la dernière marche, criblée de trous, et constatâmes la futilité de nos efforts : à la glace succédait une sombre étendue de roche érodée qui donnait elle-même sur une plage de sable noir. Plusieurs piquets métalliques en pointaient, comme si de petites embarcations s'y amarraient parfois; les vagues qui la léchaient en bruissant gagnaient peu à peu du terrain. Et, au-dessus de nous, à peine visible à la lueur bleue du dernier globe, s'étendait une haute voûte de glace luisante.

« Si nous disposions d'une barque et que la marée descende, je tenterais l'aventure, dis-je.

— "Si" », répéta le fou avec un petit rire narquois. Interloqué, je me tournai vers lui. Il avait une mine épouvantable, qu'il ne devait pas seulement à l'éclairage. Il prit son paquetage pendu à mon épaule, s'assit lourdement sur les marches mouillées et serra un moment son sac contre lui comme un enfant une poupée bien-aimée; puis il l'ouvrit, en fouilla le fond et en sortit son flacon d'eau-de-vie; il le déboucha et me le tendit.

Je le soupesai puis en bus un petit quart. Je reconnus l'alcool d'abricot qu'il avait apporté à la chaumine où Heur et moi vivions autrefois; j'avalai la chaleur d'un jour d'été puis soufflai, la bouche ouverte, pour savourer encore ce parfum fruité d'amitié, tout en lui rendant la flasque. Il la saisit et me l'échangea contre un quignon de pain noir qui prenait à peine la moitié de ma paume. Je m'assis à côté du fou et mangeai lentement ma ration; je la découvris fourrée de raisins secs et de noix; compacte, sucrée mais réduite, elle aviva la faim à laquelle je m'étais efforcé de ne pas prêter attention jusque-là. Nous nous restaurâmes lentement en silence puis, quand j'eus fini de lécher les miettes collées à ma main, je me tournai vers mon compagnon. « Nous essayons l'escalier qui monte ?

— Il ne nous conduira pas à l'extérieur, répondit-il doucement. Songe à cette grève et aux légendes que nous ont racontées les Outrîliens : c'est ici qu'ils débarquaient, au débouché du passage sous le glacier, pour voir le dragon. Ces marches doivent mener à Glasfeu; où, sinon ?

— Peut-être au-dehors, répliquai-je avec entêtement. Il faut les emprunter pour en être sûrs; qui sait si le dragon ne se trouve pas au bout du couloir central ? Vu sa largeur, ce serait logique. »

Il secoua la tête. « Non. Le dragon gît sans doute au-dessus de nous si jadis il était visible de la surface. L'escalier aboutit à lui, non à l'extérieur.» Il s'exprimait d'un ton catégorique. Il appuya sa tête contre la paroi de glace. «Je ne sortirai jamais d'ici; je le sais depuis toujours.»

Avec un effort, je me redressai. J'avais le fond du pantalon trempé; tant pis. «Allons, debout, dis-je au fou.

— A quoi bon?

— Debout!» Comme il ne réagissait pas, je le saisis par le col et le soulevai. Il ne résista pas et se borna à m'adresser un regard affligé. «Si nous devons mourir ici, sous la glace d'Aslevjal, après tout le chemin que nous avons parcouru ensemble depuis des années, les routes et les voies de traverse que nous avons empruntées, je veux voir de près ce fichu dragon qui nous a entraînés dans cette aventure! Et tu m'accompagnes!»

Qu'y a-t-il de plus fatigant à gravir qu'un escalier aux marches trop basses? Un escalier aux marches trop basses et glissantes, peut-être. Nous le montâmes néanmoins et, comme lors de la descente, demeurâmes près de la paroi intérieure, à l'affût du plus petit bruit indiquant la venue de quelqu'un en sens inverse; nous entendîmes seulement décroître derrière nous le bruissement des vagues et les infimes explosions des gouttes qui tombaient du plafond. Enfin, nous atteignîmes l'intersection et nous arrêtâmes, l'oreille tendue, mais le silence resta absolu.

J'étais épuisé. Depuis longtemps, j'en avais la conviction, nous avions passé l'heure où nous aurions dû prendre une nuit de repos bien méritée; j'avais l'impression d'avoir l'intérieur du crâne tapissé de feutre et rempli de mouches bourdonnantes. L'état du fou paraissait encore pire. Nous franchîmes l'embranchement et nous engageâmes dans l'escalier; mon compagnon me suivit lentement dans les degrés étroits qui montaient en spirale. Dès que la courbure du mur nous cacha du couloir central, je l'arrêtai. «Fou, avale ce qui reste d'eau-de-vie. Ça te réchauffera et te rendra peut-être un peu de courage; en tout cas, ça te fera plus de bien au fond de l'estomac que dans ton flacon.

— Puis-je m'asseoir?» demanda-t-il.

Je m'endurcis le cœur. «Non. Je risque de ne pas avoir la

force de t'obliger à te remettre en route.» Mais il s'était déjà laissé glisser au sol. Il ressortit la flasque, l'ouvrit et me la tendit. Je ne voulus pas discuter; j'en bus une goutte puis dis d'un ton sans réplique: «Termine, maintenant.»

Il s'exécuta en une seule longue lampée. Il mit un temps interminable à reboucher le récipient vide et le ranger. «C'est dur, fit-il, sans paraître s'adresser à moi. Je me trouve trop près de la fin; j'ai eu des visions de ce qui nous arrive, mais toujours floues, imprécises. Je sais seulement que je dois continuer d'avancer et que chaque pas me rapproche de ma mort.» Il me regarda dans les yeux et déclara sans honte: «Je suis terrifié.»

Je souris. «Te voici à égalité avec les autres hommes. Viens, allons voir ce dragon que tu as parcouru une si longue route pour sauver.

— A quoi bon? Pour lui avouer mon échec?

— Pourquoi pas? Qu'il sache au moins que nous avons fait notre possible.»

Ce fut au tour du fou de sourire. «Il s'en moquera. Les dragons n'ont que faire des bonnes intentions et des efforts inaboutis; il n'aura que mépris pour nous, pour autant qu'il remarque notre présence.

— Eh bien, ça ne nous changera pas beaucoup.»

Alors nous éclatâmes de rire, sans nous esclaffer, mais à la façon de deux amis qui se savent en train de vivre peut-être la dernière occasion de partager une plaisanterie. Nous n'étions pas ivres, du moins pas d'eau-de-vie. Si le fou avait raison, notre existence touchait à sa fin, et je crois que, lorsque cela se produit et qu'on en prend conscience, on tâche de dénicher et de savourer les plus petites bribes de plaisir.

Nous reprîmes notre ascension. L'escalier suivait une spirale si serrée que je me demandais quel dément l'avait taillé: s'agissait-il d'une particularité naturelle qu'on avait utilisée en lui donnant la forme de degrés, ou bien de la réalisation d'une imagination à la fantaisie débridée? Nous montions toujours. À une époque, des bas-reliefs de glace avaient décoré les murs, mais on les avait défigurés, sans doute volontairement, et il n'en restait plus qu'un fragment de jambes ici, un poing là, et, en une occasion, des lèvres et un menton de femme. Je claudiquais, une botte à un pied, une chaussette encroûtée de glace à l'autre, et cette démarche irrégulière m'excédait de plus en plus. Quand nous nous arrêtâmes pour nous reposer, je laissai le fou s'asseoir. Il s'adossa à la paroi et je crus qu'il s'assoupissait ; mais, quand je vis des larmes glisser lentement sur ses joues, je le secouai. « Pleurer ne sert à rien. Debout, nous repartons. »

La douceur de ma voix contredisait la dureté de mes paroles. Il hocha la tête, se releva péniblement et nous reprîmes notre ascension. Comme un cauchemar sans fin, les marches en colimaçon se succédaient toujours. Les globes pâles ne pouvaient éclairer tous les recoins de l'escalier tournant, où chaque nuance de bleu et de blanc s'exprimait tour à tour ; nous nous déplacions dans un univers d'une beauté froide et harassante. Notre allure se ralentit ; nous nous reposâmes puis poursuivîmes notre montée ; elle ne pouvait pas se continuer indéfiniment ; assurément, nous allions atteindre la surface. Alors nous débouchâmes sur une galerie horizontale creusée dans la glace, et sur le dragon.

Malgré la distorsion et l'aspect brumeux que lui donnait l'épaisse cloison de glace qui nous séparait de lui, Glasfeu offrait une image à couper le souffle. Nous suivîmes lentement le couloir, parallèlement à lui. Long comme deux navires bout à bout, il avait les ailes repliées sur les flancs et la queue rabattue autour des pattes ; sa tête se détournait de nous à l'extrémité de son cou sinueux. Nous l'observions, intimidés et pleins de révérence ; le cœur douloureux du fou battait dans ses yeux ; quant à moi, l'immense perception de la vie du dragon menaçait de submerger mon Vif. Jamais je n'avais approché un être vivant aux proportions aussi gigantesques. Soudain nous découvrîmes un tunnel grossièrement taillé qui s'enfonçait dans la glace en direction du poitrail de la créature. Je me penchai pour en scruter l'intérieur : il se perdait dans l'obscurité du dragon noir. Je respirai profondément. « Prête-moi ta lanterne des Anciens, dis-je au fou.

— Tu comptes pénétrer là-dedans ? »

J'acquiesçai de la tête, incapable d'expliquer pourquoi je m'en sentais le devoir.

« Alors je t'accompagne.

— Il n'y a pas assez de place. Reste ici, repose-toi ; je reviendrai te dire ce que j'aurai trouvé. »

Tiraillé entre la fatigue et la curiosité, il finit par poser son sac par terre, et l'ouvrit. Il me tendit le coffret lumineux. « J'ai encore deux morceaux de pain ; veux-tu que nous les partagions maintenant ?

— Restaure-toi ; je prendrai ma part à mon retour. » A la seule idée de manger, je m'étais mis à saliver ; je songeai soudain à Lourd. Avait-il artisé Umbre et Devoir, ou bien attendait-il toujours, accablé, que nous reparaissions ? Etait-il demeuré en sécurité sur le traîneau, ou bien nous avait-il suivis dans l'avalanche ? Je chassai ces interrogations futiles de mon esprit. Le fou me remit la petite boîte ; je l'ouvris et elle répandit son étrange lueur verte.

« Ne tarde pas trop, fit-il comme je m'introduisais dans l'étroite galerie. J'ai hâte d'apprendre ce que tu auras découvert. »

Incapable de me tenir debout dans le tunnel, je m'y enfonçai à quatre pattes en tenant le coffret devant moi. L'éclairage bleuté du couloir s'estompa derrière moi et je progressai bientôt dans une luminosité vert pâle qui éveillait des reflets inquiétants dans la glace. L'odeur du dragon se fit de plus en plus forte, au point que je finis par avoir l'impression de la sentir par mes papilles autant que par mon odorat ; elle me rappelait la puanteur des serpents à rayures que, gamin curieux, je capturais pour les examiner. Plus j'avançais, plus le boyau se rétrécissait, comme si ceux qui l'avaient taillé avaient désiré parvenir au dragon avec tant d'ardeur qu'ils n'avaient pas voulu se donner le mal de lui conserver un diamètre uniforme.

Il s'achevait par une muraille d'écailles noires et luisantes, dont ma main ouverte recouvrait à peine la plus petite. Devant elle, par terre, des outils s'alignaient, soigneusement rangés sur une bande de cuir : poinçons, maillets, forets et pics de divers modèles ; deux instruments au fer brisé ou émoussé avaient été laissés de côté. J'approchai la lanterne du dragon et ma gorge se noua lorsque je vis mes soupçons confirmés : on avait creusé cette galerie jusqu'au flanc de la bête pour tenter d'atteindre son cœur.

Son armure naturelle avait déjoué les attaques, semblait-il; on y voyait des éraflures, mais, apparemment, rien n'avait réussi à pénétrer la chair. Une sorte de coin métallique restait en place, enfoncé sous les écailles noires pour les soulever et ménager un point vulnérable. De plus près, j'observai sous les plaques écartées une seconde couche protectrice, couleur crème, aux chevauchements perpendiculaires à ceux de la première. On avait inséré un pic à glace sous une de ces écailles; il avait percé la peau coriace en dessous, mais rien ne coulait de la blessure, ni sang ni aucun autre fluide. Sans doute cela revenait-il à planter un clou dans le sabot d'un cheval. Néanmoins, la fourberie et la cruauté d'une telle agression me révoltèrent.

Le dragon était vivant, et quelqu'un avait creusé la glace comme un ver pour fouir dans sa chair et percer son cœur en profitant de son immobilité forcée.

Je pus mesurer la solidité de son armure en extirpant le pic, car je dus y employer toute ma vigueur; quant au coin, il me fallut le frapper de côté à coups de marteau pour l'ôter. A l'instant où il tomba, les écailles environnantes frémirent, ondulèrent puis se refermèrent, et, pendant un moment, mon Vif capta une brusque élévation de l'énergie vitale du dragon; elle retomba tout aussi soudainement, et la masse écailleuse redevint aussi inerte qu'une muraille de métal faite de main d'homme. J'hésitai puis m'enhardis à passer la paume sur les plaques superposées; je tentai de glisser un ongle sous le bord strié de l'une d'elles, mais en vain, tant elles s'imbriquaient étroitement. Elles étaient également froides, froides comme la glace qui emprisonnait Glasfeu.

J'enroulai les outils malfaisants dans leur étui de cuir et les emportai; je n'avais pas la place de me retourner et je dus donc sortir à reculons. Quand je débouchai enfin dans le couloir, je transpirais à grosses gouttes et la puanteur reptilienne de la créature me mettait le cœur au bord des lèvres.

Je trouvai le fou dormant à poings fermés au plus près de la tête invisible du dragon, adossé à la paroi, les genoux repliés contre la poitrine, la tête posée sur eux; ses cheveux d'or, défaits, voilaient son visage. L'épuisement l'avait emporté sur la curiosité. Je m'assis près de lui et me laissai aller contre le mur de glace. Il marmonna de façon inintelligible, puis s'agita dans son sommeil et s'appuya contre moi. Avec un soupir, je le laissai faire. Pourquoi les agresseurs du dragon n'avaient-ils pas foré plus près de la tête de la créature ? Craignaient-ils que, même immobilisée, elle ne trouve un moyen de se défendre ?

Je levai les yeux vers le plafond ; j'eus l'impression de plonger le regard dans une eau profonde d'un bleu infini. Quelque part là-haut, le prince creusait aux côtés de son clan de Vif ; quelle épaisseur de glace nous séparait-elle ? Combien de temps le fou et moi devrions-nous croupir dans notre galerie avant d'entendre d'abord, puis de voir la progression de leur travail ? Une éternité, sans doute. Je ne captais aucun bruit de pelle, aucun son de voix, et je ne distinguais nulle craquelure témoignant de leurs efforts. Ils auraient aussi bien pu se trouver à l'autre bout du monde.

Je me serrai davantage contre le fou ; son corps aspirait la chaleur du mien, et j'étais en proie à une fatigue et une faim effrayantes. Avec un des outils, je découpai un petit cube de glace dans la paroi et le suçai pour apaiser ma soif. Je rangeai le coffret lumineux des Anciens dans le sac du fou, pris le morceau de pain qu'il m'avait laissé et le mangeai ; je le trouvai très bon et très insuffisant. Enfin, je posai la tête sur celle de mon compagnon et fermai les yeux. Je dus m'endormir.

Mes propres tremblements me réveillèrent ; j'avais la sensation que mes os essayaient de sauter de leurs articulations. J'étendis mes membres puis me redressai péniblement, perclus de douleurs. Le fou s'effondra lentement sur le côté tandis que je me battais les flancs et tapais des pieds pour y ramener quelque sensibilité ; je m'agenouillai ensuite près de mon compagnon et le secouai maladroitement, les mains gourdes. Son teint m'horrifia, et je poussai un soupir de soulagement en l'entendant geindre doucement. « Lève-toi », lui dis-je à mi-voix tout en me traitant de tous les noms : quelle folie de dormir ainsi en plein milieu du couloir ! Si quelqu'un était monté par l'escalier, nous aurions été pris sans pouvoir nous défendre. « Allons, il faut nous remettre en route ; nous devons encore trouver une issue. »

Avec un gémissement plaintif, il se roula en boule. Je le

secouai à nouveau, envahi à la fois par la colère et le désespoir. «Ne baisse pas les bras, fou; debout, nous avons du chemin à parcourir.

— Je t'en prie..., fit-il dans un souffle. La mort est paisible; j'y glisse doucement.

— Non. Debout!»

Il ouvrit les yeux et dut lire dans mon expression que je ne renoncerais pas. Il se déplia, raide comme les marionnettes qu'il fabriquait autrefois, puis tendit ses mains devant lui et les contempla d'un air stupide. «Je ne les sens plus.

— Lève-toi, fais quelques pas; ça te désengourdira.»

Il soupira. «Je faisais un si beau rêve! Nous mourions tous les deux ici et tout s'achevait; nous avions accompli notre possible, chacun s'accordait à le reconnaître, et nul ne nous reprochait notre échec. On ne disait que du bien de nous.» Il me regarda soudain avec étonnement. «Comment as-tu réussi à te lever?

— Je ne sais pas. Allons, debout.» Je ne me sentais aucune patience.

«J'essaye.»

Tandis qu'il se redressait péniblement, je lui fis part de ce que j'avais découvert dans le tunnel, et il frémit quand je lui montrai les outils que j'avais rapportés. Il reprenait peu à peu ses sens; il parvint enfin à se lever et se mit à marcher à pas traînants, sans force. Nous grelottions de froid tous les deux, mais mes mains avaient recouvré quelque sensibilité, et je frottai vigoureusement les siennes malgré ses hoquets de douleur. Quand il put les ouvrir et les fermer à nouveau, je lui tendis un couteau; il s'en saisit maladroitement et acquiesça à mon ordre de le tenir prêt à servir.

«Une fois en bas de l'escalier, poursuivis-je en négligeant allègrement les difficultés que risquait de présenter la descente, nous emprunterons le couloir central; c'est le seul espoir qui nous reste.

— Fitz...» fit-il d'un ton grave avant de se taire devant le regard que je lui lançai. J'avais interrompu sa tirade sur la futilité de nos efforts, je le savais. Longuement, je contemplai une dernière fois le dragon. Retombé dans l'assoupissement, il échappait à mon Vif. *Pourquoi?* lui demandai-je muettement.

Pourquoi te trouves-tu ici et pourquoi Elliania veut-elle ta tête ? Puis je me détournai et, le fou sur mes talons, je m'engageai dans l'interminable spirale des marches.

Ce fut encore plus éprouvant qu'à l'aller ; nous souffrions toujours de la fatigue, de la faim et du froid. Je perdis le compte du nombre de fois où je tombai à la suite d'une glissade ; le fou, privé de sa grâce coutumière, me suivait à pas lourds et titubants. Je m'attendais sans cesse à me heurter à quelqu'un en route pour tourmenter le dragon, mais l'escalier demeurait bleu, froid, silencieux et totalement indifférent à notre martyre. Quand la soif devenait trop pressante, je faisais sauter des éclats de glace des parois et nous les sucions ; nous n'avions pas d'autre réconfort physique à notre portée.

Enfin nous arrivâmes en bas des degrés, et nous eûmes comme un choc en apercevant soudain le couloir au sortir de l'étroit colimaçon. Pantelants, nous nous avançâmes lentement pour jeter un coup d'œil prudent ; mon Vif ne détectait aucune présence, mais la découverte des forgisés dans les cachots m'avait rappelé que mon don ne pouvait pas me prévenir de tous les dangers. Toutefois, le passage était désert et silencieux. « Allons-y, chuchotai-je.

— Nous ne regagnerons pas l'extérieur par là. » Le fou s'exprimait d'un ton posé. L'or de sa peau avait pris une teinte terne et malsaine, comme si la vie le quittait déjà, et sa voix n'avait plus de timbre. « Cette galerie ne peut mener qu'à elle ; si nous l'empruntons, nous allons à notre mort. Mais nous n'avons guère le choix, naturellement ; comme tu l'as souligné toi-même, il arrive qu'aucune solution ne soit bonne. »

Je soupirai. « Que proposes-tu, dans ce cas ? De redescendre à la grève, d'espérer que quelqu'un viendra en barque et que nous arriverons à le tuer avant qu'il ne nous tue ? Ou de regagner les cellules et de nous livrer aux forgisés ? Ou encore de rebrousser chemin jusqu'à la crevasse où nous sommes tombés et de rester dans le noir ?

— A mon avis... » fit-il d'un ton indécis avant de s'interrompre et de se raidir. Je me tournai vivement pour voir ce qu'il désignait. « L'Homme noir ! » s'exclama-t-il, le souffle court.

Il s'agissait bien du même personnage que Lourd et moi

avions aperçu. Il se tenait dans une courbe du large couloir, les bras croisés sur la poitrine comme s'il attendait que nous le remarquions, entièrement vêtu de noir, tunique, pantalon et bottes. Ses longs cheveux aussi sombres que ses yeux et son teint donnaient l'impression d'une créature toute de la même substance, y compris ses habits. Et, ainsi que la première fois, il restait indécelable à mon Vif. L'espace d'un instant, il nous regarda sans bouger, puis il pivota et s'éloigna à grands pas. « Attendez ! » cria le fou, et il s'élança ; où puisa-t-il l'énergie et l'agilité nécessaires ? Je l'ignore ; je sais seulement que je le suivis péniblement, ébranlé jusqu'aux moelles chaque fois que mes pieds engourdis heurtaient le sol glacé. L'Homme noir nous jeta un coup d'œil par-dessus son épaule et accéléra. Il paraissait courir sans effort, pourtant il ne nous distançait pas ; ses bottes n'éveillaient aucun écho.

Le fou maintint une allure rapide pendant un moment et je réussis à le suivre pesamment, puis son dernier sursaut de vigueur s'épuisa et il ralentit brusquement ; néanmoins, l'Homme noir ne disparut pas ; il demeura à quelque distance devant nous, visible mais impossible à rattraper, comme un fantôme narquois. Malgré les profondes respirations que je prenais, je ne percevais aucune odeur émanant de lui.

« Il n'existe pas ! C'est de la magie, un tour de passe-passe ! dis-je au fou d'une voix hachée en m'efforçant de me convaincre moi-même.

— Non. Il est important. » Mon compagnon haletait et sa course devenait chancelante. Il agrippa ma manche, prit appui sur moi un instant, puis fit un effort et repartit de plus belle. « Jamais je n'ai rencontré personne chez qui je sentais une telle importance. Je t'en prie, aide-moi, Fitz ; il faut le suivre. Il veut que nous le suivions, ne le vois-tu pas ? »

Je voyais seulement que nous ne parvenions pas à le rattraper. A bout de souffle, pris d'étourdissements, nous le poursuivions sans jamais nous rapprocher de lui, mais sans jamais le perdre de vue non plus. Les couloirs où il nous entraînait devenaient plus larges et plus décorés : des plantes et des fleurs ornaient les linteaux gelés des portes que nous franchissions. L'Homme noir ne regardait ni à droite ni à gauche, et ne nous en laissait pas le loisir. Nous passâmes devant un bassin de glace enguirlandé ; au milieu se dressait une fontaine sculptée d'où sortait la courbe pétrifiée d'un jet d'eau ; nous traversâmes les galeries élégantes et spacieuses d'un magnifique palais de glace sans rencontrer âme qui vive ni sentir le plus infime souffle de tiédeur.

Nous n'avancions plus qu'au pas, titubants, épuisés, en accélérant sur quelques enjambées pour rester en vue de l'Homme noir chaque fois qu'il tournait un angle. Nous n'avions plus de souffle pour discuter ; d'ailleurs, je crois qu'une seule pensée occupait l'esprit du fou : le rattraper, et j'aurais perdu mon temps à lui en demander la raison ; même si j'avais pu formuler la question, il n'y aurait pas répondu. J'avais la bouche sèche, mon sang tonnait à mes oreilles, et la poursuite ne cessait pas. Notre mystérieux guide se déplaçait dans le dédale de couloirs apparemment sans hésitation. Où nous conduisait-il et pourquoi ?

Il nous mena dans un piège.

Du moins en eus-je le sentiment : il tourna brusquement dans un passage latéral, et, comme nous nous hâtions tant bien que mal pour ne pas le perdre de vue et passions l'angle à notre tour, nous nous trouvâmes nez à nez avec six hommes d'armes. J'aperçus une dernière fois l'inconnu loin devant nous, à l'autre bout de la galerie ; il fit halte et, alors que les soldats poussaient des exclamations de surprise et se jetaient sur nous, il disparut.

Il était vain de chercher à nous défendre ; nous avions trop couru et trop peu mangé, bu et dormi. Je n'aurais pas pu repousser l'assaut d'un lapin en colère. Comme les spadassins s'emparaient du fou, toute vigueur parut le quitter ; son couteau tomba de ses doigts sans force et sa mâchoire s'affaissa, mais il n'eut pas un cri. Je plantai mon poinçon dans le ventre du premier qui se précipita sur moi, mais la lame s'enfonça dans sa tunique en peau de loup et n'alla pas plus loin ; il me jeta par terre.

Mon crâne heurta le sol glacé dans un éclair de lumière blanche.

9
AU ROYAUME DE LA FEMME PÂLE

La religion des Prophètes blancs n'a jamais connu une grande diffusion dans les contrées du nord, mais elle a fourni pendant quelque temps un passe-temps fort amusant à la noblesse de la cour jamaillienne. Le gouverneur Esclepius se passionnait pour les ouvrages prophétiques et dépensait des sommes énormes auprès des marchands qui lui apportaient des copies de ces rares manuscrits, qu'il confiait ensuite aux prêtres de Sâ afin d'en produire de nouveaux exemplaires. On dit qu'il consultait souvent ces textes de la façon suivante : après avoir fait une offrande à Sâ, il posait sa question et choisissait un passage au hasard ; il méditait alors sur cet extrait jusqu'à ce qu'il eût le sentiment d'avoir trouvé réponse à ses interrogations.

Ses courtisans, toujours soucieux de singer leur monarque, ne tardèrent pas à se procurer des copies des Prophéties blanches et à les employer à sa manière. Cette distraction jouit d'une grande popularité jusqu'au jour où le grand prêtre de Sâ se mit à dénoncer cette pratique comme la porte ouverte à l'idolâtrie et au blasphème ; il exigea qu'on réunisse les manuscrits, qui finirent détruits ou remis à la garde exclusive du clergé.

La rumeur veut néanmoins que l'intérêt du Gouverneur pour ces écrits jouât un grand rôle dans l'aide qu'il offrit à un jeune garçon au teint étrangement pâle, qui avait réussi, malgré les obstacles, à obtenir une audience avec lui. Impressionné par le naturel avec lequel il citait les textes sacrés et persuadé, par son interprétation de plusieurs versets, que son secours était prédit de longue date, le Gouverneur lui permit d'embarquer sans frais à bord d'un transport d'esclaves à destination de Chalcède.

Les Croyances des pays du sud, AUTEUR INCONNU

*

Je revins à la conscience à deux reprises avant de parvenir à m'y accrocher. La première fois, on me traînait par les bras le long d'un couloir de glace ; la deuxième, je me réveillai sur le ventre tandis qu'on me liait les mains dans le dos ; la troisième, des gardes me traînaient à nouveau. Malgré la douleur qu'il m'en coûta, je me cramponnai à ma lucidité. Nous venions d'entrer dans une salle digne d'un palais : creusée dans le ventre du glacier, elle présentait de larges colonnes, bleues et cannelées, laissées pour soutenir le haut plafond. Sur les murs, des bas-reliefs représentaient une femme, toujours la même, dans des scènes empreintes de majesté : une épée à la main, à la proue d'un navire, les cheveux flottant au vent ; dressée au milieu de ses ennemis terrassés, un pied sur la gorge d'un homme ; assise sur un trône, rendant la justice, le doigt pointé sur les scélérats qui ployaient l'échine devant elle. Toutes les sculptures la montraient plus grande que nature, dominatrice, en courroux et implacable. Nous avions pénétré dans le royaume de la Femme pâle.

Pourtant, même au cœur de son domaine, elle avait un rival. A travers le plafond transparent, par-delà le flou bleuté de la glace épaisse, je distinguais enfin le contour entier de celui que j'étais venu voir et pour qui j'avais parcouru un si long chemin : nos tours et détours par les couloirs glacés nous avaient menés en dessous du dragon. Il me semblait même discerner un rectangle vaguement lumineux, témoin de nos pitoyables travaux d'excavation. Nos amis poursuivaient-ils leurs efforts pour atteindre le dragon ? De toute façon, tenter de les appeler ne servirait à rien ; autant vouloir se faire entendre à travers, non une, mais trois ou quatre épaisseurs de muraille.

Des dizaines de disciples de la Femme pâle s'étaient assemblés pour nous voir conduire devant elle. D'énormes globes blancs qui pendaient au bout de chaînes couvertes de glace éclairaient la salle d'une lumière bleue qui n'avait rien de naturel. Emmitouflés dans des pelisses et des fourrures, les guerriers outrîliens semblaient des nains dans l'écrasante immensité du palais cristallin ; ils nous regardaient en silence, la mine austère, tandis que nous passions devant eux, tirés par les poignets. Des taches noires dissimulaient la marque de leurs clans d'origine ; quelques-uns arboraient leur allégeance à leur nouveau chef sous la forme d'un dragon ou d'un serpent tatoué. Ils ne paraissaient animés d'aucune haine ni d'aucune passion ; l'insensibilité que je percevais en eux dépassait la résignation pour s'apparenter à cette acceptation de la souffrance qui est généralement le propre des animaux maltraités. Même mon Vif ne captait quasiment rien d'eux, et je me demandais si leur maîtresse avait découvert un moyen de forgisation atténué, qui tranchait leurs liens avec l'humanité mais leur laissait assez de crainte pour assurer leur obéissance. Je reconnus un visage dans la foule : celui d'Henja, la servante de la narcheska à Castelcerf ; elle manifestait la même indifférence que ceux qui l'entouraient. Je tournai la tête : oui, il s'agissait bien d'elle. Après son départ du château, je l'avais revue à Bourg-de-Castelcerf au moment où les Pie avaient failli me tuer, puis dans les collines de l'île de Mayle alors qu'elle espionnait le prince et la narcheska montés à dos de poney. Quel rôle jouait-elle ? Je l'ignorais, mais j'avais désormais la certitude qu'elle œuvrait depuis le début pour la Femme pâle. Mon prince courait un aussi grand danger que moi-même.

Je réussis tant bien que mal à me remettre sur pied, mais sans pouvoir suivre l'allure rapide de mes gardes ; j'avançai en trébuchant entre eux et, quand ils s'arrêtèrent enfin et me jetèrent à genoux, je n'opposai aucune résistance. Je souffrais toujours d'étourdissements ; je n'avais qu'une envie : me reposer, quelle que fût ma position, et recouvrer quelque vigueur dans une immobilité bienheureuse. Je tentai de me tourner vers le fou et l'aperçus brièvement, agenouillé lui aussi, la tête pendante, à la poigne des deux hommes qui le tenaient inerte et soumis devant leur maîtresse ; puis une gifle cuisante d'un de mes gardiens ramena mon regard vers celle dont nous étions prisonniers.

Elle avait le teint blanc, comme le fou jadis, et sa chevelure duveteuse tombait sans poids sur ses épaules ; ses yeux délavés me rappelaient ceux de mon compagnon dans son enfance, et elle partageait les mêmes traits que lui, mais adoucis, féminins. Elle possédait une beauté surnaturelle, aussi froide que le palais qui nous entourait. Assise sur un trône sculpté dans la glace et couvert de fourrures blanches, d'ours, de renard, et d'hermine dont la queue noire pendait aux accoudoirs, elle portait une robe de laine immaculée qui ne laissait rien ignorer des courbes de son corps ; un collier de fleurs d'ivoire ceignait sa gorge, et au cœur des pétales scintillaient des diamants. Ses longues mains reposaient sur les fourrures des bras de son siège, et des bagues d'argent ornaient ses doigts, montées de pierres blanches étincelantes. Elle nous regardait, à genoux devant elle, sans manifester ni satisfaction ni surprise ; peut-être, comme le fou, avait-elle prévu cette scène depuis toujours.

Son trône se nichait au creux de la statue d'un dragon dormant en rond, ses ailes massives repliées contre ses flancs. La pierre de mémoire noire et argent formait une montagne luisante derrière elle, mais une montagne constituée de plusieurs blocs, sans doute apportés à grand-peine de la carrière à l'autre bout de l'île puis soigneusement taillés pour s'assembler étroitement et composer une sculpture d'un seul tenant. On distinguait à peine les lignes de séparation. Toutefois, la taille énorme du monstre endormi, bien supérieure à celle de Vérité-le-dragon, n'atteignait pas celle de Glasfeu ; en outre, lisse et comme avachi, sans le plus petit détail, il restait inachevé, brouillon plutôt que réalité. Au bout de son long cou incurvé, sa tête à peine dégrossie était posée comme un marchepied devant le siège surélevé de la Femme pâle. Malgré ses yeux clos, il émanait de lui une cruauté qui me fit frémir ; mon Vif désorienté captait des émotions conflictuelles, peur, haine, chagrin, convoitise, envie de vengeance, toutes prisonnières de la pierre grossièrement taillée.

La source de cette essence en devenir était évidente : plusieurs Outrîliens, à bout de forces, enchaînés contre ses flancs ;

les captifs portaient les stigmates de la torture et des privations, moyens, sans doute, par lesquels la Femme pâle suscitait chez eux de profonds ébranlements dont elle pouvait tirer parti. Quand un clan d'Art sculptait un dragon afin d'en faire le réceptacle de l'esprit de ses membres, il y déversait ses émotions et ses souvenirs ; mais à quelle conscience imaginait-elle que s'éveillerait une créature nourrie des sentiments discordants de malheureux martyrisés ? Quel pivot les unirait-il et donnerait-il un but au vol du dragon ? Les créatures de pierre que j'avais vues résultaient de l'œuvre d'esprits entièrement consacrés à leur dessein et représentaient le couronnement des clans qui les avaient créées, pénétrées d'une beauté sans rapport avec les formes insolites que chaque groupe d'artiseurs avait choisies pour la représenter. Même le Sanglier Ailé avait acquis de la grâce dans son envol. En revanche, c'était une mosaïque de souffrance qui composait la création de la Femme pâle ; quel tempérament aurait un être pareil ? Mon Vif me disait que les prisonniers avaient déjà perdu leur humanité, arrachée par la forgisation et injectée de force dans la sculpture. Elle absorbait désormais l'horreur hébétée de créatures ravalées plus bas que des bêtes. Quel dragon allait-il en naître, pétri de tant de douleur, de haine et de cruauté ?

Entre les pattes antérieures du monstre se dressait un autre trône, également taillé dans la glace et drapé de fourrures, mais taché, corrodé par des immondices et des excréments humains. Une caricature d'homme s'y trouvait attachée, les chevilles, les poignets et le cou pris dans des fers reliés par des chaînes à des anneaux profondément enfoncés dans le siège. Le personnage portait une couronne noire qui lui enserrait douloureusement la tête, comme fixée à son crâne, et une robe majestueuse mais crasseuse et en haillons. Des chaînes d'argent pendait à son cou, et celles qui l'entravaient étaient incrustées de pierres précieuses comme en une sinistre moquerie de son statut de prisonnier. La barbe et les cheveux longs, hirsutes et emmêlés, les ongles jaunes et sales, il avait l'extrémité des doigts et des orteils noircis par le gel. Des os rongés jusqu'à la dernière bribe de viande jonchaient le sol à ses pieds ; l'un d'eux provenait peut-être d'un bras humain. Je détournai le regard, peu désireux d'apprendre ce dont on le nourrissait. Forgisé, mais pas complètement, il diffusait encore une haine brûlante ; peut-être ne lui restait-il pas d'autre émotion. Tout à coup, comme dans un membre paralysé qui revient à la vie, je sentis un étrange picotement d'Art. Je tournai la tête pour mieux le percevoir, à la façon d'un homme qui s'efforce de localiser un bruit. Il ne devint pas plus clair, mais j'en détectai la source : le roi plein de rage m'artisait ; un rictus dénudait ses dents jaunâtres et ses yeux caves étaient fixés sur moi. L'espace d'un instant, je subis le plein impact de sa haine, puis elle se dissipa, non parce que je m'en protégeais mais parce que ma capacité à la percevoir avait à nouveau disparu. Je poussai un soupir haché, effaré par la puissance de son Art. Peut-être Lourd aurait-il pu se mesurer à lui ; quant à moi, je m'en savais incapable.

Je relevai péniblement la tête pour regarder la Femme pâle et demeurai saisi en la voyant me sourire. Elle avait attendu que j'observe ce qui m'entourait et en tire mes conclusions. Elle désigna son roi captif d'une main longue et gracieuse. « Kebal Paincru. Mais vous aviez certainement deviné que seul mon bon à rien de Catalyseur méritait une telle sanction, FitzChevalerie Loinvoyant. Allons, ne prenez pas cet air épouvanté ! Je me contente d'achever ce que vos dragons des Six-Duchés avaient commencé ; il s'est aventuré au-dehors, son arc à la main, pour tirer sur ceux qui passaient au-dessus de nous, mais leur passage a suffi à le dépouiller d'une grande partie de son intelligence ; il est vrai qu'il n'en avait guère, de toute façon. Il m'a été un instrument utile pendant un temps : il avait de l'astuce, de l'ambition, et il connaissait la guerre et ses ficelles. »

Elle se leva et descendit de son estrade en marchant sur la tête du dragon, puis elle se dirigea vers le roi pitoyable sur son trône souillé et le regarda. « Toutefois, il m'a fait défaut. » Elle tendit une main fine vers lui. Les narines du prisonnier s'évasèrent et il dénuda les dents comme pour la mordre. Elle secoua la tête d'un geste presque affectueux, comme devant un étalon trop fougueux pour qu'on se risque à le monter, puis elle lui demanda d'un ton suave : « Veux-tu que je donne encore un peu de toi au dragon, mon beau ? Cela te plairait-il ? »

Les yeux enfoncés du roi fou se plissèrent nerveusement

comme s'il s'évertuait à retrouver un souvenir, puis il se recroquevilla peureusement, une épaule levée dans une attitude de défense. Un gémissement bas s'échappa de lui : « Nooooooon !

— Non, pas tout de suite, peut-être. Mais il finira par t'absorber tout entier, naturellement ; et, quand il ne restera rien à exprimer de toi, je te jetterai sur lui pour te voir te fondre lentement en lui. C'est bien ainsi que ça se passe, n'est-ce pas ? » Elle se tourna brusquement vers moi. « Au moment de l'éveil, ceux qu'on sacrifie au dragon ne s'y intègrent-ils pas complètement ? Quand on offre vos clans d'Art à un dragon, ne disparaissent-ils pas entièrement en lui ? »

Je me tus, à la fois interloqué et désireux de ne rien lui révéler. A l'entendre, les clans étaient livrés en pâture au dragon au lieu de se donner à lui de leur plein gré ; je ne tenais pas à la détromper. Avec un grondement, un de mes gardes leva sur moi un poing menaçant, mais la femme l'arrêta d'un claquement de doigts en hochant la tête : mon mutisme n'avait aucune importance.

Elle reporta son regard sur le fou, toujours inconscient dans la poigne de ses sbires, et, pour la première fois, un froncement de sourcils troubla la perfection de son visage de statue. « Vous ne l'avez pas abîmé, j'espère ? Je vous avais avertis que je le voulais intact. Il s'agit de la plus grande curiosité du monde, de la créature la plus rare : un faux Prophète blanc ! Encore que cette épithète ne lui convienne plus guère : regardez-le, tout bruni comme une fleur fanée ! Est-il mort ?

— Non, très haute dame ; il a seulement perdu connaissance. » L'homme s'exprimait d'un ton apeuré.

« Sûrement pas. Secouez-le un peu ; il possède la résistance d'un chat, et je gage qu'il se révélera aussi difficile à tuer. Ouvre les yeux, Bien-Aimé ; salue-moi d'un sourire et d'une révérence comme autrefois, quand tu n'étais qu'un enfant pâle et chétif. Ah, la jolie créature que tu faisais, petite confiserie toute de blanc d'œufs en neige, de lait et de sucre en poudre ! » Elle se pencha soudain et lança d'un ton acerbe : « Et dotée d'une langue de vipère ! » Comme s'il avait senti le venin dans sa voix, le fou inspira brusquement et se réveilla. La tête vacillante, il redressa le cou et parcourut la salle d'un regard qui ne voyait rien ; puis, tout à coup, sa situation lui apparut avec une violente clarté. Je crus qu'il allait crier quand je vis son visage se crisper, mais il se figea soudain, se tourna vers moi et me dit : « Je regrette. Si tu savais comme je regrette ! »

La Femme pâle fit demi-tour et remonta sur son trône ; elle prit son temps pour s'installer confortablement, puis, une fois à son aise, elle donna ses ordres. « J'attends ce jour depuis si longtemps que je ne vois aucune raison de précipiter ni de retarder mon plaisir. A la vérité, je pensais disposer de vous près d'un an plus tôt. J'avais promis beaucoup d'or aux Pie à condition qu'ils vous livrent tous les deux indemnes, mais ils n'y ont pas réussi : une ridicule volonté de vengeance personnelle a réduit à néant nos arrangements avec eux. De toute manière, ils faisaient des alliés peu fiables, avec leurs sales petites bestioles toujours dans leurs jambes, à polluer leur esprit avec des pensées animales, comme des hommes forniquant avec des brebis ! Rien d'étonnant à ce qu'ils m'aient fait faux bond ! Jamais je n'aurais dû perdre mon temps avec eux. Enfin, tout ça n'a plus d'importance : je vous tiens désormais, et, comble de bonheur, je ne le dois qu'à mes propres menées. » Elle se laissa aller contre son dossier et nous contempla d'un air satisfait, les mains jointes par le bout des doigts.

« Je vous ai fait préparer des appartements depuis longtemps. Gardes, escortez mes hôtes chacun dans ses quartiers et veillez à ce qu'ils en profitent pleinement. Reposez-vous, détendez-vous, FitzChevalerie ; je viendrai bientôt vous rendre visite. En attendant, avez-vous des questions ? Non ? Dommage. Je ne propose pas souvent de répondre aux interrogations, mais, pour vous, j'aurais fait une exception, car je crois que, plus vous en saurez, mieux vous mesurerez combien notre cher petit usurpateur vous a trompé et fourvoyé. Emmenez-les, mais avec ménagement. N'abîmez pas un cheveu de leur tête. »

Au sortir de la grande salle, on nous sépara et on nous emmena dans des directions opposées. « Fitz ! » Le cri soudain du fou me fit sursauter et je me débattis contre la poigne de mes gardes. L'un d'eux me tordait un bras dans le dos et il le releva davantage ; je tentai de planter les talons dans la glace mais les deux hommes continuèrent à me traîner en avant. La voix du fou me parvint faiblement. «Je connaissais mon destin! J'ai choisi de m'y livrer! Ne dévie pas de ta route et ne doute pas! Tout se déroulera comme...» Il se tut avec une exclamation étouffée, puis mon escorte me fit tourner un angle et nous engagea dans un nouveau couloir.

«Où l'emmène-t-on?» demandai-je; en guise d'exemple de l'idée que les sbires de la Femme pâle se faisaient de la façon de traiter délicatement des invités, je reçus un coup de poing dans le ventre qui me plia en deux. Je reprenais à peine mon souffle quand ils s'arrêtèrent devant une porte de glace; l'un d'eux tira de sa poche un instrument long et mince, l'introduisit dans une petite ouverture, le tourna dans un sens puis dans l'autre jusqu'à ce qu'un cliquetis se fît entendre et s'en servit enfin pour ouvrir le battant vers lui. Son acolyte et lui me jetèrent alors dans la cellule et je tombai à plat ventre sur des peaux de daim trouées étendues sur le sol. Un des hommes s'approcha de moi, et je roulai de côté pour éviter ses coups, mais il saisit mes poignets liés, les leva à m'en arracher un cri de douleur, puis les libéra soudain; le poignard avec lequel il avait tranché mes liens m'entailla la main au passage. Il ne parut pas s'en émouvoir. «Ne fais pas de bruit! me dit-il d'un ton d'avertissement. Elle n'aime pas ça, et, moi, je n'ai pas envie de me fatiguer à t'obliger à te taire!»

La porte de glace se referma sur lui avant que j'eusse trouvé une réponse. Je restais étourdi du choc de mon crâne contre la glace; je levai la tête le temps de vérifier que je me trouvais seul dans le cachot, puis, une fois assuré qu'aucun forgisé ne s'y tapissait, je reposai le front sur le sol et fermai les yeux pour tenter de réfléchir.

Je les rouvris au bout d'une minute ou d'une semaine. La lumière n'avait pas changé; aucune idée utile ne m'était venue et peut-être même avais-je dormi. Je me redressai lentement, des douleurs dans tout le corps, mais une vague d'angoisse pour le fou les balaya de ma conscience. Où l'avait-on entraîné? Quel sort l'attendait-il? Il me parut soudain incompréhensible que nous n'eussions pas lutté davantage pour empêcher qu'on nous sépare.

L'inventaire de ce que contenait ma cellule ne me prit guère de temps. En guise de lit, un cadre de bois rempli de paille sur lequel on avait jeté quelques couvertures ; dans un angle, un seau pour les déjections ; un autre, plein d'eau et bouché par une couche de glace, peut-être destiné aux ablutions si j'en croyais le chiffon qui l'accompagnait ; les peaux de daim étendues par terre. Je palpai mes vêtements : les gardes avaient dû profiter de mon inconscience pour s'emparer des outils que j'avais trouvés près du dragon. Je n'avais aucune arme, pas même le petit couteau du fou. Seule la fente basse de la porte inébranlable permettait de voir à l'extérieur ; un globe lumineux était enchâssé dans le plafond, hors de ma portée. Je n'avais rien à manger ni aucun moyen de mesurer le passage du temps. J'allai m'allonger sur le lit rudimentaire en songeant au conseil d'Œil-de-Nuit : quand on n'a plus d'autre réconfort que le sommeil, il faut en profiter ; on se réveille plus en forme pour affronter un adversaire éventuel.

Je fermai les yeux et tâchai de m'endormir, en vain. J'essayai d'artiser : rien. Je tendis mon Vif ; je sentis vaguement la présence d'êtres humains non loin de moi, mais celle du dragon dominait largement – jusqu'au moment où elle disparut à nouveau. Je me redressai sur ma paillasse et appuyai mon dos meurtri contre la paroi de glace pour en apaiser les élancements. Je dus m'assoupir car je m'éveillai les cheveux fixés au mur par le froid ; je me libérai précautionneusement, avec de petites exclamations de douleur, en me traitant de tous les noms.

J'avais examiné à plusieurs reprises la porte, l'espace qui la séparait de son encadrement et la fente qui la perçait, quand on vint me chercher. Assis par terre, l'œil collé à l'interstice, je vis les trois hommes approcher de ma cellule ; devais-je me sentir flatté que la Femme pâle me donnât une escorte si nombreuse ? Les nouveaux venus n'étaient pas ceux qui nous avaient capturés. « Couche-toi face contre terre ! » ordonna l'un d'eux derrière la porte fermée.

J'obéis. Résister à trois hommes n'arrangerait pas ma condition physique. Je les entendis entrer, l'un d'eux planta un genou dans mes reins pour m'immobiliser pendant qu'il me liait les poignets dans le dos, puis, tirant à la fois sur la corde et sur mes cheveux, ils me forcèrent à me relever. Manifestement rompus à ce genre d'exercice, ils n'avaient pas échangé un mot lorsqu'ils me firent sortir de ma cellule et m'entraînèrent dans le couloir.

« Où est mon ami ? L'homme au teint fauve qui m'accompagnait ? »

Pour toute réponse, je reçus un coup de poing dans le flanc, juste en dessous des côtes. Mes gardiens continuèrent d'avancer en me tirant entre eux jusqu'au moment où je parvins à me remettre sur pied et à marcher seul. Nous ne croisâmes personne et je m'aperçus que j'avais perdu tout point de repère : les passages de glace se ressemblaient trop ; en cet instant, même si on m'avait rendu ma liberté, je n'aurais pas su où me diriger pour trouver le fou ou une issue. Pour le présent, je n'avais pas d'autre choix que celui de suivre mes ravisseurs.

Enfin nous arrivâmes devant une porte voussée, taillée dans la glace et munie de battants de bois poli. Un des hommes toqua, et une voix féminine nous commanda d'entrer. Les vantaux s'ouvrirent et nous pénétrâmes dans la chambre de la Femme pâle.

Les globes blancs d'où émanait la lumière étaient curieusement disposés, par terre et sur une table basse, et n'illuminaient que le centre de la pièce. Dans un brasero, des charbons qui brûlaient sans fumée apportaient une légère note de chaleur, et les limites de la chambre s'estompaient dans les ombres. Je distinguai un grand lit tapi dans la semi-obscurité, ainsi qu'un alignement de domestiques attendant leurs ordres. J'avais du mal à me rendre compte des dimensions de la pièce. La Femme pâle venait d'émerger d'une baignoire apparemment faite d'un verre très épais dont l'eau fumante, d'un blanc trouble, dégageait un parfum de fleurs d'été. La maîtresse des lieux se tenait nue sur une peau d'ours à la fourrure épaisse et nous regardait sereinement pendant que deux servantes la séchaient avec équanimité ; se montrer devant nous dans le plus simple appareil ne semblait pas la gêner. Ivoirine de la tête aux pieds, elle donnait l'impression d'une créature de neige ou de marbre. L'eau qui plaquait sa chevelure blanche sur sa tête tombait goutte à goutte de la pointe de ses tresses ; une imperceptible nuance rosée teintait les mamelons dressées de ses seins ronds, et l'absence de couleur de sa toison à l'entrejambe répondait à celle de sa chevelure. Elle avait les membres longs et la taille souple, comme le fou, mais avec les hanches et la poitrine pleines. Nul homme n'aurait pu poser les yeux sur elle sans éprouver du désir ; elle le savait pertinemment, mais cela ne l'empêchait pas de se présenter nue devant nous, gardes et prisonnier, comme si son pouvoir sur nous se trouvait renforcé de ce qu'elle pouvait s'exhiber sans craindre d'attentions malvenues. Ses hommes, le visage de pierre, sans aucune réaction devant sa nudité, restèrent immobiles, deux de part et d'autre de moi, le troisième derrière moi, et attendirent les instructions de leur maîtresse.

Les servantes lui apportèrent des bottes souples en fourrure et la vêtirent d'abord d'une robe de soie fine, puis d'une autre, plus épaisse, en laine bordée d'hermine. Sans se hâter, elle s'assit sur un trône en bois sombre et à dossier bas. Une troisième Outrîlienne entra et je reconnus tout à coup Henja, les bras chargés d'une serviette propre, de brosses et d'épingles ; elle se plaça derrière la Femme pâle et entreprit de coiffer ses cheveux encore humides. La souveraine n'avait pas encore dit un mot. Elle s'adossa et s'abandonna aux soins d'Henja avec un plaisir manifeste : ses paupières se baissèrent tandis que la servante passait lentement la brosse d'ivoire dans sa crinière blanche. Une fois sa longue chevelure débarrassée de ses nœuds puis tressée en une multitude de nattes remontées sur le sommet de son crâne et fixées en chignon, elle rouvrit les yeux et parcourut la chambre du regard. Elle s'arrêta sur moi, m'examina comme si elle n'avait pas remarqué ma présence puis fronça légèrement les sourcils.

« Il est sale ! Ne vous avais-je pas ordonné de lui fournir de l'eau pour se laver avant de me l'amener ? »

Les gardes eurent un mouvement de recul et l'un d'eux répondit précipitamment : « Nous avons obéi, ma dame, mais il n'y a pas touché.

— Je suis mécontente. » A ces mots, les trois hommes blêmirent.

Elle s'adressa à moi. « Vous empestez autant que Kebal Paincru ; je croyais les hommes des Six-Duchés plus soignés. »

Ses yeux se tournèrent brièvement vers la baignoire puis revinrent sur moi. « Remédiez-y ; l'eau est encore chaude. » Elle prit une pose alanguie avec une expression de défi. « Lavez-vous, FitzChevalerie. Vous allez dîner avec moi et je souhaite sentir ce que je mange, non l'odeur de votre crasse. »

Je ne bougeai pas et demeurai impavide. Elle eut un sourire nonchalant.

« Craignez-vous de compromettre votre dignité en vous dévêtant et en vous lavant ? Croyez-moi, la plupart de mes serviteurs ont oublié le sens de l'expression "dignité humaine" et ils se moquent bien de la vôtre. Vous vous accrochez à votre puanteur comme à votre honneur, mais, je puis vous le promettre, vous perdrez bien plus que votre amour-propre si je dois vous forcer à vous baigner. Décidez-vous vite ; je ne suis pas d'un naturel patient et je n'admettrai pas une pareille odeur à ma table. » En aparté à ses domestiques, elle ajouta : « On penserait que le fils d'un roi, même bâtard, aurait plus de respect pour sa propre personne.

— J'ai les mains liées », dis-je avec raideur. Je m'évertuais à chercher un moyen de me sortir d'affaire ou de tirer avantage de la situation, mais n'en trouvais aucun. J'empestais, en effet, je m'en rendais compte à présent ; toutefois, après une première réaction d'humiliation, je compris bientôt sa stratégie. Umbre m'avait expliqué depuis bien longtemps l'intérêt d'anéantir l'amour-propre et l'estime de soi de qui l'on veut interroger ; pour certains individus, cela se révèle plus efficace que la torture. Il suffit de les dépouiller de leur dignité, de les emprisonner comme des bêtes pour qu'ils manifestent une reconnaissance souvent disproportionnée quand on leur rend les petits plaisirs de la civilisation ; parfois même, un simple geste de bienveillance peut faire basculer le cœur d'un homme : enfermé dans une cellule glacée, dans le noir, sans nourriture, il peut percevoir comme une offre de pardon une chandelle et un bol de soupe. Briser un homme de cette façon demande beaucoup moins d'efforts que par la torture.

Elle sourit. « Ah, en effet, vous auriez la tâche difficile les mains liées. » Elle fit un geste à l'intention des gardes. « Menez-le à la baignoire et détachez-le. »

Ils me propulsèrent en avant avec une brutalité qui ne laissait pas de place au doute : ils me contraindraient à tout ce qu'elle ordonnerait, et résister leur donnerait seulement une excuse pour me rouer de coups ; en revanche, obéir me fournirait peut-être un avantage, ne fût-ce que celui de retrouver ma liberté de mouvements. Je serrai les dents et ravalai ma dignité. Une fois mes liens tranchés, je tournai le dos à la Femme pâle, me dévêtis et réussis à cacher mon épingle à tête de renard dans le creux de ma paume ; puis je me plongeai dans l'eau et fis ma toilette, rapidement pour éviter de me laisser trop aller au bien-être du bain tiède. Une femme m'apporta du savon mou dans un bol, et, par réflexe, je la remerciai courtoisement ; elle ne répondit pas. L'eau était devenue grise quand je me redressai. Deux servantes s'approchèrent ; je pris les serviettes qu'elles apportaient, leur présentai mon dos et me séchai. Elles revinrent peu après avec des chaussons de laine feutrée et une robe de laine blanche ; mon uniforme fatigué de Cerf avait disparu. J'enfilai les nouveaux habits, piquai discrètement l'épingle dans mon col et me retournai vers l'assistance. La Femme pâle avait fait pivoter son siège afin de pouvoir m'observer à son aise ; un sourire de chat aux lèvres, elle remarqua : « Vous avez des cicatrices intéressantes, et le physique d'un guerrier. Rase-le, Henja ; je désire contempler le visage nu de celui qui a failli être roi. »

Je restai saisi en entendant ces mots ; jamais je ne m'étais vu sous ce jour. L'espace d'un instant, je crus sentir la réalité du titre, puis je repoussai cette impression : il ne s'agissait que d'une nouvelle ruse. Les deux servantes revinrent avec un fauteuil, suivies d'Henja qui portait une cuvette, du savon et un rasoir. « Je vais m'en charger moi-même », dis-je précipitamment. L'imaginer brandissant une lame aiguisée au ras de ma gorge me nouait l'estomac.

« Certainement pas, intervint la Femme pâle avec un mince sourire. Je ne commettrai pas l'erreur de vous sous-estimer, FitzChevalerie ; je sais la formation que vous avez subie : votre famille a fait de vous un assassin, non un prince, et elle vous a toujours laissé dans l'ignorance de ce dont elle vous a dépossédé. Mais je vous le révélerai, moi ; je vous montrerai l'héritage légitime dont elle vous a privé. Toutefois, je veux avoir la certitude que vous adhérez à ce que je vous offre avant de placer une arme entre vos mains. A présent, asseyez-vous et ne bougez plus. Henja connaît son travail sur le bout des doigts mais je ne la tiendrai pas pour responsable d'un accident si vous vous agitez. »

Je ne crois pas m'être jamais senti aussi mal à l'aise de toute ma vie. Tandis qu'Henja me rasait puis me coiffait, les autres servantes m'examinèrent les mains, me curèrent les ongles puis les coupèrent, tout cela sous le regard de la Femme pâle qui m'observait comme un chat guette un oiseau. Jamais je n'avais été l'objet de tels soins, mais ces attentions me procuraient un sentiment d'humiliation plus que de bien-être. La seule fois où j'ouvris la bouche pour demander : « Où est le fou ? », le rasoir d'Henja m'entailla la peau. Comme je sentais le sang commencer à couler le long de ma gorge, elle appliqua une serviette sur la coupure, pendant que la Femme pâle répondait : « A mon avis, il se trouve devant nous, ne croyez-vous pas ? »

Etant donné ma situation, je ne pouvais guère la contredire. Les gardes laissèrent échapper de petits rires serviles, mais leur maîtresse leur lança un regard d'avertissement, et ils se reprirent aussitôt. Pendant que les domestiques s'empressaient auprès de moi et que les hommes d'armes demeuraient immobiles, le visage marmoréen, d'autres serviteurs apportèrent une table et la drapèrent d'une nappe blanche sur laquelle ils disposèrent des couverts et des plats en argent massif. Au milieu, ils placèrent un candélabre dont ils allumèrent les six grandes bougies blanches, puis, tout autour, des plats et des soupières d'où s'échappaient des vapeurs aux arômes tentateurs. Du vin et des verres firent leur apparition, et enfin deux sièges rembourrés qu'on installa de part et d'autre de la table. Henja m'essuya le visage puis s'écarta de moi pour s'incliner devant la Femme pâle. Mon hôtesse s'approcha de moi mais s'arrêta à quelque distance ; elle pencha la tête et m'étudia d'un œil froid de la tête aux pieds comme un cheval dont elle eût envisagé l'achat. « Vous n'êtes pas mal fait, déclara-t-elle pour finir. Avant les avanies auxquelles votre famille vous a exposé, vous ne manquiez peut-être pas d'une certaine beauté. Bien ; voulez-vous que nous dînions ? »

Là-dessus, elle se dirigea vers sa chaise, qu'un garde tira pour lui permettre de s'asseoir. Je me levai pour la suivre, un autre de ses soldats sur les talons. D'un geste, elle m'indiqua de prendre place en face d'elle, puis, une fois que je me fus exécuté, elle fit un nouveau signe de la main, et l'homme derrière moi se retira dans les ombres de la chambre. Sur son ordre, l'éclat des globes lumineux baissa soudain et seul demeura celui des bougies, qui nous isola dans une bulle de lueur ambrée. Malgré cette apparence d'intimité, je n'oubliai pas que ses gardes et ses servantes se tenaient invisibles dans la pénombre et nous ne nous quittaient pas des yeux.

La table était petite. La Femme pâle plongea une louche dans une soupière et remplit un bol qu'elle posa devant moi avant de se servir elle-même. « Ainsi, vous ne me soupçonnerez pas de chercher à vous empoisonner ni à vous droguer, expliqua-t-elle en prenant sa cuiller. Restaurez-vous, FitzChevalerie ; ce potage est excellent et vous devez mourir de faim. Je ne vous dérangerai pas par des bavardages oiseux pour le moment. » J'attendis tout de même qu'elle eût avalé deux cuillerées avant de l'imiter.

Dans la soupe, en effet délicieuse, épaisse et veloutée, flottaient des morceaux de légume et de viande fondante. Je n'avais rien goûté d'aussi bon depuis mon départ de Castelcerf, et j'aurais terminé mon assiette en un clin d'œil si mes bonnes manières ne m'avaient retenu. Ma seule défense restait ma maîtrise de moi-même, et je fis un effort pour manger sans hâte, prendre le pain qu'elle me tendit et une noix de beurre. Elle nous servit du vin blanc et, après le potage, des aiguillettes d'une volaille à la chair tendre et pâle. Je me régalais et sentais mon organisme se détendre malgré ma volonté de demeurer sur mes gardes. On nous présenta pour le dessert un entremet blanc qui dégageait une appétissante odeur de vanille et saupoudré d'épices tièdes. Pendant que nous lui faisions un sort, mon hôtesse me regardait sans mot dire, l'air songeur. Le vin chantait doucement dans mes veines ; je voulus d'abord lutter contre son effet lénifiant avant d'identifier la sensation. Je pris une profonde inspiration et m'y abandonnai ; il n'était pas l'heure de résister.

La Femme pâle me sourit. Avait-elle perçu ma capitulation? Je m'ouvris à sa présence; elle portait un parfum qui évoquait le narcisse.

A la fin du repas, nous nous levâmes de table. De la main, elle appela les domestiques invisibles; comme ils sortaient de l'ombre pour débarrasser, un homme jeta du combustible dans le brasero dont l'éclat augmenta soudain. On avait disposé devant lui un divan semi-circulaire garni de coussins; la femme alla s'y asseoir et tapota la place à côté d'elle pour m'inviter à la rejoindre. J'obéis et me laissai tomber sur le rembourrage moelleux. Les manières aimables de mon hôtesse désarmaient ma méfiance, déjà émoussée par le vin et la bonne chère. Elle tenterait de m'arracher des renseignements par des questions innocentes, je le savais, et je m'efforçais de conserver mes esprits: je devais rester sur mes gardes et obtenir d'elle autant d'informations que je le pourrais tout en lui en fournissant le moins possible. Elle me sourit de nouveau, et je craignis qu'elle ne pressentît ma tactique; mais elle ramena ses jambes sous elle, en une posture familière du fou, et se pencha vers moi, ses genoux ronds vers moi. «Vous fais-je penser à lui?» me demanda-t-elle à brûle-pourpoint.

A quoi bon mentir? «Oui. Oui, en effet. Où est-il?

— En lieu sûr. Vous avez beaucoup d'affection pour lui, n'est-ce pas? Vous l'aimez?» Sans me laisser le temps de répondre, elle reprit: «Naturellement. Il suscite ce sentiment chez tous ceux sur qui il décide d'exercer sa séduction; il est si intrigant, si charmant! Quel privilège, vous dites-vous, d'avoir la chance de le connaître! Il danse aux frontières de votre compréhension et vous jette parfois d'infimes indices sur sa véritable nature, comme on jette de petits morceaux de sucre à un chien; chaque fois, vous vous sentez grandi d'une si grande confiance. Et, pendant ce temps, il extrait de vous toutes les bribes de connaissance dont il a besoin, il vous expose au danger et à la souffrance pour parvenir à ses propres fins, et il prend tout ce que vous avez à donner.

— C'est mon ami le plus cher. J'aimerais le voir afin de m'assurer qu'on le traite bien.» Je m'exprimais d'un ton guindé, le cœur serré par la cruelle exactitude de sa description du fou.

L'accablement m'avait saisi, et je vis qu'elle s'en rendait compte.

«Je n'en doute pas; plus tard, peut-être, après que nous aurons parlé. Dites-moi, le considérez-vous vraiment comme le Prophète blanc, celui qui vient changer le cours du monde pour l'orienter vers une voie meilleure?»

Je haussai les épaules. Jamais je n'étais parvenu à une certitude définitive là-dessus; pourtant, j'eus l'impression de trahir le fou en déclarant: «Il l'a toujours affirmé.

— Ah! Mais il aurait aussi bien pu se prétendre le roi perdu de l'île des Légendes; l'auriez-vous cru?

— Je n'ai jamais eu de raison de penser qu'il mentait.» Je m'efforçais de prendre un ton assuré, mais je sentais le désarroi s'insinuer en mon cœur.

«Vraiment? Très bien, dans ce cas, je me vois obligée de vous en fournir quelques-unes.» Elle tendit la main, la plongea dans un récipient posé par terre et que je n'avais pas remarqué, puis jeta dans les flammes la poignée de ce qu'elle y avait puisé; une fumée au suave parfum de rose s'éleva du brasero. Je m'en écartai, et elle éclata de rire. «Avez-vous peur que je vous intoxique? Ce ne sera pas nécessaire: votre propre logique et votre bon sens suffiront à vous convaincre. Ainsi, notre ami se présente comme le Prophète blanc; pourtant, vous ne le nierez pas, il a perdu toute blancheur. Il vous aura certainement expliqué que les membres authentiques de notre lignée conservent leur pâleur d'origine toute leur vie? Non? Eh bien, je vous l'apprends à présent. Nous descendons – j'ignore s'il vous l'a dit – des véritables Blancs qu'évoquent les traditions, êtres merveilleux, disparus depuis longtemps de ce monde et de tous les autres, le teint laiteux et d'une sagesse incomparable, car ils possédaient le don de prescience.

» Poursuivons: le premier imbécile venu comprendra que l'avenir n'est pas écrit à l'avance; il en bourgeonne un nombre infini à l'extrémité de chaque instant, et la chute d'un pétale de rose peut les modifier tous. Toutefois, certains présentent une plus grande probabilité que d'autres, et quelques-uns une si considérable qu'ils ressemblent à de puissants chenaux dans lesquels le temps peut s'engouffrer. Aux temps anciens, avant l'apparition de votre peuple, nous avons constaté ce phénomène, nous les Blancs, et pris conscience peu à peu que, par nos actes, nous pouvions influencer l'émergence de l'un ou de l'autre de ces avenirs. Sans aucune garantie de succès, naturellement, nous pouvions néanmoins nous servir de notre savoir pour orienter d'autres peuples, inférieurs à nous, vers des voies qui dirigeraient progressivement le courant du temps vers des eaux plus calmes et plus sûres, où tous prospéreraient. Comprenez-vous ce que je vous explique, FitzChevalerie ? »

J'acquiesçai lentement de la tête. Malgré l'assurance qu'elle m'avait donnée, les fumées odorantes du brasero m'inclinaient vers elle ; je sentais avec acuité le parfum qu'exhalaient sa peau et ses fins cheveux blancs aux tresses luisantes, et la proximité de son corps m'imprégnait peu à peu, comme la sève printanière envahit le bois et gonfle les bourgeons. Je poussai un soupir et elle sourit ; j'eus l'impression qu'elle s'était rapprochée de moi sans pourtant se déplacer.

« Oui, c'est cela. Songez à la façon dont vous êtes arrivés ici, dans ma place forte, pour vous livrer à moi. Je savais qu'un jour je vous tiendrais tous les deux, mais les moyens par lesquels vous deviez tomber en mon pouvoir me restaient obscurs ; aussi ai-je entrepris de modifier l'avenir en employant tous les expédients propres à vous amener à moi ou à me débarrasser de vous. Mes agents ont négocié avec Royal, eh oui ! afin placer hors de votre portée certains instruments qui auraient pu faciliter votre tâche ; on a imprimé dans l'esprit de nombreux forgisés la mission de vous trouver, Vérité et vous, et de vous tuer. Ils ont tous échoué, mais j'ai poursuivi mes efforts ; j'ai envoyé Henja à Castelcerf, où elle a payé les Pie pour qu'ils vous capturent, votre ami le fou et vous, et vous livrent à elle, mais eux aussi ont manqué leur coup. J'ai de nouveau lancé mes filets, sous la forme d'un gâteau à l'écorce delfique destiné à étouffer votre magie à tous, mais vous seul en avez mangé et mon plan s'en est trouvé mis à mal. Je me suis alors emparée des hommes partis au ravitaillement sur ordre d'Umbre, sachant que vous ne manqueriez pas de les chercher ; toutefois, avant que je puisse vous faire prisonnier, vous avez disparu de ma perception – mais pour vous jeter peu après dans la gueule du loup ! Voilà le pouvoir du courant du temps, FitzChevalerie : il était pratiquement inévitable que vous veniez à moi. Certes, j'aurais pu m'en remettre à la chance, mais les Blancs ont pour tradition d'assurer, autant que faire se peut, l'avènement de l'avenir souhaité ; même quand nous avons compris que notre espèce s'effaçait du monde, nous nous sommes efforcés de manipuler les temps futurs afin de ne pas perdre toute influence sur eux.

» Grâce à leur prescience, les Blancs avaient appris qu'ils périraient un jour et que le monde devrait poursuivre sa course sans eux, en aveugle ; mais l'une d'entre eux, une femme douée d'une clairvoyance supérieure, avait compris que leur action perdurerait à condition qu'elle mêle son sang à celui d'un mortel ordinaire. A cette fin, elle s'est mise à parcourir la terre et, chaque fois qu'elle rencontrait un preux digne d'elle, elle portait un enfant de lui. Elle a ainsi donné le jour à six fils et six filles, tous d'apparence humaine ; et, quand l'heure a sonné pour elle de quitter le monde, elle éprouvait une profonde satisfaction, car, elle le savait, chaque fois que les descendants de ses enfants se croiseraient entre eux, un Blanc naîtrait de leur union. La sagesse et les dons de son peuple survivraient. N'est-ce pas une belle histoire ?

— Le fou affirme que chaque époque voit la naissance d'un seul Prophète blanc.

— Le fou… Ah, que d'affection dans ce charmant petit surnom ! » Elle sourit, et ses lèvres pâles formèrent un arc d'ivoire parfait. « Et qu'il lui va bien ! Je m'étonne qu'il vous permette de l'appeler ainsi. » Elle poussa un léger soupir. « Mais je devrais me réjouir, sans doute, qu'il se soit montré aussi franc avec vous. En effet, un seul Prophète blanc peut régner ; or, pour le temps présent, il s'agit de moi. Son existence constitue une erreur, un anachronisme ; voilà pourquoi son teint s'assombrit, je pense. Si on l'avait gardé au temple jusqu'à ce que sa pâleur disparaisse, il n'aurait pu nuire à personne ; mais ses surveillants ont toujours fait preuve d'une indulgence coupable et d'une trop grande confiance envers cet irrésistible petit chenapan. Il a donc réussi à leur échapper et à se perdre dans la nature pour commettre ses méfaits. Voyons si nous pouvons en réparer quelques-uns, vous et moi. Dites-moi, quel terrible destin prête-t-il au monde pour opposer sa misérable influence à la mienne ? »

Je me tus un moment puis avouai : « Je ne le sais pas exactement ; l'irruption d'une ère plongée dans le mal et les ténèbres, me semble-t-il.

— Hum ! » On eût dit le ronronnement satisfait d'un chat qui s'installe confortablement. « Eh bien, je vais vous fournir un exposé moins fumeux que le sien : il redoute l'avènement d'un âge de l'homme où les plus forts domineront et soumettront la sauvagerie et l'anarchie qui règnent sur la terre. Pourquoi il considère cela comme une catastrophe, je ne l'ai jamais compris ; pour ma part, je ne vise pas d'autre but. Que prévalent l'ordre et la productivité, que les forts engendrent des enfants forts pour leur succéder ; si je réussis, je veillerai à ce que les ressources se répartissent équitablement. Mes pauvres Outrîliens manquent de tous les bienfaits ; ils n'ont qu'un sol caillouteux à labourer pendant leurs étés brefs et froids, et ils doivent arracher à la force du poignet une maigre subsistance d'un océan impitoyable. Pourtant, ils sont parvenus à former un peuple résistant qui mérite davantage, et je veux les aider ; le monde s'en porterait mieux, vous ne me contredirez pas. Mais votre ami au teint ambré nourrit d'autres ambitions qu'il juge plus élevées. Entre autres fadaises, il se croit investi de la mission de réintroduire les dragons sur cette terre ; selon lui, il faut opposer une concurrence à la domination de l'homme. Vous en a-t-il parlé ?

— Un peu, oui.

— Vraiment ? Cela m'étonne. Et quel bien espère-t-il du retour d'un monstrueux prédateur qui regarde le monde entier comme son terrain de chasse ? Qui ne respecte aucune frontière, ne reconnaît pas la propriété et voit en l'homme, au mieux, un instrument et, le plus souvent, une source de nourriture ? Franchement, l'idée que votre peuple devienne du bétail pour d'immenses créatures écailleuses vous plaît-elle ?

— Pas spécialement. » Quelle autre réponse aurais-je pu donner à pareille question ? Pourtant, j'éprouvai encore une fois le sentiment de trahir le fou. Les propos soigneusement calculés de mon interlocutrice infiltraient en moi des racines de doute qui se ramifiaient lentement.

Elle éclata de rire, ravie, et se rapprocha de moi. «Evidemment, comme tout le monde, moi comprise. Je descends peut-être des Blancs, mais mes parents étaient humains.»

Je tentai une faible contre-attaque. «Néanmoins, vous avez lancé les Outrîliens et leurs navires rouges contre notre peuple; ils ont incendié et pillé nos villes, ils ont forgisé nos semblables. Où est le bien là-dedans?

— Et vous croyez que je les y ai poussés? Ah, quelle erreur! Au contraire, je les ai retenus, mon cher; j'ai refréné leur ardeur et leur ai interdit d'annexer les territoires conquis. Vous avez vu Kebal Paincru; vous donne-t-il l'impression d'un homme qui a réalisé ses rêves de domination et d'enrichissement? Non, bien sûr que non! A qui doit-il sa situation actuelle? A moi. Dès lors, comment pouvez-vous me considérer comme l'ennemie de votre royaume?»

Je ne sus que répondre. Mon regard se perdit dans les flammes du brasero. A nouveau, je perçus un picotement d'Art et j'entendis, du moins le crus-je, le lointain écho de la musique de Lourd; mais j'étais sans doute le jouet de mon imagination, puisque mon Art avait disparu. Je sentis la main fraîche de la Femme pâle se poser sur ma joue et me forcer sans brutalité à me tourner vers elle; je contemplai la colonne blanche de son cou. Qu'elle serait douce sous mes doigts!

Les yeux dans les miens, elle reprit: «Votre fou n'a pas menti en affirmant que les Prophètes blancs ont pour mission de changer le cours du monde. J'ai fait de mon mieux; je n'ai pas réussi à modifier complètement les événements, mais je m'y suis efforcée, et, si les Pirates rouges ont attaqué vos côtes, ils n'ont colonisé aucune de vos terres.» Elle s'exprimait en termes simples, avec logique, et son discours se refermait sur moi comme une nasse. «Quand des traîtres parmi vous ont vendu aux marchands de Kebal des traités sur votre magie, je n'ai pas pu l'empêcher d'apprendre votre Art et de le retourner contre vous; mais les vôtres ont leur part de responsabilité là-dedans: ne se sont-ils pas défaits de ces manuscrits contre des espèces sonnantes et trébuchantes ? Et pourquoi ? Parce qu'un fils cadet de sang royal désirait plus de pouvoir. Vous n'aimiez pas Royal, je le sais, et il vous le rendait ; il sentait au fond de lui l'improbabilité de votre existence, la rareté d'une naissance comme la vôtre dans l'entrelacs des fils du temps, et, instinctivement, il voulait vous éliminer pour permettre au monde de suivre la voie prévue. Réfléchissez : Royal traitait en secret avec les Pirates rouges ; s'il était monté sur le trône, ces échanges auraient continué au vu et au su de tous, les Outrîliens auraient été accueillis à bras ouverts chez vous, en négociants et non en guerriers, pour le plus grand profit de chacun. Qu'y avait-il de si effrayant dans cette perspective ? Elle aurait pu advenir sans les machinations de votre fou. Je ne vous mentirai pas : pour prix de cette paix et de cette prospérité, votre existence aurait dû s'achever prématurément ; mais, franchement, jugez-vous ce coût trop élevé ? Songez au nombre de fois où vous avez été prêt à donner votre vie pour votre famille ; or Royal appartenait aux Loinvoyant autant que vous. Si vous aviez accepté de mourir pour lui, vite et sans douleur, ce sacrifice n'aurait-il pas été honorable ? »

Elle déformait jusqu'à la rendre méconnaissable ma conception du monde, de ma famille et des Six-Duchés. Le fil de soie de son discours m'enserrait en boucles inexorables dont la nouvelle vérité me ligotait. A tâtons, je cherchai en moi les convictions que je croyais jusque-là ancrées indéracinablement et découvris une faille dans sa logique. « Sans ma naissance, c'est mon père qui aurait accédé au pouvoir. »

Elle éclata d'un rire léger, mais son sourire s'était effacé. « Allons, vous chicanez, vous le savez bien ! Votre père aurait péri jeune, sans enfants, dans un accident de chasse ; j'ai vu cette scène se répéter à l'infini dans mes visions. Vérité ne se serait pas marié, et une fièvre maligne l'aurait emporté l'hiver suivant. Si vous étiez mort au bon moment, le trône serait revenu sans heurt à Royal, le temps aidant ; il aurait bénéficié de la faveur et des lumières de son père et il aurait fait un grand monarque. Certes, la lignée aurait disparu avec lui, mais splendidement, dans la paix et l'abondance, pour les Six-Duchés comme pour les îles d'Outre-mer. Je n'ai aucune raison de vous mentir là-dessus ; cet avenir ne verra jamais le jour ; quel motif aurais-je de vous tromper ? »

Je l'ignorais, et pourtant je le savais. Mon Art papillonnait aux limites de ma conscience, magie évasive, indigne de confiance, ainsi que je le savais depuis toujours ; la Femme pâle me l'assurait : *N'y prête pas attention.* « Vous m'embrouillez l'esprit. Vous vous contredisez et vous faussez la réalité que je connais. Vous vous jouez de moi. »

Elle éclata d'un rire guttural et ravi. « Mais bien sûr ! Tout comme votre fou bien-aimé, qui vous enchante par la danse de ses mots et vous propose cent façons de voir la vérité. Je vous enchanterai moi aussi, maintenant que vous m'appartenez – car je vous prends à mon service. Il le faut. Nous devons collaborer pour rendre au monde sa direction naturelle, non par votre mort, mais par la vie que je vous donnerai. Vous serez désormais mon Catalyseur, mille fois plus puissant que Kebal Paincru, et je vous charmerai mille fois plus que votre fou pitoyable, car nous représentons enfin le couple parfaitement complémentaire : non seulement Prophète et Catalyseur, mais aussi mâle et femelle, nous formerons l'harmonie qui change le monde. Je serai tout ce que secrètement il rêvait en vain d'être pour vous, à la différence qu'à sa défaillance je substituerai ma perfection, et vous comprendrez peu à peu que, loin de trahir votre petit fou, vous restez fidèle au monde et à sa destinée naturelle. Goûtez-le dans sa vérité inaltérée ; goûtez-le. » Elle avait approché son visage du mien en parlant et sa bouche toucha la mienne ; sa douceur et la fraîcheur lutine de sa langue commandèrent à mes lèvres de s'entrouvrir. Elle n'avait pas menti : une suavité capiteuse, plus étourdissante que tout ce que j'avais jamais connu, m'envahit à son contact. Frissonnant, je la pris par les épaules pour l'empêcher de s'écarter.

Le désir me submergea, et la justesse, le caractère inévitable de cet instant chassèrent toute autre considération de mon esprit. Je me moquais que ses gardes et ses domestiques nous observent dans les ombres de la chambre ; plus rien ne comptait pour moi que la beauté idéale de son corps d'albâtre. Un seul détail manquait pour parachever l'avenir qu'elle m'offrait ; je laissai cette pensée monter à la surface de ma conscience.

« Notre enfant sera magnifique, m'assura-t-elle en me lâchant. Notre fils fera ton bonheur, je te le promets. »

Je sentis la vérité qui imprégnait ces paroles, et elles s'infusèrent en moi, vibrantes, comme de l'argent glacé dans mon sang. Un enfant ! Elle me donnerait un enfant que je pourrais tenir dans mes bras, aimer, un enfant que nul ne me volerait. Elle connaissait mes désirs les plus chers et elle m'offrait la possibilité de les réaliser. Elle créait dans mon imagination l'avenir auquel j'avais toujours aspiré, façonné pour répondre à toutes mes envies. Comment, pourquoi y aurais-je résisté ?

Elle se leva, passa sa robe de laine par-dessus sa tête et la laissa tomber à côté du divan ; celle de soie suivit le même chemin, et elle se tint devant moi, dans l'éclat jaune du brasero qui jouait sur ses formes. Sur la pâleur de sa peau, la lumière dorait les courbes de son corps et de son visage. Ses seins blancs étaient ronds et lourds ; elle les prit dans ses mains et se tendit vers moi pour m'inviter à y goûter. Lentement, elle s'assit près de moi, puis elle se laissa aller en arrière en m'ouvrant ses bras et ses cuisses. « Viens. Je sais tout ce dont tu as envie, et je te le donnerai. » Elle appuya languissamment sa tête contre l'accoudoir ; ses yeux sans couleur se posèrent sur moi et me transpercèrent.

L'évidence de ces mots tonna en moi au rythme effréné de mon cœur. Je me dressai à mon tour et ôtai fébrilement mes vêtements. Elle baissa le regard pour voir ce que j'avais à lui offrir.

A cet instant, je dressai mes murailles d'Art et me barricadai plus étroitement que jamais pour bloquer son influence insidieuse, puis je me jetai sur elle, ainsi qu'elle l'escomptait, mais je refermai les mains sur sa gorge blanche tandis que j'enfonçais brutalement mon genou dans le doux arrondi de son ventre. Je sentis à la fois son Art et ses poings me frapper. Je savais n'avoir qu'une seule occasion de la réduire à l'impuissance, et un froid mortel m'envahit quand je compris que je l'avais manquée. Elle ressemblait physiquement au fou, et j'aurais dû me douter qu'elle possédait la même vigueur étonnante ; sans attendre l'intervention de ses gardes, elle baissa le menton pour m'empêcher de l'étrangler, passa les poings entre mes coudes et, ouvrant grand les bras, m'obligea à lâcher sa gorge. Elle me repoussa violemment en arrière et, comme je m'effondrais contre le brasero qui tomba en projetant des braises dans toutes les directions, elle leva les mains au-dessus de sa tête. Les globes blancs flamboyèrent brusquement et répandirent un flot de lumière dans la pièce. De tous côtés, des hommes d'armes se précipitèrent sur moi ; vu leur nombre, ils ne pouvaient qu'avoir raison de moi, et j'aurais dû les laisser me terrasser, me rendre aussitôt. Mais la vue du fou, bâillonné et enchaîné, bras écartés, à un mur de glace, comme un trophée de chasse, avait suscité en moi une fureur telle que je n'en avais plus connu depuis mes derniers combats à la hache contre les Pirates rouges.

Je me brûlai en saisissant le brasero à pleines mains et en le projetant sur mes assaillants. Je ne m'attendais pas à survivre, aussi les affrontais-je sans souci de ma sécurité, en y mettant toutes mes forces, ce qui explique, je pense, qu'il leur fallut tant de temps pour me maîtriser. Ils avaient ordre de me prendre vivant et retenaient leurs coups tandis que je lâchais la bride aux miens ; je sais que je brisai la clavicule de l'un d'eux, car je l'entendis se rompre, et je me rappelle avoir recraché un morceau d'oreille, mais, comme dans toutes les batailles où la rage s'empare de moi, je ne garde de celle-là que des souvenirs vagues et décousus.

Je n'oublie pas, en revanche, que je perdis la lutte ; je sus qu'elle était achevée quand je me retrouvai à plat ventre, plaqué par les genoux de trois hommes. J'avais du sang dans la bouche, dont le mien ; depuis que j'ai été lié à un loup, je n'ai jamais eu scrupule à faire usage de mes dents lors d'une bagarre. Mon bras gauche ne m'obéissait plus ; quand on me releva sans ménagement, il battit mollement contre mon flanc, inerte. Je songeai avec accablement que j'avais l'épaule luxée, et j'attendis la douleur qui ne manquerait pas de me poindre tôt ou tard.

J'avais réussi à parvenir près du fou ; il évoquait un papillon épinglé, fixé à la paroi de glace les bras en croix, la tête maintenue contre le mur par une bande de métal qui lui enserrait le cou. Un bâillon lui entaillait la commissure des lèvres ; du sang en avait coulé pour tomber sur sa chemise. Nos ravisseurs avaient dû fouiller son sac car il portait la couronne aux coqs ; on lui avait enfoncé le cercle de bois jusqu'aux oreilles. Il avait les yeux ouverts, et je me rendis compte qu'il avait assisté au spectacle cruel de la Femme pâle, que la scène de séduction à laquelle j'avais participé n'avait eu d'autre but que de le tourmenter ; je perçus aussi, quand nos regards se croisèrent, qu'il savait que je ne l'avais pas trahi. Je vis ses doigts enduits d'Art tressaillir faiblement au bout de sa main garrottée ; lui aussi avait senti l'assaut insidieux de son ennemie par ma magie renaissante et le lien qui nous unissait.

« J'ai fait ce que j'ai pu ! » lui criai-je alors qu'il laissait retomber sa tête autant que le lui permettaient ses entraves et qu'il fermait les yeux. Après avoir servi de divertissement aux gardes – du sang sourdait à travers ses vêtements et formait de longues mèches rouges dans ses cheveux poisseux de sueur –, il se trouvait désormais réduit au silence et enchaîné à la glace, torturé par ce froid qu'il avait toujours tellement détesté. Ses visions lui avaient-elles montré cette mort lente et pénible ? Etait-ce pour cela qu'il redoutait tant les températures trop basses ?

« Menez-les tous les deux à ma salle du trône ! » La voix de la Femme pâle évoquait les craquements de la banquise. Non sans mal, je tournai la tête vers elle. Elle s'était rhabillée ; sa lèvre inférieure commençait à enfler et plusieurs nattes défaites pendaient devant son visage. Beau résultat d'une attaque que je voulais meurtrière ! me dis-je avec ironie. Je n'éprouvai cependant qu'un amusement mitigé quand les gardes me saisirent rudement et m'entraînèrent, sans ménagement pour mon bras qui ballait, inerte. Derrière moi, j'entendis les cris pitoyables du fou qu'on arrachait à ses fers.

Les couloirs me parurent plus longs et plus blancs, comme si la fureur de la femme qui marchait à grandes enjambées devant nous donnait un éclat plus vif aux lumières. Les rares personnes que nous croisâmes eurent toutes un mouvement de recul ou se collèrent au mur sur son passage. Je tentai de graver dans ma mémoire les tours et détours que nous effectuâmes : si le fou et moi parvenions à nous échapper, il nous faudrait savoir quelle direction prendre ; mais je me rendis bientôt compte de la futilité de mes efforts, tant pour fixer notre chemin dans mon esprit que pour garder espoir. Nous étions à bout, la partie s'achevait. Le fou allait périr, moi avec lui, et son œuvre aboutirait à une fin sanglante et inutile. « J'aurais pu aussi bien mourir la première fois que Royal a posé les yeux sur moi et a proposé à Vérité de m'éliminer discrètement. »

Je m'aperçus que j'avais parlé tout haut quand un des hommes d'armes me bouscula en m'ordonnant : « Ferme-la ! »

Nous continuâmes de marcher. Non sans difficulté, car j'avais du mal à me concentrer et plus encore à surmonter ma peur, je baissai mes murailles d'Art, puis, rassemblant le peu d'énergie qui me restait, j'essayai d'artiser Devoir seul pour le mettre en garde et lui demander de l'aide, mais, comme un homme qui palpe en vain ses vêtements à la recherche de sa bourse, je constatai que ma magie avait de nouveau disparu et que je ne parvenais pas à la retrouver. J'avais perdu ma dernière arme.

Quand nous arrivâmes enfin à destination, la Femme pâle avait déjà pris place sur son trône. Sous le regard indifférent de ses serviteurs alignés le long des murs, on nous conduisit jusqu'au pied de l'estrade puis on nous força de nouveau à nous agenouiller. Pendant un long moment, elle nous observa en silence, puis, d'un mouvement de menton étroit, elle désigna le fou. « Donnez-le au dragon ; qu'il prenne la place de Theldo, et que son ami ne manque pas une miette du spectacle.

— Non ! » m'écriai-je avant qu'un coup de poing ne me jette à plat ventre sur la glace. Le fou ne dit rien tandis qu'on l'entraînait ; parvenu près des captifs enchaînés, un des gardes tira calmement son épée du fourreau et l'enfonça dans le corps d'un des malheureux. L'homme ne mourut pas tout de suite, mais il ne s'agita guère et ne poussa pas de hauts cris : le dragon avait déjà dû absorber la plus grande partie de son essence et il ne lui restait plus assez de personnalité pour s'horrifier du trépas de son enveloppe physique. Il s'effondra contre la créature et glissa lentement le long de son flanc. L'espace de quelques instants, une traînée rouge ressortit vivement sur le noir de la pierre, puis, ainsi que le sable boit l'eau, la roche aspira le sang, et les écailles de la zone imprégnée gagnèrent en relief.

A gestes efficaces, et avec prudence afin de ne pas toucher le dragon, deux hommes d'armes ôtèrent les fers du pauvre diable ; l'un d'eux adressa un regard interrogateur à sa reine, elle acquiesça de la tête, et, à l'aide de son épée, il déboîta l'épaule du cadavre et la trancha comme il l'eût fait d'une patte de poulet ; puis il jeta le bras à Kebal Paincru sans même regarder. J'aurais dû l'imiter. Le roi dément se jeta en avant aussi loin que sa chaîne le lui permettait, s'empara du membre mou et ensanglanté et se mit à le dévorer aussi avidement qu'un chien un morceau de viande fraîche. Il mastiquait bruyamment, et je me détournai, le cœur au bord des lèvres.

Mais un spectacle pire encore m'attendait. Mes deux gardes affermirent leur prise sur moi, un troisième saisit ma queue de guerrier et me contraignit à lever la tête, tandis que ceux du fou entraînaient leur prisonnier vers le dragon. Il ne résista pas ; le visage exsangue, il donnait l'impression de ne plus ressentir ni horreur ni douleur mais seulement la montée de la mort. On l'enchaîna au dragon par les chevilles et les poignets ; en se tenant à demi accroupi, coudes et genoux écartés, il parvenait à éviter le contact avec la pierre assoiffée, mais cette position était un supplice en elle-même et nul ne pouvait la garder longtemps. Tôt ou tard, épuisé, il s'écroulerait contre la créature qui boirait une part de son essence.

Le fou affrontait une lente morte par forgisation.

« Non », murmurai-je, quand l'atrocité de la réalité eut pénétré mon esprit. « NON ! » hurlai-je. Je me tournai vers la Femme pâle sans me soucier des cheveux que je laissai dans la poigne de l'homme qui me tenait. « Demandez-moi ce que vous voulez ! J'obéirai à tous vos ordres, mais relâchez-le ! »

Elle se laissa aller contre ses fourrures. « Quel dommage ! Vous capitulez beaucoup trop facilement, FitzChevalerie Loinvoyant ; vous n'avez même pas attendu la démonstration. Ma foi, je ne veux pas me priver de ce plaisir. Dret ! Présente-lui mon dragon. »

L'intéressé s'avança en dégainant l'épée. « Non ! » vociférai-je encore en me débattant pour échapper à mes gardes, tandis que le nommé Dret plaçait la pointe de son arme dans les reins du fou et l'obligeait à se plaquer sur la sculpture.

Il ne l'y tint qu'un instant. Mon ami ne cria pas; peut-être le processus n'induisait-il pas de douleur physique. Toutefois, quand l'homme retira son épée, le fou s'écarta de la pierre aussi vivement que la main d'une escarbille brûlante et il se laissa aller en arrière, retenu par ses chaînes, tremblant mais toujours silencieux. Je vis fugitivement sa silhouette dessinée sur la peau du dragon et s'effaçant, aspirée dans la roche en même temps que ses souvenirs et ses émotions.

Qu'avait-il perdu lors de ce bref baiser de pierre? Un jour d'été de son enfance, une conversation entre le roi Subtil et Umbre, près du feu, dans la chambre du vieux souverain? Un moment que nous avions partagé, lui et moi, arraché à sa mémoire et disparu à jamais? Il saurait désormais que ces scènes avaient eu lieu, mais la forgisation leur ôterait toute signification. Notre amitié, l'affection que nous nous portions se dissiperaient lentement et s'évanouiraient avant qu'il ne meure; et, à l'heure de son trépas, il n'aurait même plus le souvenir d'avoir été aimé pour adoucir son départ. Je levai les yeux vers la Femme pâle; je crois qu'elle buvait ma détresse autant que le dragon avait absorbé des fragments de la personnalité du fou.

« Qu'attendez-vous de moi? demandai-je. Quoi donc? »

Elle répondit d'un ton serein : « Seulement que vous empruntiez la voie la plus facile et jouiez le rôle qui s'impose à vous au cours des jours à venir. Vous n'y aurez aucune difficulté, FitzChevalerie : dans la quasi-totalité des avenirs que j'ai vus, vous accédez à ma requête. Obéissez à votre prince, à Umbre, à la narcheska – et à moi : tranchez la tête de Glasfeu. C'est tout. Songez au bien qui découlera de ce geste : vous ferez le bonheur d'Umbre et votre reine obtiendra l'alliance qu'elle appelle de ses vœux avec les îles d'Outre-mer; vous deviendrez un héros à leurs yeux. Devoir et la narcheska pourront consommer l'amour qui les unit. Je ne vous impose d'accomplir aucun exploit; seulement d'agir dans le sens qu'espèrent nombre de vos amis.

— Ne tue pas Glasfeu ! » lança le fou dans un chuchotement implorant.

La Femme pâle soupira d'un air agacé comme si un enfant mal élevé l'avait l'interrompue. « Dret ! Il désire embrasser le dragon encore une fois ; aide-le.

— Je vous en prie, non ! » criai-je alors que l'homme tirait lentement son épée. Je me dégageai de la poigne qui me tenait par les cheveux pour m'incliner en signe de soumission. « Pitié ! Je tuerai Glasfeu ! Je le promets.

— Mais naturellement », répondit-elle d'un ton suave tandis que la pointe d'acier s'enfonçait dans le dos du fou.

Il résista malgré le sang qui commençait à imbiber sa chemise. « Fitz ! Elle détient la mère et la sœur de la narcheska ! Nous les avons vues, Fitz ; elles sont forgisées ! Elliania et Peottre lui obéissent pour qu'elle mette fin à leur tourment ! » Soudain il poussa un cri, céda à la morsure de l'épée et s'effondra contre le dragon. Des convulsions l'agitèrent des pieds à la tête et il parut rester une éternité plaqué contre la pierre par l'épée du garde. Si j'avais eu les mains libres, je me serais caché les yeux ; je les fermai pour échapper à l'insupportable spectacle. Quand les cris cessèrent, je les rouvris et vis les contours argentés de mon ami dessinés sur le dragon ; plus précieuses que le sang, les expériences qui le constituaient finissaient de s'infiltrer dans le roc sans âme. Le fou s'était redressé, les muscles tendus, et tirait sur ses chaînes pour éviter tout contact avec la sculpture. Je l'entendis reprendre brusquement sa respiration et formai le vœu fervent qu'il se tût, mais il reprit : « Elle me les a montrées à titre d'exemple de ce qu'elle pouvait m'infliger ! Tu ne peux pas me sauver, Fitz ! Mais fais que nous n'ayons pas œuvré en vain ! Ne lui obéis…

— Allons, encore une fois », dit la Femme pâle, entre lassitude et amusement devant son entêtement. De nouveau, Dret s'avança ; de nouveau l'épée, de nouveau la pression lente et implacable de la pointe. Je courbai la tête quand mon ami hurla. J'aurais voulu mourir en cet instant ; c'eût été moins atroce qu'assister à son supplice, moins épouvantable qu'éprouver ce que j'éprouvais, l'horrible, l'égoïste soulagement de ne pas me trouver à sa place.

Lorsque l'écho de ses cris s'éteignit, je ne levai pas les yeux. Je n'en avais pas le courage. Je ne voulais pas parler, ni à la Femme pâle ni au fou, de peur qu'il ne cherche encore à m'inciter à la résistance et ne s'attire une nouvelle sanction. Je regardais les gouttes de sueur tomber de mon visage sur la glace et s'y fondre – comme le fou se fondait dans le dragon. *Bien-Aimé !* Je tentai de l'artiser, de lui transmettre un peu de ma vigueur, mais en vain ; ma magie erratique, empoisonnée par l'écorce elfique, avait encore disparu.

« Je crois vous avoir convaincu, déclara la femme d'un ton suave, mais je tiens tout de même à mettre les points sur les i ; choisissez : la vie de Glasfeu ou celle de votre Bien-Aimé. Je vais vous libérer et vous irez tuer le dragon ; accomplissez ma volonté et je vous rendrai votre ami, du moins ce qu'il en restera. Plus vite vous partirez, plus il demeurera de sa personnalité quand vous le retrouverez. Tardez et il risque fort d'être complètement forgisé – mais pas mort ; je vous le promets : il ne sera pas mort. Me comprenez-vous bien, FitzChevalerie Loinvoyant, petit roi assassin ? »

J'acquiesçai de la tête ; j'avais gardé les yeux baissés, et cela me valut un coup de poing dans les côtes. Non sans mal, je redressai le cou. « Oui, murmurai-je, je comprends. » Je n'osai pas regarder le fou.

« Parfait. » Une satisfaction ardente imprégnait sa voix. Elle leva les yeux au plafond vitreux de la salle, un sourire aux lèvres. « Voilà, Glasfeu : il comprend. Il t'apportera la mort. »

Elle se tourna vers mes gardes. « Faites-le sortir par la cheminée nord. Ensuite, qu'il aille son chemin. » Puis, comme si elle avait perçu ma perplexité, elle me regarda avec bienveillance. « J'ignore comment vous rejoindrez vos amis ; je sais seulement que vous y parviendrez et que vous tuerez le dragon. L'avenir s'étend désormais devant moi avec une totale limpidité ; il n'y a plus d'autre chemin. Allez, FitzChevalerie ; obéissez-moi et sauvez votre Bien-Aimé. Allez ! »

Je n'adressai pas un mot d'adieu au fou quand on m'emmena hors de la salle : je craignais qu'il ne tentât d'y répondre et n'y gagnât un nouveau baiser du dragon de pierre. A vive allure, on me conduisit par le labyrinthe du repaire de la Femme pâle, puis je gravis un escalier interminable qui déboucha enfin dans une caverne qui s'ouvrait entre le roc et le glacier. Pendant que deux des gardes me tenaient agenouillé, le troisième déblaya l'amoncellement de neige soufflée par le vent et durcie qui en bloquait l'ouverture ; puis ils me relevèrent et me jetèrent dehors.

10
RÉUNION

… que notre roi-servant Chevalerie n'est pas du tout le fils que le roi Subtil croyait. Comme vous l'imaginez aisément, cela chagrine mon pauvre époux plus que je ne saurais le dire, mais, comme toujours, le prince Royal fait tout son possible pour réconforter son père bien-aimé. J'ai eu le triste devoir d'informer mon seigneur et notre prince libertin qu'étant donné sa manie de parsemer nos campagnes de petits bâtards (car, s'il en existe un, pouvons-nous douter qu'il y en ait d'autres ?) mes ducs de l'Intérieur expriment leur scepticisme quant à l'aptitude de Chevalerie à succéder à son père. En conséquence, il a accepté de renoncer au trône.

En revanche, je n'ai pas réussi à convaincre mon seigneur que la présence de ce rejeton illégitime au château de Castelcerf constitue un affront à toute épouse vertueuse, dont je suis. Il soutient que, si l'enfant reste confiné aux écuries, à la garde du responsable des lieux, nous ne devons pas nous soucier de voir se pavaner sous nos yeux la preuve vivante de la faiblesse du seigneur Chevalerie. C'est en vain que j'ai demandé une solution plus expéditive…

Lettre de la reine Désir à dame Pivoine de Labour

*

Nous étions sortis par une crevasse au sommet d'une pente raide. J'entendis mes gardes éclater de rire, puis, avant même d'en comprendre la raison, je me sentis projeté dans l'obscurité glaciale. Quand je heurtai le sol, je crevai la croûte de neige durcie, roulai sur moi-même et retrouvai enfin mon équilibre; je me relevai au milieu des ténèbres, mais, quand je voulus faire un pas, je trébuchai, m'affalai et glissai avant de parvenir à me redresser, pour retomber aussitôt. J'avais pour toute protection la robe de laine et les chaussons de feutre que la Femme pâle m'avait donnés; la neige se collait sur mon visage trempé de sueur qu'elle refroidissait. Mon bras gauche ballait contre mon flanc, inerte. Je parvins enfin à me relever et à tenir debout; alors je me retournai pour voir d'où j'étais venu. Des nuages bouchaient le firmament et, comme toutes les nuits, le vent soufflait; je ne distinguai aucun signe d'un accès au royaume de la Femme pâle. La neige portée par la brise nocturne effacerait très vite mes empreintes, je le savais.

Si je ne faisais pas demi-tour tout de suite, je ne retrouverais jamais l'entrée.

Pourtant, à quoi bon? Mon bras gauche ne m'obéissait plus et je n'avais pas d'arme.

Oui, mais un dragon de pierre était en train de dévorer lentement le fou.

D'un pas titubant, j'entrepris de gravir la pente en tâchant de repérer les traces de mes glissades. Bientôt, l'escarpement devint trop raide, et je sentis que je piétinais sans progresser d'un pouce tandis que le froid s'insinuait en moi. Je m'écartai de la piste tassée pour tenter l'ascension dans une neige plus molle, mais celle-ci alourdissait le bas de ma robe, qui ne protégeait nullement mes jambes nues. Je finis par perdre l'équilibre; je tins mon bras blessé contre ma poitrine alors que je tombais et dévalais le versant en roulant sur moi-même. Quand ma dégringolade cessa, je restai un moment allongé par terre, haletant; puis, comme je me relevai péniblement, j'aperçus un petit point jaune lumineux dans le vallon à mes pieds.

Je l'observai en m'efforçant d'en déterminer la nature. De sa façon de se déplacer en dansant, je déduisis qu'il s'agissait d'une lanterne que portait quelqu'un. Un sbire de la Femme pâle? Que pourrait-il me faire de pire que ce que ses acolytes m'avaient déjà infligé ? Et peut-être avais-je affaire à un homme de notre camp, ou bien à un parfait inconnu.

Je lançai un cri dans le vent. La lanterne s'arrêta. J'appelai encore une fois, puis une autre, et la lumière se remit en route, mais dans ma direction. J'adressai à mi-voix une prière au dieu, n'importe lequel, qui voudrait bien m'aider, puis me mis à descendre la pente d'une démarche chancelante ; pour chaque pas correctement exécuté, j'en effectuais trois en glissant, et bientôt je me retrouvai en train de courir à foulées bondissantes pour éviter de tomber à plat ventre dans la neige. La lampe se trouvait au bas du dévers et ne bougeait plus ; toutefois, comme j'arrivais assez près pour discerner la silhouette de celui qui la tenait, elle reprit son déplacement. L'homme m'abandonnait à mon sort ! Je criai à nouveau, mais il ne s'arrêta pas ; alors, un terrible sanglot d'accablement monta dans ma gorge : j'étais incapable d'aller plus loin, et pourtant je devais continuer. Je claquais des dents, le froid taraudait mes meurtrissures, tout mon corps n'était que douleur, et il m'abandonnait ! Je me lançai sur ses traces, le pas mal assuré, et l'appelai deux fois encore, mais la lanterne continua de s'éloigner. J'accélérai, du moins le crus-je, sans parvenir à réduire la distance entre nous. J'atteignis le point où je l'avais vu faire halte un instant, et, à partir du moment où je suivis sa piste dans la neige, ma progression me sembla un peu moins difficile.

J'ignore combien de temps je marchai ainsi. La nuit, le froid, le vent et les élancements de mon épaule faisaient de mon cheminement un calvaire interminable. Mes pieds, d'abord douloureux, perdirent toute sensibilité ; la brise glacée brûlait mes mollets. A la suite de la lumière, je gravis un versant, longeai une crête, plongeai dans une combe remplie d'une épaisse couche de neige où j'enfonçais profondément, puis entrepris l'ascension longue et lente d'une nouvelle côte. Je ne sentais plus mes orteils et je ne savais pas si mes chaussons légers les protégeaient encore ; la robe alourdie par la neige cinglait mes jambes au rythme de mes pas, et, à chaque enjambée, je songeais au fou enchaîné au dragon, épuisé mais tendu pour s'écarter de la pierre qui absorbait un peu de son humanité au moindre contact.

Puis, comme par un miracle, la lanterne cessa de bouger. Mon guide inconnu m'attendait en haut du versant que nous gravissions. Je poussai encore un cri rauque, la gorge à vif, et redoublai d'efforts; je me rapprochai peu à peu de la silhouette, la tête dans les épaules pour résister au vent, plus violent près du sommet, et enfin, comme je levai les yeux pour mesurer la distance qui me restait à parcourir, je distinguai clairement celui qui tenait la lampe.

C'était l'Homme noir.

Un effroi sans nom m'envahit; pourtant, après l'avoir suivi si longtemps, que pouvais-je faire sinon continuer d'avancer? Je parvins assez près de lui pour apercevoir, alors qu'il levait sa lanterne, ses traits aquilins sous sa capuche; puis il posa le falot par terre et se redressa. Les bras serrés sur la poitrine pour me réchauffer, je poursuivis mon ascension avec acharnement. Le mystérieux personnage se perdit dans l'éclat grandissant de la lampe, et, quand je l'atteignis, je la trouvai abandonnée sur un affleurement rocheux que le vent avait dégagé de la neige.

L'Homme noir avait disparu.

De la main droite, je soutins mon bras gauche pour le ramener le long de mon flanc; une douleur fulgurante mordit mon épaule quand je le laissai pendre de tout son poids, mais je serrai les dents et m'efforçai de ne pas y prêter attention. Je pris la lanterne et la levai en appelant mon guide à pleine voix; je ne le vis nulle part dans le brouillard de neige que soufflait la bise. Je repris ma marche pesante en suivant ses traces; elles s'interrompirent sur une crête dont le vent mettait le roc à nu, mais, au fond du val au-delà, je discernai les tentes faiblement illuminées de notre camp et oubliai aussitôt l'Homme noir. En bas m'attendaient des amis, la chaleur et peut-être le salut du fou. Je descendis la pente à pas chancelants en criant le nom d'Umbre. A mon second appel, Longuemèche m'arrêta d'une sommation sèche.

« C'est moi, Fitz ! Non, Tom, je veux dire ! C'est moi, Tom ! » Il ne comprit sans doute rien à mes divagations; je m'étais enroué à force de crier pour me faire entendre par-dessus le vacarme du vent. Je garde un vif souvenir de mon soulagement à la vue des hommes qui sortaient précipitamment de leurs tentes, des lanternes qu'ils allumaient et levaient ; je dégringolai la pente, mi-courant, mi-glissant, tandis qu'ils se déployaient pour m'accueillir. Je reconnus la silhouette d'Umbre puis celle du prince ; je ne vis pas la forme courtaude de Lourd parmi eux, et je sentis un sanglot monter dans ma gorge. Enfin je parvins à portée de voix des hommes alignés et, le souffle court, criai encore : « C'est moi, Tom ! Laissez-moi passer, laissez-moi entrer, je meurs de froid ! Lourd ! Avez-vous trouvé Lourd ? »

Du cœur de l'attroupement, un personnage à la carrure large s'avança, malgré Longuemèche qui lui indiquait de reculer. Il fit trois grands pas vers moi, et j'eus le temps de sentir, incrédule, son odeur avant qu'il ne se jette sur moi et ne me saisisse à pleins bras. Malgré les protestations de mon épaule, je ne cherchai pas à me débattre ; au contraire, je laissai tomber mon front contre lui et m'abandonnai à son étreinte avec un sentiment de sécurité que je n'avais plus éprouvé depuis des années. J'avais soudain l'impression que tout irait bien, que tout pouvait s'arranger. Cœur de la Meute était là, et il nous avait toujours protégés.

Le visage enfoui dans son épaule, j'entendis Burrich lancer à Umbre d'un ton furieux : « Regardez-le ! Je savais que je n'aurais jamais dû vous le confier ! Jamais ! »

Au milieu du tumulte général, je ne bougeais pas, les pieds glacés, et ne prêtais nulle attention aux questions dont on me pressait de toutes parts. Burrich chuchota à mon oreille : « N'aie pas peur, mon garçon. Je vais vous ramener à la maison, mon Leste et toi. Tu aurais dû rentrer il y a des années ; qu'avais-tu dans le crâne ? Mais qu'avais-tu donc dans le crâne ?

— Je dois tuer le dragon, lui dis-je. Le plus vite possible. Si je le tue, elle laissera la vie sauve au fou. Je dois couper la tête de Glasfeu, Burrich ; il le faut.

— S'il le faut, tu le feras, répondit-il d'un ton rassurant. Mais pas tout de suite. » Il s'adressa à son fils. « Cesse de bâiller aux corneilles, mon garçon ; cours chercher des vêtements secs puis prépare un repas et de la tisane chaude. Dépêche-toi ! »

Avec bonheur, je me laissai aller aux mains solides auxquelles j'avais toujours fait confiance. Elles me firent traverser la petite foule qui me regardait, ébahie, pour me conduire dans la tente du prince, où je faillis éclater en larmes de soulagement au spectacle de Lourd assis, somnolent, sur sa paillasse. Il paraissait en bonne forme et manifesta même sa joie de me revoir, jusqu'au moment où il apprit qu'il devrait déménager son lit pour me laisser la place. Il s'en alla à la charge de Longuemèche, mais en rechignant. Il avait artisé Umbre et le prince dès que nous avions disparu dans la crevasse, et le vieil assassin avait aussitôt dépêché le commandant de la garde et Nielle à sa recherche ; il avait passé une nuit d'angoisse, assis sur le traîneau dans le froid, avec pour tout réconfort le contact d'Art qu'il entretenait avec le camp. Quand ses sauveteurs l'avaient trouvé le lendemain, ils n'avaient vu nulle trace de sire Doré ni de moi, hormis la dépression dans la neige qui signalait la fracture comblée par l'avalanche.

Je m'assis sur le lit d'Umbre, hébété de froid et d'épuisement. Burrich se mit à me parler en entassant du petit bois dans le pot d'argile avant de l'allumer ; sa voix grave et la cadence de ses mots faisaient remonter en moi des émotions d'enfance rassurantes. Je l'écoutai un moment sans prêter attention à ce qu'il disait, puis je pris conscience qu'il m'expliquait les circonstances de sa présence, tout comme autrefois je lui rendais compte de mes travaux de la journée. Une fois qu'il avait décidé de nous ramener, Leste et moi, chez lui, il avait pris la route aussi vite que possible, et il me demandait pardon de tout son cœur d'avoir mis tellement de temps pour arriver. La reine elle-même l'avait aidé à louer un bateau pour Aslevjal, mais aucun des membres de l'équipage n'avait voulu poser le pied sur l'île. Après avoir débarqué sur la grève, il avait tenté de convaincre les gardes d'Umbre de le guider jusqu'à nous, mais ils avaient refusé sous prétexte qu'ils devaient surveiller les réserves entreposées près de leur tente. Il s'était donc lancé seul dans le trajet en suivant les fanions de Peottre, et il avait découvert Lourd sur son traîneau quasiment au même moment que Nielle et Longuemèche. Sans leurs cris d'avertissement, il aurait dégringolé lui aussi dans l'abîme qui nous avait engloutis, le fou et moi ; il l'avait franchi après avoir cherché un passage sûr, et il avait gagné le campement en compagnie des deux hommes et du simple d'esprit qui avaient rapporté la nouvelle de la disparition de Tom Blaireau et de sire Doré. Umbre l'avait pris à part dans la tente du prince pour lui expliquer que le fou et moi nous cachions en réalité sous ces noms. Burrich n'avait fait le voyage jusqu'à l'île d'Aslevjal que pour apprendre encore une fois ma mort. Il avait gardé un ton imperturbable pendant son récit, comme s'il n'accordait aucune importance à la peine qu'il avait éprouvée en écoutant Umbre. «Je me réjouis de constater qu'il se trompait encore.» Il me frictionnait les pieds et les mains, et une sensibilité douloureuse revenait dans mes extrémités.

«Merci», fis-je quand je pus faire jouer mes doigts. Nous avions trop à nous dire et nulle intimité pour cela, aussi me tournai-je vers Umbre pour lui poser la question qui me brûlait les lèvres. «Reste-il longtemps avant que nous puissions tuer le dragon?»

Il vint prendre place à côté de moi sur son lit. «Moins que lorsque tu nous as quittés, mais encore trop, répondit-il d'un ton amer. La dissension qui régnait parmi nous s'est aggravée; nous avons été trahis, Fitz, trahis par un homme en qui nous avions tous confiance: Trame a envoyé sa mouette à Terrilville, avec un message qui explique la situation aux Marchands et leur demande de dépêcher Tintaglia sur l'île pour nous empêcher de tuer Glasfeu.»

Effaré, je me tournai vers Devoir. «Vous l'avez laissé faire?»

Assis au bout de sa paillasse, l'adolescent nous observait de ses grands yeux noirs. De nouveaux plis marquaient son visage, et il avait les paupières gonflées comme s'il avait pleuré à chaudes larmes les jours précédents; j'osais à peine le regarder.

«Il ne m'a pas demandé la permission, déclara-t-il avec un effort pénible. Selon lui, nul n'a besoin d'autorisation pour accomplir ce que dicte sa conscience.» Il soupira. «En effet, pendant les quelques jours qu'a duré votre absence, le camp a connu une certaine agitation. Nous avons continué à creuser jusqu'au point où une grande masse obscure est apparue sous nos pieds; nous avons compris que nous nous dirigions vers l'échine de la créature et entrepris de forer à l'horizontale en suivant son dos vers la tête. Nous n'avions guère de place pour travailler, mais excaver toute la fosse avait représenté un ouvrage beaucoup plus pénible ; nous pensons être parvenus au-dessus du cou du dragon et en distinguer l'arrière du crâne. Mais plus nous nous rapprochons de lui, plus le clan de Vif acquiert la conviction que nous ne devons pas tuer cette créature, qu'elle abrite à la fois la vie et l'intelligence, même si notre perception demeure vacillante et incertaine. Mes représentants du Lignage œuvrent encore tous les jours à nos côtés, mais je crains qu'ils ne s'allient à ceux du Hetgurd si je tente de décapiter Glasfeu. » Il détourna les yeux, comme humilié qu'on eût trahi sa confiance. « Ce soir, peu avant que vous ne reveniez, Trame m'a avoué avoir envoyé Risque. La discussion a été violente », fit-il à mi-voix.

L'espoir que je nourrissais d'une prompte mort du dragon s'évanouit. Je dus faire appel à toute la discipline qu'on m'avait inculquée pour raconter mon aventure dans l'ordre et en détail. Une honte irrationnelle me brûla les joues quand je narrai mon abandon de Heste et Crible dans leur cellule, et, lorsque je rapportai le supplice du fou et ce qu'il m'avait dit sur la mère et la sœur de la narcheska, Devoir chancela. « Tout s'éclaircit enfin, mais trop tard. »

Il avait raison, je le savais, et l'accablement s'empara de moi. Même si je retrouvais le chemin de la place forte de la Femme pâle, même si je persuadais le prince et son conseiller de l'attaquer, notre contingent représenterait un nombre d'hommes insuffisant : l'ennemie pourrait tuer ou forgiser le fou en quelques instants, et elle n'y manquerait pas. Quant à tuer rapidement le dragon pour obtenir la libération de mon ami, il ne fallait pas y compter : une fois la glace dégagée, il faudrait encore affronter le Hetgurd, nos propres alliés du Lignage et peut-être Tintaglia.

La promesse de la Femme pâle que le fou ne mourrait pas n'était qu'une menace à peine voilée : il me reviendrait forgisé, charge à moi de mettre un terme à ce qui resterait de sa vie. Je refusais d'y songer.

« Si nous nous introduisions discrètement dans l'excavation, pourrions-nous achever Glasfeu en secret ? Cette nuit ? » Aucun autre plan ne me venait à l'esprit.

« Impossible. » Le prince avait le visage gris et la voix éteinte.

« Il demeure une couche de glace trop épaisse entre lui et nous ; il faudra des jours avant de parvenir jusqu'à lui, et je crains que Tintaglia n'arrive avant ce délai. » Il ferma les yeux un instant. « Ma quête a échoué. J'ai mal placé ma confiance. »

Je me tournai vers Umbre. « Combien de temps nous reste-t-il ? » Combien de temps reste-t-il au fou ?

Il secoua la tête. « A quelle vitesse une mouette vole-t-elle ? Quelle hâte mettront les Marchands de Terrilville à réagir au message de Trame ? Quelle distance un dragon peut-il couvrir en un jour ? Nul n'en sait rien. Mais je crois que le prince a raison : nous avons perdu la partie. »

Je crispai les mâchoires. « Il y a plusieurs façons de se frayer un chemin dans la glace », dis-je en jetant un regard entendu à Umbre. Une lueur s'alluma dans ses yeux ; mais, avant qu'il pût répondre, la voix de Leste se fit entendre à l'extérieur de la tente.

« Monseigneur ! J'apporte le paquetage de Tom Blaireau, et j'irai chercher ensuite le repas. Puis-je entrer ? »

Devoir adressa un hochement de tête à Burrich qui ouvrit le rabat pour faire signe à son fils de nous rejoindre.

L'enfant obéit. Il s'inclina devant le prince avec une raideur formaliste, sans un coup d'œil ni à son père ni à moi, et je m'affligeai de constater combien la dissension entre son seigneur et le clan de Vif le déchirait. Sur les instructions de Burrich, il tira de mon sac des vêtements secs ; il manifestait toujours une attitude distante avec son père, mais il ne se rebellait pas. Burrich remarqua que je les observais tous deux et, quand son fils sortit, il murmura : « Leste n'a pas sauté de joie en me voyant arriver. Je ne lui ai pas donné la correction que j'avais prévue, mais il a eu droit à de sévères remontrances à plusieurs reprises ; il n'y a pas répondu, ou guère, car il les savait méritées. Allons, enlève-moi cette robe, elle est trempée. »

Alors que je m'évertuais à enfiler mes chausses, il se pencha soudain pour m'examiner de plus près. « Que t'arrive-t-il ? Qu'as-tu au bras ?

— J'ai l'épaule démise », répondis-je d'une voix étranglée, la gorge nouée au spectacle de ses yeux laiteux : que distinguait-il encore à travers une taie pareille ? Comment était-il parvenu jusqu'au camp, comment avait-il réussi à se repérer dans un paysage de neige avec une vision aussi obscurcie ?

Ses paupières se fermèrent, il secoua la tête puis il dit simplement : « Viens par ici. » Il me fit asseoir à ses pieds, dos à lui, et il palpa mon épaule du bout des doigts ; la douleur qu'ils éveillèrent me rassura bizarrement : il savait ce qu'il faisait. J'aurais mal, je ne l'ignorais pas, mais il me remettrait en état. Je le sentais à sa façon de me tâter, comme lorsque j'étais enfant, comme lorsqu'il m'avait soigné après que Galen avait failli me tuer.

« Nous apportons de quoi manger ; pouvons-nous entrer ? »

J'avais reconnu la voix de Trame. Le prince acquiesça sèchement et, encore une fois, Burrich souleva le rabat. En pénétrant dans la tente, le maître de Vif me salua : « Je me réjouis de vous voir vivant, Tom. » Je hochai gravement la tête mais me tus ; j'avais peur de ce que j'aurais pu répondre. Il soutint mon regard et accepta mon hostilité. Le prince détourna les yeux de lui, mais sa posture même disait la profondeur de sa meurtrissure ; quant à Umbre, il l'observait d'un air mauvais. L'expression de Trame resta aussi sereine et bienveillante que toujours.

Il portait une casserole d'où s'échappait un arôme de bonne viande, au lieu du poisson auquel je m'attendais ; Leste le suivait avec une tisanière fumante. Ils s'avancèrent dans la petite tente, soudain fort encombrée, pour les déposer à portée de ma main.

Burrich continuait de m'ausculter comme si nous étions seuls au monde. Il ne prêtait aucune attention à Trame, bien que celui-ci l'observât avec grand intérêt, et, quand il prit enfin la parole, il s'adressa à Devoir. « Mon prince, vous pouvez m'aider grandement si vous le voulez bien. J'ai besoin qu'on lui ceigne la poitrine et qu'on le tienne fermement pendant que j'opère ; veuillez prendre place ici et passer les bras autour de son torse... Plus haut ; voilà. »

Docilement, Devoir s'était assis derrière moi ; lorsqu'il m'étreignit ainsi qu'il le désirait, Burrich se tourna vers moi. « Je vais devoir tirer un grand coup sur ton bras. Ne me regarde pas ; garde les yeux fixés devant toi et laisse-toi aller autant que possible. Si tu te raidis par crainte d'avoir mal, tu m'obligeras à tirer encore plus fort une deuxième fois. Allons, en douceur; tenez-le bien, monseigneur. Fais-moi confiance, mon garçon; fais-moi confiance. » Tout en parlant ainsi d'un ton apaisant, il avait levé mon membre disloqué; son monologue noyait la douleur, son contact m'emplissait de détente et d'un sentiment de sécurité. « Doucement, doucement, et... Là ! »

La souffrance brutale m'arracha un hurlement; aussitôt, Burrich posa un genou en terre près de moi et ses grandes mains calleuses maintinrent mon bras dans son articulation. L'épaule me picotait et me faisait mal, mais d'une bonne douleur, et je me laissai aller contre mon guérisseur avec un soulagement qui me privait de mes forces. Haletant, je ne pus m'empêcher de remarquer qu'il plaçait sa jambe invalide de biais, à peine pliée. Je songeai à ce qu'il avait dû lui en coûter de me rejoindre, presque aveugle et boiteux, et je me sentis très petit.

Tandis qu'il me tenait contre lui, il murmura à mon oreille : « Les années ont passé, tu es un homme fait, mais, quand je te vois souffrir, tu as toujours huit ans, je te le jure, et je me dis : "J'ai promis à son père de veiller sur son fils; j'ai promis."

— Et tu as tenu ta promesse, répondis-je. Tu as bien veillé sur moi. »

La voix grave de Trame nous interrompit. « Je n'en reviens pas; je croyais perdue cette technique de la magie du Lignage. J'ai observé des opérations de ce genre pratiquées sur des animaux à quelques reprises, pendant mon enfance, avant la mort du vieux Bendri pendant la guerre des Pirates rouges, mais jamais sur un homme ni avec autant de douceur et d'efficacité. Qui vous a formé ? Pourquoi ne vous connaît-on pas ?

— Je ne me sers pas de la magie des bêtes, déclara Burrich d'un ton catégorique.

— Je sais ce que j'ai vu, répliqua Trame sans se laisser démonter. Donnez à cet art tous les noms injurieux que vous voulez, il n'empêche que vous le maîtrisez comme plus personne dans le Lignage. Qui vous l'a enseigné, et pourquoi n'avez-vous pas transmis ce savoir ?

— Nul ne m'a rien enseigné. Sortez et n'approchez pas de

Leste.» Une menace noire couvait dans les paroles de Burrich, en même temps qu'une peur diffuse.

Trame demeura serein. «Je sors parce que Fitz a besoin de calme et, je crois, de temps pour causer en privé avec vous; mais je ne laisserai pas votre fils continuer à vivre dans l'ignorance. Il tient sa magie de vous; vous auriez dû lui apprendre le savoir que vous en détenez.

— Mon père a le Vif?» Leste paraissait bouleversé jusqu'aux tréfonds.

«Tout s'explique à présent», reprit Trame à mi-voix. Il se pencha vers Burrich et posa sur lui un regard qui ne s'arrêtait pas à ce que voient les yeux. «Le maître d'écurie qui est aussi un maître du Vif... Quels animaux peuvent communiquer avec vous? Les chiens? Les chevaux? Lesquels encore? D'où veniez-vous? Pourquoi vous cachez-vous?»

Burrich explosa. «Sortez!

— Pourquoi m'as-tu fait ça? s'écria Leste en éclatant en larmes. Pourquoi m'avoir plongé dans la boue, humilié, alors que je tenais ma magie de toi, alors que tu l'avais toi aussi? Je ne te le pardonnerai jamais! Jamais!

— Je n'ai pas besoin de ton pardon, répondit Burrich, impavide, mais seulement de ton obéissance, et je l'aurai, par la contrainte s'il le faut. Maintenant, du vent, tous les deux; j'ai du travail et vous me gênez.»

L'enfant posa la tisanière à l'aveuglette, puis il sortit d'un pas mal assuré. J'entendis ses sanglots décroître tandis qu'il s'éloignait en courant dans la nuit.

Trame se leva plus lentement et plaça soigneusement la casserole de soupe à terre. «Je m'en vais; il n'est pas l'heure de nous affronter. Mais le moment où nous devrons parler ne tardera pas, et alors vous m'écouterez jusqu'au bout, même s'il faut d'abord en venir aux mains.» Il se tourna vers moi. «Bonne nuit, Fitz; je me réjouis de vous savoir vivant. Je regrette que sire Doré ne soit pas revenu avec vous.

— Vous connaissez la véritable identité de Fitz?» Malgré qu'il en eût, Burrich n'avait pu retenir la question.

«Oui; et, par lui, je vous connais également; je sais qui a employé le Vif pour le ramener d'entre les morts et le tirer de la tombe, et vous aussi. » Là-dessus, il sortit et laissa retomber le rabat de la tente derrière lui.

Burrich resta un moment à contempler le tissu qui dansait au vent, puis il cligna ses yeux laiteux. « Cet homme est une menace pour mon fils, dit-il d'une voix tendue. Nous risquons en effet d'en venir aux mains. » Il parut soudain chasser cette préoccupation de son esprit et s'adressa à Umbre et Devoir. « J'ai besoin d'une sangle de tissu, d'une lanière de cuir ou de quelque chose comme ça pour lui fixer solidement le bras à l'épaule pendant la nuit, en attendant que l'inflammation s'apaise et que l'articulation tienne seule. Auriez-vous ça ? » Le prince lui montra la robe que la femme pâle m'avait donnée ; Burrich fit un signe d'acquiescement, et l'adolescent entreprit d'y découper une large lanière.

« Merci. » Il revint à moi. « Tu peux utiliser ta main droite pendant que je fixe le bandage ; manger chaud te fera du bien. Tâche seulement de ne pas trop bouger. »

Devoir lui remit la bande demandée puis me servit un bol de soupe et une chope de tisane comme s'il était mon page. Il se mit à parler sans s'adresser à personne en particulier. « Je n'ai plus rien à faire ici. Je m'évertue à imaginer à quoi je pourrais bien servir, mais rien ne me vient. » Le silence tomba à la suite de ces mots. Je mangeai pendant que Burrich s'occupait de mon épaule ; quand il eut fini de harnacher mon bras, il resta assis sur le lit en s'étirant le dos, sa mauvaise jambe tendue de guingois. Umbre paraissait avoir vieilli de dix ans. Il avait dû réfléchir aux propos de Devoir, car il déclara d'une voix lente : « Plusieurs voies s'offrent à vous, mon prince. Nous pourrions plier bagage dès demain ; cette solution me tente, je l'avoue, ne serait-ce que pour le plaisir d'abandonner tous ceux qui nous ont trompés et trahis. Mais il s'agirait là d'une vengeance mesquine qui ne nous rapporterait rien en fin de compte. Une autre possibilité consiste à nous rallier au plan de Trame et à mettre tout en œuvre pour libérer le dragon, en tirant un trait sur nos perspectives d'alliance avec les îles d'Outre-mer et en espérant entrer dans les bonnes grâces de Tintaglia et des Marchands de Terrilville.

— Et en laissant le fou à son sort, ajoutai-je à mi-voix.

— Ainsi que Crible et Heste, renchérit Devoir, sans compter la mère et la sœur d'Elliania, et en manquant à la parole que j'ai donnée, en me parjurant non seulement devant mes ducs mais aussi devant les Outrîliens. » Il croisa ses bras sur son ventre, l'air au bord de la nausée. « Quel beau souverain je vais faire !

— Nous sommes contraints de sacrifier le fou », dit Umbre. Il avait prononcé ces mots avec toute la douceur dont il était capable, mais ils me firent tout de même l'effet d'un coup de poignard. « Mais on pourra vous pardonner d'avoir abandonné les parentes de la narcheska et d'avoir violé votre promesse, car les Outrîliens ont menti pour vous l'arracher. Comme souvent, tout dépendra de la façon de présenter les faits. »

Devoir paraissait anéanti. « Ils ont menti, mais qu'aurions-nous fait face à la vérité ? La mère et la sœur cadette d'Elliania ! Pas étonnant qu'on lise tant de peine dans ses yeux. Cela explique aussi l'atmosphère singulière de notre cérémonie de fiançailles à sa maison maternelle, et l'absence de sa mère durant toutes les négociations. Je regardais la forgisation comme une atrocité du passé ; je n'avais jamais imaginé qu'elle affecterait ma vie aujourd'hui.

— Pourtant, c'est le cas, et cela éclaircit en grande partie l'attitude de Peottre et de la narcheska », dit Umbre.

Je décidai de passer outre à toute prudence : il y avait trop en jeu pour que je reste les bras ballants à écouter le vieux conseiller examiner laborieusement chaque ligne d'action. « Agissons sans attendre, cette nuit même, rien que Devoir et moi, en secret. Umbre a inventé une poudre explosive qui possède la puissance de la foudre ; servons-nous-en pour tuer le dragon, puis récupérons nos prisonniers. Une fois qu'ils seront en sécurité (*morts*, rectifiai-je froidement en mon for intérieur), je trouverai un moyen d'éliminer la Femme pâle. »

Umbre et le prince me dévisagèrent un instant, les yeux arrondis, puis le vieil assassin acquiesça lentement de la tête. A la façon dont Devoir me regardait, on eût cru qu'il se demandait qui se tenait devant lui.

« Réfléchis donc, Fitz ! s'exclama soudain Burrich avec sécheresse. Réfléchis sans préjuger des faits. Nombre de vos propos m'échappent, mais je vois quantité de questions auxquelles vous devez trouver réponse, sans vous laisser influencer par les menaces que brandit cette femme, avant de lui obéir aveuglément. Pourquoi ne tue-t-elle pas elle-même le dragon? Pourquoi t'en charge-t-elle et te jette-t-elle hors de sa place forte alors qu'il serait plus efficace qu'elle t'aide?» En un aparté qui ne s'adressait à personne, il marmonna: «Eda, que j'ai horreur de ça! J'ai toujours détesté cette façon de penser, ces intrigues et ces machinations!» Son regard se perdit dans les ombres de la tente. «Ces exercices d'équilibre du pouvoir, cette ambition, cette soif irrésistible des Loinvoyant de mettre des forces en mouvement puis de se laisser emporter sans savoir où, tous ces secrets, voilà ce qui a tué ton père, le meilleur homme que j'aie jamais connu. Son propre père en est mort lui aussi, ainsi que Vérité, que j'ai servi avec fierté. Une nouvelle génération doit-elle succomber à son tour, faut-il que la lignée s'achève pour que cesse cette folie?» Il tourna la tête et parut s'apercevoir de la présence de Devoir. «Mettez-y un terme, monseigneur, je vous en supplie, même au prix de la vie du fou, même au prix de vos fiançailles. Arrêtez, faites demi-tour, vous êtes déjà allé trop loin; vous n'apporterez que la mort à la famille de la narcheska. Dégagez-vous, partez, rentrez chez vous, épousez une jeune fille raisonnable qui vous donnera de beaux enfants sains. Laissez cette coupe de malheur aux Outrîliens qui l'ont préparée. Je vous en prie, mon prince, sang de mon ami le plus cher, allons-nous-en; rentrons chez nous.»

Nous restâmes tous saisis par ce discours, et Devoir plus encore. Il me semblait l'entendre réfléchir furieusement tandis qu'il regardait fixement Burrich; avait-il jamais songé avoir le pouvoir de faire un tel choix? Ses yeux se posèrent sur chacun de nous tour à tour, puis il se leva. Son visage avait changé; jamais je n'avais assisté à cela, jamais je n'avais imaginé qu'en un seul instant un adolescent pouvait devenir adulte. Je fus témoin de ce miracle ce jour-là. Il se pencha vers l'entrée de la tente. «Longuemèche!»

Le commandant passa la tête par l'ouverture. «Mon prince?

— Allez chercher le seigneur Ondenoire et la narcheska; je souhaite les voir sur-le-champ.

— Que faites-vous ? » demanda Umbre, la voix grave, quand l'officier se fut retiré.

Devoir ne répondit pas directement. « De quelle quantité de votre poudre magique disposez-vous ? Possède-t-elle la puissance que décrit Fitz ? »

Une lueur naquit dans les yeux du vieillard, celle-là même qui me terrifiait autrefois lorsque j'apprenais sous sa tutelle. Il ignorait les propriétés exactes de sa poudre, j'en aurais mis ma main à couper, mais il était prêt à parier qu'elle opérerait selon ses vœux. « Deux tonnelets, mon prince ; et je pense en effet qu'ils suffiront. »

On entendit des crissements de pas au-dehors. Nous nous tûmes, et Longuemèche souleva le rabat. « Mon prince, le seigneur Ondenoire et la narcheska Elliania.

— Qu'ils entrent », dit Devoir. Il resta debout et croisa les bras sur sa poitrine dans une attitude qui lui donnait l'air sévère, mais destinée en réalité, je pense, à cacher le tremblement de ses mains. On eût cru ses traits taillés dans la pierre. Quand l'oncle et la nièce pénétrèrent dans la tente, il ne les salua pas, ne les invita pas à s'asseoir, mais déclara de but en blanc : « Je sais quelle menace la Femme pâle fait peser sur vous. »

Elliania laissa échapper un hoquet d'effroi, mais Peottre hocha seulement la tête. « Je l'ai craint au retour de votre serviteur. Elle m'a contacté pour me dire qu'elle ne comptait pas divulguer ce secret, mais que, puisqu'il était désormais connu, je pouvais vous demander votre aide. » Il prit une grande inspiration, et je crois savoir ce qu'il en coûta à cet homme fier de s'agenouiller lentement devant nous. « Je vous la demande. » Puis il courba le cou et se tut. Avait-il jamais ployé le genou devant quiconque ? De blême, Elliania devint rouge vif ; elle s'avança, posa la main sur l'épaule de son oncle et prit la même position que lui ; sa jeune nuque orgueilleuse s'inclina jusqu'à ce que ses cheveux noirs tombent sur son visage.

Je les contemplai, incapable de leur en vouloir de leurs intrigues et de leur perfidie : je me représentais trop bien à quelles extrémités nous aurions recouru, Umbre et moi, si Kettricken avait été prise en otage. Je m'attendais que le prince leur ordonne de se relever, mais il garda le silence et continua de les regarder, et ce fut Umbre qui prit la parole. «Elle vous a contacté ? Comment ?

— Elle dispose de moyens pour cela, répondit Peottre d'une voix tendue, toujours à genoux. Je n'ai pas l'autorisation d'en parler, je regrette.

— Vous regrettez ? s'exclama le prince. Pourquoi n'avoir pas joué franc-jeu avec nous dès le début ? Pourquoi ne pas nous avoir avertis que vous agissiez sous la contrainte et que ni alliance ni mariage ne vous intéressait ? Pourquoi garder encore ses secrets ? Pas l'autorisation de parler ! Que pourrait-elle trouver de pire à vous infliger ?» L'indignation et la peine qui perçaient dans sa voix dépassaient de loin ce que les mots pouvaient en transmettre. Il découvrait comme nous tous que la narcheska n'avait jamais vu en lui qu'un instrument, non un homme qui pût lui inspirer des sentiments d'affection, et il en éprouvait une humiliation à la mesure de son dépit. Je compris alors qu'il était tombé amoureux d'elle malgré leurs différences.

Peottre crispa les mâchoires et répondit d'une voix rauque : «Voilà précisément la question qui m'empêche de dormir la nuit. Vous n'avez vent que des actions les plus récentes et les plus brutales qu'elle a menées contre le clan du Narval. Longtemps nous avons résisté à ses coups, en songeant : "Elle a lancé toutes ses forces dans cette offensive et nous avons tenu bon ; nous ne plierons pas." Or, chaque fois, elle nous a prouvé que nous nous trompions. Que pourrait-elle nous infliger de pire ? Nous ne le savons pas, et cette ignorance de la forme que prendra sa prochaine attaque constitue son arme la plus redoutable.

— Vous auriez pu me prévenir qu'elle tenait des membres de votre famille en otage ; n'y avez-vous pas songé ? Croyiez-vous que cela ne m'aurait pas incité à vous aider ?» demanda Devoir d'une voix tendue.

Peottre secoua la tête avec accablement. «Vous n'auriez jamais pu accepter le marché auquel elle nous avait contraints ; vous aviez trop d'honneur.»

Le prince laissa passer l'étrange compliment sans réagir.

Umbre prit un ton sévère : «En quoi consistait cette entente ?»

D'une voix sans timbre, Peottre répondit: «Si nous obtenions du prince qu'il tue le dragon, elle exécuterait Œrttre et Kossi; elle mettrait fin à leur martyre et à leur humiliation.» Avec peine, il leva les yeux vers moi, mais il s'exprima ensuite avec sincérité. «Et, si nous vous livrions à elle, l'homme fauve et vous, elle nous promettait de nous rendre leurs corps pour que nous les ramenions sur notre terre maternelle.»

Je cherchai de la colère en moi et ne trouvai que de l'horreur. Je ne m'étonnais plus de leur soulagement à découvrir le fou qui nous attendait sur Aslevjal; on nous avait vendus comme du bétail.

«Puis-je parler?» Elliania leva la tête à son tour. Peut-être portait-elle depuis longtemps en elle la gravité douloureuse que je remarquais à présent, mais jamais je n'avais discerné la honte qu'elle affichait désormais clairement. Elle paraissait soudain plus jeune, pourtant son regard était celui d'une femme à l'agonie. Elle se tourna vers Devoir puis baissa les yeux devant sa peine non dissimulée. «Je puis éclaircir bien des points de cette affaire; il y a longtemps que je n'ai plus le cœur à jouer cette affreuse comédie; mais mon devoir envers ma famille m'impose d'aborder en premier lieu un sujet précis. Ma mère et ma sœur... Il faut impérativement... que nous...» Elle se tut un instant, la gorge nouée, puis elle releva brusquement la tête et reprit en bandant toute sa volonté: «Je ne crois pas pouvoir vous faire comprendre l'importance que nous attachons à ce qu'elles meurent et que leurs dépouilles reviennent à ma maison maternelle. Pour une Outrîlienne, pour une fille du clan du Narval, aucune autre option n'est envisageable.» Elle joignit ses mains tremblantes. «Jamais aucun choix honorable ne nous a été laissé», termina-t-elle d'une voix défaillante.

Devoir dit dans un murmure: «Asseyez-vous si vous trouvez de la place; je crois que nous sommes parvenus désormais en terrain commun.»

Nous nous déplaçâmes tous pour leur ménager de l'espace dans la petite tente; Burrich poussa un grognement de douleur en s'efforçant de plier sa jambe pour leur laisser le passage, puis, tandis qu'Elliania et Peottre s'installaient, il secoua ma chemise et la mit sur mes épaules. Je faillis sourire; quelles que fussent les circonstances, il refusait d'offenser une dame en me laissant torse nu devant elle. Petit-fils d'esclave, il avait toujours prêté beaucoup plus d'attention que moi aux bonnes manières.

Le ton empreint de remords et de lassitude, Elliania se tenait les épaules voûtées. « Que pourrait-elle nous infliger d'autre, demandez-vous ? Bien des avanies encore. Nous ne savons pas avec certitude qui œuvre ou non pour elle. Elle nous vole nos hommes et nos enfants depuis des années ; nos guerriers s'en vont et ne reviennent plus ; des petits garçons disparaissent en gardant les troupeaux, sur les terres mêmes de notre clan ! Elle réduit notre famille membre après membre ; elle en assassine certains ; d'autres sortent jouer et retournent chez nous transformés en monstres sans âme. » Elle lança un coup d'œil oblique à Peottre qui regardait dans le vide. « Nous avons tué les enfants de notre clan de nos propres mains », fit-elle dans un souffle, et un hoquet d'horreur échappa au prince. Elle se tut puis prit une inspiration hachée avant de poursuivre : « Henja nous servait depuis des années avant de nous trahir. Nous ignorons encore comment on a pu enlever si facilement ma mère et ma jeune sœur alors qu'elles se trouvaient parmi nous ; et, si on a réussi à s'emparer d'elles, d'autres risquent le même sort. Ma Grande Mère avance en âge et son esprit vacille comme une chandelle mourante, vous l'avez constaté ; elle aurait déjà dû transmettre son savoir à sa fille, mais ma mère n'est pas là pour le recevoir, aussi reste-t-elle en place et tâche-t-elle d'administrer notre maison malgré le poids des ans. Peut-être la jugez-vous pitoyable ; néanmoins, si elle venait à disparaître, le cœur de notre maison maternelle s'en trouverait anéanti et ma famille cesserait d'exister. Nous souffrons déjà beaucoup de l'absence de ma mère et de la discorde qui s'ensuit. Qu'est-ce qu'une maison maternelle sans mère ? »

A cette question de pure forme, le prince se redressa soudain et il demanda, l'air tendu : « Mais, si vous m'accompagniez à Castelcerf pour y devenir mon épouse, n'abandonneriez-vous pas votre maison maternelle ? Qui assumerait la fonction de Grande Mère quand viendrait votre tour de l'occuper ? »

Une étincelle de colère s'alluma dans l'œil d'Elliania qui répondit avec dédain : « Ma cousine s'imagine déjà dans ce rôle, comme vous l'avez vu ; elle s'efforce de convaincre les autres qu'il lui revient de droit et non par forfait. » L'espace d'un instant, je retrouvai la jeune enragée que j'avais vue sur son île natale, puis elle poussa un petit soupir et leva les mains dans un geste de découragement. « Mais vous avez raison : j'ai renoncé au destin que m'offrait ma naissance quand j'ai accepté de vous épouser. C'est le prix que je paye pour acheter la mort de ma sœur et de ma mère, pour mettre fin à leur tourment et à leur avilissement. » Sa fureur s'éteignit et elle courba de nouveau les épaules. Elle serra les poings et je vis la sueur perler à son front.

« Pourquoi ne vous a-t-elle pas obligés, vous, à tuer le dragon ? Ou ne s'en charge-t-elle pas elle-même ? » demanda Umbre.

Ce fut Peottre qui répondit. « Elle se considère comme une grande prophétesse, capable non seulement de voir l'avenir mais aussi de décider quel il sera. Pendant la guerre, elle disait que la lignée des Loinvoyant devait périr, sans quoi leurs dragons s'abattraient sur nous comme au temps jadis ; certains l'ont crue et ont tenté d'accomplir sa volonté, mais ils ont échoué, et sa prédiction s'est réalisée : les Loinvoyant ont lancé sur nous la colère des dragons qui ont fracassé nos navires et détruit nos villages. »

Devoir réagit avec indignation : « Si vous n'aviez pas commencé par nous attaquer avec vos Pirates rouges... »

Ondenoire l'interrompit : « Aujourd'hui, il nous reste une chance, selon elle, de nous racheter. Elle affirme que notre dragon mérite la mort car il ne nous a pas défendus ; en outre, il doit mourir de la main d'un Loinvoyant, d'abord parce que c'est l'adversaire dont il n'a pas su nous protéger, ensuite, et surtout, parce que ses visions le lui ont montré. Pour l'avènement de l'avenir qu'elle souhaite, c'est un Loinvoyant qui doit exécuter la sentence.

— Excellente raison, je trouve, pour envisager la possibilité de ne pas lui obéir », me chuchota Burrich.

Le prince avait l'oreille fine, et il déclara d'un air sombre : « Certes, mais la meilleure raison pour laquelle nous pourrions ne pas tuer le dragon reste que l'entreprise risque de se révéler irréalisable. Vous n'ignorez pas que certains parmi les miens avaient commencé depuis quelque temps à contester ma mission ; plus nous approchions de Glasfeu, plus nous percevions clairement non seulement le souffle de vie qui demeure en lui mais aussi son esprit, son intelligence. Or j'apprends maintenant que ces amis m'ont trahi. Seigneur Ondenoire, narcheska Elliania, j'ai manqué à ma parole envers vous ; des proches en qui j'avais confiance ont fait parvenir un message aux Marchands de Terrilville pour qu'ils envoient leur dragon s'opposer à nos desseins. Peut-être est-il déjà en route.

— Je ne comprends pas, dit Peottre. Je savais que la décapitation de Glasfeu suscitait des résistances dans votre groupe, mais quelles sont ces perceptions dont vous parlez ?

— Vous n'avez pas le monopole des secrets et je garderai celui-ci pour le moment, tout comme vous taisez la façon dont la Femme pâle communique avec vous. C'est elle qui vous a incité à empoisonner Fi... Tom avec le gâteau que vous nous avez offert, n'est-ce pas ? »

L'autre se raidit et plissa les lèvres. Devoir hocha sèchement la tête. « Je sais : encore un secret. Si vous n'aviez pas décidé de conserver un silence aussi absolu dès le début, nous aurions pu œuvrer de concert, non contre le dragon, mais contre la Femme pâle ; si seulement vous vous étiez ouverts à moi de... »

La narcheska s'effondra brusquement. Elle tomba sur le flanc avec un gémissement puis se convulsa et ne bougea plus.

Ondenoire s'agenouilla près d'elle. « Nous ne pouvions pas ! s'exclama-t-il d'un ton âpre. Vous n'avez aucune idée du prix que cette petite paie ce soir pour vous avoir parlé avec tant de franchise. Elle n'avait le droit de rien dire, et moi non plus. » Il se tourna soudain vers Burrich. « Vieux soldat, s'il vous reste une once de pitié, voulez-vous aller me chercher de la neige ?

— Je m'en charge », répondis-je ; j'ignorais ce que la vue amoindrie de Burrich lui permettrait de distinguer dans la pénombre du camp. Mais, déjà debout, il s'empara d'une casserole vide et sortit. L'Outrîlien fit rouler Elliania sur le ventre et, sans cérémonie, releva sa tunique jusqu'aux épaules. Au spectacle qui s'offrit à nous, le prince laissa échapper un hoquet d'horreur et je détournai les yeux, le cœur au bord des lèvres. Les dragons et les serpents tatoués sur son dos étaient enflammés, emperlés de gouttelettes de sang ou enflés et humides comme à la suite d'une exposition à une chaleur intense. Les dents serrées, Peottre expliqua : « Un matin, elle est partie en promenade avec Henja, en qui elle avait toute confiance ; deux jours plus tard, la servante l'a ramenée. Elle tenait à peine sur ses jambes et elle portait ces tatouages. C'est Henja qui nous a présenté l'horrible chantage de la Femme pâle, car, si Elliania tente d'évoquer ce qu'elle a subi pendant ces deux jours d'absence, les dragons la punissent ; le seul fait de mentionner la Femme pâle déclenche la sanction. »

Burrich revint avec la neige ; il posa le récipient à côté de la jeune fille étendue et la contempla avec épouvante, en tâchant de comprendre ce qu'il voyait. « Une infection de la peau ? demanda-t-il d'un ton hésitant.

— Un empoisonnement de l'âme », répondit Peottre avec douleur. Il prit une poignée de neige et la passa sur le dos de sa nièce ; elle s'agita faiblement et ses paupières papillotèrent. Je l'avais crue consciente, mais elle ne dit rien.

« Je vous dégage de tous les accords qui nous lient », dit Devoir à mi-voix.

Ondenoire leva la tête vers lui, abasourdi.

Le prince poursuivit : « Je ne la considère pas comme tenue par des promesses faites sous la contrainte. Néanmoins, je tuerai votre dragon — cette nuit ; une fois que nous aurons obtenu la mort des prisonniers et que nul ne risquera plus rien, je mettrai tout en œuvre pour que cesse le règne maléfique de la Femme pâle. » Puis il prit une grande inspiration comme pour se barder contre les moqueries. « Et, si nous en réchappons, je me présenterai à Elliania pour lui demander si elle veut bien de moi pour époux. »

La jeune fille répondit d'une voix faible et sans lever la tête : « J'accepterai. » Puis, plus fort : « En toute liberté. » Cette décision ne plaisait sûrement pas à Umbre ni à Peottre, mais ils se turent. D'un geste, Elliania repoussa la poignée de neige que tenait son oncle, puis elle prit sa main pour se redresser. Elle souffrait toujours ; on eût dit, à voir son visage, qu'elle avait reçu une blessure mortelle.

Umbre se tourna vers moi.

«Nous agirons donc cette nuit même.» Il nous regarda tour à tour puis décida manifestement de rejeter toute prudence. «N'attendons pas, car qui sait à quelle vitesse vole un dragon? En opérant ensemble et sans perdre de temps, nous pouvons en avoir fini et quitter les lieux avant l'arrivée de Tintaglia.» Une soudaine rougeur monta aux joues du vieil homme, et il ne put dissimuler un bref sourire de fierté quand il poursuivit: «C'est exact: j'ai inventé une poudre qui possède la puissance de la foudre, et j'en ai apporté une petite quantité. Je n'en dispose pas d'autant que j'espérais en employer pour cette tâche; la majeure partie de ma réserve est restée sur la plage; mais ce que j'ai ici suffira peut-être. Jetée au feu dans un récipient scellé, elle explose avec la violence d'un éclair. Si nous plaçons les tonnelets qui la contiennent au fond du tunnel et les faisons sauter, la déflagration pulvérisera sans aucun doute une grande quantité de glace; peut-être même tuera-t-elle le dragon. Sinon, elle nous permettra quoi qu'il arrive d'accéder plus vite à lui.»

Avec un effort, je me levai. «As-tu un manteau que je puisse t'emprunter?» demandai-je à Burrich.

Sans m'écouter, il garda les yeux fixés sur Umbre. «S'agit-il d'un produit semblable à celui que vous avez employé la nuit de la mort de Subtil? J'ignore de quoi vous aviez saupoudré les bougies, mais elles n'ont pas réagi exactement comme vous l'aviez prévu. Quel risque courons-nous aujourd'hui?»

L'enthousiasme du vieil assassin à la perspective d'un essai imminent de sa poudre merveilleuse noyait chez lui toute circonspection; on eût dit un gamin à qui on vient d'offrir un cerf-volant ou un esquif tout neuf. «Il n'y a pas de comparaison possible. A l'époque, j'ai dû opérer dans la plus grande hâte alors qu'il aurait fallu doser précisément les quantités; avez-vous une idée du travail qu'a représenté de traiter toutes ces bougies et les réserves de bois ce soir-là, sans que personne s'en rende compte? Non, nul n'a jamais apprécié mes efforts à leur juste valeur, pas plus que les autres prodiges que j'ai accomplis pour la couronne Loinvoyant. Mais, quoi qu'il en soit, la situation actuelle est différente: mon intervention se produira sur une bien plus grande échelle et j'aurai toute latitude pour employer autant de poudre que je le jugerai nécessaire ; il n'y aura pas de demi-mesures cette fois. »

Malgré le signe de dénégation de Burrich, je libérai mon bras gauche de son bandage et l'enfilai avec précaution dans ma manche de chemise ; l'épaule m'élançait mais je pouvais à nouveau la bouger – délicatement. Nous savoir capables de tuer le dragon dans la nuit m'avait enflammé ; si je réfléchissais posément, seule la parole de la Femme pâle m'assurait qu'elle relâcherait le fou dès la mort de Glasfeu, or on ne pouvait guère accorder de crédit à cette garantie ; mais je n'en avais pas d'autre. Et puis, si la poudre d'Umbre expédiait la bête dans l'autre monde mais que nous n'obtenions pas la libération de mon ami, une deuxième dose d'explosif près du cadavre du dragon pourrait très bien nous ouvrir un passage jusqu'au royaume sous la glace. Je jugeai préférable de taire cette idée à mes compagnons pour le moment.

« Quels sont les dangers ? demanda Devoir, mais Umbre eut un geste désinvolte.

— J'ai effectué des essais poussés. J'ai creusé des trous dans la plage, allumé des feux au fond et, une fois le bois bien embrasé, j'y ai déposé des cassettes de poudre avant de m'éloigner. En explosant, elles ont créé des cratères aux dimensions proportionnelles à la quantité de substance utilisée. Pourquoi la glace et la neige se comporteraient-elles différemment du sable ? Certes, je vous l'accorde, elles ont un poids et une densité supérieurs, mais voilà pourquoi nous emploierons un contenant plus grand. En ce qui concerne la mise à feu...

— C'est enfantin », dis-je, l'esprit enfiévré. J'avais mis la main sur le manteau d'Umbre ; je m'y emmitouflai. « Il faut un récipient, une grosse casserole, par exemple celle qui nous sert à préparer la cuisine et à faire fondre de la neige ; elle ira très bien. Du petit bois pour y allumer une flambée, à quoi on ajoute l'huile combustible du fou. Il la gardait dans sa tente ; elle doit s'y trouver encore. Je m'introduis dans le tunnel, j'enflamme le bois au fond de la casserole, j'y dépose la poudre et je ressors – très vite. » Le vieil homme et moi échangeâmes un sourire de gamins ravis ; son enthousiasme m'avait infecté.

Il hocha la tête puis plissa le front. « Mais le baril ne tiendra jamais dans la casserole. Réfléchissons, réfléchissons ! Ah, j'y suis ! Plusieurs épaisseurs de cuir; quand le feu a bien pris, tu le déverses sur les peaux – elles résisteront à la chaleur pour le peu de temps qu'il faudra – puis tu jettes le tonnelet dans les flammes et tu sors du tunnel – très vite. » Il m'adressa de nouveau un grand sourire complice comme s'il s'agissait d'une excellente plaisanterie. Peottre avait l'ait effrayé, la narcheska égarée; Burrich fronçait les sourcils, la mine aussi sombre qu'une nuée d'orage. Le prince paraissait tiraillé entre l'adolescent et le monarque en lui, entre l'envie de se lancer dans l'action et la nécessité de peser soigneusement sa décision.

Je sus quelle facette l'avait emporté quand il dit : « C'est moi qui dois m'en charger, non Fi... Tom Blaireau. Il ne peut quasiment pas se servir de son bras gauche, et j'ai dit que j'accomplirais cette tâche. »

Umbre s'interposa aussitôt. « Non; vous êtes l'héritier du trône Loinvoyant. Nous ne pouvons pas risquer votre vie.

— Ah ! Vous reconnaissez donc qu'il y a un risque ! » fit Burrich d'une voix grondante tandis que j'enfilais les bottes du conseiller royal et découvrais que j'y flottais; jamais je ne m'étais aperçu que le vieillard décharné avait de si grands pieds.

Les pensées s'entrechoquaient sous mon crâne. « Il me faut la casserole, l'huile des réserves du fou, du petit bois, de l'amadou, un briquet, deux peaux tannées et le baril de poudre.

— Et une lanterne; vous aurez besoin de voir ce que vous faites. Je l'apporterai. » Devoir ne tenait aucun compte de l'interdiction d'Umbre.

« Non, pas de lumière – enfin, si, peut-être, une petite lampe. Mettons-nous au travail sans attendre, et en silence; si le reste du clan de Vif apprend ce que nous mijotons... Ma foi, mieux vaut que ça n'arrive pas. » En me baissant pour mettre les bottes, j'avais pris conscience que j'aurais besoin d'aide : l'épaule m'élançait encore à chaque mouvement. Devoir m'assisterait; je lui ferais quitter le tunnel dès que j'aurais allumé le feu et il resterait près de moi au bord de la fosse en attendant l'explosion; cela devrait suffire à tenir sa promesse de Loinvoyant de tuer le dragon.

« Le clan de Vif ? » répéta Burrich d'un ton outragé.

Je ne me sentais guère de patience. Je fouillai dans les affaires d'Umbre et de Devoir et pris le bonnet de fourrure de mon mentor tout en expliquant : « Oui : le cercle de vifiers qui sert le souverain Loinvoyant. Croyais-tu que seul l'Art pouvait s'employer ainsi ? Interroge Leste ; il en fera bientôt partie. Et, même si Trame a trahi nos plans, je continue à penser que c'est une bonne solution. » Puis, tandis que Burrich me dévisageait, abasourdi et scandalisé, je me tournai vers Umbre. « Que Longuemèche s'occupe lui-même de réunir ce dont nous avons besoin ; il sait se taire et il nous voue une fidélité absolue. Je ne veux pas que l'affaire s'ébruite.

— Je l'accompagnerai », dit Devoir, et, sans attendre de réponse, il saisit son manteau. Il s'arrêta un instant devant Elliania et déclara sans la regarder : « Vous avez ma promesse : si je puis assurer une mort propre à votre mère et votre sœur, je la leur donnerai. » Et il sortit.

« Le prince Loinvoyant pratique la magie ? » demanda Peottre d'un ton acerbe en le suivant des yeux.

Umbre inventa un mensonge à la volée. « Tom n'a pas dit cela. Le prince dispose d'un groupe d'amis doués du Vif, qu'on appelle aussi parfois "Lignage" dans les Six-Duchés ; ils sont ici pour l'aider.

— La magie est un procédé ignoble, déclara Peottre. Au moins, l'épée parle franchement et l'on voit sa mort venir. C'est par la magie que la Femme pâle asservissait nos semblables et nous imposait leur humiliation, par la magie qu'elle nous tient encore et nous oblige à exécuter ses basses besognes. »

Burrich acquiesça de la tête à ces paroles. « J'aimerais qu'on puisse pratiquer la magie de l'épée sur elle ; il ne convient pas qu'un homme solide succombe à la fourberie, surtout à la fourberie d'une femme malveillante et ambitieuse. » Je savais qu'il songeait à mon père et à la reine Désir qui avait projeté sa mort. J'ignore ce que Peottre comprit de sa remarque.

Le kaempra du Narval se leva lentement comme si une pensée pénible se déployait dans son esprit. Il hocha la tête à part lui ; la narcheska se dressa à son tour. « Veuillez dire au revoir au prince Devoir de ma part, je vous prie.

— De la mienne aussi, ajouta Peottre de sa voix grave. Je regrette cette situation ; je souhaite de tout mon cœur que nous ayons tous pu emprunter une voie meilleure. » Ils sortirent à pas lents, Ondenoire comme chargé d'un pesant fardeau. Devoir revint bientôt avec une partie du matériel nécessaire à notre plan, et Longuemèche arriva peu après avec le reste ; une fois débarrassé, il demeura sur place, manifestement désireux de poser des questions, mais Umbre le congédia sans lui offrir d'éclaircissements. Il paraissait soucieux ; à l'évidence, Devoir et moi préparions une sorte d'expédition, et on n'avait guère donné d'explications sur mon retour. Toutefois, en bon soldat, Longuemèche supposa ce silence fondé et retourna prendre sa faction devant la tente.

Nous ne passâmes pas tout de suite à l'action, car Umbre jugeait, tout compte fait, qu'un feu allumé sur du cuir posé sur la glace n'atteindrait pas la température nécessaire pour déclencher l'ignition de sa poudre ; aussi chercha-t-il un récipient qui pût à la fois enfermer assez de substance et tenir dans la casserole. Nous dûmes passer rapidement en revue les ustensiles de nos paquetages avant qu'il ne fixât son choix sur un pot rempli d'herbes à tisane et muni d'un bouchon en terre cuite ; à sa façon de ronchonner en le vidant, je présumai qu'il contenait un de ses mélanges spéciaux. Il ouvrit ensuite le tonnelet que j'avais apporté de la plage et transféra dans le pot une partie de la poudre grossière qu'il contenait ; il opéra à distance prudente de la petite bougie qui l'éclairait, tassant du doigt les granules et marmonnant dans sa barbe. « Le produit a pris un peu l'humidité, grommela-t-il en me tendant le récipient scellé ; mais il restait aussi un fond d'eau dans la gourde que nous avions jetée dans ta cheminée, et cela n'a pas empêché l'explosion. Note bien que je ne m'attendais pas à cette déflagration, mais c'est sans doute ainsi que se font les découvertes. Bien ; tiens ce récipient à l'écart de la casserole tant que le feu n'a pas atteint son plus fort ; ensuite, pose-le au milieu afin qu'il n'étouffe pas les flammes, puis éloigne-toi le plus vite possible. »

Il se tourna vers le prince. « Sortez dès que le feu aura commencé à prendre. N'attendez pas que Fitz y place la poudre ;

prenez du champ et attendez-le à l'écart de l'excavation. Est-ce clair ?

— Oui, oui », répondit Devoir avec impatience. Il fourrait le bois, l'amadou et le briquet dans un sac.

« Dans ce cas, promettez-moi que vous quitterez le tunnel dès qu'il allumera le feu.

— J'ai dit que je tuerais le dragon ; je devrais rester au moins jusqu'au moment où il posera la poudre dans la casserole.

— Il sera sorti avant, assurai-je à Umbre en prenant le pot scellé ; je vous le promets. Allons-y, Devoir. L'aube ne va plus tarder. »

Nous allions sortir quand Burrich se leva. « Veux-tu que je t'aide à porter des affaires ? » me demanda-t-il.

Je le regardai un instant avec perplexité puis je compris. « Tu ne nous accompagnes pas. Reste ici ; je reviens bientôt. »

Il ne se rassit pas. « Il faut que nous parlions, toi et moi, de beaucoup de choses.

— Nous parlerons, et longuement ; j'ai beaucoup à te dire moi aussi. Mais cette conversation attend depuis des années ; elle attendra bien que j'aie fini mon travail. Ensuite nous aurons le loisir de nous asseoir ensemble, en privé. » J'insistai sur ces derniers mots.

« Les jeunes croient toujours qu'il y aura le temps plus tard. » Cette remarque s'adressait à Umbre ; mine de rien, Burrich prit une partie de la charge qui encombrait les bras de Devoir. « Nous, les vieux, ne nous faisons plus d'illusions ; nous n'oublions pas les occasions où nous pensions avoir le temps et où nous nous trompions. Je garde enfermé dans mon cœur, sans avoir pu l'exprimer, tout ce que j'espérais confier un jour à ton père. Allons-y. »

Je poussai un soupir. Devoir m'observait sans bouger, l'air un peu ahuri ; je haussai les épaules. « Inutile de discuter avec Burrich ; autant discuter avec votre mère. Mettons-nous en route. »

Nous quittâmes la tente et nous enfonçâmes sans bruit dans l'obscurité, comme savent le faire ceux qui sont doués du Vif, même quand l'un d'eux refuse de le reconnaître. Burrich posa la main sur mon épaule valide, seule concession de sa part à sa vue défaillante ; je gardai mes commentaires pour moi. Un coup d'œil en arrière me permit de voir Umbre, en robe de chambre, qui tenait le rabat ouvert et s'efforçait de nous suivre des yeux dans la nuit. Apparemment gêné que je le surprisse ainsi, il lâcha le pan de tissu qui retomba en place ; mais désormais je le savais inquiet et je tâchai d'écarter de mon esprit toute interrogation quant à la valeur des essais qu'il avait menés sur sa poudre. Longuemèche aussi nous regardait nous éloigner.

Il fallait gravir une pente pour accéder à l'excavation ; je n'avais pas gardé le souvenir d'un chemin ardu, mais les événements des derniers jours m'avaient éprouvé, et l'ascension me parut pénible ; j'avais le souffle court en arrivant à la rampe qui descendait dans la fosse. Nous fîmes halte et je m'emparai de l'huile que portait Burrich ; je sourcillai en sentant le poids de la flasque.

« Attends-nous ici.

— N'aie pas de souci, je ne vous suivrai pas ; je n'y vois plus bien et je ne vous ferai pas courir de risques en vous accompagnant. Mais j'aimerais te dire un mot avant que tu ne descendes – seul, si ça ne te dérange pas.

— Burrich, à chaque seconde que je perds, le dragon absorbe peut-être un peu du fou.

— Mon garçon, au fond de toi, tu sais bien qu'il est trop tard pour le sauver. Mais tu dois accomplir quand même ta mission, je ne l'ignore pas. » Il tourna la tête ; il ne regardait pas le prince, mais le « voyait ». Devant mon air suppliant, Devoir s'écarta de plusieurs pas pour nous laisser quelque intimité ; Burrich n'en baissa pas moins la voix. « Je suis venu vous chercher, Leste et toi. J'ai promis à Ortie que je ramènerais son frère sain et sauf, quitte à tuer un dragon s'il le fallait, et que la vie reprendrait son cours normal. Par certains côtés, elle reste une enfant persuadée que papa saura toujours la protéger ; je voudrais qu'elle continue à le croire, du moins encore quelque temps. »

Je ne comprenais pas exactement ce qu'il attendait de moi, mais j'étais trop pressé pour discuter. « Je m'efforcerai de ne pas lui ôter cette confiance, répondis-je. Burrich, il faut que j'y aille.

— Je sais. Mais... nous te croyions mort tous les deux, Molly et moi, et nous avons fondé toute notre conduite sur cette conviction ; tu t'en rends compte, n'est-ce pas ?

— Evidemment. Nous en parlerons plus tard, peut-être. » Mais j'avais compris soudain, à la colère et à la douleur que ses paroles suscitaient en moi, que je ne voulais pas aborder ce sujet, jamais, que je ne souhaitais même pas y songer ; pourtant, je pris une grande inspiration et prononçai les mots que je m'étais répétés si souvent : « Tu étais celui qu'il lui fallait. Je dormais rassuré la nuit, te sachant à ses côtés et à ceux d'Ortie. Et après... j'ai préféré ne pas revenir ; je ne tenais pas à ce que tu t'imagines que... que... »

A mi-voix, il termina ma phrase à ma place : « Que je t'avais trahi.

— Burrich, le soleil va bientôt se lever. Je dois te laisser.

— Ecoute-moi ! s'exclama-t-il avec une violence inattendue. Ecoute-moi et laisse-moi dire ce que j'ai à dire ; j'en étouffe depuis que j'ai appris ce que j'avais fait. Je regrette, Fitz ; je regrette tout ce que je t'ai pris sans le savoir ; je regrette les années que je ne peux pas te rendre. Mais... je ne regrette pas mon mariage avec Molly, ni les enfants, ni la vie que nous partagions – que nous partageons. Je ne peux pas, parce qu'en effet j'étais celui qu'il lui fallait, tout comme Chevalerie pour Patience, quand il me l'a prise sans même s'en rendre compte. » Il poussa brusquement un grand soupir. « Eda et El ! Dans quels pas étranges et cruels notre danse nous a entraînés ! »

J'avais un goût de cendre dans la bouche. Il n'y avait rien à dire.

Très doucement, il demanda : « Comptes-tu revenir pour me l'enlever ? Comptes-tu l'arracher à notre foyer, à nos enfants ? Tu en as la possibilité, je le sais ; elle a toujours gardé une place dans son cœur pour le jeune chien fou qu'elle a aimé. Je... je n'ai jamais tenté de rien y changer. Comment aurais-je pu ? Je l'aimais moi aussi, ce gamin. »

Une existence entière tournoyait dans le vent qui évoquait en chuchotant des images de ce qui aurait pu être, de ce qui aurait dû être, et qui pouvait encore advenir – mais qui ne se réaliserait pas. Je répondis enfin : « Je ne viendrai pas te l'enlever. Je ne viendrai pas du tout. C'est impossible.

— Mais…

— Non, Burrich. Ne me le demande pas. Me crois-tu capable de me présenter chez vous, en visite, de prendre une tasse de tisane à votre table, de jouer à la bagarre avec votre petit dernier, de faire le tour de votre écurie, tout cela sans songer… sans songer… »

Il m'interrompit brutalement. « Ce serait dur, mais tu apprendrais à t'y faire, comme j'ai appris à le supporter chaque fois que je suivais Patience et Chevalerie lorsqu'ils sortaient ensemble à cheval, quand je les voyais et… »

Je ne pouvais pas en entendre davantage ; je n'avais jamais eu ce genre de courage, je le savais. « Burrich, je dois y aller. Le fou compte sur moi.

— Alors va ! » Toute colère dissipée, sa voix ne recelait plus que du désespoir. « Va, Fitz ; mais nous en reparlerons, toi et moi. Nous trouverons un moyen de démêler ce sac de nœuds, je te le jure. Je refuse de te perdre à nouveau.

— Je dois y aller », répétai-je une dernière fois, et je m'enfuis. Je le laissai aveugle dans la bise glacée, et il demeura sans bouger, certain que je reviendrais.

11

L'ESPRIT DU DRAGON

La race des Anciens occupait un territoire immense. Peu de documents ont survécu de leur époque et nous ne déchiffrons pas complètement toutes leurs runes ; néanmoins, plusieurs glyphes dont nous nous servons semblent apparentés à ceux dont ils marquaient leurs cartes et leurs monolithes. Les rares détails que nous possédons sur eux indiquent qu'ils se sont mêlés aux humains ordinaires, au point parfois de résider dans les mêmes cités, et notre savoir sur eux provient peut-être en grande partie de cette mixité. Les Montagnards détiennent d'anciennes cartes, sans doute recopiées à partir de manuscrits plus vieux encore, qui donnent à penser que leurs ancêtres avaient des connaissances géographiques dépassant largement les frontières actuelles de leur pays. Les routes et les villes portées sur ces reproductions n'existent plus ou datent de si longtemps qu'elles relèvent aujourd'hui de la légende. Aspect peut-être le plus étonnant de ces représentations, on y trouve signalées des cités situées, au nord, jusque dans l'actuel Béarns et, au sud, jusqu'aux Rivages maudits.

Traité d'un peuple disparu, de GEAIREPU

*

Je rejoignis Devoir sans un mot, et il ne me posa pas de questions. Une petite lanterne à la main, il me mena par la rampe dans une fosse considérablement plus profonde et plus étroite que la dernière fois où j'y avais manié la pelle. Je vis où les efforts s'étaient concentrés une fois la masse noire de la bête devenue visible à travers la glace. Encore une fois, comme une vague inattendue, ma perception de Glasfeu s'enfla brusquement puis s'effondra et s'évanouit ; me sentir à ce point conscient de celui que je m'apprêtais à tuer sapait ma détermination.

A la suite du prince, je me dirigeai vers une extrémité de l'excavation où s'ouvrait un tunnel creusé dans la glace. D'abord plus haut qu'un homme et large comme deux de front, il s'étriqua bientôt, et je dus y progresser courbé, ce qui accentua ma douleur à l'épaule.

Comme j'avançais derrière Devoir, deux informations s'imbriquèrent soudain dans ma tête : d'un côté, Burrich avait dit être prêt à tuer un dragon pour ramener Leste chez lui ; de l'autre, Ortie avait informé Lourd que son père était parti à la chasse au dragon. Juxtaposées, elles signifiaient que ma fille ne savait rien de moi. En proie à une empoignade féroce entre le soulagement de ne lui avoir rien révélé sur moi et l'affreux pressentiment que je n'existerais jamais vraiment dans sa vie, j'eus tout à coup l'impression que les ténèbres, la glace et le froid m'enserraient, et, l'espace d'un vertigineux instant, je me sentis enfermé dans le glacier, écrasé, prisonnier, appelant la mort de mes vœux mais incapable de me rendre cet ultime service. Suffoqué de honte, j'essayai de mourir par la force de ma seule volonté.

Puis l'oppressante obscurité se dissipa et je repris ma marche d'un pas mal assuré. Je chassai de mon esprit toute pensée d'Ortie, de Burrich et de Molly, et me concentrai sur ma mission immédiate : tuer le dragon. Je continuai de m'enfoncer dans le boyau à la suite de Devoir en me répétant que j'avais peut-être encore la possibilité de sauver le fou – bref, en me mentant.

A la lueur de la petite lanterne, je ne voyais que la luisance humide des parois et la silhouette du prince devant moi. Le tunnel s'acheva brusquement ; Devoir se retourna vers moi et s'accroupit. « La tête se trouve là, du moins le pensons-nous. » Il indiquait la glace éraflée à nos pieds.

Je plissai les yeux. « Je ne distingue rien.

— Il faudrait la grosse lampe et la lumière du jour. Pour

l'heure, croyez-moi sur parole : sa tête est juste en dessous de nous. » Maladroitement dans l'espace restreint, il décrocha son sac de son épaule et le posa entre nous pendant que je m'asseyais sur mes talons. Il aurait tout juste la place d'enjamber la casserole et de me contourner une fois le feu allumé.

Le froid nouait mon épaule et plaquait sur mon visage meurtri un masque douloureux et glacé. Peu importait ; il me restait ma main droite ; même dans mon état, je ne devrais avoir guère de mal à faire une flambée puis à y déposer un pot en terre.

Nous installâmes d'abord les pièces de cuir. Devoir les arrangea entre nous comme un soldat qui s'apprête pour une partie de dés avec un camarade ; c'étaient des peaux épaisses, l'une d'ours polaire, l'autre de vache marine, et toutes deux empestaient. Je déposai la casserole au centre et le flacon d'huile à distance prudente, en compagnie du pot de poudre. Avec des copeaux de bois et des morceaux de tissu déjà roussis par le feu, je bâtis un petit nid dans la casserole, et Devoir attendit que j'eusse tiré en vain trois gerbes d'étincelles du briquet avant de me demander d'un ton circonspect : « On ne pourrait pas l'allumer à la lanterne, tout simplement ? »

Je levai vers lui un regard assassin auquel il répondit par un sourire malicieux. La lumière rehaussait la rougeur de ses joues et les crevasses de ses lèvres. Je ne me sentais nullement d'humeur folâtre, mais je parvins à lui rendre son sourire, en me rappelant brièvement que sur ses jeunes épaules pesaient aussi des fardeaux, dont le moindre n'était pas qu'en tuant le dragon il trahirait, pour ainsi dire, son Lignage et son clan de Vif ; et il n'y gagnerait même pas la réalisation de son rêve : la jeune fille qu'on lui avait promise et qu'il avait appris à aimer ne servait que d'appât pour l'amener à exécuter la volonté de la Femme pâle. Elle s'était offerte à lui non par amour, non pour sceller une alliance, mais seulement pour acheter la mort de sa mère et de sa sœur, fondation bien précaire pour un mariage ; pourtant, au fond de notre trou, nous nous efforcions de respecter les termes de son marché. Je redressai le dos. « Occupez-vous du feu, puis sortez d'ici, dis-je. Ah, et puis aidez Burrich à s'éloigner du bord de la fosse ; il n'y voit pas bien.

— Tiens ? Je le croyais seulement aveugle. » Je reconnus

l'humour des adolescents, l'ironie morbide de celui qui ne craint pas de subir le sort dont il se gausse. Je ne trouvai pas la force d'en sourire, mais Devoir ne s'en rendit peut-être pas compte. Il prit un morceau de tissu dans la casserole et l'approcha de la flamme du lumignon ; elle le lécha avidement et il s'embrasa aussitôt. Vivement, Devoir le laissa tomber sur les copeaux, mais il s'éteignit.

« Rien n'est jamais facile », fis-je lorsque notre troisième tentative avorta.

Je dus incliner la casserole sur le côté, et mon compagnon se brûla les doigts en enfonçant le dernier bout de charpie incandescent sous le combustible. Nous retînmes notre souffle et peu à peu une flamme minuscule s'agrippa au petit bois pour en entamer l'ascension ; je la tonifiai à l'aide de copeaux en jugeant préférable de ne pas replacer le récipient sur son fond au risque d'éparpiller le maigre brasier, mais plutôt d'y insérer le pot comme une miche de pain dans la gueule d'un four. La fumée qui s'épaississait me fit tousser.

« Il est temps de vous en aller, dis-je au prince.

— Mettez la poudre dans le feu et nous partirons ensemble.

— Non. » Je voulais le savoir en sécurité avant de commencer l'opération, mais j'usai de diplomatie. « Je tiens énormément à Burrich, or sa fierté l'obligera à attendre mon retour avant de s'éloigner. Prenez-le par le bras, assurez-lui que j'arrive, que vous me voyez, et entraînez-le à bonne distance de l'excavation ; les inventions d'Umbre se révèlent parfois beaucoup plus efficaces qu'il ne s'y attend lui-même.

— Vous me demandez de lui mentir ? » Il était outré.

« Je vous demande de l'emmener à l'abri. Il boite et ne peut pas se déplacer aussi vite que vous ou moi ; je vous laisserai quelques instants pour commencer à l'éloigner puis je déposerai la poudre dans le feu et vous rejoindrai. »

L'artifice fonctionna. Le prince ne m'aurait jamais quitté si lui seul avait couru un risque, mais il accepta de sortir pour protéger Burrich. Je louai Kettricken de l'altruisme qu'elle avait inculqué à son fils pendant qu'il enjambait prudemment la casserole brûlante puis se faufilait entre la paroi de glace et moi. J'écoutai ses pas s'éloigner dans le boyau en m'efforçant de calculer combien de temps il lui faudrait pour sortir de la fosse, arriver jusqu'à Burrich et l'emmener. Rien ne pressait; inutile de prendre des risques. Dans quelques minutes, le dragon serait mort – et le fou peut-être sauvé.

Je m'aplatis sur le sol pour éviter la fumée qui s'accumulait au plafond et alimenter mon feu débutant; il me fallait une bonne couche de braises avant d'y loger le pot de poudre. A contrecœur, je jugeai que je devrais alors ajouter l'huile afin que les flammes s'élèvent autour du petit récipient; j'ouvris le flacon et le plaçai à portée de ma main. Je ne risquais rien: la gourde qu'Umbre avait jetée dans mon âtre n'avait explosé qu'au bout d'un long moment; naturellement, cela se passait avant qu'il n'améliore sa substance.

N'y pense pas, me dis-je; ne t'imagine pas périssant là, brûlé, broyé. Non; je pouvais me retrouver pris au piège de la glace, immobilisé, tandis que le froid m'entraînait dans une obscurité de plus en plus profonde jusqu'à l'extinction complète. Cette lente descente dans la mort me semblait presque lâche; pourtant, quelle autre façon de partir existait-il? Seul, sans compagne, que trouvais-je si cruel à mourir par la glace?

Une goutte d'eau détachée du plafond tomba sur ma nuque et me ramena brusquement à la réalité. Comment mes pensées avaient-elles pu s'égarer si loin? Les peaux, sous l'incandescence, se flétrissaient et dégageaient une odeur pestilentielle. Je me brûlai les doigts en voulant relever le bord de la casserole afin qu'elle retînt l'huile le moment venu; avec un juron, je les plaquai sur la glace pour calmer la douleur. C'est alors que, tel un raz de marée, le dragon me submergea.

Je ne pense pas que ce fût volontaire. On peut le comparer à l'homme qui retient son souffle en se croyant capable de mettre fin ainsi à sa propre vie, et dont le corps, triomphant de l'esprit à la dernière seconde, aspire la grande goulée d'air qui force l'être à survivre. A cet instant où sa maîtrise lui échappait, le contact s'opéra entre nous; il ne relevait ni du Vif ni de l'Art, mais d'un autre moyen d'échange, et, quand je m'en aperçus, je compris qu'il s'agissait d'un moyen propre aux dragons. J'en avais déjà fait l'expérience lorsque Tintaglia investissait mes rêves par le biais d'Ortie; je croyais alors que cette forme de communication lui était particulière, mais je me trompais : Glasfeu l'employait également. Tintaglia y paraissait plus douée, ou bien, ayant surtout affaire à des hommes, elle avait appris à conformer ses pensées au cadre de notre esprit. Le dragon m'envahit et me noya sous son essence. Je ne perçus aucune formulation de mots ni de concepts humains ; il ne s'agissait pas d'une tentative de relation avec moi, mais, dans cette éruption de pensée, d'émotion et d'intelligence, j'en appris bien davantage sur lui que je ne le désirais. Quand il se retira de moi, me laissant échoué dans mon individualité, mon coude se déroba et je me retrouvai à plat ventre sur la glace, le visage désagréablement près de la casserole brûlante.

Ce bref épisode où j'avais partagé les souvenirs du dragon me paraissait plus réel que toute mon existence. Il était vivant, cela ne faisait aucun doute, et doué de conscience, mais d'une conscience concentrée tout au fond de lui. Il souhaitait la mort ; il avait abordé sur l'île expressément pour la trouver, car un dragon ne meurt pas facilement. Il peut succomber à la maladie, à une blessure ou lors d'un combat avec un de ses congénères, mais, en dehors de ces accidents, nul ne sait quelle durée atteint sa vie. Glasfeu était une créature puissante et vigoureuse dont les années s'étendaient loin devant lui ; mais partout il n'avait traversé que des ciels déserts, vides des siens, et les serpents qui auraient dû revenir pour regonfler les rangs des dragons avaient disparu. Les dragons et la plupart de leurs serviteurs, les Anciens, avaient péri lorsque la terre avait tremblé, s'était fendue, et que les montagnes avaient vomi de la fumée, du feu et des vents empoisonnés dont l'impact brûlant avait abattu les arbres et détruit toute végétation.

Beaucoup avaient disparu durant les premiers jours du cataclysme, carbonisés, asphyxiés ou étouffés par le déluge de cendres, d'autres au cours de la période terrible qui avait suivi, car le printemps n'avait pas éclos cette année-là, et le fleuve jusque-là rapide et large s'était réduit à un filet d'eau qui se frayait tant bien que mal un lit vers la mer dans une poussière épaisse et avide d'humidité. Le gibier avait décliné, car cendres et scories ensevelissaient les prairies, et les feuilles des rares arbrisseaux rescapés étaient fines et poudreuses.

En ces temps âpres, certains parmi les dragons survivants affirmaient qu'il fallait quitter les terres de leurs ancêtres; quelques-uns s'y étaient risqués, mais on ne savait rien de leur sort car aucun n'avait jamais reparu. Le manque de nourriture en avait affaibli beaucoup et avait provoqué la mort de bien d'autres, lors des batailles qu'ils se livraient pour les maigres proies qui demeuraient. Dense et acide, la cendre recouvrait le pays naguère verdoyant; nulle graine n'y germait et seules de rares plantes parvenait à la percer. Les humains s'étaient éteints peu à peu, et même leurs cousins, les Anciens, avaient lentement succombé. Les troupeaux des hommes avaient péri à côté de leurs gardiens à deux pattes. Les quelques cités qui n'avaient pas fini ensevelies se dressaient, désertes, fissurées, lézardées, sèches comme des coquilles d'œufs soigneusement gobés.

Pourtant, aucun dragon n'avait craint la fin de l'espèce; humains et Anciens pouvaient périr, les arbres s'étioler, le gibier disparaître, mais pas les dragons. Cinq générations de serpents restaient dans la mer; il y aurait cinq saisons de migration, cinq périodes de cocons; les serpents renaîtraient sous forme de dragons, et, quant à la terre, elle finirait par guérir. Glasfeu en avait été persuadé. Les années avaient passé, lui seul déployait ses ailes dans le ciel, et il avait guetté le retour des serpents; mais aucun ne se présentait jamais sur les zones de nidification. Il les avait attendus, n'osant souvent pas s'en aller à la chasse de peur qu'ils n'arrivent et ne trouvent aucun dragon pour les aider à filer leurs cocons à partir du sable noir de la plage et de leur salive; il devait y mêler sa propre salive et son venin pour leur donner ses souvenirs, sa mémoire qui remontait plus loin que sa naissance. Sans cela, les nouveau-nés seraient perdus; il leur fallait son concours pour accéder à la totalité des réminiscences de toute l'espèce à leur émergence des cocons, sous le soleil brûlant de l'été.

Mais les serpents n'avaient jamais reparu.

Et, quand il avait compris qu'ils ne viendraient plus, qu'ils ne retourneraient jamais, qu'il restait le dernier de son espèce, il avait réfléchi à la façon dont il voulait mourir. Pas de manière ignominieuse, incapable de se nourrir à la suite d'un accident de chasse, future charogne à la merci des animaux inférieurs. Non, il déciderait lui-même de l'heure et du lieu de sa fin, et il ferait en sorte que son corps demeure éternellement intact.

Cette idée à l'esprit, il avait gagné la froide Aslevjal. Je la voyais telle qu'il l'avait vue, presque complètement prise sous la glace, et je ressentais sa déception de la découvrir ainsi, mais je n'en décelais pas la cause. Peut-être le niveau des mers était-il plus bas alors, ou bien les hivers plus rudes, car l'embâcle avait gelé les eaux qui entouraient l'île, si bien qu'il avait deviné plus qu'il n'avait distingué la mer sous la banquise. Il l'avait survolée, noir et luisant au-dessus de l'étendue blanche, sans parvenir à trouver l'entrée qu'il cherchait. Pour finir, il s'était rabattu sur une crevasse, y avait pénétré en rampant et avait laissé le sommeil s'emparer de lui, sachant que, pour son espèce, il n'y a qu'un pas de la torpeur du froid à la mort.

Mais le corps choisit toujours la vie, et ni la logique ni les sentiments ne l'ébranlent. Glasfeu avait glissé dans un état suspendu, mais sans parvenir à se défaire de son organisme; malgré qu'il en eût, la conscience lui revenait par moments et lui criait qu'il avait froid, que le gel le pétrifiait, que la faim le tenaillait. La glace l'écrasait, tordait sa grande masse, mais ne parvenait pas à le briser. Il ne pouvait pas se tuer.

Il aspirait à la mort. Il rêvait de la mort. Il ne cessait d'y sombrer, et chaque fois ses poumons perfides se gonflaient lentement, son cœur insensé se contractait encore. Des humains venaient et s'en allaient comme des mouches attirées par un cerf à l'agonie; certains tentaient de toucher son esprit, d'autres de percer sa chair. Inefficaces, les uns comme les autres; ils ne pouvaient même pas l'aider à mourir.

Je me sentis reprendre soudain mon souffle et me demandai depuis combien de temps je le retenais. J'avais l'impression qu'on avait ouvert les volets d'une taverne pour me montrer ce qui se passait à l'intérieur, puis qu'on les avait refermés brutalement; tout ce savoir inattendu sur les dragons me laissait étourdi. Glasfeu m'avait submergé si complètement que j'avais la sensation d'avoir échangé mon identité avec la sienne, et je restais écroulé à plat ventre sur la glace, noyé bien malgré moi dans la conscience de la créature emprisonnée en dessous de moi.

Je me raccrochai avec soulagement à sa volonté de mourir : je ferais donc preuve de miséricorde en l'achevant. Je me mis à genoux et gémis de douleur en prenant appui sur mon épaule meurtrie, puis j'examinai l'intérieur de la casserole et m'accroupis pour souffler sur les braises qui rougirent ; j'ajoutai quelques petits morceaux de bois et préparai soigneusement le combustible dont j'emmitouflerais le récipient de poudre.

Je savais ce que c'était de désirer la mort. Je l'avais appelée de mes vœux quand Royal me tenait en son pouvoir : torturé, souffrant du froid, de la solitude, de la faim, je l'aurais accueillie avec bonheur, sous n'importe quelle forme pourvu qu'elle fût rapide. Aujourd'hui, venu tuer Glasfeu, j'apprenais qu'il n'espérait que le trépas. Je n'avais plus aucune raison d'hésiter. Prenant d'une main le pot de terre cuite, je m'emparai de l'autre d'un bout de bois pour lui ménager un nid dans les braises. Qu'un seul dragon vive ou meure, quelle différence ? Dans son état de faiblesse, il ne survivrait sans doute pas même si nous le délivrions.

Certes, si j'avais péri dans les geôles de Royal comme je l'avais souhaité, Kettricken n'aurait probablement jamais rejoint Vérité ni réveillé les dragons de pierre pour défendre les Six-Duchés. Mais non : je m'accordais trop d'importance : elle serait allée seule retrouver son roi ; mais aurait-elle réussi à ramener les dragons à la conscience sans notre présence, à Œil-de-Nuit et moi ? Si nous ne l'avions pas accompagnée, si le loup n'avait pas chassé pour elle, aurait-elle triomphé ? Caudron serait-elle parvenue au bout de la route pour aider Vérité à terminer sa sculpture ? Comme le fou l'avait si souvent répété, le sort du monde tout entier se jouait-il chaque jour sur les actes de chacun ?

Le feu brasillait dans la casserole et je tenais la poudre dans la main ; quelque part dans le palais de la Femme pâle, sous mes pieds, le fou s'évertuait à s'écarter de la pierre de mémoire qui le forgisait un peu plus à chaque contact. Je devais faire vite.

Je ne pouvais pas.

Avec un gémissement plaintif, je pesais à nouveau mes choix. Si nous libérions le dragon, que gagnerions-nous ? Rien. Peut-être

Glasfeu prendrait-il son envol pour s'accoupler avec Tintaglia ; peut-être leur espèce peuplerait-elle la terre à nouveau. Le fou ne nous en avait jamais promis aucun bénéfice particulier ; il était seulement convaincu qu'il existait un lien entre les dragons et les Anciens. Délivrer la créature ne m'apportait aucune garantie, sinon celle de la lente forgisation de mon ami et du maintien dans leur avilissement de la mère et de la sœur de la narcheska. En revanche, si je tuais le monstre, Devoir en recueillerait l'amour et la reconnaissance d'Elliania ; ils consommeraient leur mariage, ils auraient de nombreux enfants, ils régneraient longtemps et nous vivrions en paix avec les îles d'Outre-mer…

« Réfléchis bien, m'avait dit Burrich, sans préjuger des faits. » Malgré sa cécité, il y voyait plus clair qu'Umbre et moi, obnubilés par notre volonté d'assurer les fiançailles, de décapiter le dragon. A présent, alors qu'il était presque trop tard, j'appliquais les principes que le vieil assassin m'avait enseignés bien des années plus tôt : « Demande-toi : “Et maintenant, que se passe-t-il ? A qui profite l'affaire ?” » Je sortis mes pensées de leur ornière aussi péniblement qu'un chariot embourbé. Je tue le dragon ; la Femme pâle exécute enfin la mère et la sœur de la narcheska et me rend le fou ; et ensuite ? Qui tire bénéfice de la situation ?

Un Loinvoyant tue le dragon outrîlien ; et ensuite ? Le tableau m'apparut avec autant de netteté que si je possédais le don de prescience du fou. Cet affront fait au peuple des îles d'Outre-mer non seulement éliminerait toute éventualité d'une résurrection des dragons mais déclencherait l'unification des clans outrîliens contre les Six-Duchés. Loin de garantir un mariage qui scellerait une concorde durable, il constituerait le point de départ d'une nouvelle guerre. Umbre, Devoir et moi étions les derniers membres mâles de la lignée Loinvoyant ; aucun d'entre nous, sans doute, ne quitterait Aslevjal vivant. Et Ortie ? Si Kettricken révélait l'ascendance de ma fille et la proclamait héritière du Trône, les Outrîliens la laisseraient-ils régner en paix ? J'en doutais fort. L'entente précaire à laquelle nous étions parvenus au cours des quinze années écoulées s'effondrerait comme un château de cartes ; le carnage commencerait sur

Aslevjal et se propagerait ; cette fois, il n'y aurait personne pour réveiller les dragons de pierre, pas d'alliés Anciens pour se porter à notre secours ; nos côtes connaîtraient à nouveau la ruine et la forgisation. La Femme pâle resterait la souveraine incontestée de l'avenir qu'elle aurait créé.

Le cœur battant follement à l'idée de l'acte que j'avais failli commettre, je songeai que le choix me revenait, au bout du compte, comme le fou l'avait prédit ; mais j'avais manqué de peu de réaliser les rêves de la Femme pâle. Je posai le bout de mes doigts sur les empreintes qu'il avait laissées sur mon poignet. « Pardonne-moi, dis-je, suppliant. Pardonne-moi d'agir ainsi que tu l'espérais. » Puis je me mis à plat ventre sur la glace et, de toutes mes forces, projetai ma conscience, mes deux magies mêlées, vers le dragon.

Mon Art papillotait faiblement mais mon Vif était puissant, et je sentis Glasfeu remarquer ma présence. Je perçus le danger de son regard, comme la proie perçoit le fauve qui l'observe et lève brusquement la tête ; toutefois, au lieu de me faire tout petit devant lui, je rugis de toutes les fibres de mon corps, comme un prédateur qui en défie un autre pour disputer un territoire. Mon Vif ne me permettait pas de lui communiquer mes pensées, mais exciterait peut-être sa curiosité, et, s'il tendait son esprit vers le mien, il découvrirait ce que je savais : qu'il existait un autre dragon, une femelle, et qu'elle volait à tire-d'aile vers l'île, guidée par une mouette.

Il avait pris note de mon existence, je le savais, mais, à ses yeux, ni proie ni de la meute, je n'offrais pas plus d'intérêt qu'un corbeau et ne méritais pas son attention. Ses pensées se détournèrent et il replongea dans la mort et l'oubli.

L'affolement me gagna ; à l'instant où j'avais le plus besoin de mon Art, il se réduisait à une braise mourante, et je n'avais pas la puissance nécessaire pour nouer le lien avec Glasfeu, trop résolu qu'il était à poursuivre son propre anéantissement. J'essayai encore, affûtai mon Art comme une pointe de flèche et le décochai vers le dragon.

Te voici enfin ! Je te croyais mort ! Je te cherche depuis des nuits et des nuits. Que se passe-t-il ? Pourquoi as-tu disparu ? La vigoureuse irruption d'Ortie s'empara de mon Art défaillant comme des mains solides saisissent un homme qui se noie, et elle serra mes pensées contre les siennes. Je la repoussai.

Pas maintenant, Ortie ! Va-t'en ; je n'ai pas le temps de m'occuper de toi.

Puis, comme elle reculait, vexée et peinée, ma stupidité m'apparut soudain et je m'écriai : *Non ! Attends, reviens, j'ai besoin de toi !*

Elle s'arrêta aux limites de ma conscience. J'aperçus des lambeaux flottants de son rêve : vêtue en chasseuse, les cheveux fixés en arrière, elle tenait un filet prêt à lancer. Je me précipitai vers elle en répétant d'un ton suppliant : *Non, reviens ! Je t'en prie ! J'ai besoin de ton aide !*

Pour quoi faire ? demanda-t-elle d'un ton froid.

Je l'avais froissée en la rejetant brutalement après ma longue absence ; sans doute avait-elle oublié que, la première, elle m'avait barré ses pensées. J'aurais voulu lui fournir des explications, mais je n'en avais pas le loisir ; déjà la perception que mon Vif me donnait de Glasfeu commençait à s'estomper ; encore quelques instants et je le perdrais. *Aide-moi à réveiller un dragon ! Il s'immerge tout au fond de ses songes à la recherche de la mort. Mais, puisque tu sais intervenir dans le sommeil, peut-être parviendras-tu à t'infiltrer dans son rêve de mort et à l'en tirer.*

Mais... Fantôme-de-Loup ? Changeur ? Est-ce vraiment toi qui me demandes d'agir ainsi ? Tu m'as toujours mise en garde contre cette créature, jusqu'à m'interdire de prononcer son nom, et maintenant tu veux que je l'appelle ?

Il s'agit d'un autre dragon. Puis, l'épée dans les reins, je m'aventurai à contrecœur là où je ne m'étais jamais risqué. *Je t'en prie ! Fais-le pour moi, aie confiance et ne pose pas de questions. Le temps m'est compté ; si j'en avais davantage, je te dirais tout, et je m'y efforcerai à la fin de cette affaire. Mais, pour le moment, je te demande de te fier à moi. Réveille le dragon, aide-moi à lui parler.*

Mais quel dragon ?

Celui-ci ! Je le lui indiquai éperdument du Vif et de l'Art ; hélas, Glasfeu avait à nouveau disparu. *Attends ! Attends !* lançai-je à Ortie d'un ton suppliant. *Il a sombré dans le sommeil pour l'instant, mais il est là, je te le jure ! Reste avec moi et ouvre l'œil ; il ne va pas tarder à revenir.*

Allez-vous bien ? Pourquoi ne ressortez-vous pas ? Avez-vous placé la poudre ? L'Art de Devoir, empreint d'affolement, s'était brusquement introduit dans le lien que je m'acharnais à maintenir avec ma fille.

Encore un moment, mon prince ; je dois effectuer une dernière opération. Puis, comme Glasfeu renaissait soudain à l'existence sous mes pieds, j'attirai frénétiquement l'attention d'Ortie. *Là ! Le voilà ! Réveille-le, fais-toi remarquer ! Dis-lui qu'il n'est pas le seul survivant de son espèce, parle-lui de Tintaglia ; dis-lui qu'elle vient à sa rencontre pour le ramener à la vie et repeupler de dragons l'air et la terre !*

Alors, comme un coup de tonnerre annonçant la fin du monde, Umbre intervint. *Fitz, que fais-tu ? Nous trahirais-tu ? Me trahirais-tu après tant d'années ? Trahirais-tu le trône Loinvoyant et ton propre sang ?*

Je fais ce que je dois faire ! répondis-je de toutes mes forces, car je sentais ma magie défaillir. M'avait-on entendu ? Je l'ignorais. Allongé à plat ventre sur la glace du tunnel, je m'aperçus que je ne captais plus la présence du dragon ; à quelques pouces de mon visage, la casserole rougeoyait, et je tenais dans la main le pot de poudre. Je rassemblai mon Art, le martelai comme du fer chauffé à blanc et le projetai hors de moi en espérant qu'Ortie percevrait mes pensées. *Persuade-le de se détourner de la mort et de choisir la vie, de choisir le combat, l'effort, la douleur et la vie belle, si belle ! Parle-lui, explique-lui que Tintaglia est vivante ! Fais-toi mon porte-parole.*

Je vais essayer, fit-elle d'un ton sans conviction. Elle n'avait pas lâché notre lien ; je la sentais qui réfléchissait, mais je ne la voyais plus. *Je ne distingue pas le dragon dont tu parles ; mais, si tu peux me le désigner, me montrer son rêve, je parviendrai peut-être à y pénétrer et à l'y trouver.*

Tenant dressée une frêle muraille d'Art contre les menaces, les imprécations, les suppliques d'Umbre et le désarroi de Devoir, je me plaquai contre la glace et cherchai la créature qui négligeait ma présence, mais ne pus l'atteindre. Le temps filait comme le vent et progressait à une allure d'escargot tout à la fois. Il fallait que j'entre en contact avec Glasfeu le plus vite possible, avant qu'Umbre eût le temps d'intervenir, physiquement ou par l'Art ; je ne doutais pas qu'il ferait tout pour m'arrêter.

Il me revint qu'il existait un point où l'esprit du dragon et le mien s'étaient rencontrés et où j'avais eu accès à son rêve. Je n'avais nulle envie de retourner à ce moment ni à ce souvenir : en ce point, le temps avait pivoté, comme, je m'en rendis compte tout à coup, il pivotait à l'instant que je vivais actuellement. Je reconnaissais en lui une des fameuses croisées de chemins qu'évoquait le fou, un de ces carrefours où la décision d'un seul homme modifiait tous les événements qui s'ensuivaient. Burrich avait choisi, par amour pour moi, d'user d'une magie qu'il jugeait odieuse ; j'avais choisi de faire confiance au loup, de me laisser aller à une mort qui n'en était pas une, et, sans le savoir, j'avais ainsi choisi de continuer à vivre.

Je retrouvai ce lieu où mon expérience s'accordait à celle de Glasfeu, je retrouvai le froid, l'obscurité, le désespoir, l'aspiration à une mort que je ne pouvais me donner moi-même. Je ramenai mon âme dans le cachot de Royal, aux coups et à l'isolement.

C'était une chose de savoir que j'avais croupi dans cette cellule, une autre d'y retourner, de sentir à nouveau le goût du sang qui suintait à la racine de mes dents ébranlées, l'odeur de mes plaies suppurantes et le froid des murs de pierre qui ne parvenait pas à insensibiliser ma chair malmenée. Je me réintroduisis dans ce corps prisonnier et connus encore une fois le désespoir d'une mort qui se refusait à moi ; j'avais beau expulser la vie de mon enveloppe charnelle et l'empêcher d'y revenir, elle refluait implacablement dans ma chair dès que je baissais ma garde.

Douce Eda, était-ce donc vraiment toi, ainsi pris au piège ? Je croyais qu'il s'agissait seulement d'un de tes cauchemars !

L'horreur d'Ortie faillit m'arracher à mon accablement, mais, au même instant, je sentis le dragon refaire surface près des rives de la vie. Dans cette fraction de seconde, nous nous rencontrâmes et ne fîmes plus qu'un en deux entités ; mon cauchemar et le sien se fondirent, et la conscience d'Ortie s'écoula du mien dans le rêve ténébreux de Glasfeu.

Je mesurai aussitôt toute l'étendue de mon erreur. Le songe du dragon se referma sur elle et l'entraîna dans l'abysse où il replongeait pour y noyer sa vie. J'entendis vaguement le cri d'épouvante d'Ortie devant l'esprit totalement étranger qui la tenait désormais prisonnière.

Je n'eus que le temps de pousser un hoquet d'horreur avant qu'elle ne disparût dans l'obscurité de poix qui l'engouffrait.

En vain, je lançai mon Art à sa recherche ; j'avais l'impression de tâtonner dans une eau noire et glacée. Puis la présence du dragon disparut de mon esprit, et ma fille s'enfonça avec lui dans la mort qu'il appelait de toute son âme.

Un jour, j'avais vu un poisson-arc-en-ciel jaillir de la mer, saisir une mouette entre ses mâchoires et l'emporter sous l'eau. Je venais d'assister à la même scène : Ortie se trouvait avec moi, prête à s'élancer là où je le lui indiquerais ; elle avait plongé et disparu dans un gouffre que je ne pouvais même pas imaginer. Je l'avais exposée au danger, sans arme, sans maîtrise de l'Art, et elle s'y était jetée à ma demande. La démesure de ma stupidité m'arrachait le cœur ; je ne parvenais plus à battre des paupières ni à respirer.

J'avais donné ma fille en pâture à un dragon.

Je voulais réfuter ce qui se passait, obliger le temps à faire demi-tour par la seule force de ma volonté. Un événement aussi affreux n'avait pas pu se produire de façon aussi rapide, une erreur aussi monstrueuse de manière aussi irréversible ! Par son injustice même, elle était certainement impossible. Ortie n'avait pas mérité pareille fin ! La faute m'incombait ; c'est moi qui aurais dû en payer le prix. Fouaillé par l'horreur, je me cassais les ongles sur une réalité de granit que rien ne pouvait entamer. Je ne pouvais pas faire que cette seconde de folie n'eût pas existé. Mais qu'est-ce qui m'avait pris ? Pourquoi n'avais-je pas réfléchi avant de la précipiter dans le rêve du monstre ?

J'avais vaguement conscience des réactions de mes compagnons.

Qu'est-il arrivé ? Où est-elle passée ? demandait Devoir, éperdu.

Dans le dragon. J'y suis allé déjà ; il y a une grande musique, mais on ne peut pas sortir. Il ne voit pas qu'on est là et il s'en fiche. Dedans, il faut devenir sa musique à lui ; il n'y a pas de place pour sa musique à soi. L'effroi et la révérence imprégnaient l'Art de Lourd.

Mais le pire fut la question d'Umbre. *Oh, Fitz, qu'as-tu fait? Mais qu'as-tu fait?* répéta-t-il d'un ton accablé.

J'aurais voulu mourir si la mort avait pu dissiper ma honte et mes remords. Je devais mourir parce que je ne supportais pas les sentiments qui m'agitaient.

Et, dans cette conjonction atroce, je touchai à nouveau le dragon, et je sus qu'il avait puisé mon message en Ortie. Il l'avait trouvé et il exigeait d'en apprendre davantage, alors qu'elle ne savait rien. Il l'avait violemment ouverte et vidée, jeune femelle humaine et inutile, et l'avait trouvée pleine d'imaginations sans intérêt; alors il l'avait rejetée, recrachée dans l'Art comme un déchet indigeste. Ainsi qu'un enfant frotte sans y penser ses mains sales pour les débarrasser de la poudre qu'y ont déposée les ailes d'un papillon mort, il s'était débarrassé d'elle alors que rien ne l'y préparait, et elle se dispersait dans le fleuve de magie comme une goutte d'encre claire dans un torrent impétueux.

Le dragon me découvrit soudain; il se jeta en moi dans un grand rugissement, sans une parole, et m'éventra, m'exposant à l'Art, comme il aurait déchiqueté la cicatrice d'une ancienne blessure. Le lien qui nous unissait n'était pas l'Art mais s'y apparentait bizarrement. Et, en cet instant, je n'eus plus la maîtrise de rien: je détenais le savoir qu'il désirait et il s'en empara; il déchira mon esprit comme une vieille bourse, retourna ma mémoire comme une malle pleine de bric-à-brac et fouilla impatiemment dans mon existence à la recherche de ce qu'il souhaitait apprendre. Et, avant qu'il eût le temps de finir, notre sort, le sort de toute l'humanité fut scellé, car Tintaglia, avec un mugissement de tempête, pénétra en moi et se servit de la conscience qu'elle avait de moi pour repérer Glasfeu. J'eus l'impression qu'ils convergeaient en moi; je les canalisai brièvement l'un vers l'autre, et ils se reconnurent; alors leurs esprits se joignirent, et ils m'écartèrent, sans plus d'utilité, d'importance ni d'intérêt. Mais ils m'avaient laissé grand ouvert, retourné comme un gant, livré, les entrailles à nu, aux courants turbulents de l'Art. Je ne me trouvais plus et je n'avais guère envie d'essayer.

Je gisais tel un poisson éviscéré dans le fleuve de magie qui emportait des parcelles de moi, et je voyais soudain mes murailles non comme des protections mais des obstacles qui m'interdisaient d'accéder au meilleur du monde. Certes, le courant d'Art possédait des propriétés de séduction et d'intoxication, mais surtout la fin qu'il me procurait me paraissait inévitable, jouée depuis toujours. Il m'effacerait, dissiperait mon identité et mes actes, charité impersonnelle, oui, mais à laquelle j'aspirais.

Vérité se trouvait là, quelque part ; je le percevais comme un parfum presque oublié qu'un insidieux mouvement de l'air amène aux narines. Vérité et d'autres, plus vieux, plus sages et sereins ; quelle paix chez les Anciens du fleuve d'Art ! Tout n'était que quiétude. Soudain je perçus une agitation frénétique et j'entendis deux voix qui discutaient, avec un débit si rapide que j'avais du mal à suivre sa pensée ; elles cherchaient quelqu'un qui s'était perdu, une jeune fille, non, un homme, non, une jeune fille et un homme emportés par la marée. Je trouvais la nouvelle attristante mais elle ne me concernait pas. Elle ne me concernait pas. J'aurais voulu qu'ils cessent de s'inquiéter, qu'ils se laissent aller et nous rejoignent ; pourquoi lutter contre la paix et l'unité qu'ils pouvaient partager avec nous ?

N'as-tu pas honte ? Il referma sa mâchoire sur moi et me secoua furieusement. *N'as-tu pas honte d'avoir laissé la petite se noyer ? Tu aurais tout fait pour me sauver, et j'aurais tout fait pour te sauver. Tu n'as pas le droit de l'abandonner ! Ne sommes-nous pas de la même meute ? Si tu ne réagis pas, tu me rejettes. T'en rends-tu compte ? Y attaches-tu de l'importance ? As-tu jamais été un loup ?*

Cette question me poignit plus durement que ses crocs et réveilla l'instinct de la lutte en moi. Je sentis Umbre et Devoir près de moi, liés en clan, qui s'efforçaient de nous trouver ; ils s'y prenaient très mal, semblables à des pêcheurs qui traîneraient une passoire dans la mer dans l'espoir d'attraper un poisson. Ils cherchaient Ortie à l'aveuglette, car nul à part Lourd ne reconnaissait sa forme dans le courant d'Art, et ni le prince ni le conseiller n'avait songé à lui demander de la localiser. Je fis un effort pour me rassembler assez afin de les joindre ; j'avais le sentiment d'opérer dans un songe où la succession des événements ne tient pas compte de la logique et où la réalité se modifie à chaque mouvement. Enfin je touchai Lourd d'un contact sans guère plus de substance qu'un fil se posant sur sa manche, et je chuchotai : *Repère la femme qui a aidé le chaton ; c'est à cela qu'elle ressemble ici. Trouve-la !*

Et il la trouva. Nous le savions doué d'une grande puissance, mais jamais nous n'avions pris sa mesure dans le fleuve de magie, où seul comptait son sens de la navigation. Il entonna la chanson qui représentait Ortie, et elle s'agrégea autour des notes ; plus qu'il ne la chercha, il l'appela à emplir la forme qu'il avait créée pour elle ; puis, comme s'il reposait une figurine de verre sur une étagère, il la replaça délicatement au creux du songe qu'il avait tissé d'elle. Avait-on jamais regardé une femme comme un objet aussi précieux ? L'espace d'un instant, je distinguai l'intérieur de la roulotte, puis j'entendis le chaton roulé en boule sur le lit dire à la femme qui gisait, inerte, près de lui : *Tout va bien ; repose-toi. Tu sais comment rentrer chez toi à partir d'ici. Repose-toi un moment puis retourne chez toi. Tu n'as plus rien à craindre. Tu sais que je t'aime.*

Je ne disposai que d'une fraction de seconde pour m'émerveiller de ce qu'il avait accompli sans effort, car il perçut soudain ma présence et me jeta hors de son rêve. Je n'y avais pas ma place. Pourtant, cette expulsion constituait une reconnaissance de ma forme ; il m'avait fixé en moi-même afin de pouvoir me chasser de leur monde, et je sentis tout à coup Devoir m'agripper. *Fitz ! Vous voici ! Nous vous croyions perdu !*

Pourquoi nous as-tu trahis ? Qu'as-tu fait ? Où est la petite ? demanda Umbre d'une voix blanche.

Ortie va bien ; je l'ai remise en état. Maintenant, je vais le rafistoler lui aussi, répondit Lourd d'un ton pragmatique.

Et il me réintroduisit dans mon corps sans autre forme de procès.

Je me retrouvai allongé, pantelant, sur le sol glacé du tunnel. Après quelques tâtonnements, je réussis à ouvrir les yeux et découvris un monde rouge et noir ; il me fallut un moment pour comprendre que je regardais les braises qui tapissaient la casserole. Mes doigts reposaient sur le petit pot de poudre. Epuisé, je renonçai à réfléchir. Quelque part, autour, à l'intérieur et en dessous de moi, les dragons communiquaient, et leurs échanges roulaient comme le tonnerre dans mes poumons. Je ne voulais pas prendre part à cette communion : j'avais déjà manqué de peu d'en mourir. Rassemblant ce qui me restait d'énergie, je me mis à quatre pattes ; si mes membres m'obéissaient, je parviendrais à sortir ainsi du boyau.

Trois événements se produisirent en même temps : j'entendis Devoir m'appeler depuis l'entrée du passage, je sentis une fissure s'ouvrir brusquement dans la glace sous ma main et filer en zigzag vers la lueur de l'aube qui filtrait jusqu'à moi, et la Femme pâle envahit mon esprit.

Elle possédait l'Art. J'aurais dû m'en douter et me montrer plus prudent. Elle regardait dans mon âme de ses yeux délavés et me transperçait de sa haine ; j'eus l'impression de recevoir une volée de gifles quand elle déclara : *Tu as choisi, roi bâtard ; tu as préféré un dragon à ton Bien-Aimé. Tu devras supporter la responsabilité de cette décision toute ta vie, et lui aussi – du moins pour un bref moment, jusqu'à ce que je t'en montre les conséquences !*

Et elle disparut, me laissant effondré et souillé de son contact. Une malignité aussi virulente ne connaît pas de limites ; par mes actes, j'avais condamné le fou à subir toutes les souffrances qu'elle pourrait lui imposer avant que son esprit ne le quitte tout à fait. Mes forces m'abandonnèrent et je m'écroulai par terre, privé de toute volonté, incapable de me déplacer. A nouveau, je perçus un mouvement indistinct sous moi et j'entendis l'étrange plainte aiguë de la glace, puis tout s'arrêta. Je n'aspirais qu'à plonger dans le néant comme Glasfeu pour y chercher la mort, mais Devoir, agenouillé près de moi, me secouait frénétiquement.

Relevez-vous, Fitz ! Relevez-vous ! Il faut sortir d'ici ; le dragon s'agite et la glace se fracture ; elle risque de nous ensevelir. Allons, en avant !

Comme je restais inerte, sans énergie, il me saisit par le col, me traîna hors du tunnel et me ramena par la rampe dans le monde de la lumière et des hommes.

12

L'ORDRE DE TINTAGLIA

Et quand le berger devenu guerrier se fut lassé d'émousser son épée sur le cuir invulnérable du dragon, il s'écarta, en nage et haletant. Toutefois, dès qu'il eut repris son souffle, il se remit à maudire son adversaire et assura qu'il se vengerait au triple de la créature qui avait dévoré tout son troupeau.

A ces mots, le monstre parut émerger de son sommeil rassasié ; sans plus de hâte que le soleil ne point à l'aube, il leva la tête et ouvrit les paupières. De son haut, il regarda l'homme avec son arme, et un tourbillon naquit dans ses grands yeux verts. D'aucuns disent qu'ils ressemblaient à des maëlstroms au fond d'un abîme, qu'ils aspirèrent l'âme de Fidgard dans leurs profondeurs et l'assujettirent au dragon ; d'autres prétendent que le berger résista à leur fascination et que c'est seulement quand il respira l'haleine de la créature qu'il tomba en sa servitude. Mais comment distinguer l'erreur de la réalité ? Les témoins venus voir Fidgard tenter de tuer le dragon avaient prudemment fait halte à la limite de sa pâture.

Que ce fût par son regard ou son souffle, il s'empara du cœur de l'homme, qui jeta soudain son arme et son bouclier et s'écria : « Pardonne-moi, ô créature d'émeraude, de diamant, de flamme et de vérité ! Je n'avais pas perçu ta splendeur et ta puissance en t'approchant. Pardonne-moi, et permets-moi pour le restant de mes jours de te servir et de chanter tes louanges. »

Légende de l'esclave du dragon

*

Le froid et une blancheur éclatante régnaient dans le monde. Je trouvai la perception de mes pieds, pris appui sur eux pour me redresser et cherchai à me rappeler comment m'en servir. Burrich apparut soudain, empoigna mon bras libre, puis Devoir, lui et moi descendîmes avec force faux pas et glissades dans la lumière du petit jour vers les tentes frileusement serrées les unes contre les autres. Je vis Umbre qui montait presque en courant à notre rencontre ; loin derrière lui, Lourd le suivait, pataud dans la neige, puis Longuemèche et les gardes survivants. Les membres du clan de Vif étaient sortis pêle-mêle de leur tente, à demi vêtus, et, tout en enfilant leurs bottes et leurs manteaux, pointaient le doigt vers nous en s'exclamant. Les guerriers du Hetgurd se tenaient à l'écart et nous observaient fixement en échangeant des hochements de tête comme s'ils n'avaient pas espéré d'autre issue que catastrophique à l'expédition. La première tentative de Glasfeu pour se libérer avait eu l'effet d'un petit séisme, et il poursuivait ses efforts tandis que nous nous éloignions en hâte de l'excavation : nous entendions autant que nous sentions sous nos pas le dragon s'agiter pour s'extraire de sa prison, et la glace en se rompant crissait, claquait et gémissait. Pourtant, chaque ébranlement me paraissait moins violent que le précédent, et, quand nous parvînmes à mi-pente, les craquements cessèrent tout à fait. Je percevais Glasfeu toujours aussi clairement par le Vif, mais je sentais une créature qui avait dépensé une quantité d'énergie prodigieuse et vacillait désormais au bord de l'effondrement.

« Quelle ironie, dis-je, le souffle court, à mes deux compagnons, si, après tant d'années à désirer la mort, il mourait finalement en s'efforçant de survivre ! »

Burrich eut un grognement dédaigneux. « Nous mourons tous en nous efforçant de survivre une dernière fois.

— Que s'est-il passé ? demanda Devoir d'un ton pressant. Pourquoi l'avoir réveillé au lieu de le tuer ? La poudre n'a-t-elle pas fonctionné ? Qu'est-ce qui vous a fait changer d'avis ? »

Avant que j'eusse le temps de répondre, Umbre fut sur nous.

Mon vieux mentor s'avança vers moi à grandes enjambées, frémissant d'indignation.

« Comment as-tu osé ? fit-il d'une voix âpre que la fureur faisait trembler. Comment as-tu pu trahir ainsi ton propre sang ? Tu devais tuer le dragon ! De quel droit t'y opposes-tu ? Comment peux-tu te dresser contre ta famille ?

— Je ne me dresse pas contre ma famille. J'ai laissé le fou se faire forgiser pour les Loinvoyant », répondis-je. L'atroce vérité ainsi exprimée tout haut, dans le vif éclat du matin, prit soudain corps et devint réalité. Je dus reprendre mon souffle, puis je poursuivis d'une voix plus basse : « Nous regardions les marionnettes, Umbre, en oubliant que c'était la Femme pâle qui tirait les ficelles. Elle souhaite la mort du dragon, certes, et peut-être, si nous lui avions obéi, nous aurait-elle même rendu le fou, mais seulement pour lui permettre d'assister à l'anéantissement de tous ses espoirs – seulement pour lui permettre d'assister à la fin de la lignée des Loinvoyant. »

Sans prêter attention à ceux qui nous écoutaient, je lui exposai, ainsi qu'à Devoir, mon raisonnement. Dans le silence qui s'ensuivit, il me sembla les entendre l'éprouver, l'examiner sur toutes les coutures, sans parvenir à y trouver de faille. Je m'adressai au prince. « J'ai rompu votre promesse et vous ai fait perdre votre future épouse, mais je ne puis pas dire que je regrette ma décision. Votre mariage aurait été fondé sur la mort et il n'aurait engendré que la mort. Pour le moment, du moins, nous avons choisi la vie, celle du dragon, et peut-être une paix plus grande entre les Six-Duchés et les îles d'Outre-mer que celle que nous aurions pu bâtir sur la disparition de Glasfeu.

— Joli discours ! s'exclama Umbre, excédé. Mais, malgré tes beaux propos, tu n'as aucune idée de l'avenir que tu nous imposes ! Et moi non plus ! Si cette créature parvient à se libérer et que la faim la tenaille, choisira-t-elle de nous laisser la vie sauve ou de faire un copieux repas ? J'ai manqué de clairvoyance, je le reconnais, et peut-être as-tu eu raison de ne pas tuer Glasfeu, mais cela ne t'absout pas de l'avoir réveillé. Qui t'en remerciera, FitzChevalerie, quand cette longue journée s'achèvera ?

— FitzChevalerie ? répéta Civil en s'approchant du vieil

assassin. FitzChevalerie? Ai-je bien entendu? Tom Blaireau serait FitzChevalerie, le Bâtard-au-Vif? » Abasourdi, il agrippa le bras de Trame, exigeant une réponse, les yeux écarquillés, le souffle coupé par la surprise. L'ami de Devoir me dévisageait comme s'il me voyait pour la première fois, mais nulle admiration ne brillait dans ses yeux d'adolescent : on avait jeté son héros à bas de son piédestal; on lui montrait un tas de terre là où il attendait l'éclat de l'or.

« Chut! » Trame rabattit sur le secret une chape désormais trop petite. « Pas maintenant; je vous expliquerai plus tard. Le temps nous presse : il a réveillé le dragon; à nous de le délivrer. » Il me jaugea du regard et parut satisfait de ce qu'il voyait; il m'adressa un hochement de tête où perçait le respect, puis, à grands pas, il se mit à gravir la pente en direction de l'excavation.

Je remarquai alors que les membres du clan de Vif s'étaient munis d'outils, pelles et barres à mine, et qu'une volonté nouvelle les animait; Leste et Nielle amenaient le traîneau pour évacuer les déblais de glace. L'enfant passa devant Burrich et moi sans lever les yeux; toutefois, son père perçut sa présence et ne se laissa pas démonter par son silence glacé. « Fais attention, mon fils, lança-t-il. Nul ne sait quelle créature Fitz a tirée de son sommeil ni quels sentiments elle nourrit à notre égard. »

Il se tourna vers moi; j'ignorais que des pupilles aussi laiteuses pouvaient ainsi transpercer celui sur qui elles se posaient. « Qu'as-tu donc fait là-haut? Et pourquoi? »

Peut-être le temps était-il venu de révéler cette vérité-là aussi. « Je n'ai rien fait – du moins, pas seul. Je savais le dragon vivant mais je n'arrivais qu'à le toucher avec mon Vif, non avec mon Art, trop faible. Alors Ortie m'a trouvé et...

— Et Ortie l'a réveillé! clama gaiement Lourd en nous rejoignant enfin. Et je l'ai sauvée et je l'ai mise à l'abri. Elle m'aime.

— Quoi? explosa Burrich d'un ton empreint d'outrage et de douleur. Ortie, mon Ortie? Le Vif? Non, c'est impossible, ça ne se peut pas!

— Non, pas le Vif : l'Art, intervint Umbre avec impatience.

Mais elle n'a jamais appris à le maîtriser, et cela la met en danger – autre résultat dont il faut remercier Fitz et ses caprices. Nous avons failli la perdre dans le fleuve d'Art, mais Lourd la connaissait assez bien pour la repérer et l'en tirer. Elle ne craint plus rien, Burrich ; elle ne doit pas comprendre ce qui lui est arrivé, mais elle ne craint plus rien.

— Je suis dépassé. Je ne sais plus comment réagir. » Alors qu'il me tenait par le bras jusque-là, je sentis soudain Burrich prendre appui sur moi. Il laissa échapper un soupir tremblant. « Je me doutais qu'elle détenait une parcelle de la magie de Chevalerie. Je m'en doutais depuis longtemps, et, quand elle m'a parlé de son rêve avec le loup... j'ai compris que je devais aller voir Kettricken pour en démêler les implications et faire donner à Ortie une formation. » Il m'adressa un sourire singulier où se lisait la fierté pour la jeune fille et la peur pour son avenir. « Elle a été assez forte pour éveiller un dragon ? »

A cet instant, une déflagration mentale nous souffla, faisant trébucher Umbre qui tomba à genoux. Je reconnus la façon de communiquer : Tintaglia nous avait trouvés.

Allez l'aider ! Exhumez Glasfeu et n'abîmez pas une seule de ses écailles ! Je vole comme le feu car j'ai touché son esprit, je sais où il se trouve et je n'ai plus besoin d'un oiseau pour me guider ! Je vous préviens, je ne suis pas loin et, à mon arrivée, je veux le voir debout pour m'accueillir ! Sinon, malheur à vous tous !

Ce n'était aucune des magies que je connaissais, et pourtant j'eus l'impression d'un choc semblable à celui d'un contact d'Art puissant. Glasfeu m'avait laissé l'esprit à vif, et je vacillai sous l'impact mental de Tintaglia. Ceux d'entre nous qui possédaient une formation à l'Art furent sans doute les plus réceptifs à sa proclamation ; en tout cas, elle ébranla tout le clan d'Art de Devoir. Les membres du clan de Vif réagirent de diverses façons : certains parurent saisir clairement le sens du message, d'autres jetèrent des coups d'œil perplexes autour d'eux, tandis que Nielle restait impassible. Civil s'écria : « Vous l'avez tous entendue ! Tintaglia nous ordonne de délivrer Glasfeu ! Allons-y ! » Et il s'élança vers la fosse comme s'il menait la charge contre des rangs ennemis.

Un des Outrîliens au moins se prosterna à terre, persuadé

qu'un dieu ou un démon lui avait parlé ; deux autres prirent l'air absent de qui dresse l'oreille à l'affût d'un bruit ou d'une parole difficilement perceptible. Les derniers n'eurent aucune réaction. Burrich, que mon père avait fermé à l'Art depuis longtemps, eut un moment une expression intriguée, comme si un souvenir lui était revenu pour disparaître aussitôt ; son Vif avait dû capter vaguement l'émission mais sans lui permettre de comprendre la pensée qui l'accompagnait.

Je n'eus qu'un instant pour effectuer ces observations car, tout à coup, Lourd, un sourire ravi sur la figure, se mit à gravir la pente en courant aussi vite que ses courtes jambes pouvaient le porter. « J'arrive ! cria-t-il. Je viens te libérer, Glasfeu ! »

Je mis son enthousiasme sur le compte de l'influence qu'exerçait encore peu de temps auparavant le dragon sur son esprit simple et de son sauvetage réussi d'Ortie, expérience sûrement enivrante pour le petit homme. Je lui emboîtai le pas à grandes enjambées, Devoir à mes côtés, Umbre sur mes talons. J'entendis le prince marmonner : « L'excavation se trouve à l'aplomb de son échine ; c'est certainement là que la glace cédera en premier. Ça réduira le travail à effectuer ! », et je m'étonnai de sa soudaine exaltation.

« Vous ne partagez donc pas l'avis d'Umbre selon lequel nous devrions laisser Glasfeu là où il est, sans nous occuper de lui ?

— Si – enfin, avant, avant qu'Ortie le réveille. Non, avant ça, même... Mais Tintaglia nous l'a ordonné ; Tintaglia... » Il ralentit l'allure et me regarda d'un air effaré. « Ça... ça me rappelle l'ordre d'Art que vous m'aviez donné, mais... pas tout à fait. Celui-ci, je puis le contourner, du moins je crois. » Il saisit mon bras et m'obligea à m'arrêter, une étrange expression sur les traits. « Elle a commandé et, pendant un moment, je n'ai pu penser à rien d'autre que lui obéir. C'est bizarre... S'agit-il de ce qu'on décrit en parlant du pouvoir de fascination des dragons ? »

Burrich intervint et je sursautai : je n'avais pas pris garde à sa présence ; pourtant, il avait réussi, je ne sais comment, à nous suivre. « D'après les vieilles légendes, les dragons imposent leur domination par leur souffle. Un événement m'aurait-il échappé ? Une injonction d'Art ?

— Quelque chose comme ça, oui, répondit Devoir, songeur. Une espèce d'ordre, je pense, mais je n'en suis pas sûr. Il me semble que je voulais aider Glasfeu, que j'avais cette envie en moi avant qu'elle ne l'exige; cependant...»

A cet instant, Umbre nous dépassa en marmottant: «La poudre... La poudre fera l'affaire; elle déblaiera la glace. Il suffit de changer d'emplacement, ou peut-être de la fractionner en plus petites quantités...»

Devoir et moi échangeâmes un regard puis le rattrapâmes. J'agrippai sa manche mais il se dégagea brusquement; je le pris par le bras.

«Umbre, il ne faut pas le tuer; il est trop tard. Tintaglia ne tardera pas et trop d'entre nous souhaitent le délivrer. Ça ne marchera pas.

— Je... Le tuer?» Il parut sidéré. «Mais je ne veux pas le tuer, nigaud! Je veux le libérer à l'aide de ma poudre explosive.»

Je lançai un coup d'œil inquiet au prince, qui me le rendit. «Pourquoi?» demandai-je à Umbre d'un ton circonspect.

Tant de candeur le laissa visiblement pantois; puis une nouvelle expression passa sur ses traits, fugitive mais effrayante: il ne savait que répondre. Toutefois, si embrumées que fussent ses pensées par l'influence de Tintaglia, il avait toujours eu le talent d'inventer d'excellents motifs pour m'obliger à me plier à ses décisions. «Oublierais-tu qu'un dragon femelle, de fort méchante humeur et mise au courant de notre présence sur l'île par tes bons soins, est en route pour nous rejoindre? Quel choix nous reste-t-il? Si nous tuons Glasfeu, elle nous éliminera tous, si j'interprète bien son avertissement. Hélas, pour éviter cela, nous devons nous porter au secours de son compagnon; si nous le libérons de sa prison avant qu'elle n'arrive, elle y verra peut-être un signe de bonne volonté de notre part. Tu as affirmé toi-même que nous pourrions nous servir de ses faveurs pour bâtir une alliance avec Terrilville. Tant que nous ignorons quelle puissance elle est capable de déployer, j'estime préférable de l'apaiser par tous les moyens; pas toi?

— Et vous pensez que votre poudre constitue le meilleur outil pour dégager Glasfeu?

— Une seule explosion peut équivaloir au travail de dix hommes munis de pelles. Fie-toi à moi, Fitz ; je sais ce que je fais. » Il paraissait désormais aussi exalté à l'idée de libérer le dragon grâce à son invention que, plus tôt, à celle de le tuer par le même procédé. Quel impact avait eu sur lui Tintaglia ? Celui d'un ordre d'Art, auquel on ne peut qu'obéir quel que soit son avis personnel ?

Le fou était-il déjà forgisé ? Mort ? Cette question me submergea brusquement comme une vague glacée et chassa toute autre préoccupation de mon esprit. Je vacillai sous le choc ; j'avais agi comme l'espérait le fou, j'avais réveillé le dragon qu'à présent nous mettions toutes nos forces à libérer afin qu'il s'unisse à Tintaglia, et j'avais même eu le sentiment, sur le moment, d'accomplir ce qui était juste. Toutefois, de toute mon âme, j'aurais voulu inverser le cours implacable du temps ; je ne pouvais pas revenir en arrière, changer ma décision, mais ce fardeau me paraissait tout à coup trop lourd, ses arêtes trop aiguës pour le porter jusqu'au bout de mon existence. Je sentis fugitivement la brûlure glacée des empreintes d'argent sur mon poignet.

Mes pas m'emmenaient toujours vers la fosse avec mes compagnons. Parvenus à destination, nous constatâmes que les efforts du dragon n'avaient eu guère de résultats : des fissures étoilées parcouraient la glace qui l'emprisonnait, et il avait éboulé une section du tunnel qui longeait son cou jusqu'à sa tête. Le clan de Vif avait déjà commencé à élargir les fractures avec un enthousiasme vigoureux, mais une main-d'œuvre réduite ; toutefois, les représentants du Hetgurd se joignirent à lui alors que j'arrivais, et, pour la première fois, tous les hommes du camp unirent leurs forces pour tirer vivant le dragon de sa prison. Néanmoins, malgré l'ardeur générale, la tâche demeurait ardue.

Derechef, Umbre me traita de nigaud quand nous nous aperçûmes que j'avais oublié le pot de poudre en quittant le boyau. Il chargea deux hommes de rouvrir le passage puis sema le trouble chez les membres déjà méfiants du clan de Vif en leur faisant creuser des trous étroits et profonds autour du dragon. « Nous placerons des charges plus réduites le long de la lézarde centrale ; elles n'auront pas assez de puissance pour le blesser, mais suffisamment pour morceler la glace afin que nous puissions la déblayer par blocs. Fitz, j'aurai besoin de toi pour m'aider à mesurer la poudre et l'empaqueter de façon hermétique ; de vous aussi, Devoir, et dites à Longuemèche de venir nous prêter main forte. Il nous faudra également d'autres récipients pour y allumer des feux. Il sera délicat de déclencher les explosions de manière simultanée, mais nous y gagnerons en efficacité, j'en ai la conviction. »

Il était dans son élément : l'organisation dans l'improvisation ; mettre ses idées en pratique lui procurait une joie intense. Je pris conscience qu'à sa façon il aurait fait un militaire et un stratège excellents, très proche de Vérité ; je ne l'avais jamais vu plus vivant que dans les occasions où il rejetait toute contrainte pour transposer sa pensée dans l'action.

Burrich nous accompagna quand nous redescendîmes au camp, car il ne pouvait guère contribuer aux travaux de mine, et je m'attristai de l'en savoir conscient. Il m'évoquait un vieux chien qui, incapable de suivre l'allure de la meute sur une sente, reste à l'étrier de son maître avec la certitude confiante qu'il participera à la curée. Je lui jetai un coup d'œil alors qu'il s'asseyait prudemment sur le lit d'Umbre. Le vieil assassin ouvrit un nouveau tonnelet de sa poudre, et je m'agenouillai par terre, une peau propre étendue devant moi, pour répartir la substance en petits tas, à peu près du même volume que celui qu'il avait constitué à titre de modèle. L'examen de la poudre me laissa perplexe : ses grains de teintes différentes paraissaient inégalement broyés, mais Umbre écarta mes questions d'un haussement d'épaules. « Je l'améliorerai avec le temps ; mais, pour le moment, seul compte le fait qu'elle effectuera le travail, mon garçon. Mais où reste donc le prince ? Je l'ai envoyé chercher dans toutes les tentes des récipients qui ferment ; il devrait déjà être revenu, ainsi que Longuemèche avec les bouilloires. Nous allons devoir adapter les quantités de poudre à la taille des contenants, et plus vite nous commencerons, mieux cela vaudra.

— Il ne tardera sûrement plus. » Je me tournai vers Burrich. « Tu ne dis rien ; est-ce parce que tu venais tuer le dragon et que nous essayons à présent de le sauver ? »

Ses sourcils noirs se froncèrent. « Tu me crois venu tuer le dragon ? » Il secoua la tête avec incrédulité. « Je ne pensais même pas qu'il existait ; je n'y voyais que le mauvais rêve d'une gamine : je n'ai donc eu aucun mal à garantir à Ortie que je l'en protégerais. Je l'ai emmenée à Castelcerf, et, là, j'ai appris qu'il se trouvait peut-être bel et bien la dépouille d'une de ces créatures sur Aslevjal. Mais, en m'y rendant, je n'avais l'intention que de vous ramener à la maison, Leste et toi, parce que, quoi qu'il puisse t'en coûter, c'est là ta place. » Il soupira brusquement. « J'ai toujours été un homme simple, Fitz, et je cherche des solutions simples à mes problèmes ; mais voici que je dois essayer de démêler l'embrouillamini que nous avons créé, toi et moi, tout en défendant Ortie d'un dragon qui connaît son nom et en tâchant de faire entendre raison à Leste sur la magie des bêtes. J'étais certain que tu avais fini par mourir du Vif, tu sais. La reine m'a raconté en gros ton histoire, le forgisé qui s'était approprié la chemise que je t'avais taillée, avec l'épingle du roi Subtil plantée dans le col... Quand je pense à ma peine quand j'ai enterré ce malheureux... »

Devoir entra en coup de vent et interrompit ses réminiscences. « Ils ont disparu ! Je ne les trouve nulle part !

— Quoi, les récipients pour la poudre ? s'exclama Umbre, tout à ses préparatifs. Il n'en reste pas un seul ?

— Non ! La narcheska et Peottre ! Ils sont partis ; leurs lits sont vides. Au lieu de se coucher après notre discussion d'hier soir, ils ont dû quitter le camp, et, dans ce cas...

— Ils ne pouvaient avoir qu'une seule destination. » Umbre affirmait plus tôt que cela n'avait aucune importance, mais il avait à présent le front plissé et tapotait du doigt les tas de poudre au grain le plus fin. « Ils sont allés rejoindre la Femme pâle pour lui apprendre que Fitz est revenu parmi nous et que nous savons désormais les véritables enjeux de la partie. » Il s'assombrit encore. « Nous avons parlé devant eux de la mouette de Trame et de l'arrivée prochaine de Tintaglia ; ils le lui ont sûrement rapporté aussi. Elle connaît donc notre position vis-à-vis d'elle et nos points faibles ; elle comprendra que, si elle souhaite nous attaquer, elle doit agir promptement. Nous devons la prendre de vitesse, il n'y a pas d'autre solution ; il faut dégager le dragon.

— Mais pourquoi Elliania et Peottre nous trahiraient-ils ainsi, alors qu'ils me savaient disposé à tuer Glasfeu ? fit le prince, au supplice.

— Je l'ignore, répondit Umbre sans manifester de compassion. Mais, par sécurité, mieux vaut supposer une trahison, partir de l'hypothèse que la Femme pâle est au courant de nos propos d'hier soir, et déterminer quel danger il en ressort.

— Mais la situation a complètement changé depuis hier ! Fitz et moi projetions alors d'obéir à sa volonté. A quoi bon prendre la peine de le lui apprendre, pourquoi ne pas avoir attendu que nous ayons exécuté ses ordres ? » Devoir fronça les sourcils. « Quand ils ont pris congé de nous, Peottre ne m'a pas donné l'impression d'un homme prêt à se jeter aux pieds de l'adversaire.

— Je ne sais pas. » Umbre n'oubliait pas les préparatifs en cours. « Pas plus gros que ça, les tas, quand la poudre est aussi fine, Fitz. » Il revint au prince. « Je ne sais pas, Devoir ; mais mon rôle m'oblige à partir du principe qu'ils veulent vous nuire et à tâcher d'imaginer un moyen de les en empêcher. » A l'aide d'une raclette, il réduisit un de mes amas de poudre. « Nous verrons cela une fois le dragon dégagé », reprit-il comme en aparté. Il leva les yeux vers l'adolescent. « Il nous faut des récipients.

— J'y vais, répondit Devoir d'une voix défaillante.

— Très bien. Chassez de vos préoccupations Peottre et sa nièce pour le moment. S'ils nous ont faussé compagnie la nuit dernière, ils sont trop loin pour y changer quoi que ce soit. Intéressons-nous au problème qui se pose à nous dans l'immédiat, puis nous passerons au suivant. »

Le jeune prince acquiesça de la tête d'un air absent et sortit. Je le plaignais de tout mon cœur. « Croyez-vous vraiment qu'ils sont allés tout rapporter à la Femme pâle ?

— C'est possible, mais je ne le pense pas. Comme je l'ai dit à Devoir, il faut supposer le pire et, de là, établir notre défense – et la meilleure consiste peut-être à délivrer le dragon que tu as réveillé. » Le front barré d'un pli, il réfléchit, puis parut soudain se reprendre d'intérêt pour ses tas de poudre. « Nous examinerons la question de plus près une fois Glasfeu libéré. »

Restait-il sous l'influence de l'ordre de Tintaglia ? Je le craignais ; j'aurais voulu le croire capable de raisonner clairement, mais j'en doutais.

Longuemèche revint le premier avec les bouilloires, puis Devoir avec des récipients de tailles diverses. Dès qu'ils les lui eurent remis, Umbre les renvoya sur le site de l'excavation avec instruction de s'assurer qu'on creusait bien les six trous qu'il avait demandés autour du dragon ; cherchait-il seulement à occuper le prince ? Avec un soin qui me parut presque excessif, il fit le tri parmi les contenants, choisissant d'abord ceux qui contiendraient la poudre et vérifiant l'étanchéité des couvercles ou des bouchons, puis les appariant avec ceux dans lesquel on allumerait les feux. Il refusa mon aide quand je la lui proposai. « Je finirai par fabriquer le réceptacle idéal pour ma poudre : il devra pouvoir s'embraser aisément, mais pas trop vite afin que celui qui met le feu ait le temps de s'éloigner, présenter une étanchéité suffisante pour empêcher l'humidité de détériorer le produit, et pouvoir se remplir proprement sans qu'aucune particule reste collée sur la surface extérieure ; et puis je trouverai une meilleure façon de déclencher l'explosion... »

Complètement absorbé dans son travail, il redevenait le maître occupé à examiner sa nouvelle invention sur toutes les coutures sans vouloir la confier à son apprenti. Je m'écartai légèrement et m'assis sur le lit de Devoir à côté de Burrich qui ne disait mot, apparemment perdu dans ses réflexions. Je demeurais en proie à un terrible sentiment d'urgence, l'envie pressante que tout s'achève, mais je n'arrivais pas à déterminer si cela provenait d'un ordre gravé en moi par Tintaglia ou de l'horreur que je ressentais en évoquant le fou. Mes pensées revenaient sans cesse à lui ; je m'efforçais de ne pas songer au martyre qu'il subissait, s'il était encore en état d'éprouver quoi que ce fût. Le contact avec le dragon m'avait rendu mon Art, semblait-il, mais quand je cherchai le lien, fin comme un fil de soie, qui m'unissait au fou, je ne pus le trouver, et l'effroi me saisit. « Je fais ce que tu désirais, lui dis-je tout bas ; j'essaierai de libérer le dragon, je te le promets. »

Umbre, tout au tri et au remplissage de ses récipients, ne parut pas m'entendre, au contraire de Burrich. Le déclin de sa vue avait-il aiguisé ses autres sens, ainsi que le prétend la sagesse populaire ? Il posa la main sur mon épaule, et, si Trame ne m'avait jamais dispensé son enseignement, peut-être n'aurais-je rien remarqué ; mais le maître de Vif avait raison : je sentis une onde de calme affluer en moi. Burrich ne se reliait pas à moi par son intelligence, mais par son essence, son état de créature vivante. Cela n'avait pas la force d'un lien de Vif entre un homme et un animal, mais la liaison existait néanmoins. « Il y a longtemps que tu agis ainsi, fit-il à mi-voix, que tu accomplis la volonté des autres ; que tu te charges de besognes dont nul autre ne veut. » Il ne portait pas de jugement : il exposait un fait.

« Toi aussi. »

Il se tut un moment, puis répondit : « Oui, c'est vrai ; comme un chien qui a besoin d'un maître, m'a-t-on dit un jour, je crois. »

Cette phrase cinglante que je lui avais jetée à la figure autrefois nous fit sourire avec tristesse. « Peut-être cette description s'applique-t-elle à moi aussi », reconnus-je.

Sans bouger, en silence, nous savourâmes ce moment de répit au cœur de la tempête qui faisait rage autour de nous. Dehors, j'entendais les bruits étouffés des hommes au travail ; leurs voix nous parvenaient, lointaines dans le froid. Les outils cognaient avec des tintements éteints et les blocs de glace sonnaient sourdement contre le fond de bois des traîneaux. Plus près de nous, Umbre marmonnait des propos inintelligibles en mesurant avec sa raclette des doses précises de poudre. Je tendis mon Vif en quête du dragon et le trouvai, mais indistinctement : il économisait ses forces afin de demeurer vivant en attendant qu'on le secoure. La main de Burrich n'avait pas quitté mon épaule ; je me demandai soudain si, tout comme moi, il ne se servait pas de la magie des bêtes pour s'assurer de l'état du dragon.

« Qu'as-tu décidé pour Leste ? » J'avais formulé la question avant même de savoir que j'allais la poser.

D'un ton presque dégagé, il déclara : « Je compte ramener mon fils à la maison et tenter d'en faire un homme droit.

— Qui ne se sert pas du Vif, veux-tu dire. »

Son grognement pouvait passer pour un acquiescement ou signifier qu'il désirait abandonner ce sujet ; j'en étais incapable.

« Burrich, pendant toutes les années où tu as travaillé aux écuries à exercer ton don pour guérir, apaiser, dresser les bêtes… as-tu employé le Vif ? Avais-tu un lien avec Renarde ? »

Il ne répondit pas tout de suite, et, quand il le fit, ce fut par une question. « Au fond, tu me demandes si j'ai exigé de toi ce que je ne m'imposais pas à moi-même, c'est ça ?

— Oui. »

Il soupira. « Fitz, j'ai été ivrogne ; je n'ai jamais souhaité ce sort ni à toi ni à mes fils. J'ai cédé à d'autres penchants en sachant pertinemment qu'ils ne me rapporteraient rien de bon. Je ne suis qu'un homme, mais je n'accepte pas pour autant de fermer les yeux sur les inclinations pernicieuses de mes enfants, encore moins de les encourager. Les tolérerais-tu, toi ? Kettricken m'a révélé que tu avais un fils adoptif, et je me suis réjoui de savoir que tu n'étais pas resté complètement seul ; mais, en l'élevant, n'as-tu rien appris sur toi-même ? N'as-tu pas découvert que les défauts qui te répugnent chez toi deviennent encore plus détestables quand ils se manifestent chez ton fils ? »

Il avait parfaitement résumé mon sentiment ; néanmoins, je revins à la charge : « T'es-tu servi du Vif quand tu avais la charge des écuries de Castelcerf ? »

Il réfléchit un instant puis déclara laconiquement : « J'ai choisi de m'en abstenir. » Je crus qu'il n'en dirait pas plus mais il s'éclaircit la gorge peu après et reprit : « Néanmoins, Œil-de-Nuit avait raison : je pouvais refuser de répondre, mais pas d'entendre. Je sais le nom que me donnaient les chiens ; tu l'as même prononcé devant moi : Cœur de la Meute. Je savais comment ils m'appelaient et je percevais leur… respect pour moi. Je ne pouvais leur dissimuler que j'avais conscience des clameurs de joie qu'ils me lançaient tandis qu'ils donnaient de la voix pendant la chasse ; je partageais ce bonheur et ils le savaient.

» Il y a longtemps, tu m'as dit que tu n'avais pas choisi Œil-de-Nuit, qu'il t'avait choisi, lui, et s'était lié à toi sans te laisser guère d'option en la matière ; il en a été de même entre Renarde et moi. C'était un chiot chétif, l'avorton d'une portée par ailleurs vigoureuse; mais il y avait chez elle... un je ne sais quoi, une pugnacité, une volonté de surmonter tous les obstacles. Quand ses frères l'écartaient de la tétine, elle ne se plaignait pas à sa mère, mais à moi. Que devais-je faire? Feindre de ne pas l'entendre m'implorer de lui donner la part qui lui revenait, la possibilité de survivre? J'ai donc veillé à ce qu'elle ait droit à sa ration de lait. Mais, le temps qu'elle grandisse assez pour se défendre seule, elle s'était attachée à moi – et j'en avais fait autant de mon côté, peu à peu.»

A un certain niveau de conscience, je le savais, et j'ignorais pourquoi je tenais tant à ce qu'il le reconnût. «Ainsi, tu m'as bien interdit ce que tu t'autorisais.

— Sans doute, oui.

— Tu rends-tu compte que tu m'as rendu profondément malheureux?»

Il ne cilla pas. «Aussi malheureux que je l'étais quand tu me désobéissais; mais tu ne comprends sûrement pas de quoi je parle: assurément, tu n'as jamais rien interdit à ton Heur de ce dont tu te rendais toi-même coupable, et il écoute certainement toujours tes sages conseils.» Il était très fort: son ironie n'apparaissait que si je la cherchais.

Réduit au silence, je me tus un moment. Mais il me restait une question à lui poser. «Pourquoi, Burrich? Pourquoi méprisais-tu le Vif, et le méprises-tu encore? Trame, quelqu'un que j'admire grandement, n'y voit aucun mal ni aucun danger; comment ta propre magie pouvait-elle te répugner?»

Il repoussa en arrière les mèches qui tombait sur son visage puis se frotta les yeux. «Ah, Fitz, c'est une longue histoire! dit-il avec réticence. Quand elle a découvert la souillure chez moi, ma grand-mère a été horrifiée. Son père la portait aussi, et, placé devant le choix de sauver son épouse et ses enfants en bas âge des mains de trafiquants d'esclaves ou son compagnon de Vif d'une écurie en flammes, il avait privilégié son animal de lien; sa famille et lui étaient tombés aux mains des marchands de chair humaine, et, le peu qu'elle avait survécu, mon arrière-grand-mère avait connu une existence misérable. Elle était très belle, paraît-il, un des pires malheurs qui puissent arriver à une femme asservie: ses maîtres abusaient d'elle et ses maîtresses la maltraitaient par jalousie. Ma grand-mère et ses deux sœurs en avaient été témoins, et elles avaient grandi dans la servitude, violentées et brimées, tout cela parce que celui qui aurait dû se montrer fidèle d'abord à son épouse et à ses enfants leur avait préféré un cheval.

— Un seul homme, Burrich ; un seul homme qui a pris une mauvaise décision. Et qui sait ce qui a guidé son choix ? Peut-être a-t-il cru, en sauvant le cheval, pouvoir s'en servir pour mettre sa famille en sécurité, ou pour repousser les trafiquants. Nous l'ignorons ; mais cela ne fait toujours qu'un seul cas ; cela me paraît bien peu pour juger le Vif dans sa totalité. »

Il eut un petit soupir agacé. « Sa décision a condamné trois générations d'hommes et de femmes, Fitz ; ça ne paraissait pas bien peu à ceux qui supportaient ce fardeau. Et ma grand-mère craignait, en me laissant suivre cette voie, que je ne commette la même erreur, que je ne trouve un animal, m'y lie et le place au-dessus de tout. Or, après sa mort, sa peur s'est vue fondée pendant quelque temps : j'ai agi précisément comme elle le redoutait – et toi aussi. Ne t'es-tu jamais retourné sur ta vie en te demandant : "En quoi change-t-elle si j'en soustrais le Vif?" Réfléchis-y. Si Fouinot ne s'était pas interposé entre nous, n'aurions-nous pas été plus proches ? Si ton lien avec Martel n'avait pas existé, te serais-tu montré plus appliqué lors de tes leçons d'Art ? Si Œil-de-Nuit n'avait pas fait partie de ton existence, Royal aurait-il eu un prétexte pour ordonner ta mort ? »

Je restai un instant sans savoir quoi dire, puis je répliquai : « Mais si on n'avait pas regardé le Vif comme une magie honteuse, rien de tout cela ne serait arrivé ; si tu l'avais désigné sous le nom de Lignage et m'avais expliqué pourquoi je ne devais pas me lier, si on avait tenu le Vif dans la même estime que l'Art, tout se serait bien passé. »

Son visage devint cramoisi, et, l'espace d'un instant, je retrouvai le caractère emporté de Burrich ; puis, avec une patience que seul le temps avait pu lui inculquer, il répondit à mi-voix : « Fitz, mon éducation sur ce sujet date de l'époque où ma grand-mère a découvert cette souillure en moi. Le Vif est une magie infâme et elle avilit qui la pratique. Tu me parles de gens qui l'emploient sans se cacher et n'y voient aucun déshonneur ; eh bien, moi, j'ai entendu parler de pays où les hommes épousent leurs sœurs et ont des enfants d'elles, où les femmes se promènent la poitrine nue, où l'on ne juge pas indigne de répudier sa compagne au seul prétexte que sa jeunesse s'est fanée. Donnerais-tu ce genre de conduite en exemple à tes enfants ? Ou bien les éduquerais-tu ainsi qu'on t'a éduqué toi-même ? »

Je sursautai quand Umbre intervint soudain. « Chaque société obéit à des règles implicites, et, pour la plupart, nous ne les remettons jamais en cause. Néanmoins, Burrich, vous avez certainement dû vous interroger un jour ou l'autre sur les préceptes qu'on vous a inculqués ; n'avez-vous jamais résolu de décider par vous-même si cette magie vous était utile ou non ? »

Burrich tourna vers lui ses yeux troubles. Que voyait-il ? Une silhouette, une ombre, ou bien son Vif captait-il l'essence du vieillard ?

« Je la savais utile, sire Umbre ; mais j'étais adulte et j'en connaissais le prix. Votre prince, là dehors, quel prix devrait-il payer pour sa belle magie si utile si l'on venait à découvrir qu'il possède le Vif ? Vous niez qu'il l'a pour le protéger de la vindicte et des préjugés populaires ; pouvez-vous me reprocher d'avoir tenté d'en protéger le fils de Chevalerie ? »

Le vieux conseiller baissa les yeux sur son travail sans répondre. Il avait fini : six récipients, de la gourde à la boîte à sel, pleins de sa poudre explosive, reposaient dans des casseroles ou de petites marmites. « Je suis prêt », dit-il. Il leva le visage vers moi et m'adressa un curieux sourire. « Allons libérer le dragon. »

Je n'aurais su déchiffrer son regard vert. Avait-il vraiment l'intention de dégager Glasfeu de sa prison de glace ou voulait-il le tuer ? Peut-être n'en savait-il rien lui-même. Mais, comme contaminé par sa résolution, je sentis soudain mes muscles se bander et le besoin me gagner d'en finir rapidement.

« Y a-t-il du danger ? demanda Burrich.

— Pas plus que la nuit dernière », répondit Umbre d'un ton sec.

Le père de Leste tendit la main pour effleurer les récipients du bout des doigts. « Pas six fois plus ? Comment vous y prendrez-vous ? Un seul homme pour déclencher toutes les charges, ou bien six ? »

L'autre réfléchit un moment. « Six, dont chacun allumera le feu dans une casserole ; puis Fitz seul pour déposer un récipient de poudre dans chacune. »

J'acquiesçai de la tête à la sagesse de cette solution. Six hommes décidant à part soi quand placer la charge et prendre les jambes à son cou avaient des chances de se bousculer, de trébucher et de provoquer une tragédie. « D'accord. »

Je pris trois pots de poudre, Umbre les trois autres, et Burrich se chargea du sac de combustible et d'une bouilloire remplie de braises récoltées dans le feu que les gardes avaient couvert le matin. J'entamai l'ascension de la pente sous un ciel qui me paraissait éclatant ; il faisait chaud pour le climat de la région, et le soleil se réfléchissait sur la glace étincelante. Comme nous montions côte à côte, Burrich me demanda : « Es-tu sûr qu'Ortie ne craint plus rien ? Je ne me rends pas compte du risque qu'elle a couru, mais vous en paraissiez tous épouvantés. »

J'avalai ma salive puis avouai ma faute. « Sur mes instances, elle a pénétré dans le rêve de Glasfeu pour le réveiller. Son talent d'artiseuse consiste à manipuler les songes. Je n'ai pas pensé une seconde au danger qu'elle courait, au défi terrible que représentait de jouer, non plus avec l'esprit d'un humain, mais avec celui d'un dragon.

— Et elle l'a quand même relevé ? » Il perçait de la fierté dans sa question.

« Oui, sur ma requête. Les remords me rongent de l'avoir exposée à un tel péril. »

Il se tut le temps de quelques pas. « Ainsi, elle te connaît, et assez pour te faire confiance. Depuis combien de temps ?

— Je ne sais pas exactement. Ce n'est pas facile à expliquer, Burrich. » Je me sentis rougir mais poursuivis avec un effort : « Autrefois, il m'arrivait de... de vous observer. Pas souvent ; seulement quand j'avais trop de mal à... Ce n'est pas bien, je sais. »

Après un long silence, il répondit : « Tu devais vivre un véritable supplice : nous avons été heureux la plupart du temps. »

Je respirai profondément. « Oui, en effet. Mais je ne me rendais pas compte que je faisais participer Ortie ; elle me servait... comment dire ? de point d'attache, sans doute. Peu à peu, elle a pris conscience de ma présence et elle m'a identifié à un homme-loup dans ses rêves. » Je m'interrompis, trop bouleversé pour continuer.

D'un ton où l'amusement ne pointait qu'imperceptiblement, il fit : « Ah ! Voilà qui jette un jour nouveau sur certains cauchemars très singuliers de son enfance.

— J'ignorais que je l'affectais ainsi ; et puis, à mon tour, j'ai fini par la percevoir dans mes rêves. Nous nous sommes mis à parler dans les mondes qu'elle créait. Il m'a fallu du temps pour comprendre qu'elle employait l'Art, mais d'une façon inconnue de moi jusque-là. Toutefois, je n'ai jamais... Elle ne... enfin, elle n'est pas au courant que... » Ma gorge se noua et je ne pus aller plus loin.

« Je sais ; si tu lui avais dit que je ne suis pas son père, je l'aurais appris. »

J'acquiesçai de la tête sans un mot, surpris de sa manière de voir la situation : pour moi, il s'agissait de révéler à Ortie qui était son père ; pour lui, de lui confesser qui n'était pas son père.

Il toussota et changea de sujet. « Il faudra lui enseigner à maîtriser son Art, sans quoi elle peut y laisser son esprit ; je connais ce danger par ce que Chevalerie m'en a dit.

— Elle doit recevoir une formation, oui. Elle court désormais un grand risque si elle n'apprend pas à dominer sa magie – mais, pour cela, nous devons intervenir. Il lui faut un professeur.

— Toi ? demanda-t-il aussitôt.

— Un professeur », répétai-je, et nous nous tûmes. J'écoutai le crissement des pelles et des pics qui s'enfonçaient dans la neige et la glace et le bruissement incessant du vent sur le glacier, étrange musique entrecoupée par les encouragements mutuels des terrassiers. Mais, quand nous arrivâmes à la fosse, toute activité cessa presque aussitôt.

Au bord de l'excavation, Umbre s'adressa à tous pour expliquer les propriétés de sa poudre et l'usage qu'il comptait en faire. Curieusement détaché, je scrutai les visages levés, remarquai l'inquiétude de Trame et la perplexité de Nielle ; certains exprimèrent bientôt un enthousiasme d'adolescent à la perspective d'essayer une technique nouvelle. Umbre descendit la rampe avec ses récipients dans les bras et je le suivis avec les miens ; il inspecta les trous que Devoir et Longuemèche avaient ordonnés, en fit approfondir un, en refusa un autre et demanda qu'on le recreuse près de l'entrée du tunnel effondré : tous devaient s'aligner le long des fractures principales ouvertes par le dragon. Là, selon lui, la glace affaiblie céderait plus facilement à l'effet de la poudre. Il désigna six hommes pour préparer les feux dans les vases, puis Burrich passa lentement de l'un à l'autre pour distribuer amadou, combustible et braises tirées de sa bouilloire, après quoi Umbre le fit ressortir de la fosse ; lui-même se déplaça de foyer en foyer afin de s'assurer que chacun était bien assis dans son trou et présenterait une couche incandescente d'une épaisseur suffisante pour y enfoncer les récipients explosifs. A plusieurs reprises, tandis que les servants allumaient le petit bois, il souligna qu'il s'agissait de doses relativement faibles de poudre, dont la puissance ne saurait causer de mal à Glasfeu, mais agrandirait les fissures de la glace afin qu'il pût s'en libérer plus vite.

Les hommes se redressèrent les uns après les autres quand ils jugèrent leur feu bien parti ; chaque fois, Umbre s'approcha, ajouta du bois à la flambée puis envoya le responsable rejoindre ses camarades hors de l'excavation. Les récipients de poudre restèrent posés à deux empans des trous fumants. Lorsqu'il ne demeura plus que le vieillard et moi au fond de la fosse, il se pencha pour me chuchoter : « Je vais remonter parmi les autres. A mon signal, fais vite le tour des six trous en déposant dans chacun le pot de poudre correspondant, puis sors rapidement. Il faudra un peu de temps au feu pour échauffer la poudre, mais je pense préférable que tu ne t'attardes pas.

— Et moi donc ! »

Il hésita comme s'il voulait ajouter un mot puis secoua la tête ; encore une fois, je me demandai si sa volonté s'opposait à ses actes. Je le suivis des yeux tandis qu'il gravissait la rampe et se mêlait à ceux qui, au bord de la fouille, me regardaient ; je fus alors frappé de constater que toute division avait disparu dans notre groupe : membres du Hetgurd, de la garde et du clan de Vif se côtoyaient sans réserve. Burrich se tenait près d'Umbre, Leste de Trame, et le marguet de Vif de Civil, couché à plat ventre sur la glace, m'observait avec curiosité.

Je respirai profondément puis gagnai le premier trou et pris le pot de poudre ; je le laissai tomber dans la casserole rougeoyante, et des étincelles jaillirent. Je fis de même avec le deuxième ; le suivant chut de guingois et je dus l'enfoncer davantage dans les braises ; j'entendis les spectateurs murmurer pendant cette opération. Le quatrième se glissa sans difficulté dans son logement, mais le cinquième s'était collé à la glace et j'eus l'impression qu'une éternité s'écoulait avant qu'il ne s'en détache ; sous mes efforts, le couvercle se défit et un peu de poudre s'échappa. Je refermai le récipient et le nettoyai du mieux que je pus ; comme je le déposai dans le trou, le feu s'élança avidement à l'assaut de ses flancs où restaient accrochés des grains, qui brûlèrent avec des étincelles et des flammes blanches. Je me répétai qu'il avait fallu du temps avant que la gourde d'Umbre n'explose dans ma cheminée. Néanmoins, le dernier pot glissé dans son trou, aussi aisément que le premier, je cédai à mon instinct et pris les jambes à mon cou ; je gravis la rampe au pas de course pour rejoindre les autres au bord de la fosse. A cet instant, le cinquième récipient de poudre explosa dans une gerbe de feu rugissante accompagné d'étincelles et d'exhalaisons sulfureuses. Des exclamations de saisissement et de peur montèrent de l'assistance, mais, comme j'arrivais au sommet de la pente, les flammes blanches décrurent puis s'éteignirent ; le récipient qui contenait le foyer se rompit avec un craquement sonore, et nous entendîmes le sifflement du feu noyé par l'eau de fonte de la glace.

Umbre secouait la tête quand je parvins près de lui. « Un de perdu, fit-il abruptement. Tonnerre d'El ! Que n'ai-je eu le temps d'essayer davantage ma poudre et d'inventer le contenant idoine ! Toutefois, note que les flammes ont suivi les traces de poudre pour parvenir à la masse principale ; peut-être pourrions-nous utiliser cette caractéristique à notre profit. Je croyais que la substance devait se trouver enfermée pour... »

La première déflagration se produisit, dans le deuxième trou, me sembla-t-il ; peut-être le feu avait-il échauffé le récipient plus rapidement que ses voisins. Il était difficile de se prononcer, car, tandis que des blocs et des éclats de glace jaillissaient du fond de la fosse et retombaient en pluie autour de nous, un autre pot, voire deux, explosèrent simultanément.

La violence du bruit, bien supérieur à celui de la détonation précédente, m'assourdit ; jamais je n'avais rien entendu de pareil. J'eus l'impression que l'air lui-même me giflait à toute volée, me laissant les oreilles tintantes. De fines aiguilles de glace se piquèrent dans mon visage ; je battis des paupières, me croyant atteint de cécité, mais, en réalité, je n'y voyais rien à cause d'une brume impénétrable de neige extraordinairement fine qui flottait autour de nous.

Partout retentissaient des cris de colère et d'effroi tandis que les hommes s'écartaient de la fosse. Terrorisé, le marguet de Civil passa en trombe près de moi, poursuivi par son maître éperdu. Je sentis une vague d'indignation monter du dragon. *Nous essayons de vous libérer!* lui artisai-je, mais je ne captai nulle réponse. Burrich m'agrippa l'épaule en jetant des regards de tous côtés, les traits crispés par l'affolement.

Je le pris par le bras pour l'éloigner de l'excavation, mais il se dégagea brusquement en s'exclamant : « Leste ! Où est mon fils ? » à l'instant où une nouvelle explosion soulevait le sol. Je me retrouvai à genoux et Burrich à quatre pattes ; l'air était chargé de glace pulvérisée, et l'ancien maître des écuries s'étouffa, cracha et cria : « Leste ! Leste, où es-tu, mon garçon ?

— Ici, papa ! » répondit l'enfant en surgissant brusquement du brouillard pour se jeter entre les bras de son père, les yeux agrandis par la peur.

« Eda merci, tu n'as rien ! Reste près de moi. Maudits soient mes yeux, Fitz, que se passe-t-il ? Je m'attendais à des flammes, des étincelles et de la fumée, non à ça ! Qu'a-t-il donc fait, cet insensé ?

— Songe à une bûche qui éclate et se fend dans le feu, Burrich ; ce n'est rien de plus. La poudre en explosant a fracturé la glace autour d'elle ; je n'imaginais pas une telle violence, mais il n'y a plus rien à craindre. Garde ton calme. » Mais, alors même que je prononçais ces paroles rassurantes à mon profit autant qu'au sien, la terre s'ébranla de nouveau sous nos pieds et je perçus un déchaînement de fureur mentale.

Vous me le paierez, misérables traîtres, petites larves perfides! Je verserai un seau de votre sang pour chacune des écailles que vous aurez descellées de sa chair! J'arrive! Vous avez éveillé la colère de Tintaglia! Vous mourrez tous!

« Nous tentons de l'aider, non de le tuer! » J'avais employé la voix, le Vif et l'Art tout à la fois; elle ne répondit pas.

Puis, comme je battais des paupières pour débarrasser mes cils des cristaux de glace qui s'y accrochaient et tâchais d'apercevoir le fond de la fosse, je distinguai un mouvement. On y voyait mal dans la brume tourbillonnante qui retombait, mais, au cœur de cette blancheur, je discernai une masse noire qui montait, arrondie, puis émergeait du brouillard comme une baleine de la mer. J'entendis la glace se rompre dans un fracas de crissements et de craquements, puis une odeur me parvint, une odeur de chair croupie et malsaine, une puanteur reptilienne. Je me redressai tant bien que mal et me rapprochai prudemment de l'excavation.

Un travail pénible, lent et gigantesque s'y déroulait. Des zones de l'échine émaciée du dragon apparaissaient à l'air libre, sa queue, dont il s'efforçait de dégager le fouet, battait et se courbait, comme douée d'une vie propre; une patte postérieure, immense, s'était libérée, et les griffes qui avaient crû à l'excès pendant la longue captivité creusaient de profondes entailles dans la glace afin de trouver un appui et arracher à sa prison le reste de la titanesque créature. Soudain une aile se déplia, et des morceaux de glace volèrent en tous sens quand elle s'éleva comme la voile en lambeaux d'un navire abandonné. Elle s'agita éperdument, et je crus vomir quand une odeur pestilentielle d'animal malade me parvint dans l'air brassé. Glasfeu luttait pour s'échapper, la tête et le cou toujours prisonniers de la glace. Alors que la brume de cristaux se redéposait, les humains revinrent par petits groupes près de la fosse et contemplèrent le spectacle, certains l'air ahuri, d'autres horrifiés. L'expression d'Umbre était à peindre, mais j'ignorais s'il restait effaré devant la puissance destructrice de sa poudre ou la démesure de la créature qu'il avait en partie libérée.

Le premier, Burrich recouvra l'usage de la parole. « La pauvre bête ! » Il tendit les mains, les doigts écartés, et parut pousser doucement l'air devant lui. Combien de fois je l'avais vu faire ce geste lorsqu'il s'approchait d'un cheval agité ! Emanait-il de ses paumes un calme apaisant ? Il haussa soudain le ton. « Il a besoin de notre aide ! Prenez des pelles et des pics, mais je veux que vous opériez tous avec délicatesse ; dans sa situation, vous risquez de le blesser en voulant le secourir. Ne faites rien qui le pousse à se débattre. » Une main serrée sur l'épaule de Leste, l'autre légèrement en avant, il s'avança d'un pas mal assuré vers le bord de la fosse. « Du calme, du calme, lança-t-il au dragon d'une voix empreinte d'un Vif lénifiant. Nous arrivons ; cesse de t'agiter, tu ne vas réussir qu'à te faire mal, ou à nous faire mal à nous. Calme-toi, nous allons t'aider. »

A nouveau, je perçus l'onde rassurante qui accompagnait ces paroles ; le dragon aussi y parut sensible, à moins qu'il ne ralentît puis cessât ses efforts par simple épuisement.

« Gare à la fosse, mon ami, intervint Trame. La rampe se trouve par là ; Leste, conduis ton père au fond ; nous aurons besoin de lui. » Le maître de Vif saignait du front, là où un éclat de glace lui avait entaillé la peau. Il passa devant nous, insoucieux de sa blessure, une pelle à la main, et je m'aperçus alors seulement que les explosions avaient fait des victimes parmi nous : un homme du Hetgurd gisait dans la neige, inconscient, un filet de sang coulant de son nez et de ses oreilles, un de ses compagnons agenouillé près de lui, l'air confondu ; Civil qui avait rattrapé son marguet le tenait serré gauchement contre lui et s'efforçait de calmer l'animal affolé. Je cherchai Devoir des yeux et le vis descendre en hâte dans l'excavation, une barre à mine en guise de bâton de marche. Le fond de la cavité, rompu, brisé, m'évoquait la débâcle d'une banquise sur une mer démontée.

« Mon prince, soyez prudent ! La bête peut être dangereuse ! » cria Umbre avant de suivre rapidement l'adolescent. Tous, doués du Vif ou non, convergèrent vers la créature prisonnière et entreprirent de déblayer les blocs de glace libérés par les déflagrations, opération périlleuse car le dragon persistait à se soulever et à essayer de se cabrer pour se dégager.

Une puanteur épouvantable de reptile assoupi et affamé imprégnait l'air; pourtant Burrich n'en parut pas affecté quand il s'approcha du monstre et posa doucement les mains sur ses écailles noires. « Du calme. Laisse-nous ôter les morceaux de glace descellés avant de poursuivre tes efforts; tu n'arrangeras rien si tu te casses une aile. »

Il se figea soudain. Ce fut le Vif et non l'Art qui me transmit le sentiment de suffocation et d'affolement du dragon; je sentis que son attention était tournée ailleurs et supposai qu'il communiquait avec Tintaglia. J'espérai qu'il l'avertirait de notre volonté de l'aider.

« Il faut dégager sa tête; il n'a pas assez d'air pour se libérer seul, me dit Burrich alors que j'arrivais près de lui.

— Je sais; je l'ai perçu aussi. » J'ajoutai en tâchant de dissimuler un petit sourire suffisant: « J'ai le Vif, tu sais. »

Je ne m'étais pas rendu compte que Leste pouvait m'entendre; peut-être parce que mes oreilles tintaient encore des explosions, j'avais parlé plus fort que je ne le croyais. Il me regarda, les yeux écarquillés, avec une expression avide et passionnée. « Vous êtes donc bel et bien FitzChevalerie, le Bâtard-au-Vif! Et mon père vous a vraiment élevé dans les écuries? » Il s'exprimait d'une voix curieusement chantante, comme s'il venait de se découvrir un lien de parenté avec une célébrité ou une figure de légende – et sans doute était-ce le cas, mais je ne jugeais pas cet enthousiasme très sain.

Burrich et moi répondîmes quasiment à l'unisson: « Nous en parlerons plus tard. » Leste resta un instant bouche bée puis éclata d'un rire étranglé.

« Déblayez la glace au niveau de son épaule gauche! » lança Trame en passant près de nous, et l'on s'empressa de lui obéir, y compris Leste.

Le maître de Vif fit halte devant nous, un pic au poing, et, d'un geste de la main, il arrêta l'enfant, puis il nous dit dans un murmure: « Vous ne pourrez pas toujours repousser tout au lendemain, ni l'un ni l'autre; un jour viendra où vous devrez fournir des explications à ce garçon. » Toutefois, il n'y avait nul reproche dans sa voix, et j'eus même l'impression qu'un léger sourire flottait sur ses lèvres. Il s'inclina devant Burrich et poursuivit : « Pardonnez-moi si je vous fais affront ; je sais votre vue défaillante, mais vos épaules et votre dos paraissent encore solides ; avec votre fils pour vous guider, vous pourriez nous rendre grand service en tirant les traîneaux chargés de glace hors du chantier. Acceptez-vous de nous aider, Burrich ? »

Je crus qu'il allait refuser : il préférait se tenir à l'écart de Trame et de ce qu'il personnifiait. Mais l'autre avait présenté sa demande avec courtoisie, et, de fait, Burrich pouvait se rendre utile ; je me doutais bien qu'il devait ronger son frein, au chevet d'un animal prisonnier, incapable de rien faire tandis que d'autres travaillaient à le libérer. En outre, Leste se trouverait ainsi près de lui, sous son autorité paternelle. A son expression, je compris qu'il se soumettait à une concession difficile, et il déclara, non à Trame, mais à son fils : « Mène-moi au traîneau, mon garçon, et mettons-nous au travail. »

Je restai seul tandis que père et fils s'en allaient exécuter l'ordre de Trame. Ils s'attelèrent aux cordes de halage aux côtés de Civil et de Nielle puis se mirent à tirer, penchés en avant ; malgré sa mauvaise jambe, Burrich fournissait manifestement le plus gros de l'énergie. Sans à-coups, le traîneau chargé gravit la rampe et sortit de l'excavation. L'accouplage de l'enfant et de son père avait été opéré avec adresse, et Burrich devait se réjouir de cette réunion autant qu'elle contrariait Leste. Le maître de Vif cherchait-il à combler le fossé qui les séparait, tout en s'efforçant d'amener Burrich à une position moins rigide envers sa magie ?

Je réfléchissais encore aux combinaisons possibles quand la dernière explosion se produisit.

Je pense aujourd'hui que le feu avait continué de couver dans la casserole que j'avais oubliée en quittant le boyau de glace, au-dessus de la tête du dragon. Avait-il fini par embraser les peaux sur lesquelles il reposait pour gagner le flacon d'huile et le récipient de poudre ? Ou bien, lors des premières déflagrations, l'huile s'était-elle répandue sur le cuir près de la poudre et des braises ? J'ai passé beaucoup de temps à examiner ces questions sous tous les angles sans jamais parvenir à une réponse certaine.

La charge, plus considérable que les suivantes, était destinée à tuer. Sa détonation projeta en l'air le plafond du tunnel et propulsa les blocs de glace qui obstruaient l'entrée dans la fosse où nous travaillions. Le souffle jeta hommes et outils pêle-mêle au sol, et je me retrouvai précipité à l'autre bout de l'excavation ; une pluie d'éclats de glace plus acérés que des flèches retomba et transperça certains d'entre nous. Je sentis l'impact de leur chute, mais tout baignait dans une blancheur infinie, et je me crus frappé de cécité autant que de surdité ; puis la brume de cristaux commençant de se redéposer dévoila un spectacle de fin du monde d'où tout bruit était absent. Je vis Trame passer près de moi en titubant, les mains sur les oreilles ; je vis l'Aigle écrasé en un tas inerte sous d'énormes blocs de glace ; je vis des hommes qui criaient, mais je ne les entendis pas, et je me demandai si je recouvrerais un jour mes capacités auditives.

Je levai les yeux et aperçus Umbre et Devoir qui regardaient la scène d'un air horrifié. Ils ne se trouvaient pas dans la fosse au moment de la catastrophe, et je songeai aussitôt que les responsables des traîneaux avaient dû échapper eux aussi à ses effets les plus destructeurs. Mais, alors que j'essayais de me redresser et constatais que je ne souffrais probablement d'aucune fracture, un second ébranlement se produisit : le sol se déroba sous mes pieds, la glace se souleva, de nouvelles fractures béèrent puis s'ouvrirent tout à fait. Une masse noire apparut et s'éleva au milieu des morceaux de glace qui retombaient en cascade.

Libre !

Jamais je n'avais perçu de pensée aussi cohérente de la part de Glasfeu, et elle s'apparentait plus à un sentiment de triomphe qu'à un mot.

Son immense tête noire monta au bout d'un cou serpentin, et il se servit de ses ailes à demi pliées comme point d'appui pour s'extraire de sa prison. La vue de ce corps si longtemps resté captif suscita ma pitié, malgré l'horreur que m'inspirait le sort de mes malheureux camarades : les os saillaient sous sa peau écailleuse qui pendait lamentablement de sa carcasse comme des haillons mal rapetassés. Quand il déploya ses ailes, je les découvris pleines de trous et de déchirures, comme une cape de tissu fin arrachée aux ronces.

Il se hissa en chancelant, s'interrompant à plusieurs reprises pour pousser un rugissement et s'efforcer de dégager une patte puis l'extrémité d'une aile. Il n'accordait aucune attention aux hommes commotionnés qui gisaient autour de lui, mais cela ne me rassurait nullement, car, comme une violente chaleur, une gigantesque faim s'était mise à irradier de lui, et je me sentais soudain, à un niveau instinctif, devenu proie devant un prédateur démesuré. Lui parler ne l'affecterait pas plus que l'affolement d'un lapin ne retenait un loup. Ni Œil-de-Nuit ni moi n'avions jamais tenté de communiquer avec nos repas avant de les tuer; il ne fallait pas espérer mieux de cette créature. « Fou, qu'as-tu lâché sur notre monde ? » fis-je dans un gémissement.

Avec un nouvel effort, le dragon s'extirpa davantage de la glace fracturée, et ses proportions apparurent encore plus imposantes. Tout en assurant ses prises sur les blocs branlants de son tombeau éventré, il tira sa queue de sa prison; si longue qu'on l'eût crue sans fin, elle finit par sortir complètement et reposer en rond autour de lui sur le sol défoncé, semblable à la mèche recourbée d'un fouet. Glasfeu rejeta tout à coup la tête en arrière et poussa un hurlement sauvage qui commença comme un rugissement grave puis monta si haut dans les aigus que je ne le perçus plus. C'était le premier son que j'entendais depuis l'explosion, et, alors que le barrissement du monstre faisait trembler jusqu'à mes poumons, j'eus l'impression d'acquérir un sens nouveau.

Je vis alors ses naseaux s'évaser, puis sa tête triangulaire descendit vers le cadavre de l'Aigle. L'Outrîlien était mort, mais le sort qui l'attendait ne m'en épouvanta pas moins. Glasfeu poussa la dépouille du museau, la délogea de l'amoncellement de glace qui l'avait broyée, la saisit délicatement entre ses babines, l'enleva dans les airs et la secoua pour en faire tomber la neige qui y demeurait accrochée, tout comme Œil-de-Nuit débarrassant un poisson des feuilles mortes collées à ses écailles.

A la façon d'une mouette, il jeta au-dessus de lui le morceau de viande qui avait été un homme et ouvrit la gueule si grand que le cadavre se trouvait déjà dans son gosier quand il déglutit; on ne vit plus de l'Aigle ensuite qu'une boule qui glissait dans la longue gorge.

En moi, le loup ne portait nul jugement: on pouvait parfaitement considérer un homme mort comme de la viande, et le dragon n'avait rien fait d'autre que dévorer une charogne; lorsque la faim me tenaillait, je n'avais pas agi différemment, et je n'avais été que trop heureux de dérober une portion de la victime d'un ours pendant que le chasseur dormait, le ventre plein. Mais l'Aigle avait été un être humain et un chef de clan, il avait partagé mes repas et croisé mon regard au-dessus du feu de camp; cette créature que nous avions éveillée ne voyait en lui que de la nourriture, et ma conception du monde et de sa hiérarchie s'en trouvait bouleversée.

En cet instant, je pris vaguement conscience de l'échelle gigantesque sur laquelle nos actes avaient réagencé notre univers. Nous n'avions pas affaire à un dragon de pierre pétri de l'âme de héros qui émergeait du sommeil pour nous sauver, mais à une créature démesurée de chair et d'os, animée d'appétits, de besoins, et douée de la volonté de les satisfaire pour assurer sa survie personnelle, sans se préoccuper de ce que cela pouvait nous coûter, à nous, humains.

D'un œil hébété, je cherchai un moyen de m'enfuir; je n'étais pas exactement en face de Glasfeu, mais je faisais partie des proies potentielles les plus proches. Je restai saisi au spectacle des hommes couverts de sang qui s'alignaient, chancelants, au bord de l'excavation et contemplaient d'un air stupéfait le monstre qu'ils avaient libéré. Parmi eux, je distinguai Burrich, la main crispée sur l'épaule de Leste, Nielle avec son regard avide avec de ménestrel, Civil et son marguet qui, tous les poils hérissés, avait doublé de volume. Je ne vis nulle part Umbre ni Devoir, et je craignis le pire. J'aperçus un pied botté non loin de moi et formai le vœu fervent qu'il fût encore attaché à un corps dissimulé sous la neige; à qui appartenait-il? Soudain, Leste pointa le doigt vers moi et se mit à parler d'un ton apparemment pressant à son père; alors ce fou de Burrich ouvrit la bouche et, au mouvement de ses lèvres, je sus qu'il criait: «Fitz! Fitz, sors de là! Sauve-toi!»

Et le dragon tourna la tête vers lui. Je vis ses yeux aux tourbillons noir et argent se poser sur l'homme qui m'avait élevé, je vis sa tête monter au bout de son long cou, et je hurlai: «Non!» Ma propre voix me parvint à peine plus audible qu'un murmure.

Burrich parut savoir qu'il avait attiré l'attention du monstre car il se retourna et, d'une poussée violente, écarta Leste qui alla s'étaler le nez dans la neige; puis, sans arme, il fit face au dragon.

A cet instant, une nouvelle convulsion agita le glacier et me jeta par terre, avec l'impression que le sol cédait sous mes pieds. Glasfeu aussi se démenait pour conserver son équilibre; il déploya ses ailes dépenaillées et s'efforça d'enfoncer ses griffes dans les parois de la fosse. Les hommes s'égaillèrent tandis qu'il se hissait tant bien que mal et parvenait à s'extraire de l'excavation; la glace qui soutenait son corps emprisonné s'effondra, laissant une crevasse béante derrière lui. Alors que je me retenais au bord du trou que nous avions déblayé au pic et à la pelle, je compris ce qui s'était produit: les efforts du dragon pour se libérer, auxquels s'ajoutaient peut-être les effets de la poudre d'Umbre, avaient affaibli le plafond de l'immense salle royale de la Femme pâle, et il s'écroulait sur elle.

Un espoir féroce naquit en moi: peut-être périrait-elle écrasée sous la masse. Je regardai les blocs qui tombaient en entraînant d'énormes quantités de glace dans leur affaissement, et je me demandai si, par chance, une entrée n'allait pas ainsi s'ouvrir sur le palais, si je ne pourrais pas m'y glisser, survivre à la chute au milieu de l'avalanche et réussir à délivrer le fou tant qu'il était encore vivant. Mais, selon toute vraisemblance, l'éboulement de la voûte de glace comblerait totalement la salle; la mort serait rapide pour mon ami. Pourtant je hurlai: «Non! Non, non, non! Fou, Bien-Aimé! Non!»

Comme en réponse à mon cri, un mouvement se fit dans la glace au fond de la fosse éventrée. J'écarquillai les yeux, incapable de croire à une force suffisante pour résister à la violence de l'avalanche. Puis tout déplacement cessa.

Agrippé au rebord de l'excavation, je poussai une exclamation d'effroi quand Devoir me saisit brusquement le poignet. « Montez ! » brailla-t-il, et je me rendis compte soudain qu'il m'avait appelé déjà plusieurs fois pour attirer mon attention, alors que je ne quittais pas des yeux la glace en train de s'effondrer et le dragon qui s'échinait à sortir de la fosse – et y avait d'ailleurs quasiment réussi. Tout le monde semblait avoir pris la fuite, et je ne vis que deux corps inertes que je ne pus identifier.

Je me suspendis à la main de Devoir qui soutint mon poids avec un grognement d'effort, planté des deux talons dans la glace pour me permettre de me hisser hors de l'excavation. « Où est Umbre ! Il faut nous enfuir ! » lui criai-je. Avec un large geste du bras, comme pour indiquer que nos compagnons avaient déjà dévalé la pente pour regagner le camp, il ouvrit la bouche, puis l'ouvrit plus grand encore tandis que ses yeux s'exorbitaient de terreur. Je me retournai : au fond de la fosse éventrée, brassant la neige et la glace comme un crapaud qui émerge de la vase où il a hiberné, apparaissait le dragon de la Femme pâle. L'éveil à la vie ne lui avait donné aucune grâce : il restait une créature grossièrement sculptée, composée de nombreuses existences discordantes, d'un gris sombre, terne comme de l'argile crue. Mon Vif capta la faim dévorante qui le tenaillait ; il n'était qu'appétit et je le savais prêt à engloutir tout ce qui passerait à sa portée. Puis je sentis l'aura d'Art qui le précédait et je défaillis sous l'impact : il ne s'agissait pas seulement du besoin de se nourrir d'une bête affamée. Une personnalité s'était imposée en maîtresse de la créature qui se tordait en rugissant à nos pieds, et je compris que, son dragon de pierre ayant besoin d'un dernier coup de pouce pour s'éveiller, la Femme pâle avait donné en pâture celui à qui cette âme appartenait – et qu'elle avait réussi.

Place à Paincru ! Je viens écraser, tuer et dévorer ! J'ai faim de la chair des paysans ! Aujourd'hui, j'aurai ma vengeance ! Son regard s'arrêta sur Glasfeu. *Dragon des Six-Duchés, tu vas mourir !* Le monstre de pierre s'élança et ses larges mâchoires se refermèrent sur la base de la queue de Glasfeu, puis, s'appuyant sur ses pattes courtes et épaisses, il commença de reculer dans l'abîme obscur en entraînant le dragon noir à sa suite.

13
DRAGONS

Pendant la guerre des Pirates rouges, nombre de maisons maternelles durent, à leur corps défendant, payer tribut à Kebal Paincru et à la Femme pâle en leur donnant les hommes de leurs clans ; ceux qui refusaient la conscription forcée de leurs guerriers étaient punis de « forgisation », ainsi que nous disons dans les Six-Duchés. Le châtiment frappait surtout les femmes et les enfants de sexe féminin des clans, ce qui plaçait les hommes dans un dilemme insoluble : les forgisées jetaient la honte et le déshonneur sur leur maison, mais celle-ci ne pouvait autoriser un de ses mâles à les tuer sans se trouver dans l'obligation de lui imposer le même sort. Mieux valait que les guerriers s'embarquent aux ordres de Paincru plutôt que courir le risque de l'anéantissement de leur clan. Ceux qui en revinrent ne ressemblaient plus à ceux qui étaient partis, et beaucoup d'entre eux moururent apparemment dans leur sommeil après la guerre. Des rumeurs prétendent que les femmes de leur propre maison maternelle les empoisonnèrent car ils n'avaient plus l'esprit de fils vertueux.

NIELLE, *Brève histoire des Pirates rouges outrîliens*

*

Un éclair bleu et argent tomba du ciel limpide. Tintaglia plongea droit dans la fosse, la queue battant furieusement, le cou tendu, et sa gueule grande ouverte laissa voir des rangées de dents semblables à des poignards. Comme un fauve enragé, elle fondit sur le dragon en qui s'était mué Kebal Paincru, et ses mâchoires le saisirent à la nuque, derrière sa tête trapue; les serres claquant et crissant sur ses écailles, elle s'efforça d'assurer sa prise sur lui et de rester sur son échine. Cette attaque inattendue détourna l'attention de la créature grossière; elle poussa un rugissement et Glasfeu en profita pour se dégager brutalement.

Eloigne-toi de lui! Grimpe, envole-toi! N'essaye pas de le combattre au sol!

Tintaglia émettait des sons qui ne formaient pas un langage, mais véhiculaient néanmoins un sens que je percevais. Je ne pense pas que tous ceux qui assistaient à la scène se rendirent compte qu'elle parlait; toutefois, Glasfeu, lui, sut qu'elle s'adressait à lui et il lui répondit d'un barrissement dont je ne saisis pas complètement la signification. Peut-être mes rencontres précédentes avec la femelle me permettaient-elles de mieux la comprendre. Quoi qu'il en fût, je vis le mâle émacié remonter avec effort au bord de l'excavation et s'écarter de la violente mêlée entre faux et vrai dragons. A l'évidence, Tintaglia ne pourrait retenir longtemps Paincru: elle était beaucoup plus petite que Glasfeu, disparité entre sexes sans doute normale dans leur espèce.

A côté de la créature de pierre massive et trapue, elle apparaissait fine et souple, légère face à sa lourdeur; on eût dit un faucon aux prises avec un taureau. Vivacité incarnée, elle ne parvenait pourtant pas à lui causer de dommages; elle avait enfoncé les crocs dans la nuque de son adversaire, mais elle ne lui tirait pas une goutte de sang. Ses pattes postérieures aux griffes puissantes ne laissaient sur les flancs de l'autre que des marques blanches, semblables à celles qu'un enfant trace sur un rocher à l'aide d'un caillou pointu, et qui ne semblaient pas l'affaiblir. Il s'ébrouait pesamment pour la déloger, mais, tenace, elle s'agrippait et persistait futilement à l'attaquer avec des armes qui ne lui faisaient aucun mal, comme une femme qui tente de déchirer la cuirasse d'un guerrier à l'aide de ses seuls ongles. Une question me traversa l'esprit: du sang circulait-il seulement en lui, ou bien n'était-il que pierre animée par la volonté ?

Et, dans ce cas, comment tuer un être pareil ? S'il résistait aux assauts d'une créature aussi puissante que Tintaglia, quel opposant pouvait l'arrêter ?

Des vagues de haine émanaient sans cesse de Paincru, portées par l'Art. Je sentais la désorientation et la fureur qu'il éprouvait à se trouver dans ce corps vigoureux mais difficile à manier ; bien qu'éveillé, il restait étrangement incomplet. Ses pattes s'agitaient dans la glace brisée sans lui permettre de sortir de la fosse ; il déploya maladroitement une aile, mais parut incapable de la faire battre ou même de la replier, et elle demeura étendue, inutile. Il tourna lourdement la tête de droite et de gauche dans l'espoir d'obliger son adversaire opiniâtre à lâcher prise, mais en vain.

Les yeux d'argent de Tintaglia se levèrent pour suivre la progression de Glasfeu. Avec une lenteur pitoyable, il terminait de se hisser hors de l'excavation ; quand il se redressa en chancelant sur ses pattes postérieures, les ravages de son long emprisonnement se révélèrent encore plus clairement. Je vis son bréchet saillant pointer sous les plis de sa peau écailleuse, et l'image me vint de la carcasse d'un oiseau rongée par les fourmis. Il ouvrit grand ses ailes en lambeau puis les agita, et leur vent porta jusqu'à mes narines une puanteur d'animal malade ; il remua son interminable cou pour en assouplir les muscles et battit plusieurs fois de la queue. On eût dit un homme qui essaye de renfiler des vêtements devenus trop petits pour lui depuis longtemps. Il ne se pressait pas, comme si le combat qui se déroulait dans la fosse ne le concernait nullement. Il se passa le museau sur les ailes à la façon d'un oiseau qui se lisse les plumes, puis il les déploya et les secoua comme un corbeau qui remet son plumage en place. Elles battirent une première fois, lentement, une deuxième, puis, la troisième, Glasfeu leur imprima une vigueur telle que la neige s'envola devant lui et que l'air siffla par leurs déchirures. Tout à coup, il se pencha en avant et ses pattes postérieures musculeuses le propulsèrent vers le ciel. Il s'arracha de la glace avec la pesanteur maladroite d'un oiseau de mer, mais, une fois que ses griffes quittèrent le sol, on eut l'impression qu'il se libérait de toute entrave, et il s'éleva sans à-coups.

Du coin de l'œil, j'aperçus Risque qui tournoyait très loin au-dessus de nous, et je me demandai quels sentiments lui inspirait de voir une créature aussi gigantesque monter vers elle. Tintaglia parut juger que Glasfeu n'avait plus rien à redouter, car elle se détacha brusquement de Paincru et bondit dans les airs avec la légèreté d'un lézard. Ses ailes bleu argenté se déployèrent gracieusement et, en deux battements, elle entama l'ascension du ciel.

Avec retard, Paincru se rendit compte que les assauts contre lui avaient cessé ; il rejeta la tête en arrière, poussa un rugissement haineux à notre intention puis leva le cou pour tourner un œil terreux vers l'azur. Un grondement sourd et glaireux s'échappait de sa gorge plus courte et plus épaisse que celle des vrais dragons.

Le contact d'Art de la Femme pâle éclata avec une violente fureur. Je n'étais pas la cible de son message, et il ne fit que m'effleurer, mais je le captai sans difficulté. Sa puissance paraissait amoindrie, comme si la libération du dragon l'avait épuisée ; on eût dit ses pensées embourbées dans un marécage de douleur.

Tue les dragons, l'un ou l'autre ou les deux, mais tues-en un au moins ! Ne t'occupe pas des humains ; ils ne peuvent rien contre toi. Plus tard, tu pourras les dévorer à ton gré ; mais, pour l'instant, venge-toi des Six-Duchés. Tue leurs dragons, Paincru !

Au même instant, la lourde tête de la créature pivota, elle ouvrit grand ses mâchoires de pierre et elle happa la queue de Tintaglia. L'envol gracieux se transforma brutalement en chute désordonnée ; la reine dragon poussa un cri, je vis Glasfeu réduire son envergure et je sentis son regard se poser sur la lutte qui se déroulait au sol. Son vol s'inclina et il plongea tout à coup. Paincru avait réussi à déployer ses ailes et cherché d'abord à s'en servir pour freiner Tintaglia, mais il parut acquérir, en les agitant gauchement, une vague idée de la façon de les commander. Sans lâcher la queue de son adversaire, il se mit à battre l'air violemment en effectuant des bonds lourds et inefficaces qui donnèrent à la reine dragon, brutalement ballottée, des allures de cerf-volant au bout d'un fil. Elle émit un hurlement aigu comme le crissement d'une épée qui sort du fourreau et commit l'erreur de faire tout à coup demi-tour pour attaquer son agresseur; malgré sa taille imposante, elle n'avait pas plus de chances qu'un papillon face à un lézard. La tempête soulevée par les battements frénétiques de ses ailes projeta des tourbillons de neige glacée dans mes yeux et me précipita par terre, mais laissa Paincru de marbre; il se mit à la frapper de ses lourdes ailes, à coups terribles dont le bruit évoquait celui des merlins des bouchers dans les abattoirs.

Il allait la tuer.

La conséquence m'apparut aussitôt: la Femme pâle l'emporterait. Elle mettrait fin malgré tout à l'existence des dragons dans le monde, et nul n'y pouvait rien: si les serres de Tintaglia n'avaient pas pu entailler la peau du monstre de pierre, à quoi serviraient nos armes contre lui?

Une éternité s'écoula en un battement de cœur. Je pris conscience de la présence du prince à mes côtés, pétrifié par le spectacle, et je maudis ma stupidité. Je le saisis par l'épaule, le secouai et m'écriai: «Allez-vous-en! Nous ne pouvons rien faire! Sauvez-vous!»

Mais il ne bougea pas, bouche bée devant la bataille.

Soudain Glasfeu attaqua, éclair noir dans le ciel bleu. Le choc du géant heurtant le dragon de pierre ébranla le glacier avec la force des explosions d'Umbre et nous jeta à terre, Devoir et moi. Quand je parvins à me redresser sur mes genoux et à me frotter les yeux, Tintaglia s'était dégagée de la mêlée; elle rampait sur la glace en s'aidant de ses ailes autant que de ses pattes, et son sang visqueux fumait en touchant la neige. Par le Vif, je perçus les ondes de douleur qui émanaient d'elle; jamais, je crois, elle n'avait éprouvé pareille souffrance, et elle restait hébétée d'indignation et d'horreur.

Devant nos yeux incrédules, les deux mâles s'élevèrent de la cavité effondrée, battant des ailes sans cesser d'échanger des coups de griffes. Les bourrasques terribles qu'ils déclenchaient nous jetèrent à genoux, le prince et moi, à plusieurs reprises tandis que nous nous efforcions, chancelants, de nous éloigner pour nous abriter de leur violence. J'entraînai Devoir à ma suite en criant : « Si un dragon de pierre vous survole trop longtemps, il peut vous forgiser ! Il faut nous enfuir ! » La force des rafales décroissait. D'une poussée, je fis avancer l'adolescent qui continua de marcher d'un pas titubant ; pour ma part, je m'arrêtai, me retournai, puis levai les yeux vers le ciel.

Engagés corps à corps dans le combat, les ailes battant presque à l'unisson, ils continuaient de prendre de l'altitude, tout en exécutant une danse étrange aux mouvements sinueux où leurs serres cherchaient où se planter tandis qu'ils se portaient des coups de crocs à répétition, semblables à des serpents qui frappent. Mais, s'ils montaient, c'était grâce à la puissance et à l'envergure de Glasfeu plus qu'aux efforts du dragon de pierre ; étroitement enlacés, ils ne formèrent bientôt plus que des silhouettes noires aux rugissements aigus sur le fond bleu du ciel.

« Fitz ! Regardez ! » Le cri de Devoir parvint comme un murmure tout juste audible à mes oreilles malmenées et tintantes, mais la façon dont il me secouait attira mon attention. Ce jeune fou était revenu auprès de moi, et il désignait le chaos de glace au fond de l'excavation : à l'une des extrémités apparaissait une petite ouverture où l'avalanche n'avait pas complètement comblé la salle royale, et, sur la pente instable et accidentée, Elliania grimpait tant bien que mal. Malgré le sol traître, elle avançait avec une résolution farouche en tirant derrière elle, par des chaînes attachées à ses poignets, une enfant qui se débattait en hurlant ; la petite fille avait les cheveux plaqués par la crasse, et une chemise en lambeaux la couvrait à peine, mais, malgré tout, la ressemblance restait frappante : Elliania avait retrouvé sa sœur. Peottre émergeait du trou à sa suite, rampant à demi, une épée ensanglantée à la main, dans l'autre une chaîne qui lui servait à traîner une femme inconsciente et décharnée ; il avait reçu une entaille au cuir chevelu et le sang ruisselait sur la moitié de son visage. Dès qu'il put se redresser, il prit la femme dans ses bras et s'élança dans la pente, mais les blocs de glace roulèrent, glissèrent sous ses pieds, et il tomba sur un genou au bout de deux enjambées, haletant, la respiration hachée comme s'il avait épuisé toutes ses forces. Il lâcha soudain sa sœur et se retourna pour faire face à ses poursuivants qui, à quatre pattes, sortaient à leur tour de la brèche. Oerttre Ondenoire tomba au sol, inerte, inconsciente ou morte, et commença de glisser vers eux.

Elliania nous avait rejoints. Elle jeta un regard derrière elle et poussa un cri strident en voyant Peottre acculé. « Tenez ça ! » lança-t-elle à Devoir en lui jetant l'extrémité de la chaîne ; il l'attrapa par réflexe, bouche bée devant sa promise débraillée ; elle avait saigné d'une narine, le sang séché soulignait la commissure de ses lèvres, et ses cheveux hirsutes pendaient en mèches sur son visage. Elle dégaina une épée courte et vola au secours de son oncle tandis que le prince restait avec la petite forgisée en laisse.

Tout à coup, comme en écho, il me cria : « Tenez ça ! » et il m'envoya la chaîne. Elle tomba par terre avant que je pusse la saisir et je la coinçai sous ma botte avant que l'enfant eût le temps de s'enfuir. Mais elle ne souhaitait pas s'enfuir : au contraire, elle se précipita sur moi, prête à mordre. Pour mon Vif, elle n'existait pas, mais, comme je l'étreignais à pleins bras et m'efforçais d'éviter ses assauts, je sentis nettement dans ma chair l'impact de ses coups. J'ai affronté nombre d'adversaires, mais rien ne m'avait préparé à faire face à une fillette de dix ans maigre comme un coucou qui ne se préoccupait nullement de sa propre sauvegarde ; acharnée à me dépecer tout vif à coups de dents et d'ongles tout en me martelant des genoux, elle connut un certain succès puisqu'elle parvint à me griffer le visage et à planter ses canines dans mon poignet avant que je ne réussisse à la jeter à terre. Je me plaquai sur elle de tout mon poids, la retournai à plat ventre, la saisis par les coudes puis la relevai contre moi, si bien que ses bras se croisaient sur sa poitrine. Elle continua de me donner des coups de talon, mais elle était pieds nus et le cuir épais de mon pantalon amortissait les chocs. Alors elle baissa la tête pour prendre ma manche entre ses dents et la secouer comme un lapin dont elle eût voulu briser la nuque, mais elle ne mordait qu'une bonne laine résistante et je la laissai faire. Elle finit par comprendre qu'elle ne se libérerait pas ainsi et entreprit de me frapper la poitrine à grands coups de tête ; cela n'avait rien d'agréable mais, tant que je gardais le menton haut, c'était supportable.

Ayant ainsi vaillamment immobilisé mon chétif adversaire, je me dévissai le cou pour voir ce qui se passait dans la fosse. Elliania, arrivée à la hauteur de sa mère, se tenait accroupie à côté d'elle sur la pente instable, l'épée au clair, tandis que Peottre bataillait contre deux des gardes au regard éteint de la Femme pâle. La narcheska voulait-elle repousser les assaillants ou bien donner le coup de grâce à sa mère avant qu'ils ne s'emparent d'elle à nouveau ? Je l'ignorais. L'espace d'un instant, mon cœur cessa de battre car je ne voyais Devoir nulle part ; puis je l'aperçus derrière Peottre, campé devant le trou par où la nièce et l'oncle avaient émergé. Le poignard rouge de sang, il bloquait la route à de nouveaux assaillants.

On nous attaque ! J'entendis le cri d'Art que lança Umbre en même temps que des clameurs me faisaient tourner la tête vers notre camp. D'Eda savait où, les sbires de la Femme pâle avaient surgi pour fondre sur notre groupe réduit et déjà mis à mal ; apparemment, ils cherchaient à empêcher quiconque de se porter au secours de Tintaglia, bien qu'aucun d'entre eux n'eût le courage de s'en prendre directement à la reine dragon à terre. Du coin de l'œil, j'aperçus mon vieux mentor tel que je ne l'avais jamais vu : fermement campé sur ses pieds, l'épée à la main, il faisait front aux côtés de Longuemèche ; Lourd, accroupi derrière eux, poussait des cris plaintifs, les bras sur la tête.

Lourd ! Repousse-les comme tu m'as repoussé, moi ! Ils ne reculeront pas tous, mais certains céderont. Attaque-les à ton tour ! Dis-leur de s'en aller et de ne pas nous voir ! Je t'en prie, Lourd ! Submergé de désespoir, je serrai contre moi la fillette qui continuait à se débattre ; je n'osais pas la lâcher, mais, tant que je la tenais, elle m'empêchait d'intervenir dans le combat.

Lourd était resté apparemment sourd à ma supplique. Pourtant, tout à coup, je vis le petit homme écarter un bras et jeter un regard prudent alentour comme un enfant apeuré, puis je sentis une faible onde d'Art dirigée contre les assaillants.

Allez-vous-en, allez-vous-en, allez-vous-en !

Deux guerriers au moins obéirent aussitôt : ils firent brusquement demi-tour et s'éloignèrent rapidement comme si une affaire urgente les appelait ailleurs ; plusieurs autres hésitèrent et se virent réduits à se défendre, l'air de se demander où ils se trouvaient et pourquoi ils s'en prenaient à nous.

Encore, Lourd! Aide-moi! Umbre était à bout de souffle, cela perçait dans son Art; son arme pesait tout le poids du monde, et il n'avait jamais aimé regarder un homme dans les yeux quand il le tuait. Soudain, je captai une vague rouge de souffrance quand une estafilade lui ouvrit le haut de l'avant-bras, et je vis Lourd se rejeter d'un bond en arrière en s'agrippant le bras.

Umbre! Bloquez votre douleur! Lourd la partage. Lourd! Dis à la douleur de s'en aller; envoie-la aux méchants hommes! Tu peux le faire!

A cet instant, une bourrasque venue du ciel me frappa, et je me courbai, effrayé comme un campagnol au vent d'une chouette au-dessus de lui. Les dragons revenaient; leur bataille se déroulait dans un silence terrifiant, hormis le bruit de leurs ailes qui battaient l'air et celui, sourd, des coups qu'ils se portaient. Perdus dans leur fureur, ils étaient montés très haut. La tête rentrée dans les épaules, je les observai et crus discerner la stratégie de Paincru: il s'accrochait à Glasfeu, les mâchoires serrées sur son cou, tandis que l'autre s'épuisait à maintenir son altitude, car il se savait incapable de vaincre le dragon de pierre au sol. Affaibli, il se tordait en tous sens pour échapper à la prise mortelle de son adversaire.

Ils risquaient de tomber sur nous!

« Sortez de là! hurlai-je à Devoir. Les dragons dégringolent! »

Il leva les yeux vers moi, surpris, puis bondit en arrière pour esquiver une botte soudaine. Il lança un avertissement à Peottre et à la narcheska; Ondenoire avait éliminé un de ses opposants et l'autre battait en retraite. La jeune fille saisit sa mère par la cheville et entreprit de la remorquer hors de la fosse, l'épée toujours brandie. Je tendis la main quand elle fut assez proche de moi, la pris par le poignet et l'aidai à franchir le bord de l'excavation, après quoi, sans grâce, elle en fit autant avec sa mère inconsciente. Pour ma part, je dus aussitôt resserrer ma prise sur sa petite sœur qui en avait profité pour cracher et se débattre de plus belle. Elliania tira la femme à l'écart du trou puis s'écria: « Sortez de là! Ils tombent! »

En effet : en pleine chute, les dragons enchevêtrés grandissaient de plus en plus. Devoir et Peottre rompirent le combat, escaladèrent tant bien que mal la pente traîtresse et se hissèrent hors de la fosse. La narcheska s'éloigna elle aussi en traînant sa mère derrière elle et en exhortant éperdument les deux hommes à se hâter. Je m'emparai de la fillette, la soulevai dans mes bras et courus à la suite de la jeune fille. Il n'y avait rien d'autre à faire, je le savais, mais cela ne m'empêchait pas de me sentir lâche. Les bottes martelant la glace, Devoir me dépassa, rattrapa sa fiancée, ramassa le corps inconscient qu'elle tirait et le jeta sur ses épaules ; une seconde plus tard, la main de Peottre se plaqua durement dans mon dos, m'obligeant à accélérer, et nous poursuivîmes notre fuite de conserve. L'ombre des dragons s'élargissait autour de nous. Un instant envahi de stupeur et d'une impression de vertige, je repris ma course titubante et nous nous portâmes à la hauteur du prince et des deux femmes. Elliania tendit brusquement le doigt vers le ciel avec un cri muet.

Glasfeu avait réussi à se défaire de Paincru et il battait frénétiquement des ailes pour reprendre de l'altitude, tandis que l'autre continuait à choir sans grâce, à peine capable, malgré son envergure, de freiner la descente de sa lourde masse.

L'impact fit trembler le glacier. Il avait heurté le bord de l'excavation où je me tenais quelques instants plus tôt ; j'espérai que le choc sur l'arête l'avait tué, mais il roula lentement sur lui-même, se remit sur ses pattes et s'ébroua. Il tourna son mufle camard de gauche et de droite, puis, tel un lézard trapu qui s'extrait de la boue, il mit en marche ses membres puissants et se sortit de la fosse sur le ventre, la queue battant rageusement la neige derrière lui. L'espace d'une seconde, il parut concentrer ses regards sur moi, et mes entrailles se glacèrent ; soudain, comme un cheval dont on serre brutalement la bride, il rejeta la tête en arrière et la secoua avec fureur. Ses yeux, ternes à côté de ceux, argentés, de Tintaglia, se portèrent au-delà de moi pour se fixer sur la reine dragon à terre ; il se détourna de nous et se dirigea lourdement vers elle avec des grognements haineux. Je perçus alors l'Art de la Femme pâle qui l'encourageait à tuer la femelle ; tout serait alors réglé, il pourrait ensuite donner libre cours à sa colère et à sa faim; mais d'abord, il fallait tuer la femelle. Plus rien ne se dressait entre la victoire et lui; elle n'était pas de taille contre lui.

Mais la Femme pâle se trompait; à ma grande angoisse, je constatai qu'il restait deux défenseurs à Tintaglia. Burrich, presque aveugle, se tenait près du dragon blessé et pressait son manteau plié sur son encolure pour arrêter l'hémorragie; en voyant le tissu fumer, je m'interrogeai sur la composition du sang de la créature. L'ancien maître des écuries était absorbé par sa tâche et Tintaglia avait ramené sa tête, dans une attitude de défense, vers son flanc; aucun ne paraissait conscient de la mort qui s'avançait pesamment vers eux.

Mais Leste, si; il s'était planté devant la reine dragon, telle une fourmi protégeant un château. La flèche peinte par le fou de couleurs vives jaillit de son arc et se brisa en mille morceaux sur le monstre de pierre. Sans se laisser démonter, il en prit une nouvelle dans son carquois, l'encocha, banda son arme et, puisant dans une réserve de courage qui paraissait trop immense pour un enfant si frêle, il avança de deux pas vers l'adversaire; il tira encore une fois, sans plus de résultat. Pourtant, il ne bougea pas et sortit une troisième flèche. Pour accéder à Tintaglia, Paincru devrait lui passer sur le corps. L'enfant lança un avertissement à son père par-dessus son épaule, l'arc tendu. Incapable d'intervenir, je vis le dragon fixer son regard implacable sur lui, et, brusquement, Paincru s'élança dans un lourd galop. Leste leva les yeux vers sa mort et sa bouche s'ouvrit grand pour laisser échapper un cri de terreur et de défi à la fois. Son arc trembla entre ses mains, la pointe de la flèche grise s'agita follement, mais il ne recula pas.

Burrich tourna d'abord la tête puis tout le corps. Aujourd'hui encore, je me rappelle la scène dans ses moindres détails: je le vis prendre une soudaine inspiration puis j'entendis, malgré les tintements de mes oreilles, son rugissement d'outrage qu'on eût l'audace de menacer son fils.

Jamais je ne l'avais vu se déplacer aussi vite. Il se précipita vers Leste et le dragon en projetant des blocs de neige qui se détachaient de ses bottes. Tintaglia redressa légèrement la tête, témoin sans force de sa charge. Il s'interposa entre son garçon et Paincru en dégainant son couteau ; je n'avais jamais assisté à une attaque plus ridicule et plus courageuse. D'un bond, il se jeta sur la créature soudain désorientée, l'arme levée, et la lame se brisa sur la chair de pierre ; au même instant, il repoussa le monstre d'une explosion de Vif, aussi puissante qu'une des déflagrations d'Umbre. J'y sentis la violence d'un étalon qui défend sa horde, la férocité du loup ou de l'ours qui protège ses petits, pétrie d'amour pour ce qu'il protégeait plus que de haine de ce qu'il affrontait ; dirigée contre l'agresseur, la force prodigieuse du coup jeta la bête de pierre à genoux.

Mais, en s'affaissant, Paincru agita follement les ailes et il heurta Burrich qu'il projeta de côté comme un moucheron, tournoyant dans les airs. « Non ! » hurlai-je, mais il était trop tard. Burrich retomba sur la glace en ployant affreusement, comme une poupée de chiffon, puis continua de glisser en tournant sur lui-même. Paincru se releva lourdement ; il secoua la tête, reprit sa respiration avec difficulté puis s'avança, la gueule ouverte, vers Leste et Tintaglia.

Le jeune garçon avait suivi des yeux son père alors qu'il se brisait au sol. Il se retourna vers le dragon et, la bouche distendue, poussa un hurlement de haine pure. Animé de cet influx, il tendit son arc si fort que j'eus peur de voir l'arme se rompre ; je le vis s'unir à la flèche, les yeux plantés dans ceux de la créature qui approchait.

Il lâcha la corde.

Droit comme l'amour d'un père, le trait gris et brillant fusa. Il s'enfonça dans l'œil du dragon où il disparut presque. Paincru leva une patte comme pour l'arracher puis s'immobilisa brusquement, l'air de tendre l'oreille ; je perçus l'Art de la Femme pâle qui lui ordonnait frénétiquement d'achever sa tâche, de tuer l'archer, de tuer le dragon ; ensuite il pourrait faire ce qu'il voudrait, tout ce qu'il voudrait. J'avais cru qu'il avait interrompu son geste pour l'écouter, mais il resta figé ; sa peau déjà terne perdit les couleurs de la vie et prit la patine éteinte du roc. Il demeura pétrifié, les ailes à demi déployées, la patte dressée pour atteindre la flèche qui pointait de son œil, les mâchoires ouvertes. Un silence incrédule s'abattit sur le champ de bataille. Le dragon de pierre était mort.

Aussitôt, la fillette que je tenais dans mes bras s'anima ; mon Vif la sentit s'épanouir comme une fleur. Elle avait cessé de se débattre à l'instant où Paincru avait cessé de vivre, et se pelotonna soudain contre moi. « J'ai très froid ! Et j'ai très faim ! » fit-elle d'un ton plaintif ; puis, comme je la regardai, abasourdi, elle éclata en sanglots enfantins.

« Un instant, un instant ! » lui dis-je, et c'est avec répugnance que je dus la déposer, pieds nus, dans la neige. J'ôtai le manteau d'Umbre de mes épaules et l'en emmaillotai ; il lui tombait jusqu'aux orteils ; quand je la repris dans mes bras, elle rentra ses jambes avec soulagement et se blottit contre ma poitrine, roulée en une boule tremblante. « Donnez-la-moi, donnez-la-moi ! » s'écria Peottre. Les larmes traçaient des sillons dans le sang qui maculait son visage.

« Oh, petit poisson, oh, ma Kossi ! Elliania, regarde, regarde, notre Kossi nous est revenue. Elle est redevenue elle-même ! » Le vieux guerrier se tourna vers sa nièce, puis, comme épuisé de bonheur, il tomba à genoux, l'enfant serré sur son cœur, et se mit à lui murmurer des mots inintelligibles.

Elliania leva vers nous des yeux noyés d'émotion, puis elle les baissa vers la femme étendue à ses pieds, inerte dans la neige. Elle se laissa choir à son tour et dit, tandis que les larmes roulaient sur ses joues : « Nous en avons sauvé une ; nous en avons sauvé au moins une. Mère, j'ai fait ce que j'ai pu ; nous avons tout tenté. »

Devoir, agenouillé de l'autre côté de la mère de la narcheska, la regarda ; avec la douceur d'une nourrice, il écarta les mèches sales du visage émacié. « Non ; vous les avez sauvées toutes les deux. Elle reste inconsciente, Elliania, mais elle revenue elle aussi ; je la perçois par le Vif. Votre mère aussi vous a été rendue.

— Mais… comment pouvez-vous le savoir ? » Elle dévisagea la femme sans oser encore espérer.

Il sourit. « Je le sais, croyez-moi sur parole. Il s'agit d'une vieille magie Loinvoyant, héritage de la lignée de mon père. » Il se baissa pour soulever la femme sans connaissance. « Allons la mettre au chaud, à l'abri ; et préparer à manger. Le combat semble terminé pour le moment. »

Ils ont tous cessé de se battre à l'instant où le dragon est mort, confirma Umbre alors que je me redressai pour contempler le champ de bataille en contrebas. *On aurait dit que toute vie les avait désertés.*

Non : ils l'ont retrouvée, au contraire. C'est difficile à expliquer, Umbre, mais mon Vif me l'assure. Les serviteurs de la Femme pâle avaient subi une forgisation partielle, mais, au dernier soupir du dragon, tout ce qui leur avait été volé pour l'animer leur a été rendu ; la mère et la sœur de la narcheska ont bénéficié du même phénomène : elles ne sont plus forgisées. Demandez aux Outrîliens de parler à leurs adversaires, qu'ils leur offrent à manger, les accueillent et les réconfortent. Ils risquent d'avoir les idées embrouillées.

Je parcourus du regard la zone des combats et pus constater l'exactitude de mes propos : les soldats de la Femme pâle avaient lâché leurs armes tous ensemble. L'un d'eux sanglotait, les mains sur les oreilles ; un autre avait saisi un de ses compagnons par les épaules et le gratifiait d'un discours entrecoupé de grands éclats de rire trop sonores ; un petit groupe d'hommes se tenait autour du dragon de pierre. Privé de vie, il s'était déporté en se figeant, horrible statue posée de guingois.

Mais, plus étonnant encore, Tintaglia avait réussi à se redresser et, claudicante, elle s'approchait de son ennemi à pas prudents, comme un félin en chasse. Elle tendit son long cou gracile avec circonspection, renifla le monstre, le poussa légèrement du museau, puis, sans crier gare, lui décocha un coup violent de la patte antérieure. Le dragon de pierre oscilla avec raideur sur la glace mais ne chut point. Néanmoins, Tintaglia leva haut la tête et poussa un barrissement de triomphe ; le sang suintait encore des morsures et des estafilades qu'il lui avait infligées, mais elle s'appropriait la victoire. Et, tout autour d'elle, les hommes joignirent leurs cris de joie au sien. S'il y a jamais eu tableau plus étonnant que celui d'un dragon clamant son succès au milieu d'humains qui lancent des vivats, nul ménestrel ne l'a jamais chanté.

Du haut du ciel, un coup de trompe lui répondit : meurtri, dépenaillé, Glasfeu décrivait une large spirale au-dessus de nous. Il s'inclina sur l'aile, effectua une longue glissade et reprit son circuit à plus basse altitude. Au sol, Tintaglia rejeta la tête en arrière et barrit à nouveau ; sur le pourtour de son encolure, des pans d'écailles se dressèrent soudain comme une crinière, tandis qu'au sommet de son crâne une crête à peine visible jusque-là s'érigeait, argentée, à la façon d'une couronne. Une vague colorée s'étendit sur elle, du bleu le plus profond jusqu'à l'argent le plus brillant. Les hommes assemblés autour d'elle reculèrent. Elle s'élança dans les airs avec la légèreté d'un chat qui bondit sur une table ; elle ouvrit les ailes et, en trois battements, commença de s'élever.

Aussitôt, Glasfeu l'imita, mais il eut beau faire, la femelle le distança sans mal. Il lui lança un appel empreint de désir auquel elle ne se donna pas la peine de répondre ; elle continua son ascension jusqu'au point où j'eusse pu la confondre avec une mouette argentée s'élevant dans le ciel. Le dragon mâle, presque deux fois plus grand qu'elle, affamé, loqueteux, s'acharnait à la poursuivre ; je clignai les yeux lorsqu'ils passèrent devant le soleil.

Enfin il la rattrapa et ils se mirent à tournoyer ensemble. Les cris graves de Glasfeu étaient autant de défis qu'il jetait au monde entier, mais ceux de Tintaglia, plus aigus, ne s'adressaient qu'à lui, narquois et railleurs. Un instant, il la surplomba, puis elle s'inclina et se déroba – du moins le crus-je, car il plaqua ses ailes contre ses flancs et s'abattit sur elle, la gueule ouverte, si rouge que, de la distance où je me trouvais, je la distinguai avant qu'il ne la referme sur le cou tendu de la femelle. Alors il la recouvrit de toute sa vaste envergure et, tout à coup, ils se mirent à battre des ailes à l'unisson. Glasfeu serra Tintaglia contre lui en arrondissant l'échine, et leurs deux queues s'emmêlèrent.

Je savais à quoi j'assistais : ce vol nuptial prédisait la réapparition des dragons dans notre ciel. Les yeux levés, je regardais le miracle de ces deux créatures qui exhibaient sans pudeur leur retour à la vie, et je me demandais ce que nous avions réintroduit dans notre monde.

« Je ne comprends pas ! s'exclama la narcheska d'un ton horrifié. Après tout le mal qu'elle s'est donné pour le sauver, voici qu'il l'attaque. Voyez comme ils se battent ! »

Devoir s'éclaircit la gorge. « Je ne crois pas qu'ils se battent.

— Alors, que... Mais si ! Là, il la mord ! Pourquoi la serrerait-il aussi durement s'il ne lui voulait pas de mal ? » Elliania s'abrita les yeux de la main et continua d'observer les deux dragons avec stupéfaction ; ses cheveux noirs tombaient emmêlés sur ses épaules et dans son dos, son menton levé dénudait la longue et droite colonne de son cou ; sa poitrine tendait sa tunique. Devoir qui la regardait eut un toussotement étranglé, et il se tourna vers moi puis vers Peottre. Ondenoire avait passé un bras sur les épaules de sa sœur et tenait Kossi dans le creux de l'autre. Le prince dut juger qu'il pouvait se passer de notre opinion en la matière, car il se rapprocha d'Elliania et la prit dans ses bras. « Je te montrerai », dit-il à la jeune fille pantoise ; il l'étreignit d'un geste viril et approcha ses lèvres des siennes.

Malgré les péripéties dramatiques de la journée que je venais de vivre, je ne pus m'empêcher de sourire. Le rapport qui se nouait entre les dragons dans le ciel ne pouvait qu'affecter tout individu doué du Vif. La narcheska rompit enfin le baiser, posa le front sur l'épaule de Devoir et rit tout bas. « Ah ! » fit-elle, puis elle leva le visage pour qu'il l'embrasse à nouveau. Je détournai les yeux.

Pas Oerttre. Scandalisée, elle s'exclama d'un ton impérieux auquel ses haillons et sa crasse n'ôtaient nulle dignité : « Peottre ! Tu laisses un fermier embrasser notre narcheska ? »

Il éclata de rire, et je me rendis compte alors avec un choc que jamais je ne l'avais entendu rire. « Non, ma sœur. Mais elle, oui, et elle lui donne ce qu'il a mérité. J'ai beaucoup de choses à t'expliquer, mais, je te le promets, rien de tout cela ne va contre sa volonté. » Il sourit. « D'ailleurs, comment un homme pourrait-il oser s'opposer à la volonté d'une femme ?

— C'est inconvenant », répliqua Oerttre avec raideur, et, malgré la saleté de sa robe et de ses cheveux aux mèches raides, son ton était celui d'une narcheska des îles d'Outre-mer. Avec étonnement, je songeai qu'elle avait entièrement recouvré sa personnalité.

Et il m'apparut brusquement que, si le fou avait survécu, la mort du dragon avait dû dissiper chez lui aussi les effets de la forgisation. Un espoir insensé surgit en moi et le monde fit une embardée. « Le fou ! » m'exclamai-je ; Peottre me jeta un regard réprobateur, croyant que je me moquais du prince, et je m'expliquai : « L'homme fauve, sire Doré – il est peut-être encore en vie ! »

Je tournai les talons et m'élançai sur la neige durcie. Arrivé à l'excavation, je cherchai des yeux un moyen sans danger de descendre ; l'émergence du dragon avait rendu la zone chaotique et instable. L'ouverture par laquelle Ellianía et Peottre étaient sortis avait disparu : la chute de Paincru sur l'arête de la fosse et ses efforts pour reprendre pied sur le glacier avaient comblé cet accès au palais de la Femme pâle. Toutefois, je me rappelais son emplacement ; il ne pouvait pas, il ne devait pas se trouver enfoui très profondément. Je m'engageai dans la pente traîtresse, tâchant de me hâter tout en conservant mon équilibre au milieu des blocs de glace qui, délogés par mon passage, dégringolaient autour de moi. Je m'arrêtai puis me remis en route avec plus de prudence et choisis mon chemin avec une lenteur que j'abominais ; chaque fois qu'une masse de glace dévalait devant moi, je savais qu'il me faudrait la déblayer plus tard. Selon mes souvenirs, le passage souterrain s'ouvrait dans la partie la plus profonde de la fosse, et j'allais y parvenir quand j'entendis qu'on m'appelait. Un regard par-dessus mon épaule me montra Peottre debout au bord de l'excavation ; il secoua la tête avec une expression compatissante, puis il parla sans détours.

« Renoncez, Blaireau ; il est mort. Votre ami est mort. Je regrette. Nous l'avons vu en parcourant les cellules à la recherche des nôtres. Je m'étais promis que, si nous le trouvions en vie, nous tenterions de l'aider à s'échapper lui aussi ; mais il n'avait pas survécu. Nous arrivions trop tard. Je regrette. »

Pétrifié, incapable de dire un mot, je le regardais fixement mais ne le voyais plus. Le contraste entre le ciel éblouissant et sa silhouette sombre m'aveuglait ; un froid engourdissant s'insinuait en moi et j'avais l'impression que j'allais m'évanouir. Très lentement, je m'assis dans la neige. Malgré l'exécration qu'elle m'inspirait, je ne pus retenir la question stupide qui me monta aux lèvres : « Vous êtes sûr ? »

Il acquiesça de la tête puis répondit avec réticence : « Tout à fait. On lui avait... » Il s'interrompit, puis déclara abruptement :

« Il était mort. Il n'aurait jamais pu survivre à pareil traitement. Il était mort. » Il soupira longuement. « On vous réclame au camp. L'enfant, Leste, veille le mourant ; ils vous demandent. »

Le mourant... Burrich ! Il ressurgit dans mes pensées avec la violence d'une des explosions d'Umbre. Oui, j'allais le perdre lui aussi ; c'était insupportable, trop insupportable. J'enfouis mon visage dans mes mains, voûtai les épaules et me balançai d'avant en arrière dans la neige. Trop, trop insupportable !

« Je crois que vous devriez vous dépêcher. » La voix d'Ondenoire me parvenait de très loin ; puis une autre dit doucement : « Allez vous occuper des vôtres ; je me charge des miens. »

J'entendis quelqu'un descendre la pente, mais je restai indifférent ; je demeurai assis, à essayer de mourir, à m'efforcer de me débarrasser d'une vie où, par ma faute, ceux que j'aimais avaient péri. Une main se posa lourdement sur mon épaule et Trame ordonna : « Debout, FitzChevalerie. Leste a besoin de vous. »

Je secouai la tête dans un geste puéril : plus jamais, jamais, je ne laisserais personne dépendre de moi.

« Debout ! répéta-t-il d'un ton plus sévère. Nous avons perdu assez de monde aujourd'hui ; pas question que nous vous perdions vous aussi. »

Je levai les yeux vers lui. Je me sentais comme forgisé. « Il y a longtemps que je suis perdu », répondis-je ; puis je respirai profondément, me redressai et le suivis.

A paraître prochainement, chez le même éditeur, la suite et fin de L'Assassin royal.

TABLE

8397

Achevé d'imprimer en France (Malesherbes)
par Maury-Imprimeur le 23 juillet 2007.
Dépôt légal juillet 2007. EAN 9782290353073
1er dépôt légal dans la collection : mai 2007

Éditions J'ai lu
87, quai Panhard-et-Levassor, 75013 Paris
Diffusion France et étranger : Flammarion